연쇄 살인마
개구리 남자

연쇄 살인마
개구리 남자

나카야마 시치리
장편소설

———

김윤수 옮김

북로드

차 례

1

매
달
다

1. 12월 1일

새벽 3시 30분. 신문 보급소에서 나와 스쿠터를 타고 달리기 시작하자 갑자기 날카로운 한기가 코를 찔렀다.

"앗, 추워!"

시로는 자신도 모르게 숨을 멈추지만 스쿠터는 멈추지 않는다. 그대로 계속 달리자 어느덧 콧물이 흐른다. 도저히 남 앞에 나설 수 있는 얼굴이 아니다. 다행히 이 시간에 거리를 오가는 사람이나 자동차는 거의 없다.

시로는 보급소에서 가장 멀리 떨어진 다섯 지역에 600부를 배달한다. 보급소에서 배달 부수가 가장 많지만 그만큼 돈도 많이 받기 때문에 좋다. 또 500부가 넘으면 소장이 스쿠터를 타라고 하니 일거양득이다. 고등학교에서 오토바이 운전을 금지하지는 않았지만 또 무조건 허가해 주지도 않는다. 배달 일 때문이기는 해도 이른 아침 스쿠터를 타고 아스팔트를 질주하는 상쾌함은 다른 무엇과도 바꾸기 어렵다. 마치 동네의 모든 길을 독차지한 기분이 들어 마음이 들뜬다.

주택가를 돌며 일단 절반을 배달한다. 엔진과 함께 몸도 따뜻해지고 곱은 손끝도 자연히 풀린다.

"자…… 이제 그럼."

한숨을 쉬고 다음 배달 구역을 바라본다. 문제의 단지다. 다키미 가장자리에 있는 20층짜리 분양 맨션 여섯 동, '스카이스테이지 다키미'다. 차츰 밝아 오는 겨울 하늘 아래 우뚝 솟은 맨션 단지는 불빛이 비치는 창문 하나 없어 마치 시커멓고 거대한 소토바(묘비 옆에 세우는 가늘고 위가 뾰족한 판자./옮긴이)처럼 보인다.

단순한 비유가 아니다. 실제로 이 맨션 단지에는 '유령 맨션'이라는 달갑지 않은 별명이 붙어 있다. 한 동당 80세대, 총 480세대 분양 중 10퍼센트도 입주하지 않았다. 동트기 전의 이 시간을 제외하고라도 가족이 단란하게 모일 저녁 시간조차 창문으로 불빛이 새어 나오는 집이 손에 꼽을 정도다.

단지에 도착하자 여느 때처럼 으스스한 기운이 감돈다. 하지만 시로는 공포심보다 귀찮은 마음이 더 컸다. 스카이스테이지 다키미라는 세련된 이름에 반해 신문은 일일이 현관문 투입구에 넣어야 한다. 본래 이 정도로 큰 맨션이라면 1층에 집합 우편함이 있다. 물론 스카이스테이지 다키미에도 집합 우편함이 있지만 주민들이 1층까지 신문을 가지러 내려오기를 귀찮아한다. 평범한 집합주택이라면 그 이름대로 각 가구가 모여 있기 때문에 배달이 힘들지 않다. 그런데 전체 세대수의 10퍼센트도 안 되는 이 맨션의 상하좌우 이동 거리를 생각하면 단독 주택이 늘어선 주택가가 더 효율적이다.

불평한들 달라지는 것은 없다. 시로는 신문 일곱 부를 옆구리에 끼고 1동 엘리베이터에 올라탄다. 가장 높은 20층까지 올라간 뒤 끝에 있는 계단으로 한 층씩 내려오며 배달한다. 이렇게 하면 일일이 엘리베이터를 타는 것보다 시간을 줄일 수 있다.

18층, 17층, 16층······.

순조롭게 움직이던 다리가 13층에 도착한 순간 멈췄다.

사흘 전부터 외부 계단 출입구에서 마주 보이는 차양에 매달려 있는 그것은 길이가 2미터쯤 돼 보였다. 시야 가장자리에 들어왔지만 늘 시간에 쫓겨 신경 쓸 틈이 없었다. 무엇보다 13층에는 아무도 살지 않아 걸음을 멈출 필요가 없었다.

날이 아직 어두웠지만 그것이 파란 비닐 시트에 싸여 있다는 것은 알 수 있다. 차양에 박아 놓은 손바닥 정도 되는 쇠갈고리에 달랑 매달려 있어 바람만 불어도 흔들린다.

마치 샌드백 혹은 거대한 도롱이벌레 같았다.

오늘에서야 신경이 쓰인 이유는 비닐 시트 윗부분이 벗겨졌기 때문이다. 그 때문에 쇠갈고리에 걸린 끄트머리가 살짝 드러났다.

'어라, 저게 뭐지? ······이?'

자세히 들여다보려는 순간 바람이 불어왔다.

이상한 냄새가 코를 찔렀다.

차가운 공기에 섞인 달고 시큼한 냄새.

물체가 바람에 흔들릴 때마다 벗겨진 비닐 시트 끝자락이 나부낀다.

흔들. 펄럭펄럭. 흔들. 펄럭펄럭.

문득 공포심이 고개를 쳐들었지만 커져 버린 호기심이 이를 눌렀다. 머리 한편에서 그만두라는 신호가 들리는데도 시로는 비

닐 시트 끝자락을 젖혔다. 그러자 비닐 시트는 그 한 부분만 고정
돼 있었는지 너무나 쉽게 바람에 날아갔다. 그렇게 해서 드러난 것
은······.

실 한 오라기도 걸치지 않은 여자였다.

쇠갈고리에 입이 걸려 있었다.

흔들.

흔들.

자세히 보자 그 입술이 희미하게 떨리고 있다.

아직 숨을 쉬나?

아니다. 떨고 있는 것이 아니었다.

수많은 구더기가 입 밖으로 빠져나와 꿈틀거리고 있었다.

시로는 헉하고 경련이 일어난 듯 신음하고 그 자리에 주저앉았
다. 반사적으로 고개를 돌리자 벗겨진 비닐 시트가 보였다. 그 비
닐 시트 끝에 쪽지가 붙어 있었다. 그 자리에서도 쪽지 내용을 읽
을 수 있었다.

> 오늘 개구리를 잡았다. 상자에 넣어 이리저리 가지고
> 놀았지만 점점 싫증이 났다. 좋은 생각이 났다. 도롱이
> 벌레 모양으로 만들어 보자. 입에 바늘을 꿰어 아주아
> 주 높은 곳에 매달아 보자.

사이타마 현경에 처음 신고가 접수된 시각이 오전 6시. 그로부
터 얼마 지나지 않아 수사 1과와 감식과 사람들이 현장에 도착했
다. 고층에서 바라다보이는 동쪽 하늘은 완전히 하얬지만 해돋이
까지는 아직 조금 더 기다려야 한다.

고테가와 가즈야는 하얀 숨을 내뱉으면서 코트 깃을 여민다. 바람이 차갑지만 단지 그 때문에 한기를 느끼는 것은 아니다.

눈앞에서 여자 시체가 흔들리고 있다. 바싹 마른 창백한 피부에는 하체를 중심으로 자줏빛 시반이 퍼져 있고, 눈에서는 뿌예진 안구가 빠져나오려고 한다. 쇠갈고리는 입으로 들어가 위턱뼈를 꿰뚫고 뾰족한 끝이 코 옆으로 튀어나와 있었다. 그 밖에는 눈에 띄는 외상도, 출혈도 없어 그렇게 처참한 느낌도 아니지만 계속 보고 있으면 마음의 온도가 자꾸 내려가는 기분에 휩싸인다. 잔혹하게 죽은 시체에서는 범인의 어두우면서도 끓어오르는 격정이 드러나는데 이 시체에서는 오로지 냉기만이 느껴질 뿐이다.

"요즘 들어 이런 시체가 많아졌어."

바로 옆에서 와타세가 불쾌한 듯 말했다.

"범인이 배를 단칼에 찌르고서 그대로 허둥거리며 도주해 버리는 그런 깔끔한 시체가 그리울 정도야. 시체에 유쾌하고 말고는 없겠지만 이건 완전 불쾌한 시체니까. 이런 게 연상되네. 남부의 나무에는 이상한 열매가 열려요. 잎사귀와 뿌리에 피가 흥건한, 남부의 산들바람에 흔들리는 검은 몸뚱이. 미루나무에 매달린 이상한 열매."

"……그게 뭡니까?"

"재즈 한 소절. 〈이상한 열매Strange Fruit〉라는 빌리 홀리데이의 명곡인데……. 아아, 네 나이대는 모르려나. 아직 노예 제도가 있었을 때 린치당한 흑인이 나무에 매달린 모습을 노래한 거야."

"그럼 반장님은 이게 린치라고 해석하시는 겁니까?"

"앞서가지 마. 연상이라고 했잖아."

와타세는 시끄럽다는 듯이 손사래 쳤지만 린치라는 말이 묘하게 여운을 남겼다. 방치도 아니고 해체도 아니고 그저 높이 매달린 시체. 분명 거기에는 피해자에 대한 모욕과 함께 본보기의 의미도 포함된 듯하다. 실제로 이런 판단을 뒷받침하는 듯한 물건도 남아 있다.

"발견한 사람은?"

"다치바나 시로라는 신문 배달원인데, 이 맨션을 돌다가 발견했답니다. 비닐 시트에 싸인 건 사흘 전부터 봤다고 하고요."

"사흘 전? 그동안 아무도 눈치 못 채고 이렇게 내버려져 있었다는 거야? 음, 바로 앞은 옆 동 계단이라 사각지대군. 하긴 13층이라는 것만으로 훌륭한 사각지대지. 사카모토 규(〈위를 보며 걷자〉라는 노래로 유명한 일본 가수./옮긴이)도 아닌데, 사람들이 위를 보며 걸을 리도 없고. 그런데 이 쇠갈고리는 원래 여기 박혀 있던 건가?"

"네. 맨션을 처음 분양할 때 현수막을 걸려고 박았답니다."

"옷이나 소지품은?"

"알몸에 파란 비닐이 덮여 있었을 뿐 주변에서 발견된 건 없습니다. 남아 있던 건 이 쪽지뿐입니다."

와타세는 쪽지가 든 지퍼 백을 건네받아 음식물 쓰레기를 보는 듯한 눈으로 글자를 읽어 나간다. 눈꺼풀이 무거운 듯 눈을 반쯤 감고 있지만, 고테가와는 알고 있다. 이 남자의 눈동자는 한없이 깊을 뿐 아니라 망막에 비치는 것은 무엇 하나 놓치지 않는다.

"'오늘 개구리를 잡았다.'라. 원본이 아니라 뭔가 카피한 거야. 앗, 범행 성명문이라는 건가……. 이봐, 신입. 너 이런 사건 좋아할 거 같은데?"

갑작스러운 질문에 고테가와는 대답이 막힌다. 분명 이런 엽기적이면서 언론이 관심 가질 만한 사건을 기다리고 있었다. 이 시점에서 공명심 섞인 전투 의욕이 끓어오르는 것은 부정할 수 없다.

한편 몸 깊은 곳에서 생리적인 혐오감이 올라오는 것도 사실이었다.

쪽지를 쳐다본다. 컴퓨터가 아니라 손으로 쓴 글씨로, 마치 어린아이가 쓴 것처럼 줄이 삐뚤고 글자 크기가 제각각이다. 어느 글자를 봐도 비스듬하게 기울어졌거나 선 하나가 쓸데없이 길게 튀어나와 있는 등 남이 볼 거라고 의식한 글자 같지 않았다.

"옷을 벗긴 건 역시 신원을 숨기기 위해서였을까요?"

"아니. 그렇다면 먼저 얼굴을 뭉갰을 거야. 범인은 피해자 얼굴이 드러나는 것쯤은 문제 될 게 없는 거지."

"그럼 왜?"

"……개구리는 옷을 안 입으니까."

고테가와는 불현듯 맨션 바로 아래를 내려다본다. 겨울 새벽녘, 경찰차 소리가 울려 퍼졌을 텐데도 구경꾼이 보이지 않는다. 맨션 사이의 공원은 잡초가 무성하고 놀이 기구가 온통 녹슬었다. 산뜻한 맨션 외관에 비해 몹시 초라하다.

아직 복도를 살피는 감식원들이 있었지만, 현장 검증이 얼추 끝나 시체를 옮기기로 했다. 입에서 쇠갈고리를 뺄지 말지로 잠깐 소란스러웠지만 결국 그것 역시 감식과에 보내기 위해 회수해야 한다는 이유로 쇠갈고리까지 차양에서 철거하기로 했다. 이 과정에서 고테가와가 쇠갈고리를 제거하는 작업을 돕게 됐다.

우선 세 명이서 시체를 꽉 붙들고 고테가와가 난간을 밟고 올라가 쇠갈고리를 고정한 볼트를 푼다. 자세가 부자연스러워 다른 사람이 고테가와의 허리를 붙잡아 준다. 작업하면서 문득 내려다보니 시체의 얼굴이 코앞에 있었다. 뿌연 안구 구석에서 구더기 몇 마리가 기어 나오려 하는 것을 보고 허둥지둥 시선을 돌린다. 이미 생물이기를 포기한 얼굴. 하지만 외상도 없고 큰 변형도 없다. 몽타주를 그려서 공개하면 조만간 신원이 밝혀질 것이다.

"내리는 데도 세 명이 필요해. 단독범이라면 시체를 매다는 데 꽤나 힘을 썼겠어."

오 분 남짓 분투한 끝에 간신히 차양에서 쇠갈고리를 빼내 시체에 물린 채 시트에 넣었다.

"자, 여기는 감식원들에게 맡기고. 신입, 가자."

"관리인 사정 청취 정도는 저 혼자서도 충분합니다. 반장님께서 직접 안 가셔도."

"뭐야, 불만이냐?"

"아, 아뇨. 불만이나 그런 게 아니라."

"너 같은 신입과 짝지어 주면 관할 서에 폐야. 연습 좀 시켜 주라고 부탁하고 싶은 녀석들은 모두 다른 사건으로 바쁘고 1과는 항상 일손이 부족하니까. 아니면 너, 나로는 불만이라는 거냐. 잔말 말고 따라와."

들리지 않게 한숨을 내쉬면서 와타세의 뒤를 쫓는다. 와타세는 하는 수 없다고 말하면서도 현장에만 오면 얼굴이 생기로 가득 찬다. 다른 반 경부들은 사무만 보려고 하는 데 반해 이 남자는 이것저것 이유를 만들어 현경 본부 청사 밖으로 나가려고 한다.

1층 관리인실로 내려가자 마침 관리인이 도착한 참이었다.

"아이고 이거, 아침 일찍부터 오시라고 해서 죄송합니다. 관리인이신 쓰지마키 씨죠? 사이타마 현경의 와타세입니다."

상냥하게 인사를 건네지만 공교롭게도 그 목소리의 주인은 사람을 때리는 일만 생각하는 것 같은 얼굴이다. 쓰지마키는 흠칫하고 어깨를 떨며 한 걸음 물러난다. 갑작스러운 사건 소식에 부랴부랴 뛰어왔으리라. 아직 시작도 안 했는데 벌써부터 불안에 떨고 있다. 그렇지 않아도 얼굴이 쥐처럼 빈상인데 희고 갸름해서 더욱 불쌍해 보인다.

"이야기는 이미 들으셨겠지만 맨션 13층 계단 근처에서 여성의 시체가 발견됐습니다. 수고스럽겠지만 나중에 얼굴을 보고 이곳 주민인지 확인해 주셨으면 합니다. 발견한 사람 말로는 사흘 전부터 차양에 매달려 있었다던데."

"죄, 죄송합니다, 죄송합니다!"

쓰지마키는 딱히 비난당하는 것도 아닌데 연신 사과했다.

"맨션 청소 같은 것도 하시죠?"

"저, 저도 상주하는 게 아니라서요. 월, 수, 금 격일로 오는데 모든 층을 매번 청소하지는 않습니다. 한 층을 대체로 이 주 간격으로……."

"상주하지 않는다고요? 이렇게 맨션이 큰데요? 설마 여섯 동 모두를 혼자 관리하시는 건 아니죠?"

"……셋이서 합니다. 저는 1동과 2동을 담당하고요."

"여섯 동을 셋이서……. 그건 인원 감축, 뭐 그런 건가요?"

듣건대 처음에는 상주 관리인이 각 동에 한 명씩 있었지만 관리비용을 줄이기 위해 절반으로 줄이고, 그 이후로 일손과 비용이 부족하다는 이유로 공원과 시설을 황폐해질 대로 황폐해지게 내버려 둔 듯하다.

"……그래서 그렇게 벌레가 득실거리는 상태가 된 거군. 하긴 13층은 사람도 별로 없을 테고. 참고로 근무 시간은 어떻게 되죠?"

"아침 9시부터 저녁 6시까지입니다."

쓰지마키는 면목 없다는 듯 얼굴을 숙인다.

피해자가 맨션 주민이든 외부 사람이든, 시신을 짊어지고 건물을 돌아다니면 사람들 눈에 안 띌 수가 없다. 하지만 관리인이 6시가 넘으면 퇴근해 없는 데다가 주민 수가 이렇게 적으면 불가능하지도 않다. 별 어려운 일도 아니다. 이 맨션은 겉만 세련됐지 벽지나 다름없다.

이번 사건으로 입주민이 또 줄겠구나. 고테가와는 심술궂은 생각을 한다.

그 뒤 쓰지마키가 시체 얼굴을 확인하고 맨션에서는 보지 못한 여성이라고 증언했다.

별 소용 없다고 생각하면서 주변 집들도 탐문했다. 어이없게도 13층뿐 아니라 14층에도 입주자가 없었다. 결국 1동에 사는 사람 모두에게 물어보고 다녔지만 실마리 같은 것은 전혀 얻지 못했다.

수사본부는 관할인 한노 경찰서에 차려졌다. 정오가 돼 곧장 수사본부로 간다고 생각했는데 경찰차는 다른 곳을 향했다.

"반장님, 대체 어디 가시는 겁니까?"

"법의학 교실."

"거긴 왜요?"

"운 좋게 오늘은 미쓰자키 교수님 담당이야. 그 영감님은 걸음은 느린데 일은 엄청 빨라. 지금쯤 검시가 웬만큼 끝났을 거야. 어떻게 본부에서 얌전히 보고를 기다리고 있냐. 목격자 정보도 전혀 없고 실마리도 제로인데. 지금은 그 시체에게서 직접 이야기를 듣는 수밖에 없어."

언제나처럼 민첩한 상사에게 고테가와는 질리면서도 감탄한다.

이 경쾌함이 와타세의 장점이다. 하지만 믿음직한 반면 정신없이 이리저리 끌려다녀야 해서 고테가와는 별로 마음에 들지 않는다. 무엇보다 자신이 앞장서서 움직일 수가 없다.

1과에 배속된 지 일 년, 빨리 큰 사건을 맡아 범인을 검거하고 싶다. 그런 생각을 하는데 가볍게 주먹 쥔 오른손 끝이 손바닥에서 움푹 들어간 자리를 더듬었다. 보지 않아도 안다. 손바닥을 나란히 가로지르는 흉터 두 줄. 자연스럽게 고테가와는 왼손 엄지손가락으로 그 자국을 따라 그린다. 옛날에 다른 사람이 지적해 알게 된 버릇이다.

법의학 교실 문을 열자 갑자기 포르말린 냄새가 코를 확 찔렀다. 그 강렬한 자극에 절로 숨이 막히는데, 와타세는 아무렇지 않은 듯 "어이구, 교수님. 항상 신세가 많습니다." 하고 기운차게 인사를 건넸다.

이 계절에도 법의학 교실에는 난방 기구가 없다. 물론 몸이 꽁꽁 얼 정도로 춥지는 않지만 시체를 다루는 만큼 실내는 항상 5도 이하로 유지된다. 넓이는 제법 되지만 천장이 낮고 형광등은 더 낮게 달려 있어 심하게 내리눌리는 기분이다. 그 넓은 공간에 스테인리스 해부대가 네 대. 바닥에는 이제 막 씻어 냈는지 물이 곳곳에 고여 있었다. 여덟 개나 되는 형광등이 구석구석 밝히고 있지만, 그 푸르스름한 빛 때문에 공간이 더욱 썰렁하게 보인다.

법의학 교실 구석에서 고개를 숙이고 뭔가를 먹던 노인이 뒤로 빗어 넘긴 백발 머리를 들고 이쪽을 매섭게 노려본다. 미쓰자키 도지로, 이 법의학 교실의 주인이다. 작은 체구에 단정한 얼굴이지만 눈만은 맹금류가 생각날 정도로 날카롭다.

"자네는 여전히 시끄럽군. 대체 여기가 어디라고 생각하는 건가.

일단 대학이고, 병원 시설이고, 더구나 고인 앞이야."

"죄송합니다. 원래 목소리가 커서."

"그리고 그 태도도 문제야. 어차피 현장에 유류품이나 목격자가 없어서 다른 할 일도 없고 갈 데도 없어서 온 거겠지. 그래, 좋아. 어차피 검시 관리관도 돌아갔으니까. 금방 다 먹으니 가운 입고 기다리게."

와타세는 미쓰자키가 말하기도 전에 가운에 손을 대고 있었다. "자, 받아." 하고 한 벌 더 던지며 조그맣게 말한다.

"어서 입어. 냄새가 옷에 배면 빨아도 안 없어지니까."

서둘러 가운을 입으면서 무심코 미쓰자키가 뭘 먹는지 들여다봤다. 고기 우동이다. 어떻게 뒤쪽 해부대에 시체를 올려놓고 고기 우동을 먹을 수 있는지 그 머릿속이 궁금하다.

"그건 그렇고 요즘 자네가 보내는 주검은 정말 제대로 된 게 없어. 지난달은 뼈에 고기가 붙은 잔반 같은 거였고, 이번에는 말린 거야."

"시대가 그런 걸까요."

"적어도 평범한 것으로 보내 주게. 매번 이런 시체면 못 해 먹겠어. 방치된 지 사흘쯤 된 거 같던데. 아주 바람이 잘 통하고 건조한 곳이었던 거 같아. 아무튼 부패가 진행되지 않아 다행이야."

미쓰자키 교수는 후루룩하고 남은 국물을 마시더니 천천히 일어나 시트가 볼록하게 솟은 해부대로 다가간다. 시트를 들추자 오늘 아침에 막 헤어진 시체와 재회했다. 단 코 옆으로 튀어나와 있던 쇠갈고리는 이미 제거되고 없었다.

"겨울이라도 시체가 섭씨 5도 이상인 곳에 있으면 부패가 시작돼. 그러면 몸속에서 유황 함유 단백이 분해돼 부패 가스가 발생하고. 부패 가스는 시간이 경과하면서 팽창하기 시작해 안구, 혀, 입술 등 부드러운 부분을 부풀어 오르게 하지. 그래서 얼굴이 생전과 전혀 다르게 변형돼 가. 그 점에서 이 시체는 운이 좋았어. 이봐, 젊은 친구. 잘 듣고 있나?"

미쓰자키 교수가 부르는 소리에 고테가와는 얌전히 고개를 끄덕인다. 평소 연장자에게 무례하게 굴던 태도는 가타부타 말을 못하게 하는 미쓰자키의 말투와 시체에서 뿜어져 나오는 맹렬한 냄새 앞에서 모습을 숨기고 있었다.

미쓰자키 교수가 시체의 목 아래로 팔을 넣어 머리를 들어 올린다. 이미 귀 부분에서부터 두피가 벗겨져 두개골이 드러나 있다.

"후두부에 열상이 있어. 피부를 벗겼더니 내출혈이 발견됐고 두개에도 손상이 있었어. 모양으로 추측컨대 둔기로 가격했을 거야. 하지만 이거 한 번으로는 치명타를 입히지 못했어. 치명상은 이쪽이야."

머리를 내려놓고 목 언저리를 가리킨다. 창백한 피부에 보라색 마커 펜으로 그은 듯한 밧줄 흔적이 선명하게 남아 있었다.

"직접적인 사인은 목이 졸린 데 따른 질식사. 흉기는 가는 끈. 아주 세게 졸랐어. 목에 남은 찰과상 깊이가 보통이 아니야. 상처가 두 줄인 건 줄을 이중으로 조였기 때문이지. 다른 타박상이나 성폭행 흔적은 없어. 위턱 부분을 관통한 쇠갈고리가 끝이 뭉툭한 데도 살과 뼈를 뚫은 건 부패로 인해 조직이 붕괴돼 결국 시체 무게를 견디지 못했기 때문으로 추정돼. 위팔과 복부에 울혈도 보이고, 묶인 흔적도 보이는데 이건 시트 위에서 묶였는지 뚜렷하지 않아. 시체를 옮길 때 생긴 자국일 거야. 참고로 피해자는 아주 최근에 의치 치료를 받았어. 아마 덧니를 뺐을 거야."

"사망 추정 시각은 어떻게 되죠?"

"매달려지기 전날, 즉 나흘 전 낮부터 밤 사이야. 위장 내용물을 조사했더니 샌드위치와 녹차가 남아 있더군. 시반과 하복부 부패 상태로 추정했는데 대략 그 시각 같아. 현시점에서 책임지고 말할 수 있는 건 그 정도야."

"그럼 책임 못 지실 이야기를 듣고 싶은데요. 다시 말해 시체 검안서에 쓰지 못할 내용요. 교수님이 받은 인상 말입니다."

약간 불손한 와타세의 말에 미쓰자키 교수는 순간 눈살을 찌푸린다. 곧이어 화낼 거라 생각했지만 아니었다.

"검시의에게 직접 물어보는 형사는 이제 자네 정도밖에 없어. 요즘은 서류로만 주고받고 싶어 하는 녀석들뿐이라서."

"네. 황공합니다."

"거짓말하긴. 눈곱만큼도 황공하지 않으면서. 하지만 이런 늙은 이가 받은 인상을 들어서 어쩌려고 그러나. 과학 수사를 하면서 일개 개인의 말을 참고하는 건 백해무익이라고 생각하는데."

"과학 수사는 아닐지도 모르지만, 저는 원래 과학 수사에 전폭적인 신뢰를 보내는 사람도 아니고, 이 분야의 외길만 걸어오신 분의 의견에 더 신뢰가 가서요."

미쓰자키 교수는 입 끝을 살짝 올리더니 다시 느릿한 걸음으로 처음에 앉아 있던 의자로 돌아갔다.

"이상한 쪽지가 남아 있었다는 이야기는 들었네. 개구리를 잡았다, 도롱이벌레를 만들자 하는 내용이라지."

"네."

"이 시체에는 어쩔 수 없이 생긴 상처뿐 다른 폭행을 당한 흔적이 없어. 평범한 인간에게 살인은 궁극의 행위고 시체는 공포 그 자체야. 시체가 지금 당장이라도 벌떡 일어나지 않을까, 자기한테 덤벼들지 않을까 하는 그런 공포심의 방증으로 시체를 훼손하거나 버리는 거지. 그런데 이 사건의 범인은 공포는커녕 마치 많은 관중에게 보란 듯 알몸으로 만들어서 높은 곳에 매달아 시트로 덮어 뒀어……. 녀석은 시체를 시체로도 보지 않아. 단순히 장식물이나 마네킹 정도로 인식하지. 내 의견을 듣고 싶댔지? 말해 주지. 이건 말 그대로 정신 이상자의 소행이야. 형법 39조(심신 상실자에게는 책임 능력이 없어 범죄가 성립되지 않는다는 내용의 일본 법 조항./옮긴이)와 싸울 각오를 해 두는 게 좋을 걸세."

2. 12월 2일

이튿날부터 와타세를 비롯해 수사 1과 열한 명은 한노 경찰서 강력계와 합류했다. 한노 경찰서를 지원하는 형태지만 주도권은 자연히 현경 본부 쪽으로 옮겨 간다.

사건 보도와 동시에 피해자의 몽타주를 공표하자 곧바로 피해자의 상사라는 인물이 수사본부로 연락해 왔다. 쓰쿠다 사무기기 판매사에 근무하는 사이토라는 남자로, 피해자가 이 회사 직원 아라오 레이코 같다고 했다.

사이토 쓰토무는 이마가 벗어진 50대 남자로 긴장만 하지 않으면 영업용 미소가 얼굴에서 떨어지지 않을 전형적인 영업맨이었다. 백문이 불여일견이라고 와타세는 이것저것 묻기에 앞서 느닷없이 사이토를 시체와 대면시켰다. 사이토는 시체를 보자마자 구역질을 참는 듯 입을 막았지만 조금 있다 아라오 레이코가 맞는다고 확인했다.

사이토에게서 아라오 레이코의 현주소와 본가 연락처를 알아냈다. 고테가와가 감식원 몇 명과 함께 아라오 레이코의 현주소 한노시 오가타의 아파트로 향했다. 와타세는 막 설치된 수사본부에서 수사원들의 보고를 기다렸다.

아라오 레이코의 아파트인 '세인트 빌라 오가타'는 역에서 약 반 킬로미터 떨어져 있었다. 전철로 출퇴근하는 아라오 레이코가 역에서 아파트로 향하는 길에 당했을 가능성이 높다. 또 시체를 발견한 장소인 다키미와는 바로 이웃이다. 그렇다면 자연히 범인의 실상도 한정된다. 적어도 이 근방 지리를 아는 사람이다.

아파트 관리인에게 사정을 설명하고 집 열쇠를 빌린다.

문패에 둥글둥글한 글씨로 '아라오'라고 적혀 있었다. 원래 구독하지 않는지 신문은 쌓여 있지 않지만 현관문 투입구에는 우편물이 넘쳐흐른다. 각종 광고 우편, 전기료 고지서, 소비자 금융과 카드 회사 독촉장. 현관문을 열자 향수의 잔향인지 꽃향기가 부드럽게 코를 간질였다. 지난 며칠 동안 시체나 포르말린 냄새만 맡았기 때문에 이것만으로도 기분이 나아졌다.

방은 가늘고 길게 생긴 원룸이다. 역시 20대 여자답게 소소한 장식물들로 현관과 복도를 화사하게 꾸며 놨다. 같은 세대인데도 고테가와가 자고 일어나는 살풍경한 기숙사와는 하늘과 땅 차이다. 안으로 들어가자 한층 더 화사해져 컬러풀한 쿠션과 캐릭터 상품이 빼곡하게 놓여 있다. 너무나 다양한 색상에 살짝 현기증이 날 정도다.

그런데 방을 구석구석 살펴보자 점차 화사함이 사라지고 공허함이 느껴졌다. 책장에 꽂힌 책들은 대부분 잡지였다. 패션 잡지,

인테리어 특집호, 보석 전문지, 통신 판매 정기 간행물, 수도권 맛집 안내서, 웨딩 잡지, 이직 정보지, 그리고 어울리지 않아 보이는 자기 계발서. 카탈로그 잡지는 아무리 원해도 구할 수 없는 물건의 재고 목록이다. 그런 것이 이 책장에 넘쳐흐른다. 아라오 레이코는 대체 얼마나 많은 물건을 갈망하고 얼마나 손에 넣은 걸까. 조금 전에 본 청구서 다발을 떠올리면 답이 절로 나온다.

결정타는 책장 위에 엎어진 액자였다. 세워 보니 안이 비어 있었다. 아마 그녀가 직접 뺐을 것이다. 텅 빈 액자가 공허한 방을 반영하고 있었다.

문득 방 어디선가 원한과 질투의 목소리가 들린 기분이었다.

고테가와는 책상 서랍을 살폈다. 요즘은 모두 휴대 전화에 주소를 등록해 놓지만 만약을 위해 주소록을 가지고 있는 사람들도 있다. 그리고 휴대 전화라면 더는 연락하지 않는 상대 정보를 한순간에 삭제할 수 있지만, 일단 적어 놓은 주소록은 지우기 힘들다.

주소록은 금방 찾았다. 수첩 크기의 주소록. 팔랑팔랑 페이지를 넘기니 앞에 별 표시를 해 놓은 남자 이름이 하나 나왔다.

가쓰라기 사다카즈. 주소, 전화번호, 생년월일. 그냥 아는 사람이라면 생년월일은 필요 없다.

틀림없다. 이 남자다.

고테가와는 서둘러 그 내용을 옮겨 적은 뒤 아라오 레이코의 사진을 한 장 챙겼다. 그리고 감식과에 뒷일을 맡기고 밖으로 나갔다. 여기는 분명히 상점가다. 아라오 레이코의 귀가 시간에는 오가는 사람들도 많아서 무슨 일이 있었으면 틀림없이 목격자가 있을 것이다.

하지만 그 기대가 부질없는 희망이라는 사실을 한 시간이나 탐문하는 동안 점차 깨달았다. 분명 역 앞에서 아라오 레이코의 아파트까지 상점들이 늘어서 있지만, 이미 쇠퇴한 상점가였다. 삼 년 전, 교외에 문을 연 대형 쇼핑몰에 손님들을 빼앗겨 역 앞인데도 셔터를 닫은 매장이 많았다. 놀랍게도 어느 역 앞에나 흔한 술집이나 약국조차 폐업 상태였다. 역 앞이 이 모양이라면 나머지는 짐작하기 어렵지 않다. 저녁때가 돼 해가 저물 무렵에는 어슴푸레한 가로등과 편의점 불빛만 남는, 적자 지방선의 무인역 앞이나 다름없게 된다. 주민들의 온기, 생활감이 느껴지지 않는다. 쇼핑하려는 사람은 교외로, 밤거리로 나가려는 사람은 도심으로 향한다. 역에서 나오는 이는 곧장 이불 속으로 들어가려는 사람들뿐, 글자 그대로 베드타운이 돼 버렸다.

사정을 알고 나니 납득이 갔지만 뭔가 잘못됐다는 인상은 사라지지 않았다. 이 나라는 어딘가 일그러져 있다. 사람들이 돌아가 휴식을 취하는 곳이 경제 효율이란 뭔지 모를 논리로 공동화(空洞化)되고 있다. 이것이 지역 진흥이고 재개발이라면 앞장서서 깃발을 흔드는 자는 부지런히 껍데기만 만들고 있는 멍청이다.

결국 발바닥이 닳도록 돌아다녀서 얻은 성과는 낙심할 정도로 적었다. 가끔 아라오 레이코가 남자와 팔짱을 끼고 걸어가는 모습을 봤다는 목격담은 세 건 정도 있었지만, 정작 중요한 화요일에는 그녀를 본 사람이 없었다. 혹시나 싶어 역 개찰구에도 들렀지만 승객들 얼굴을 일일이 기억하는 역무원은 없었다. 한차례 탐문이 끝날 무렵에는 완전히 해가 저서 두꺼운 커튼 같은 어둠이 역 앞 상점가를 뒤덮고 있었다. 먹물이 스미듯 거리가 어두워지고 편의점의 환한 불빛만 두둥실 떠오른다.

바람이 갑자기 차가워졌다.

한노 경찰서의 수사본부로 돌아가자 와타세가 평소보다 언짢은 얼굴을 하고 있었다. 보고한 내용이 빈약해 화난 거라 생각했는데 아니었다.

"나가노에서 피해자 부모님이 와서 이제 막 시신을 확인했어."

"아아, 네."

'잘됐네요.'라는 말은 집어삼켰다. 유족들이 슬퍼하며 눈물짓는 상황은 고테가와가 불편해하는 것 중 하나였다.

"외동딸이었나 봐. 부모님은 고향에서 외장 공사 도급을 맡아서 하는데 요즘은 일거리가 전혀 없어서 피해자가 가끔 돈을 보내줬던 거 같아. 네가 발견한 대출 상환 청구서는 의외로 그런 사연 때문일 거야."

"금전적 이유라는 가능성은 낮아졌네요."

"처음부터 그 가능성은 생각 안 했어. 도둑이 그렇게 손 가는 짓을 하겠냐. 지난달에도 피해자가 본가에 전화했는데 가깝게 지내는 남자가 있다거나 이상한 인간이 쫓아다닌다는 이야기는 전혀 없었대. 살해당한 이유를 전혀 모르겠다나 봐."

"이런 거 아닐까요? 남자와 바로 얼마 전에 헤어졌고, 새로운 남자를 만나려고 이상한 사이트에 접속했다가 사이코 같은 인간과 얽혔다거나."

"컴퓨터 확인했어?"

"감식원들이 한창 씨름하는 중이죠. 아, 현장 감식 결과는 나왔습니까?"

"결과라고 해 봤자 별거 없어. 현장 주변에서 피해자를 포함해 불특정 다수의 머리카락이 무더기로 채취됐어. 지금 부지런히 분류 중이야. 당연한 이야기일지도 모르지만 파란 비닐과 쪽지에서는 최초 발견자 말고는 검출된 지문이 없고. 쪽지는 필적 감정사가 보고서를 보내왔어. 종이는 대형 업체의 중성 복사 용지. 아주 흔한 제품으로 소비자를 한정하는 건 일단 불가능해. 필적은 자를 쓰지 않고 손으로 직접. 의식했다면 꽤 연습했을 거야. 아니라면 보다시피 정신 연령이 여섯 살 정도거나 의무 교육을 제대로 받지 못한 사람 짓이야……. 어때? 미쓰자키 교수님 같은 의견은 공식 문서에 안 나오지?"

"보고서는 공식적인 견해, 교수님은 단순한 직감이죠."

"그 직감이라는 게 제법 중요해. 직감은 비과학적이라고 여긴다면 그거야말로 잘못된 생각이야. 잘 들어. 형사를 포함해 일선에서 범죄에 대처하는 사람들 오감에는 방대한 데이터가 쌓여 있어. 시체 상태, 시반 모양, 부패 가스 냄새, 발자국 깊이, 흉기의 촉감, 현장의 소리와 공기. 그것들은 본인이 의식하지 않아도 망막, 고막, 콧구멍, 혀끝, 손끝이 기억해. 그리고 그 데이터가 쌓이고 세분화돼 판단 근거가 되지. 네가 방금 말한 직감이라는 건 그 방대한 데이터베이스를 토대로 내린 결론이야. 과학적인 검사를 거쳐 제출된 공식적인 견해에 전혀 뒤지지 않아."

약간 독선적인 논리에 반론하려던 그때 경찰관이 들어왔다.

"경부님, 어떤 남자가 피해자를 안다며 찾아왔습니다."

"누군데?"

"가쓰라기 사다카즈라고 합니다."

자신도 모르게 와타세와 마주 본다. 불러내는 수고가 줄었다. 하지만 무슨 이유로 제 발로 찾아왔을까? 선량한 시민의 의무? 어차피 의심받을 거라는 생각에 스스로 적지로 뛰어들어 동정을 살피려는 속셈일까?

별실에서 만난 가쓰라기 사다카즈는 좋게 말하면 신중하고 나쁘게 말하면 겁쟁이 같아서 마치 초식 동물을 연상시켰다. 눈매는 착해 보였지만 눈빛이 계속 흔들리면서 한곳에 고정되지 않는다. 특이한 경우는 아니다. 대부분 사람들이 경찰서에 들어온 순간 위축된다.

가쓰라기는 자신이 지난달 말까지 아라오 레이코와 연락했다는 말부터 꺼냈다. 그리고 오늘 신문을 보고 바로 경찰서를 찾아와야겠다고 마음먹었다고 했다.

"소프트웨어 회사에서 일하십니까? 피해자와는 어떤 연으로?"

"레이코가 저희 회사 복사기를 관리하러 왔다가……. 저기, 레이코를 만나고 싶은데요."

"바라신다면 위쪽에 이야기해 보죠. 그보다 연락했다니…… 헤어진 거 아닌가요?"

"아니, 그건…… 레이코 생각이고 저는 다릅니다. 마지막에 전화했을 때도 일방적이었고 저는 헤어진다고는 한마디도 안 했어요."

"하지만 아라오 레이코 씨는 직장 동료들한테 헤어졌다고 했다던데."

"여자들은 종종 마음과 다른 이야기를 하지 않나요?"

"방에 있던 액자에서 두 사람 사진이 빠져 있었어요."

"지난달 초에 같이 새로 사진도 찍었습니다. 그것과 바꾸려고 했겠죠."

"그런데 연락이 끊겼다는 건 문자에 답신이 없었다는 건가요?"

"네. 제가 전화하고 문자를 보내도 전혀 연락이 없었어요."

그 순간 고테가와는 가쓰라기에 대한 견해를 바꿨다. 일방적으로 이별을 통보받았지만 미련이 남았던 남자는 이야기가 잘 풀리지 않자 결국 여자를 교살⋯⋯. 싱거울 정도로 단순한 줄거리지만 단순한 만큼 허점은 적다.

"가쓰라기 씨, 11월 27일 화요일 밤에 어디 계셨습니까?"

"일주일 전 밤을 기억하는 게 오히려 이상하겠지만 공교롭게도 제 일주일은 판에 박힌 듯 똑같아서⋯⋯. 사이타마 시내의 재즈 바에서 혼자 술을 마시고 있었습니다. 1시가 넘어 가게를 나왔고요. 단골이니 마스터가 증언해 줄 겁니다."

"그다음은요?"

"1시 이후의 알리바이? ⋯⋯역시나 그건 없네요. 그 뒤는 자는 것밖에 없어서."

"시신이 어떤 상태였는지 신문으로 봐서 알고 계시죠? 레이코 씨의 지인 중에 그런 짓을 저지를 만한 사람은 없을까요?"

가쓰라기는 고개를 저었다.

"서로 동료들 이야기는 잘 안 해서⋯⋯. 회사 사람들이 그런 이야기는 안 하던가요? 레이코와 마지막에 만난 사람은 누구죠?"

"제가 묻고 있는데요."

"죄송합니다. 하지만 레이코는 남의 원한을 살 만한 사람이 아니었어요."

"조금 전에 피해자와 싸웠다고 했는데 이유가 뭡니까?"

"⋯⋯꼭 말해야 합니까?"

"수사에 협조해 주셨으면 합니다. 이야기한다고 해도 레이코 씨는 더 이상 화내지 않을 거고요."

상대를 일부러 화나게 만드는 말이었지만 가쓰라기의 표정은 바뀌지 않는다.

"⋯⋯어긋난 건 레이코가 결혼을 서둘렀기 때문입니다. 사건 지

일 년 됐는데 저는 아직 일 년, 레이코는 이미 일 년. 그렇게 받아들이는 게 달라서……. 레이코는 부모님을 만나 달라고 계속 말하고, 저는 굳이 서두르지 않아도 된다고 말하고……. 딱히 상대가 싫었다거나 그런 건 아닙니다."

"그런데 레이코 씨가 이별을 통보하고 당신 연락에 대답을 안하게 됐다. 그런 거죠?"

"그래서 제가 되레 앙심을 품었다?"

"뭐, 흔히 있는 이야기 아닌가요?"

"실례지만 형사님……, 여자 친구 있으세요?"

"……네?"

"이 여자를 위해서라면 내 목숨도 내놓을 수 있다는 생각이 드는 사람이 있냐고요."

"그게 뭔 상관입니까?"

"없다면 제 마음을 이해 못 하실 겁니다. 정말 자신보다 소중한 존재였다면 설령 연이 끊기더라도 행복을 바라죠. 앙심 같은 건 품지 않습니다."

담담한 말투가 오히려 강인한 의지를 풍겼다. 일부러 들으란 듯 쳇 하고 혀를 차지만 가쓰라기의 표정에는 흔들림이 없다.

"피해자의 집에 몇 차례 간 적 있죠?"

"네."

"무슨 이상한 사이트에 접속하거나 그러지 않던가요?"

가쓰라기는 잠시 생각하더니 대답했다.

"아니요, 그런 일은 없었던 거 같습니다. 인터넷 하는 걸 몇 번 봤지만 대개 패션 관련 사이트였어요. 레이코도 그런 말은 한 적 없고요."

청취를 마친 가쓰라기가 나가자 문 뒤에서 와타세가 느릿하게 나타났다. 아무래도 처음부터 끝까지 듣고 있었던 모양이다.

"이 멍청한 새끼야, 너는 이런 청취도 제대로 못 하나! 질문하는 사람이 열 받아서 어쩌겠다는 거야. 마지막은 완전 그쪽 페이스대로 흘러갔잖아!"

"그 사람, 꽤 심지가 강한 거 같던데요."

"심지가 강하다고? 지금 나갔을 때 그 사람 바지 무릎 못 봤어?"

"바지 무릎요?"

"역시 못 봤군. 막 다림질한 것처럼 주름이 칼같이 잡힌 바지가 무릎만 온통 구겨져 있었어. 방에 들어왔을 때부터 내내 옷을 쥐고 있었거든. 심지가 강하긴 개뿔. 네 말을 꾹 참고 있었던 거야. 마음이 꺾이거나 폭발하려는 걸 얼굴에 나타내지 않고 죽을힘을 다해 누르고 있었다고."

구구절절 옳은 소리라서 반론의 여지가 없다.

"하지만 마지막에 미끼는 던진 것 같으니까 결과적으로 오케이라고 할까."

"미끼를 던지다니…… 무슨 말씀입니까?"

"그 가쓰라기라는 남자, 절대 바보가 아니야. 질문에 대답하면서 우리가 뭘 알고 뭘 모르는지 떠보는 거 같았어. 1시 넘어서 잤댔지. 감정을 죽이고 경찰 동향을 살피던 그 남자가 지금부터 여섯 시간 동안 어떤 행동을 할지 궁금하지 않아?"

"아아."

"그 자식, 우선 시신을 확인하러 갈 거야. 진심은 어떻든 간에 처음에 만나게 해 달라고 했으니까. 대학 병원에서 나오면 뒤를 쫓는다."

창문으로 바깥을 내다본다. 마침 가쓰라기가 경찰서를 나서고 있었다. 어깨를 떨구고 바람에 밀리듯 정문으로 향한다. 고테가와는 이게 연기라면 대단하다고 생각했다.

와타세의 말대로 가쓰라기는 곧장 대학 병원으로 가 아라오 레이코의 시체를 마주했다. 동행한 경찰관 말로는 침묵을 지키며 계속 죽은 얼굴을 응시했다고 한다. 울지도 않고 큰 소리도 내지 않고 표정조차 바꾸지 않았다고 한다.

병원에서 나온 시각은 9시가 넘어서였다. 그때부터 두 사람의 미행이 시작됐다.

가쓰라기는 병원에서 역으로 향했다. 그냥 집에 가는 건가 하고 순간 낙심했지만 도중에 세이부신주쿠선으로 갈아탔다.

집으로 발길을 재촉하는 직장인들 뒤에 숨어 같은 차량에서 좀 떨어진 곳에 선다. 손잡이를 붙잡고 전철에 흔들리는 모습에서 여전히 아무런 감정도 읽을 수 없다.

불현듯 가쓰라기의 시선이 눈앞에 앉은 양복 차림의 남자를 향한다. 남자가 펴 들고 있는 것은 《사이타마일보》 석간이다. 1면에 '다키미 엽기 살인'이라는 헤드라인이 보인다. 가쓰라기의 눈이 그 글자를 뚫어지게 바라보고 있다. 열기 없이 공허하지만 조금도 흔들림 없는 시선. 그 시선을 알아챈 남자가 기분 나쁜 듯 허둥지둥 신문을 접는다.

몇 정거장을 지나 가쓰라기가 내린 곳은 오가타, 즉 아라오 레이코의 아파트가 있는 역이었다.

가쓰라기가 역 앞의 간단한 약도를 올려다본다. 고테가와는 그제야 떠올린다. 많이 떨어져 있긴 하지만 이곳은 스카이스테이지 다키미에서 가장 가까운 역이기도 한다. 범인은 반드시 범행 현장에 다시 나타난다는 오랜 속설이 머리 한구석에서 되살아난다.

설마 여기서 현장까지 걸어가는 무모한 짓은 하지 말기를. 역을 나오자마자 불어온 찬바람에 몸을 떨면서 속으로 바랐다. 그 바람이 통했는지 가쓰라기가 택시를 잡아탔다. 이미 밤 11시가 넘어서 곧바로 택시를 잡아 뒤쫓을 수 있을지 걱정됐지만 이 시간에 택시 타는 사람은 어느 정도 정해져 있는지 바로 택시가 잡혔다.

다른 사람에게 추적을 맡기니 역시 집중력이 떨어진다. 이완된 시야에 비치는 차창 경치는 드문드문 불이 켜진 주택가를 지나서 점점 어두운 영역이 많아진다. 가로등은 있다. 하지만 외관을 우선시해 키만 큰 주황색 등은 땅에 닿을 즈음에는 불빛이 완연히 약해져 있다. 도로변에는 무너지기 직전의 폐가가 늘어섰을 뿐 조명이 될 만한 것은 눈에 띄지 않는다. 밤바람이 키가 큰 풀과 나무를 흔들고 칠이 벗겨진 간판을 두드리는 소리가 차 안에까지 흘러들어 온다. 어떤 나쁜 일이 일어나도 이 깊은 어둠이 숨겨 주기 때문에 남자라도 이 길을 혼자 걸으려면 마음을 단단히 먹어야 할 듯싶었다. 시신을 옮기는 데 이보다 안성맞춤인 장소도 없을 것이다. 불빛이 약하고 밤의 마물들이 날뛰는 땅에 매달린 아라오 레이코의 시체는 이상하리만치 위화감이 없다. 고테가와는 용케 이런 곳에 그처럼 어울리지 않는 고층 맨션을 지었다며 새삼 감탄한다.

목적지에 도착해 택시에서 내린 가쓰라기는 부지 내 안내판을 보고 뭔가를 확인했다. 그리고 1동으로 향한다. 고테가와와 와타세는 옆 동에서 가쓰라기의 모습을 좇기로 했다.

잠시 뒤 시체가 발견된 13층에 가쓰라기가 나타났다. 계단 뒤라서 잘 보이지는 않지만 현장에서 부스럭거리며 움직이는 듯했다. 난간에서 보였다 안 보였다 하자 고테가와는 짜증이 났다. 와타세는 완전히 흥미를 잃은 듯 멍하니 그 모습을 응시하고 있다. 현장은 이미 감식원들이 조사를 마치고 통제선도 치워진 상태였다. 이제 와 서성거려도 이쪽에서 허둥거릴 이유는 없다는 걸까?

이후 가쓰라기는 맨션 뒤쪽으로 돌아갔다. 쫓아갔더니 각 동의 쓰레기를 모으는 곳으로, 가쓰라기는 산처럼 쌓인 쓰레기봉투 중 하나를 집으려던 참이었다. 그것을 본 와타세가 더 이상 참지 못하고 뛰쳐나갔다.

"휴, 도저히 못 봐주겠네."

막을 틈이 없었다.

"가쓰라기 씨, 이제 그만하지그래."

이 한마디에 가쓰라기는 조각상처럼 움직임을 멈췄다. 그 얼굴에 무슨 일이 일어났는지 모르겠다는 표정이 떠올랐다.

"레이코 씨가 당일 입고 있던 옷은 코듀로이 바지와 플란넬 셔츠, 코트와 목도리 그리고 부츠. 또 핸드백을 들고 있었어. 13층 현장에는 남아 있지 않았고 방에도 없었어. 물론 맨션의 모든 쓰레기통에도 말이지. 참고로 말하면 지금은 사용하지 않는 부지 구석 소형 소각로까지 조사했지만 의류나 소지품을 태운 흔적은 발견되지 않았어. 범인이 가지고 갔거나 레이코 씨가 알몸으로 이곳까지 옮겨진 거야. 아무리 남자 친구라고 해도 경찰이 놓친 물건을 발견할 수 있다는 엉뚱한 생각은 하지 말지그래. 우리는 이걸로 벌어먹고 있다고."

"저, 저는⋯⋯."

"아마추어 탐정이 끼어들어 봤자 좋을 게 없어. 범인이 레이코 씨 주변에 있을 가능성은 여전히 높아. 냄새 맡고 다니면 이번에는 당신이 당할지도 모른다고. 그건 레이코 씨가 바라지 않을 거야."

굳어 버린 모습에서 서서히 경계심이 풀렸다. 가쓰라기가 천천히 일어선다.

"……제가 할 수 있는 게 없을까요?"

"있어. 우리한테 정보를 제공하는 거지."

"아는 건 모두 말씀드렸습니다."

"아니, 아직 남았어. 아라오 레이코는 어떤 여자였지? 남들의 원한을 사니 안 사니, 그런 거 말고."

의외였는지 가쓰라기의 눈이 커진다. 잠시 후 그가 고개를 숙인 채 엷은 웃음을 지었다.

"그런 게 수사에 도움이 되나요?"

"당신만 아는 거잖아. 그렇다면 그건 특별한 정보지."

"뭐가 있을까요……."

가쓰라기는 기억을 떠올리는 듯 시선을 대각선 위쪽으로 보내더니 나직하게 말하기 시작했다.

"레이코는…… 평범한 여자였어요. 어디에나 있는 스물여섯 살 회사원요. 대학에 가려고 나가노를 떠나왔고 여기서 취직했고. 멋과 여행, 맛있는 걸 좋아하는 평범한 회사원. 하지만 지금 하고 있는 일이 정말 자신이 원하던 일인지 고민하는 것 같았어요. 레이코 방에 이직 정보지가 있었죠? 그건 최신 호가 아니라 이 년 전 거예요. 정말 이직하려는 생각은 없었을 거예요. 하지만 정말 이게 맞는 걸까, 다른 선택지가 더 있던 게 아닐까 고민했어요. 우습나요? 스물여섯이나 돼서 무슨 생각을 하는 거냐, 역시 여자라서 일을 대충 하는 거냐. 하지만 그런 경우 꽤 많아요. 여자뿐 아니라 남자도요. 내일은 어떤 상태일까, 내일모레는 어떤 상태일까. 오늘과 똑같은 날들이 앞으로도 매일 계속될까……. 사람은 불안해지면 마음속에 확실한 게 있어도 흔들리곤 하잖아요. 지금 생각하면 마지막에 이야기 나눴을 때 딱 그런 상태였는지도 모르겠어요. 그런 레이코가 내린 결론이 결혼이었던 것 같습니다."

"남자한테는 출발점이고 여자한테는 결승점이라는 거구나. 흔히들 하는 이야기지."

"네, 질릴 정도로요. 그런데 저는 그런 마음으로는 결혼해도 오래가지 않을 거라고 했어요. 레이코가 화내면서 문자를 무시할 만했죠. 저는 레이코가 유일한 도피처로 생각한 길을 막아 버렸어요."

말끝이 약간 떨린다. 가쓰라기는 그곳에 누가 누워 있기라도 한 듯 시선을 떨어뜨린다.

"제 생각만 한 걸까요……. 네, 분명 그런 거죠. 레이코가 빨리 결혼하고 싶다고 채근하는 게 솔직히 싫고 무서웠어요. 당장 결혼해서 뭘 얻고 잃을지 순간적으로 계산했어요. 하지만…… 하지만 그건 어디까지나 시간의 문제였고 함께할 거라는 생각을 안 한 건 아니에요. 토라지고 화내도 저한테는 소중한 여자였어요. 화내는 얼굴, 우는 얼굴, 모두 좋아했어요……. 착한 여자였어요. 길에서 휴지나 전단지를 나눠 주는 사람을 보면 꼭 인사하면서 받곤 했어요. 무시하면 나눠 주는 사람이 불쌍하다고. 생판 남이고 그 사람한테는 일일 뿐인데……. 그리고 하늘을 올려다보는 버릇이 있었어요. 태어나고 자란 나가노의 하늘은 아주 높았는데 도시의 하늘은 낮아서 짓눌리는 것 같다고 했어요. 그리고…… 아아, 아이를 좋아했어요. 공원에서 아이들 노는 모습을 볼 때마다 미소를 지었어요. 남의 애 아니냐고 하면 그게 무슨 상관이냐고, 애는 모두 귀엽다고, 아이가 귀엽지 않은 사람이 어디 있냐고……. 레이코는 분명 좋은 엄마가 됐을 거예요. 그런데…… 그런데……."

이 남자 입에서 "빌어먹을." 하고 처음으로 분노의 말이 나왔다.

"왜 그 여자인데? 왜 레이코여야 했는데? 대체 그 여자가 뭘 어쨌는데? 빨가벗겨서 남들 눈에 띄게 하고. 얼마나 무서웠을까. 얼마나 괴로웠을까. 정 그러면 다른, 밤에 놀기 좋아하는, 죽어도 아무도 슬퍼하지 않을 여자를 적당히 죽이면 되잖아. 젠장, 젠장⋯⋯."

가쓰라기가 얼굴을 감싸며 그 자리에 털썩 주저앉았다. 그동안 참았던 둑이 무너져 감정이 격하게 흘러넘친 듯했다. 흘러넘치는 울음을 손으로 막아 보지만 이내 손가락 사이로 쏟아져 나와 바람에 섞여 사라진다.

3. 12월 3일

이튿날 고테가와는 수사본부로 출근했다가 깜짝 놀랐다. 와타세가 컴퓨터 앞에서 팔짱을 끼고 있었던 것이다.

"어쩐 일이세요, 반장님?"

"뭐가?"

"그야 컴퓨터⋯⋯."

"내가 컴퓨터 보고 있으면 이상한가?"

그렇다. 주택가에서 호랑이를 보는 것보다 이상하다. 하지만 차마 입 밖으로 내지는 못한다. 이제는 한 사람당 한 대씩 컴퓨터가 지급됐지만, 처음에는 부서에 겨우 한 대밖에 없었다. 그리고 그 컴퓨터를 누구보다 소리 높여 요구한 사람이 바로 와타세였다. 그런데 와타세가 신바람 나서 컴퓨터를 쓴 것은 처음 사흘뿐이었다. 그 뒤는 오래된 장난감에 싫증난 아이처럼 서둘러 젊은 사람에게 사용권을 넘겨 버리고 자료가 필요할 때 출력만 시키고 있다. 지금은 수사 1과에서 실리콘 밸리 알레르기가 가장 심한 사람이라는 뒷말을 듣는 형편이다.

그 와타세가 스스로 컴퓨터 화면을 열심히 들여다보고 있다.

"대체 뭘 보고……."

와타세 뒤로 가서 화면을 들여다본 순간 숨이 멎었다.

캄캄한 밤을 배경으로 차양에 매달린 아라오 레이코의 시체가 떠 있었다.

감식과에서 찍은 현장 사진이 아니었다. 고테가와는 화면 구석으로 시선을 옮긴다. 컴퓨터 하드에 저장된 것이 아니라 어느 사이트에 올라온 것이다. 사이트 이름은 '시체 사진 온 퍼레이드'였다.

"반장님, 이런 사이트에 어떻게 이 사진이…… 설마 본부에서 유출된 겁니까?"

"너는 눈을 폼으로 달고 다니냐? 이 사진 잘 봐. 어제 질리게 본 현장 사진에 이거랑 똑같은 게 있었어?"

그 말에 다시 사진을 들여다보고 나서 간신히 와타세가 하려는 말을 이해했다. 배경이 어둡다. 하지만 경찰이 현장에 도착했을 때에는 이미 하늘이 밝아 오고 있었을 터다. 다시 말해 이 사진은 경찰이 도착하기 전에 찍은 것이다.

"이런 걸 대체 누가……."

"그것도 조금만 생각하면 알 수 있어. 앵글을 봐. 머리에서 발끝까지 전신을 정면에서 찍었어. 이렇게 찍을 수 있는 데는 딱 한 곳뿐이야. 찍을 수 있는 사람도 한 명밖에 없고."

"범인!"

"그렇다면 열 받긴 해도 수사에 진전이 있겠지만 이건 그저 열

받는 일일 뿐이야. 맨 처음 발견한 그 신문 배달원 녀석이 휴대 전화로 찍은 거지. 하긴 평생에 한 번 있을까 말까 한 일이니까. 기념이랍시고 혼자 가지고 있어도 문제일 사진을 인터넷에 올리다니. 이래서 인터넷은 마음에 안 들어. 익명으로 아무 말이나 해 대. 비열한 녀석들은 더하지. 그 녀석들 속내나 표현은 사람 속을 긁잖아. 그런데 꼭 그런 것들만 보고 싶어 하는 인간들이 또 여기저기 있단 말이야. 말하자면 부도덕한 위생 박람회 같은 거지."

위생 박람회가 뭔지는 모르지만 와타세 말투에서 그게 몹시 깨끗하지 못한 것이라는 짐작은 갔다. 이상한 것은 와타세의 태도다. 고작 고등학생의 못된 짓에 이렇게까지 열을 올리다니…….

"반장님."

"응?"

"뭔가 더 있습니까? 그 인터넷과 관련해서."

"막연하게는. 이쪽은 나보다 네가 더 잘 알겠지만, 이런 엽기적인 사건이 발생했을 때 인터넷에서는 보통 반응이 어때?"

"반응요? 2채널(일본 최대의 인터넷 게시판 사이트./옮긴이)이나 실제 사건을 다루는 사이트에서는 쓰고 싶은 대로 써 대는 녀석들이 많이 나오죠. 범인이나 경찰 움직임을 추리해서는 맞았다느니, 안맞았다느니, 그야말로 축제 분위기예요. 거기에 시체 사진이라도 유출되면 품평회가 시작되죠. 전에 목 없는 시체가 공개됐을 때는 '완전 대박.'이란 댓글까지 달렸으니까."

와타세가 그런 말을 들으면 분명히 부도덕하다고 화낼 만했다. 하지만 인상을 찌푸린 채 "그게 일반적이지."라고 말했다.

"……부도덕이 아니고요?"

"그런 건 경솔하다고 하는 거야. 상황에 따라 부도덕은 용서받지 못하지만 경솔함은 용서가 돼. 그중 하나가 시체를 봤을 때야. 시체라는 건 보는 사람 자신의 죽음을 자각시켜. 나도 언젠가 시체가 된다, 썩어 버린다, 생각하면 할수록 미칠 것 같아. 그래서 정신이 건강한 사람은 죽음을 농담거리로 삼아. 안 그러면 도저히 견딜 수 없으니까. 우리 경찰관이나 의사, 스님같이 수시로 시체를 마주하는 일을 하는 사람이라면 시체에 얽힌 블랙 유머 한두 개는 들은 적이 있어. 안 그러면 마찬가지로 정신 균형을 유지하지 못하기 때문이야. 그래서 인터넷에 경솔한 말들이 오가는 거고. 그건 좋다 이거야. 그게 일반적이니까."

와타세가 괴로운 듯 화면을 응시한다.

"그런데 이번에는 그게 안 보여. 방금 전에 조사를 시켰어. 사건이 보도된 지 사흘, 네가 말한 2채널부터 시작해 비슷한 사이트를 죽 훑어보라고 했는데 으스스하다, 무섭다는 의견만 있고 사건을 조롱하는 인간은 없었어. 이 사진이 공개됐는데도 시체를 조롱하는 댓글이 전혀 없어. 접속 건수가 3000건이 넘었는데……."

"그게 뭐가 신경 쓰이는데요?"

"일반적이지 않은 것에 신경 쓰이지. 다른 엽기적인 사건들과 반응이 달라. 모두 으스스하다고 겁먹고 있어. 불안감이 경솔한 생각보다 더 강해. 그게 아무래도 걸려. 뭐가 어떻다고 분명하게 말은 못 하겠지만 예감이 안 좋아."

으스스하다고 느끼는 것은 고테가와도 마찬가지였다. 단순히 시체를 훼손시킨 잔혹함이 아니라, 마치 아이가 장난감 대신에 시체를 가지고 논 듯한 이질적인 뭔가가 있다. 사건이 단순히 엽기적이라면 사람들은 잔혹함이라는 이미 아는 개념을 적용시켜서 대응한다. 자식을 살해하고 부모를 살해하는 것도 비정함이라는 개념으로 이해할 수는 있다. 그런데 유아성에 기인하는 순수한 잔인함은 유아만이 이해할 수 있다. 분별력 있는 어른들은 이해할 수 없는 감정. 그렇기 때문에 어른들이 불안해하는 것이다.

"피해자의 컴퓨터는 다 확인했습니까?"

"그래. 가쓰라기의 증언대로 피해자가 이상한 사이트에 접속한 흔적은 없었어. 그런데 솔직히 이 사실은 공개하고 싶지 않아."

"왜죠?"

"피해자가 불법 사이트에 빠져 있었다, 피해자가 위험한 사람을 만나고 있었다……. 정보를 받아들이는 측에서는 그런 부대조건이 일종의 안전판인 거야. 피해자는 살해당할 이유가 있었다, 그래서 죽었다, 나와는 아무 상관 없다. 그런데 피해자에게 아무런 부대조건이 없었다면? 자신이 살해됐어도 이상할 게 없는 거야. 어쩌면 다음은 자신이 당할지도 모르는 거고. 그리고 예기치 않은 죽음만큼 무서운 건 없으니까."

"……반장님, 너무 생각이 많으신 게……."

"그럼 다행이지만 확실하지도 않은 기사를 인터넷에 올리는 언론뿐 아니라 이번에는 사회 지도자들까지 같은 소리를 하고 있어. 이거 봤어?"

와타세가 휙 던져 준 건 《사이타마일보》의 오늘 자 조간이다.

"3면의 사설이야. 이런 사건이 발생하면 으레 지역 사회의 커뮤니케이션 부족, 공포 영화나 잔인한 만화의 악영향, 황폐해진 인심 이야기가 줄줄이 나오지. 그런데 그런 내용이 전혀 없어. 단지 모방범이 나타날 수 있다는 우려와 조속한 해결을 바란다는 것. 너무 공손해서 기사 자체도 으스스해. 요컨대 언론마저 불안해하고 있는 거야."

읽어 보니 와타세 말대로 흉악 사건의 발생 원인을 범인보다는 사회 환경에서 찾는 경향이 강한 논평이 이번만은 백팔십도 달라져 완곡하다.

"신문만이 아니야. 알루미늄보다 가볍고 콘돔보다 얇은 뉴스쇼조차 요 모양이니."

와타세가 옆에 있는 텔레비전을 켰다. 갑자기 아침 뉴스쇼가 흘러나왔다.

"……그러다 보니 현장인 스카이스테이지 다키미는 입주자가 10분의 1밖에 없군요. 그렇기 때문에 당연히 목격자도 없고요."

"그렇군요. 도시 속 어둠이라는 거네요."

"정말 그렇습니다. 저희도 범행 시각으로 추정되는 시간에 현장에 가 봤습니다만 가로등도 적고 인적도 드물어서 여성이 혼자 다니기에는 꺼려지는 곳이었습니다."

"참으로 아이러니한 이야기네요. 새로 지은 고층 맨션 부지인데 이렇게 치안이 나쁘다니. 마치 미국의 사우스 브롱크스 같네요. 물과 치안이 공짜라는 일본 신화가 또 하나 무너졌어요."

"그렇습니다. 그런데 현장 주변의 치안이 나쁜 것도 그렇지만 더 오싹한 건 역시 시신을 맨션 13층에 매단 행위죠. 범인은 대체 어떤 사람일까요?"

비번일 때 자주 보는 프로그램이기 때문에 사회자나 패널도 익숙했다. 그런데 정의의 사도처럼 범죄를 단죄하던 건방진 모습을 찾아볼 수 없었다. 날카로운 언변으로 정평이 난 칼럼니스트도 어쩐지 톤이 낮다. 모두들 서로의 얼굴을 쳐다보며 어찌할 바를 몰라하는 듯하다. 아니, 있는 그대로 말하면 텔레비전에 어떻게 비치는지 신경 쓸 여유조차 없어 불안한 기색을 숨기려고도 하지 않는다.

와타세의 지적이 옳았다. 그동안 수많은 처참한 사건이나 충격적인 장면을 요리해 안방에 제공해 온 언론이 이 으스스한 요릿감만은 어디서 어떻게 손을 대야 할지 몰라 당혹스러워하고 있다.

한편 고테가와는 그래서 뭐 어쨌다고 하는 식의 전혀 다른 생각도 든다. 사회를 불안의 구렁텅이에 떨어뜨리고 언론까지 사건의 계속보다는 해결을 바라는 흉악 범죄. 사건이 흉악하고 화려할수록 해결된 순간의 갈채는 커진다. 그 갈채의 소용돌이에 있는 것은 자신이다. 반드시 범인을 검거해서 이름을 드높여야만 한다. 대학은 나왔지만 국가 공무원 시험 I종은 떨어졌다. 그로 인해 고테가와의 경찰관 인생은 밑바닥에서 시작됐다. 견실하게 근무해서 남들보다 더 승진한다고 해도 경시에서 그친다. 그래서는 고테가와의 자존심이 허락하지 않는다. 경찰이란 조직에서 계급은 절대적이다. 자신의 의지를 밀고 나가려면 승진해야 한다. 파출소 근무 시절에 얻은 교훈이었다. 경찰 공적장이나 경찰 공로장, 그것도 안되면 경시 총감상이라도 좋다. 아무튼 커다란 공로를 세워서 자신의 존재를 알릴 필요가 있다. 이렇듯 고테가와의 공명심은 나날이 커져만 갔다.

"수상한 사이트에도 안 들어갔고, 가쓰라기 말고는 이렇다 할 지인도 없어. 하지만 범인은 틀림없이 어떠한 형태로 피해자와 접촉했어. 과거든 현재든 범인은 피해자를 알고 있었을 가능성이 높아. 다행히 부모님이 피해자의 졸업 앨범을 가지고 오셨어. 과거의 지인, 현재의 교우 관계를 모두 털어 봐. 지난 몇 주간 피해자에게 접촉한 사람은 한 사람도 남김없이 뽑아내."

"묻지 마 범죄는 어떻습니까? 범인이 만약 사이코라면 느긋하게 사람을 고르지는 않겠죠. 어둠 속에서 가만히 기다리다가 적당한 희생자를 보면 바로 뒤에서 내려쳐서."

"사람을 기절시킬 수 있을 만큼 커다란 둔기를 들고 길거리를 어슬렁거린다고? 더구나 미리 그렇게 큰 비닐 시트까지 준비해서? 이 녀석은 분명 정신 이상자일 수는 있지만 멍청하지는 않아. 멍청하기는커녕 무시무시할 정도로 신중하다고. 그 증거로 시신이 발견된 지 사흘이나 지났는데 수사에 도움이 될 만한 물건이 전혀 나오지 않잖아. 닥치는 대로는 아닌 거 같아. 범인은 어디선가, 아니면 뭔가로 아라오 레이코라는 여자를 알고 표적으로 고른 거야. 접점…… 아라오 레이코와 범인의 접점만 알면 사건은 반드시 해결돼."

와타세의 책상에 앨범이 두 권 놓여 있다. 조금 전에 말한 졸업 앨범이다. 사진까지 있어 두께가 상당하다. 이 안에 있는 사람들 소식을 모두 쫓으면서 아라오 레이코와의 접점을 찾으라는 것이다. 그녀와 같은 나이라면 일을 마치고 곧장 집으로 가는 사람도 별로 없을 테니까 연락이 된다고 해도 시간이 늦을 가능성이 높다. 또 연락이 된다고 해도 헛수고로 끝날 가능성이 높다. 노력에 비해 결과는 적은 일이기 때문에 고테가와는 자신도 모르게 입을 삐죽거리고 있었다.

그때 갑자기 텔레비전 음량이 커졌다. 돌아보자 와타세가 리모컨을 쥐고 있었다.

"……패널을 모셨습니다. 범죄 심리학의 권위자로 조호쿠 대학 명예 교수이신 오마에자키 무네타카 교수님입니다. 교수님, 잘 부탁드립니다."

얼굴을 본 순간 아아 하고 생각한다. 최근 들어 자주 보는 얼굴이다. 흉악 범죄가 발생할 때마다 여러 뉴스쇼에 등장하는 언론의 어용학자. 적어도 고테가와는 그렇게 보고 있었다.

"교수님은 이 사건의 범인이 어떤 사람이라고 생각하십니까?"

"우선 여러분도 짐작하셨겠지만 가장 먼저 눈에 띄는 게 유아성이죠."

"아하, 유아성요."

"이 쪽지를 보세요. 한자도 없이 히라가나로만 서투르게 쓴 글씨. 완전히 초등학교 저학년이 쓴 것 같은데, 문제는 내용이죠. 남자아이라면 대부분 유아기에 개구리나 뱀을 잡아서 논 경험이 있을 겁니다. 이 쪽지 주인도 마찬가지로 개구리를 도롱이벌레라고 하면서 기뻐하고 있어요. 원래 이렇게 한 사물을 다른 사물로 보는 것은 아이들 특유의 발상인데, 이 인물은 그걸 사람에게까지 적용시키고 있습니다."

"다시 말해 시체를 매단 행위 자체가 한 사물을 다른 사물로 보는 아이 같은 발상이라는 건가요?"

"그렇습니다. 그래서 이 범인은 외모는 어떻든 간에 정신적으로는 유아성이 강하게 남아 있습니다. 사람을 살해하는 상황에서 그러한 유아성이 나타난다는 사실은 그대로 범인의 인간성을 상징한다는 생각이 듭니다."

"범인이 정신 이상자라는 겁니까?"

이 물음에 오마에자키 교수가 희미하게 눈살을 찌푸린다.

"정신 상태가 유아적이니 정신 이상자냐고 묻는다면 그건 아닙니다. 평화로운 일상을 보내는 사람들 중에도 유아성을 숨기고 있는 사람이 많고, 음악이나 그림, 소설 같은 예술 분야에서는 유아성이 반드시 마이너스로 작용하는 것도 아니니까요. 분명히 말씀드릴 수 있는 건 범인이 하루아침에 잔인해진 건 아니라는 겁니다."

"네? 그건 무슨 뜻입니까?"

"다시 말해 그동안 아주 정상이었던 사람이 성인이 되고 나서 갑자기 파괴적이고 흉악한 행위를 저지르는 일은 있을 수 없다는 의미입니다. 각성제 같은 외적 요인이 없는 경우, 흉악 범죄의 범인은 실제로 범행을 저지르기 훨씬 전부터 전조 증상 같은 행동을 보이곤 합니다. 일반적으로 널리 알려진 게 작은 동물을 학대하는 행위죠. 처음에는 곤충이나 개구리, 뱀, 그러다가 새, 고양이, 개로 대상이 점점 확대됩니다. 그리고 마침내 자기보다 약한 나이 어린 사람, 체력이 약한 사람으로 옮겨 가죠. 이건 최근 연구 결과에서도 밝혀졌는데, 그 사람들은 살인 전 단계에서 이미 파괴 충동을 내부에 가지고 있습니다. 다만 이 단계에 이르면 그들 안의 유아성도 모습을 숨기고 그 대신 폭력성이 나타나는 게 일반적인데, 이 사건의 범인은 지금까지 초기 단계의 유아성을 가지고 있어요. 제가 범인의 유아성에 착목한 건 범인이 범행 현장에 개구리를 가지고 놀았다는 쪽지를 남겨 놓음으로써 초기 행동을 연상하게 하고 마치 자신이 잔인해진 과정을 피로하는 것처럼 보이기 때문입니다."

"아……, 예. 교수님 오늘 감사합니다. 그럼 잠시 후에 다시 뵙겠습니다."

텔레비전은 거기서 꺼졌다.

와타세는 리모컨을 쥔 채 검은 화면을 응시하고 있다.

"불평해 봤자 뭐하겠냐만 저 진행자는 재능이 없어."

"그야 콘돔보다 얇은 무리들이니까요."

"저 교수님, 뭔가 중요한 말을 하려고 했어. 처음에는 형식적인 이야기였지만 범인이 정신 이상자냐는 질문을 받으니까 교묘하게 넘기면서 분명하게 밝히지 않으려고 하고, 다른 이상성으로 접근하려고 했어. 진행자뿐 아니라 스튜디오 전체가 바라는 것; 자신들과 범인과의 결정적인 차이를 군이 지적하지 않고 말이야. 분명 그건 정신이 건강한 사람과 이상한 사람의 차이 같은 아무짝에도 쓸모없는 게 아니라, 범인의 본질에 접근하는 중요한 시점이었을 거야. 그걸 중간에 잘라먹고 말이야."

"과대평가 아닙니까? 저 교수님, 요즘 뉴스쇼에 노상 나오는데 거의 연예인 분위기던데요."

"계속 나오는 건 수요가 있기 때문이야. 아무리 반권력이니 뭐니 떠들어도 막다른 골목에 몰린 사람이 의지하는 건 결국 권위니까. 그 분야의 권위자가 전문 지식을 풀어서 해설해 주잖아. 당연히 쓸모 있게 여기지."

"그건 심부름꾼처럼 취급한다는 거잖아요."

돌연 와타세가 의자에서 일어나 옆에 있던 코트를 거머잡았다.

"간다."

"가다니 어딜요?"

"조호쿠 대학. 저 교수님 만나 봐야겠어."

"왜, 왜 갑자기."

"나도 막다른 골목에 몰린 사람이니까. 그리고 방금 전 이야기를 필터링 안 된 상태로 더 듣고 싶어. 약속 잡아."

마지막 말은 이미 등을 돌리고 걸어가면서였다. 고테가와는 혀를 찰 사이도 없이 마지못해 그 뒤를 쫓는다. 여전히 이리저리 끌려다니는 것에는 화가 났지만 책상에 앉아 졸업 앨범을 넘기는 작업보다는 낫겠다고 생각했기 때문이다.

조호쿠 대학으로 가는 차 안에서 와타세는 내내 입을 다물고 있었다. 다른 동료에게 듣기는 했지만, 차 안에 와타세와 단둘이 있는 일은 상상 이상으로 거북했다. 와타세는 창밖 경치도 보지 않고 그저 정면만 주시한다. 눈을 감고 명상하든지 아니면 자는 편이 한결 나을 텐데……

"저기…… 반장님."

"왜?"

"이제 와서 말해 봤자 늦었지만 이게 의미가 있을까요?"

"정말 이제 와서. 거의 다 왔잖아."

"전문가 의견이 중요한 건 알지만…… 범죄 심리학의 권위자라고 해도 어차피 대학 교수이지 않습니까. 피투성이 사건 현장을 봐 온 것도 아니고, 살인범과 격투한 것도 아니에요. 고작 연구실에 틀어박혀 자료와 씨름하는 게 다잖습니까."

"오마에자키 교수는 실천파야. 지금은 명예 교수지만 전에는 후추 교도소에서 의무관으로 매일 범죄자들을 상대했어. 절대 상아탑 속의 사람이 아니야. 범죄자들의 핏발 선 눈을 보고, 웃음소리를 듣고, 시큼한 숨 냄새를 맡으며 현장에서 연구해 온 사람이야. 그 사람 제자 중에 개업한 정신과 의사도 많다고 들었어. 사실 경시청에도 신봉자가 많아서 어려운 사건이 일어나면 뻔질나게 교수님을 찾아간다는 소문이야."

"뭐야. 그런 거였어요?"

언론의 어용학자가 아니라 경찰의 어용학자인 셈이다. 고테가와 자신만 몰랐다는 사실에 머쓱해진다.

"게다가 교수님이 정신 장애자 범죄와 인연이 있어. 삼 년 전에 일어난 마쓰도 모녀 살인 사건 기억해?"

물론 알고 있다. 기억한다기보다 언론에서 기회가 있을 때마다 다루기 때문에 잊을 틈이 없다.

삼 년 전 여름, 마쓰도 주택가에서 일어난 사건이었다. 남편은 출근하고 아내와 세 살짜리 딸이 집에 있었다. 정오가 지난 무렵, 배관공으로 가장한 당시 17세 소년이 침입해 아내를 교살한 뒤 강간하고 딸이 울기 시작하자 쇠 파이프로 때려 살해했다. 소년은 도망 끝에 체포됐다. 그런데 변호사가 요청한 정신 감정 결과, 범행 시에 조현병이었다는 것이 밝혀져 형법 39조가 적용돼 1심에서 무죄 판결을 받았다. 검찰이 정신 감정은 필요 없다며 그대로 항소했는데 최근 고등 법원이 항소를 기각해 소년은 무죄가 확정됐다. 그동안 홀로 남은 남편은 변호 측에 맞서 세상에 형법 39조의 부조리와 유족의 원통함을 계속해서 호소했는데 그 모습이 언론에 낱낱이 보도됐다. 고등 법원에서 기각이 결정된 순간, 남편의 절규가 하늘까지 닿았다. 이 모습은 대중의 동정을 사기에 충분했지만 사법 당국의 생각을 바꾸지는 못했고, 형법 39조를 재검토해야 한다는 의견도 흐지부지됐다.

고테가와는 형법 39조의 재검토보다 심신 상실이라는 정의를 엄격히 해야 한다는 생각이다. 심신 상실 혹은 심신 쇠약이라면서 그런 인간들이 손대는 상대는 언제나 여자와 아이뿐이다. 실수로도 폭력단 사무실이나 씨름 선수 방에 난입하지 않는 것은 충분히 판단력을 갖추고 있기 때문이 아닌가.

"오마에자키 교수님이 그 소년을 감정한 의사였습니까?"

"아니…… 살해된 부인, 그 여자가 교수의 외동딸이었어."

학교 건물은 모름지기 이런 걸까. 고테가와도 초등학교부터 대학까지 학교는 어지간히 다닌 사람이지만 학교 건물은 일단 그곳을 떠난 사람에게는 아주 서먹하게 느껴진다. 이미 떠난 사람을 반기는 느낌이 없다.

오마에자키의 연구실은 서쪽 건물 2층 중앙에 있었다. 사건 현장이나 관계자들 자택과는 사정이 다르기 때문에 고테가와는 복도도 조심조심 걸었지만 와타세는 맞은편에서 걸어오는 학생을 들이받아도 상관없다는 기세로 걸어간다. 방약무인의 살아 있는 본보기였다.

연구실 문을 두드리자 안에서 "들어오세요." 하고 낮고 차분한 목소리가 돌아왔다. 두 사람을 맞이한 남자는 조금 전 브라운관에서보다도 볼에 살이 없어서 앙상하게 말라 보였다. 근사한 백발은 법의학 교실의 미쓰자키 교수와 견줄 정도였지만 이쪽은 눈매가 아주 온화하다. 자료에 따르면 올해 일흔인데도 두 사람이 들어갔을 때 자리에서 일어나는 움직임 같은 것이 기운차서 전혀 노인 같은 느낌이 없다.

"오마에자키입니다. 사이타마 현경이라면 혹시 그 사건을 담당하고 계십니까?"

"맞습니다. 전문가의 고견을 듣고 싶어서 찾아뵀습니다."

"좋게 봐 주셔서 감사하지만 저는 일개 정신과 의사일 뿐입니다. 범죄 심리학의 권위자 운운하는 건 저를 전혀 모르는 누군가가 마음대로 퍼뜨린 소리입니다."

"무슨 그런 말씀을. 조금 전에 텔레비전을 보다가 고견을 들을 수 있을 거라는 확신이 더 강해졌습니다."

옆에서 듣고 있으면 낯이 화끈해지는 칭찬이지만 사람 나이 일흔이 넘으면 그런 사교적인 인사도 자연히 흘려 넘기는 도량이 생기는 모양이다. 오마에자키의 표정은 전혀 불쾌해 보이지 않는다.

"그런 말씀을 들으니 황송하군요. 그래도 저는 학자 따위가 왜 방송에 나와 얄팍한 지식을 드러내냐고 야유를 받는 편이 되레 안심됩니다."

"그런 자리를 별로 좋아하시지 않는 것 같군요."

"물론 그렇습니다. 학문을 연구하는 사람은 논문으로 발표해야지 언론에 얼굴을 내미는 건 잘못된 겁니다. 그래도 저 같은 늙은이가 모습을 드러내면서까지 그런 곳에 나가는 건 오로지 사람들이 가진 정신 질환에 관한 오해를 풀고 싶기 때문이죠."

"하지만 세상에는 오해한 채로 두는 게 더 좋다는 사람도 있으니까요. 예를 들면 아까 교수님이 상대한 사회자 같은 분."

"오해한 채로 두는 편이…… 좋다?"

"교수님이 풀고 싶어 하시는 오해는 그 사람들에게 정답인 거죠. 아니, 그렇게 믿고 싶은 거겠죠. 아까 사회자가 이렇게 물었잖습니까. 범인이 정신 이상자냐고. 저는 순간 귀를 의심했습니다. 버라이어티 방송이나 드라마라면 몰라도 일단 보도 프로그램에서 정신 이상자 운운하는 건 방송국에서 금기일 겁니다. 그런데 그 말을 한 본인과 주변 사람들도 전혀 신경 쓰지 않았습니다. 그거야말로 이상한 거죠."

"……당신도 알아챘군요."

"주제가 정신 이상자로 옮겨 가려고 하자 교수님은 이야기를 유아성으로 돌리셨습니다. 맞습니까?"

"그 사람들이 듣고 싶어 하는 것과 제 생각과는 정반대 같았으니까요."

"그래서 그걸 들으러 찾아뵀습니다. 이 방에서라면 말씀하셔도 상관없으실 테니까요. 그 사람들은 이런 식으로 묻고 싶었던 겁니다. 우리 보통 사람들과 정신 이상자들 사이에는 깊은 골짜기 같은 명확한 경계선이 있지 않냐고. 그걸 전문가 입으로 듣고 싶고 확인하고 싶고 안심하고 싶어서 사회자는 금기도 잊고 그런 질문을 던진 겁니다."

그 말에 오마에자키는 곤란한 듯 웃었다.

"아주 솔직한 분이시군요."

"죄송합니다. 없이 태어나고 자라서 숨기고 말고 할 게 없습니다. 한편 형사는 모든 일을 흑백으로 나누는 것이 생업 같은 직업이라서요. 정확히 확인하고, 선을 그어야 합니다. 운명 같은 거죠."

"그렇군요. 그렇다면 당신의 운명에 경의를 표하며 말씀드리죠. 우리 정신과 의사들에게 정신이 건강한 사람과 그렇지 않은 사람을 나누는 경계선의 개념 따위는 존재하지 않습니다. 정상인 상태와 이상인 상태를 상대적이라고 본다면 당연히 이상성을 인식하는 게 그 전제가 되고, 동시에 무엇을 정상이라고 규정하는지가 문제가 되죠. 열 명 단위의 집락이라면 몰라도 이 세상에는 다른 언어, 다른 사상, 다른 종교, 다른 기호, 다른 감각, 다른 관습이 서로 싸우고 있어요. 그 안에서 정상이라는 규범을 규정하는 일 자체가 무리라고 하지 않을 수 없습니다. 중세의 이단 심문, 세계 대전 중의 유대인 박해가 좋은 예죠."

"양측에 경계선을 긋는 게 곤란하다는 건 이해됩니다. 하지만 그건 조금 철학적인 관점 아닌가요?"

"맞는 말씀입니다. 그런데 사실 의학적으로도 사람이 이상해지는 메커니즘은 밝혀지지 않았어요. 신경 전달 물질인 도파민에 문제가 생겨서 뇌 신경 네트워크에 혼란이 생긴다는 가설이 있지만 그게 전부라고는 생각 안 합니다. 그런 물질 차원의 문제로 논증

한다면 당연히 유전자와의 관계도 언급돼야 하는데, 일란성 쌍둥이가 둘 다 이상성을 보일 확률이 50퍼센트 정도라는 데이터가 이 가설이 취약하다는 걸 보여 줍니다."

"이 말을 들으면 불안한 사람은 더 불안해지겠네요."

"정상이냐, 아니냐. 흑이냐, 백이냐. 불안한 사람일수록 구별하고 싶어 하는 법이죠. 그런데 그런 이분법에 빠지면 사고가 정지됩니다. 그게 심해지면 판단력이 전혀 없는 꼭두각시가 되죠."

"지당하신 말씀입니다. 이 말씀을 방송에서 하셨다면 틀림없이 주변 사람들은 마음이 불편했겠죠."

"아직은 안 됩니다. 장애자가 저지른 범죄에 대해서도 더 이성적으로 논의되고 냉정한 판단을 할 수 있게 돼야만……. 사람들은 흔히 보고 싶은 것만 보려고 하죠. 듣고 싶은 것만 들으려고 해요."

"교수님은 형법 39조를 어떻게 생각하십니까?"

고테가와가 불현듯 떠오른 질문을 던진 순간, 와타세가 눈을 부라리며 쏘아봤다.

"하하하……, 이분은 더 솔직한 것 같군요. 신경 안 쓰셔도 됩니다. 크게 보도된 사건이고 피해자 가족인 제가 정신 감정 의사라는 것도 숙명 같은 이야기니까요. 그 질문에 대답하자면, 저는 형법 39조는 마땅히 존속돼야 한다고 생각합니다."

"긍정파입니까?"

"의외인가요? 정신 이상자에게 딸을 잃은 부모라면 당연히 39조를 증오해야 한다고 보십니까? 사람 마음으로는 그렇습니다. 분명 비참한 사건이었어요. 사위가 하는 일도 순조로웠고 딸애와 사위 사이도 좋았습니다. 아이도 태어나서 정말 하루하루가 최고로 행복했죠. 그런데 그날 갑자기 모든 게 사라졌습니다. 아무것도……

아무것도 모른 채 딸애와 손녀가 벌레처럼 죽임을 당했어요. 남겨진 사위도 비참했죠. 저도 집이 마쓰도 시 근처라서 가끔 갔는데 사위의 기운 없는 모습은 정말 가슴 아팠어요. 인생에서 가장 소중한 두 사람을 동시에 잃었잖습니까. 저는 그저 가엾을 뿐입니다."

"고등 법원에 항소하는 단계에서 검찰이 정신 감정을 실시할 필요가 없다고 판단한 것도 패인 중 하나였는데, 나중에 변호사와 정신 감정을 맡은 정신과 의사가 친구 사이라는 사실이 밝혀져서 문제가 됐죠."

"그랬죠. 다른 정신과 의사가 감정했다면 다른 결론이 나왔을 거 아니냐는 말도 나왔습니다. 정신 의학은 새로운 학문이라서 아직까지도 학파가 다양합니다. 그리고 애당초 환자의 주관적인 체험을 면접을 통해 판단하기 때문에 정신과 의사 개인의 임상 체험을 기초로 고찰하면 아무래도 의사에 따라 많이 달라지게 돼요. 그렇다고 저나 제 제자들이 감정했다면 또 다른 의혹이 생겼겠죠. 그리고 이 일과 법률적 시비를 혼동해서는 안 됩니다. 일본 법률이 책임주의를 채용하는 이상, 책임 능력이 있는 사람과 그렇지 않은 사람을 똑같이 놓고 논하는 건 합리적이지 않습니다."

"역시 대단하시군요. 저희 같은 사람들이 그 입장이라면 그저 분하고 슬프기만 해서 도저히 냉정하게 생각하지 못할 겁니다."

"과대평가십니다. 전에 가해자 가족들을 만난 적이 있는데, 저보다 더 이성적인 판단을 하셨습니다. 자신의 아들이 살인을 저지르고 정신 감정 끝에 무죄가 된 건데……."

"무죄가 된 건 좋지만 의료 교도소로 보내는 건 괴롭다. 틀림없이 복잡한 기분이었겠죠."

"아니요. 그분은 이렇게 말씀하셨습니다. 사람을 죽인 사람이 심신 상실이라는 이유만으로 형벌을 면하는 건 역시 잘못됐다. 병이 나은 뒤 다시 재판을 받고, 그래서 마땅히 받아야 할 처벌을 받아야 한다. 재판을 받는 건 권리이며 벌을 받아서 속죄하는 것도 실은 의무가 아니라 권리다. 형법 39조라는 법률은 환자를 구원하는 것이 아니라 환자에게서 그 권리를 빼앗는 것이 아니냐. 그런 사고방식도 있습니다."

"의미 있는 말이군요. 그런데 교수님, 실은 이제부터가 본론인데…… 정신 장애가 완치되는 비율이 어느 정도입니까?"

"완치요?"

"그러니까 의료 교도소에서 출소해 일상생활을 하는 사람들은 정말 재발 가능성이 없느냐 하는 말입니다."

오마에자키는 낮게 신음하더니 생각에 잠겼다.

"그 질문에 제 대답만으로 만족하실지……. 일반적인 관점에서는 발광의 반대말이 완치겠죠. 하지만 그동안 폐쇄 병동에서 생활하던 사람이 스위치를 바꾸듯이 갑자기 밝은 표정을 되찾아 사회에 복귀할 수 있다는 생각은 대개 허황된 것입니다. 완치가 아니라 회복이 가장 타당한 말일 겁니다. 의학적으로는 관해 상태라고 합니다. 급격하게 치료하는 것이 아니라 천천히, 하지만 꾸준히 정신을 안정시키죠. 완전히 치유된 건 아니지만 증상이 일시적 혹은 계속적으로 경감되거나 사라진 겁니다. 현대의 정신 치료는 극단적인 결과를 추구해서는 안 되고 추구하지도 않습니다. 따라서 완치라는 개념이 아니라 회복이고, 그러면 당연히 재발도 있겠죠. 그런데 왜 그런 질문을 하십니까?"

"의료 교도소를 나오거나 보호 관찰 중인 사람들은 꽤 오래전에 관련 데이터베이스가 구축돼 순차적으로 주소와 근황을 파악할 수 있게 됐습니다. 공공연히 떠들지는 못하지만 살인 사건이 발생하면 그 안에서 용의자를 추리기도 합니다. 미국의 메건 법, 다시 말해 범죄를 방지하기 위해 성범죄자의 정보를 주거 지역에 통보할 수 있는 법률이 일본에서도 성립됐을 때를 대비한 것이기도 하지만요. 단지 이건 어디까지나 사건이 발각돼 범인이 확정된 사례에 한정합니다. 범죄를 저지를 우려가 있지만 아직 저지르지 않은 인물, 통원하면서 내면의 광기를 슬슬 키우고 있는 인물은 전혀 감시 대상이 아닙니다. 그래서 교수님을 포함해 간토 지역 일대의 정신과 의사 선생님들께 진료 기록 카드를 제공해 주십사 부탁드리고 싶습니다만."

와타세가 용건을 꺼내자 오마에자키가 처음으로 불쾌감을 드러냈다.

"수사 협력이란 이유로 의사에게 자신의 고객 정보를 내놓으라고 하시는 겁니까?"

"네, 사실대로 말씀드리면요. 교수님께서 말씀하셨죠, 회복해도 재발 가능성이 있다고."

"솔직한 데다가 뻔뻔하기까지 하군요. 이거 정말 대단하신 분입니다."

"고결한 분에게 무리한 부탁을 할 때는 뻔뻔함이 정공법이죠. 교수님 제자 중에는 개업의도 많다고 들었습니다. 교수님뿐 아니라 제자분들도 협력해 주시면 더 감사하고요."

"개인 정보를 어떻게 생각하시는지요?"

"교수님께 군이 설명드릴 필요도 없겠지만 개인 정보 보호 법은 경찰에게 아무 문제 될 게 없는 법률이라서요. 범죄 예방과 수사에는 적용되지 않는다고 명기돼 있습니다. 물론 그건 정보 제공자를 벌하지 않는다는 조문이고, 정보 제공을 강요하는 건 아닙니다."

"형법에 규정된 의사의 수비 의무는 무시하고 말입니까? 국가 권력의 횡포라는 느낌이 듭니다만."

"국가는 국민의 생명과 재산을 지켜야 합니다."

"하지만 인권 침해라는 비난은 면할 수 없을 겁니다."

"그 인권이 범죄자의 인권일 수도 있습니다. 교수님의 따님과 손녀를 살해한 인간과 마찬가지로요. 만약 그 범인이 범행을 저지르기 전부터 경찰이 그 존재를 알았다면 두 사람이 목숨을 잃는 일은 없지 않았을까 생각하신 적 없습니까?"

"공사를 혼동하고 계시군요."

오마에자키의 목소리에는 평온한 분노가 깃들어 있었다. 사적인 감정의 발로가 아니라 직업인의 자긍심을 무시당한 데 대한 분노처럼 들렸다.

"와타세 씨, 정신과를 찾는 환자들은 불안감으로 가득 차 있습니다. 몸 어디가 아프다, 괴롭다는 명확한 자각 증상 같은 게 아니에요. 자신이 무슨 짓을 저지를지, 자신이 누구인지도 모른다는 공포와 의심으로 똘똘 뭉쳐 있습니다. 그런 환자들을 치료하려면 무엇이 필요할까요? 바로 의사에 대한 전폭적인 신뢰죠. 신뢰가 없으면 환자는 마음을 열려고 하지 않기 때문입니다. 그래서 치료에 전념하는 사람, 이미 회복한 사람은 부모, 형제보다 의사를 더 신뢰하죠. 그 신뢰하는 의사가 자신의 정보를 경찰에 흘렸다는 걸 알면 환자는 어떻게 생각할까요? 오랜 기간에 걸쳐 쌓아 올린 신뢰 관계가 단번에 무너집니다. 아니, 그 전에 정신과 의사로서의 양심이 그걸 용서하지 않을 겁니다. 저는 물론, 제가 정신과 의사로서 가져야 할 신념을 가르친 제자들도요."

오마에자키와 와타세 사이에 잠시 침묵이 내려앉는다. 두 사람 모두 표정은 온화했지만 오가는 시선에는 사람을 곁에 다가오지 못하게 하는 가시가 돋아 있었다.

먼저 침묵을 깬 사람은 와타세였다.

"이거 죄송했습니다, 교수님. 뻔뻔한 부탁이라는 건 충분히 알았지만, 환자분들의 심정까지는 미처 생각하지 못했습니다. 역시 생각이 짧은 건 나이를 먹어도 고쳐지지 않나 봅니다."

"당신의 경우, 꾀병이 의심되는군요."

"참으로 가차 없으십니다. 부디 너그러운 아량으로 용서 바랍니다. 하지만 조금 전에 말씀드린 용건은 단번에 내치지 마시고 한번 더 생각해 주시면 안 되겠습니까? 솔직히 피해자 주변에서 이렇다 할 물적 증거나 의심스러운 인물이 전혀 없어 어둠 속을 헤매는 상황이라서요."

"생각은 해 보겠지만 기대는 하지 마십시오."

"물론입니다. 수사라는 건 그런 기대가 없어도 끊임없이 돌아다니는 것이 일상 업무라서요……. 아아, 교수님, 하나 더 말씀드려도 되겠습니까?"

"뭡니까? 저도 이제 시간이 별로 없는데."

"아까 방송에서 미처 못 하신 말씀이 있죠? 범인의 유아성에 대한 언급이었는데 그다음 이야기를 듣고 싶습니다."

"아아, 그거요. 저는 범인이 가진 유아성의 발로로 시신을 다른 물건으로 보는 것과 자신의 잔학성을 보여 주고 싶어 하는 것을 들었습니다. 그런데 유아성에는 한 가지 더, 특히 현저하게 중요한 요인이 있습니다."

"그게 뭡니까?"

"유아는 싫증 나거나 혼나지 않는 한 마음에 든 놀이는 절대 멈추려고 하지 않는다는 겁니다."

"결국 그 교수님을 화나게 했네요."

"거기서 화내리란 건 이미 예상했어. 의사 윤리에 반하는 일이니까 당연하지. 하지만 이대로 수사가 막히면 언젠가 정신과 의사들의 협력이 필요해져. 그렇게 됐을 때 갑자기 요청하기보다 거절을 각오하고 지금부터 뜸을 들여 놓는 편이 나중에 편하거든. 그런데 그 타이밍에서 따님 사건을 들먹여 가지고."

"환자 명단…… 필요해질까요?"

"그런 일 없기를 바라야지. 사람이 사람을 죽이는 이유는 여러 가지이지만 압축하면 결국 세 가지야. 애증, 돈, 광기. 이 중 애증과 돈은 용의자를 좁히기가 수월해. 그 사람이 죽어서 웃을 사람을 찾으면 되니까. 그런데 광기는, 이건 골치 아파. 용의자를 압축할 수가 없어. 그때는 우범자를 늘어놓고 골라내야 하는데 모수를 최대한 크게 잡아야 돼. 정신 이상자들 모두 동기가 있는 거니까."

"하지만 그렇게 고생해서 범인을 잡아도 상대 정신이 온전치 않으면 39조로 결국 무죄가 되잖아요. 뭔가 허무하지 않습니까?"

"그렇다고 내버려 둘 수도 없어. 일단 기소는 검찰 측 일이야. 우리 일은 어디까지나 범인을 검거하는 거고. 그리고 설령 유죄가 인정되지 않더라도 범인이 체포된 시점에서 세상의 안녕이 유지돼. 그것만으로도 의미가 커. 절대 허무하지 않아."

고테가와는 일단 고개를 끄덕였지만 납득하지는 못했다. 분명 범인을 체포하면 세상은 안도할 것이다. 하지만 그 범인이 형벌을 면하고 담장 밖으로 나가는 순간, 공포는 재개된다. 더구나 과거의 사건을 완전히 잊고 평온한 세상 그 어두운 곳에서…….

예전에 가석방 상태인 수형자가 갱생 보호 시설을 빠져나가 쇼핑센터에서 유아를 사망에 이르게 한 사건이 있었다. 당시 법무부 장관은 곧바로 가출소한 사람이 행방불명일 때의 정보 수집 강화를 지시했지만 이미 늦었다는 느낌은 씻을 수가 없었다. 그때 카메라와 마이크가 없는 자리에서는 다들 이렇게 생각했다.

우범자는 평생 세상으로 내보내지 마라.

물론 인권을 무시하는 난폭한 의견이라는 점에서 대놓고 입에 담을 수 없다는 것은 본인들도 알고 있다. 하지만 언제나 난폭한 의견에는 일부 진실이 포함돼 있고 그것을 뒤집을 반론은 이상주의와 원칙으로 이루어진 공허한 무언가일 뿐이다. 적어도 부조리에 가족을 빼앗긴 유족들과 얼굴을 마주하고 설명할 수 있는 논리가 아니다. 어차피 감정을 이길 논리가 있을 리 없다.

힐끔 쳐다보자 와타세는 여전히 무뚝뚝한 얼굴을 하고 있었다.

*

그 방은 전등도 꺼지고 불빛이라곤 탁자 위 백열등 스탠드뿐이었다. 하지만 그는 어둠을 좋아했기 때문에 아무렇지도 않았다.

매서운 한기가 바닥에서 올라오지만 그는 백열등이 발하는 열기만으로 충분했다. 방에는 텔레비전이나 오디오도 없다. 들리는 소리라곤 밖에서 휘몰아치는 바람 소리뿐이다.

달이 완전히 기울어서 창문으로 들어오는 빛도 없다.

그는 밝은 곳을 싫어했다. 모두 자신을 보니까. 모두 자신을 손가락질하니까.

그래서 그는 어둠을 좋아했다. 사람은 어둠 속에서 시력을 잃지만 평소 어둠의 세계에 사는 그는 빛이 없는 곳에서도 자유롭게 활동할 수 있다.

그는 어둠에서 사는 사람이었다. 그는 남들이 보지 못하는 것이 보이고 남에게 들리지 않는 소리가 들린다. 남들 눈에는 그저 꼼짝 않고 있을 뿐이지만 어둠 속에서 그는 은밀히 즐기고 있었다.

스탠드 아래에는 낡은 공책이 펼쳐져 있다. 그의 일기다. 그는 일기를 들여다보며 입술 끝을 올렸다. 앞 장에 적힌 글은 얼마 전 텔레비전에 크게 소개됐다. 자필이 아니라 자막이었지만, 정말 신기하고 마음이 들떴다. 마치 처음으로 무대에 선 배우처럼 자랑스러웠다.

펼쳐진 공책에는 이렇게 적혀 있었다.

오늘도 개구리를 잡았다. 개구리를 잘 잡게 됐다. 오늘은 널빤지 사이에 끼워서 납작하게 짜부라뜨려 보자. 개구리는 전부 내 장난감이다.

2
으깨다

1. 12월 5일

그날 리 메이준은 작업복 위에 외투를 입고 하늘을 올려다봤다.

오전 8시. 저 위쪽에는 이미 해가 떴을 텐데 짙은 잿빛 구름이 햇살을 가리고 있다. 구름은 짙을 뿐 아니라 아주 낮게 깔려 있어서 팔을 뻗으면 닿을 듯하다. 12월 들어서 해가 한 번도 얼굴을 보여 주지 않았다. 잿빛의 농담만 달라질 뿐 하늘에 늘 구름이 끼어 있다. 고향 하늘도 이 계절에는 비슷하지만 높이가 압도적으로 다르다. 그 때문인지 메이준은 하늘을 올려다볼 때마다 짓눌려 부서지는 듯한 압박감을 느낀다.

폐차장 문은 열려 있었다. 원래 잠그지 않는다. 폐차는 버려야 할 차이기 때문에 폐차다. 이 나라에서는 아무도 버리는 물건을 훔치려고 하지 않는다. 그런데 요즘은 사정이 조금 달라졌다. 이웃 동업자가 고철을 대량 도둑맞았다는 소문이 나돌았다. 한창때의 기세는 꺾였지만 베이징 주변에서 여전히 건축 붐이 이어져서 철이나 동의 수요가 많은 것도 무관하지 않을 것이다.

폐차장에는 글자 그대로 폐차가 산을 이루고 있다. 건물로 따지면 2층 정도까지 층층이 쌓여서 주변을 빙 둘러싸고 있다. 그중에는 아무리 봐도 새것 같은 차도 섞여 있다.

코를 찌르는 기계기름과 부식된 철 냄새. 하지만 메이준은 이 냄새가 싫지 않았다. 일본에서 자동차의 수명을 다하고 이곳에서 고철 덩어리가 돼 대부분 메이준의 고향으로 보내진다. 그곳에서 금속별로 분류돼 재생되면 다시 일본으로 돌아와 자동차 부품이 된다. 국경을 초월해서 이처럼 완벽한 리사이클이 이루어지다니 정말 위대하고 멋지지 않은가.

메이준은 두꺼운 장갑을 끼고 유압식 폐차 압축기로 향했다. 자신의 시선보다 약간 높은 위치에 설치된 압축기에는 어젯밤에 넣어 둔 폐차 한 대가 있다. 세 방향에서 압축하면 자동차는 약 사 분만에 직육면체 덩어리가 된다.

전원 스위치를 켠다. 압축기가 잠에서 깨 부우웅 하고 낮은 소리를 낸다. 삼 분 정도 기다리자 패널의 램프가 모두 녹색이 됐다.

시작 버튼을 누르자 여느 때처럼 성대한 파쇄음과 함께 실린더가 움직이기 시작했다. 파쇄음은 자동차의 마지막 비명 소리다. 뼈에 해당하는 철이 꺾이고 관절이 삐걱거리며 피부가 찢어지는 소리다.

날카롭고 메마른 소리.

그 순간 메이준은 낯선 소리를 알아챘다. 평소의 메마른 소리에 섞인 눅눅한 소리. 깜박하고 시트를 벗기지 않았을 때 나는 소리와는 다르다. 콘솔 부분의 플라스틱 소리도 아니고, 고무파이프 소리도 아니다. 더 부드럽고 수분을 많이 머금은 물건. 그런 물건이 으깨질 때 나는 소리다. 가끔 딱딱한 물건이 꺾이는 소리도 들리지만 절대 금속 같은 무거운 물건이 아니라 더 가벼운 뭔가다.

메이준은 이상을 감지하자마자 기계를 멈췄다.

압축기가 한숨 비슷한 소리를 내뱉고 멈췄다. 순간 주위에서 소리가 사라진다. 하지만 예민해진 메이준의 귀는 또 다른 소리를 듣기 시작했다.

똑.

똑.

물방울 떨어지는 소리. 메이준은 소리 나는 쪽을 쳐다봤다. 소리의 진원지는 압축기 바로 아래였다.

잘게 튀어 퍼지는 붉은 물방울. 그것이 철판에 떨어졌다가 서서히 면적을 넓히고 있다. 실린더 틈새에서 흘러나오고 있는 것이다.

불어오는 바람에 냄새가 실려 있다. 철이나 기름 냄새는 아니다. 농촌에서 새나 짐승을 가까이서 봐 왔던 메이준에게 익숙한 냄새였다.

허둥지둥 실린더를 원위치로 되돌렸다. 열린 받침대에는 어중간하게 압축된 자동차의 말로가 있었다.

가까이 가니 냄새가 더 심해졌다. 붉은 액체가 트렁크에서 엄청나게 흘러나오고 있었다. 메이준은 옆에 있던 공구 상자에서 쇠지레를 꺼내 트렁크 틈새에 집어넣고 단번에 휙 들어 올렸다. 커버가 거의 끝까지 압축돼 휘어져 있던 탓에 큰 소리를 내며 튀어 날아갔다.

메이준은 안을 들여다봤지만 그것이 뭔지 단번에 알아채지는 못했다.

요람 정도 크기까지 압축된 트렁크에 군데군데 검붉게 물든 천뭉치가 있었다. 아니, 자세히 보니 옷이었다. 마치 단단히 동여맨 햄처럼 좁은 용기 안에서 검붉은 덩어리가 터질 듯 부풀어 올라 있다.

메이준은 소리도 나오지 않는 비명을 지르며 뒷걸음쳤다.

그 물체에서 살덩이와 두개골이 삐져나와 있었다.

수사 1과나 강력계에 있다 보면 시체를 보는 일은 업무의 일부라서 그야말로 다양한 시체를 보게 된다. 원형이 남지 않은 시체, 형상이 처참한 시체 등 일일이 헤아릴 수 없다. 그래도 삼 년 정도 지나 익숙해지면 웬만한 시체에는 내성이 생긴다.

그런데 그들이 신고를 받고 폐차에서 확인한 시체는 웬만하지 않았다. 문제의 트렁크에 욱여넣어진 시체를 보자마자 폐차장 밖으로 뛰쳐나간 형사가 세 명, 참지 못하고 그 자리에서 토한 감식원이 두 명이나 있었다.

비참하기 짝이 없다는 표현조차 그 현실 앞에서는 우아하다는 생각이 들었다. 단순히 압사라고 하면 집에 깔린 시체나 자동차 충돌로 짓눌린 시체 등 드물지 않지만, 마치 무슨 실험인 양 모든 방향에서 균등하게 압축된 시체는 처음이었다.

부피가 억지로 3분의 1이 됐을 때 80퍼센트가 수분으로 이루어진 육체는 어떻게 될까? 트렁크에 든 물체는 그 의문에 명쾌한 해답이 됐다. 우선 내압 상승을 견디지 못해 모든 수분이 입, 코, 귀, 항문 등 개구부에서 힘차게 분출한다. 안구가 튀어나오고 근육과 지방질이 얇은 피부를 찢고 나온다. 피부 곳곳이 갈라져서 뼈가 들여다보인다. 관절은 우산이 접히듯 중심을 향해 꺾이면서 수축하고, 그 과정에서 근육을 잘게 썰어 육체 파괴에 박차를 가한다. 부러진 갈비뼈의 압박으로 내장은 모두 종이쪽처럼 구겨지고 분비액이 혈액이나 대소변, 그리고 소화가 덜 된 노폐물과 뒤섞인 채 튜브에서 쥐어짜이듯 배출된다. 그렇게 트렁크에 들어 있지 못하게 된 근육이며 지방질이 다져진 것처럼 짓이겨져 틈새를 통해 뒷좌석이나 기관부로 넘쳐흐른다.

와타세는 평소보다 더 불쾌해 보였다. 손에는 시체의 옷 주머니에서 발견된 쪽지를 쥐고 있다. 가끔 내용을 확인한다. 무시무시하기로는 눈앞의 시체에 결코 뒤지지 않는다.

"신원 확인됐습니다!"

감식원이 가지고 온 것은 구깃구깃해진 면허증이다. 하지만 사진 속 인물과 시체 얼굴을 비교할 방법은 없다. 말없이 고테가와에게 건넨다.

"올해 일흔둘이라…… 유비슈쿠 센키치?"

"그 한자는 '이부스키'라고 읽어. 가고시마의 이부스키 시 몰라? 바로 조회해 봐."

"현주소는 가마야……, 이 근처네요. 하지만 가족과 연락이 닿아도 이래서는 옷 정도밖에 확인이 안 되겠어요."

"이런 걸 어떻게 보여 주냐. 졸도하겠다."

"시신은 어떻게 옮길까요? 자동차에서 시체를 떼어 내는 게 장난 아니겠는데요."

설마 여기서 떼어 내게 할 것이냐는 호소를 은연중에 풍기자 와타세가 선선히 대답했다.

"자동차째로 가지고 가는 편이 좋겠어. 어차피 좋은 소리는 못 들을 테니."

대답이 냉담한 이유는 짐작이 갔다. 와타세는 수사 절차보다 시체의 양상에 나름 분개하고 있는 것이다. 수사원들이 대부분 시선을 돌리는 가운데 와타세만 으깨진 시체를 눈도 깜빡이지 않고 가만히 응시하고 있다. 마치 망막에 깊이 새기려는 듯.

비참한 정도도 아라오 레이코 때보다 심했지만, 한층 두드러진 것은 인간에 대한 존엄성 결여였다. 훼손된 시체는 대개 신원 은폐, 시체 운반의 효율화, 증오의 발로 등 이해할 만한 이유가 있다. 그런데 이것은 이성의 범위 밖에 있는 행동 원리다. 매다는 것보다 훨씬 즉물적이고 물건과 같은 취급이다. 쪽지에 남겼듯 범인은 시체를 장난감으로밖에 생각하지 않은 듯했다.

"직원 말로는 어젯밤에 자동차 한 대를 압축기에 세팅해 넣어 났다나 봐. 공장 문은 그대로 열어 놓고. 밤중에 시체를 가지고 들어와서 트렁크에 집어넣기만 하면 돼. 일은 싱겁지만 효과는 이보다 화려할 수 없지. 이런 생각을 해내는 녀석이라면 머리는 좋은지 몰라도 정상은 아니야. 범죄자 중에서도 가장 질 나쁜 녀석이지."

두려움에 떠는 것은 수사진만이 아니었다. 폐차장 밖으로 통제선을 쳐 놔서 보도진은 멀찌감치 떨어져 현장을 바라봐야 했는데 그들의 행동이 심상치 않았다. 카메라 플래시는 쉴 새 없이 터지지만 어쩐지 조심스러워 보였다. 다른 때 같으면 성난 소리, 놀라는 소리, 호기심 어린 소리가 들끓었을 텐데 이번에는 그런 소리가 들리지 않았다. 대신 고요한 분위기가 일대를 지배했다.

전율.

수사원의 공포가 전염된 듯 처참한 현장을 셀 수 없이 떠돌았을 그들도 한결같이 공포에 떨고 있었다. 아니, 오랫동안 흉악 사건과 함께해 온 그들이기 때문에 이것이 여느 연쇄 살인이나 엽기적 살인과 양상이 다르다는 사실을 피부로 느끼고 있는지도 모른다.

고테가와는 그들 중에서 보기 싫은 얼굴을 발견했다.

《사이타마일보》 사회부 기자 오노우에 젠지. 키는 고테가와의 어깨 정도. 그 작은 키로 어떤 틈새든 비집고 들어가고 잘 뛰고 잘 떠든다. 게다가 도망도 잘 친다. 항상 비아냥거리듯 웃고 뻔뻔하며 눈치가 빠르고 가장 빨리 특종을 손에 넣는다. 기자 클럽에서 공공연하게 불리는 별명은 보이는 그대로 '쥐새끼'다.

모두가 숨죽이고 현장을 바라보는 가운데 이 남자만은 평소보다 더 히죽히죽 웃고 있다.

오노우에가 옆에 있는 사진 기자에게 뭐라고 지시를 내린다. 사진 기자는 의아한 표정을 짓더니 자리를 옮겨 파인더를 들여다봤다. 이때 그가 찍은 사진이 나중에 파문을 일으키리라고는 이 시점에서 그 누구도 예상치 못했다.

결국 시체는 폐차와 함께 견인차로 옮기기로 했다. 운이 나쁜지 법의학 교실에서 기다리던 사람은 또다시 미쓰자키 교수였고, 와타세는 설명을 위해 시체와 동행하게 됐다. 그러면 자동적으로 유족에게 확인하는 일은 남은 고테가와가 맡는다.

시체 반송도 그렇지만 유족에게 보고하는 일 역시 하고 싶지 않다. 자신이 마치 저승사자의 심부름꾼이 된 기분이 들기 때문이다.

면허증 주소에 적힌 이부스키의 집에 도착했다. 슬레이트 지붕이 얹힌 2층 목조 주택. 오래된 단지에 있는 만큼 이부스키의 집도 마찬가지로 나이를 먹었다. 목조 건축의 내구연한을 넘긴 것처럼 보인다.

초인종을 눌렀다.

"네!" 하고 이쪽의 음울한 기분을 완전히 무시한 듯한 쾌활한 목소리가 돌아왔다. 그러지 말라고 말리고 싶다. 쾌활할수록 소식을 들은 직후의 충격과 슬픔이 배가된다.

문을 연 사람은 스무 살 즈음의 젊은 여자였다. 짧은 머리가 어울리는 활발해 보이는 아가씨로 동글동글한 눈이 인상적이었다. 수상쩍은 듯 고테가와를 살폈지만 경찰수첩을 보자마자 곧바로 알겠다는 표정을 지었다.

"앗, 바로 오셨네요. 참 빠르세요. 조금 전에 엄마가 그쪽으로 가셨는데."

"엄마?"

"네. 어제저녁에 할아버지가 나가셨는데 안 돌아오셔서요. 요즘 정신이 약간 흐릿하시거든요. 항상 제가 같이 나가는데 어제는 학교 세미나로 늦어져서 혼자 외출하셨어요. 그런데 결국 안 돌아오셔서."

손짓과 몸짓을 섞어 가며 잘도 떠든다. 고테가와는 마치 꼬리를 흔드는 강아지 같다고 생각했다.

"그래서 실종 신고를 내기로 했는데. 그래서 오신 거죠?"

"……착오가 생긴 거 같은데."

차마 이야기를 더 듣고 있을 수 없어 단도직입적으로 용건을 꺼내기로 했다. 오늘 아침, 폐차장에서 시체가 발견된 것. 옷 주머니에 이부스키 센키치의 면허증이 들어 있었다는 것.

여자의 얼굴색이 싹 변했다.

여자의 이름은 고즈에라고 했다. 센키치와 아들 부부, 고즈에 이렇게 넷이서 산다고 했다. 아버지는 출근했고 고즈에 혼자 집을 보고 있었다고 한다.

처음에 고즈에는 얼굴이 새파랗게 질려서 떨었지만 부모님에게 상황을 전하자 조금 진정하는 듯했다. 그래도 상당히 무리하는 모습이 역력했고 정신력만으로 간신히 감당하는 것이 옆에서 보기에도 아슬아슬했다.

"저기…… 정말 우리 할아버지인지 확인할 수 없을까요?"

"그건 부모님이 돌아오신 뒤 의논하도록 하죠. 지금 대학 병원에서 검시 중이고."

일부러 시체가 발견된 상황과 그 모습을 전하지 않았다. 확인해도 아마 알아보지 못할 테고, 상태를 말했다간 와타세의 말대로 그 자리에서 졸도할 수도 있다.

"사고……인가요?"

"시신은 자동차 트렁크에 들어 있었으니까요. 사고라고 보기는 어렵습니다."

"세상에나! 왜 할아버지가."

"얼마 전 다키미에서 일어난 사건을 아십니까? 한 여성이 맨션에 매달려 있었던 사건인데, 그 사건과 유사점이 보입니다. 동일범의 소행일 가능성이 높습니다."

고즈에는 놀라움을 감추지 못했다.

"왜 할아버지가 그런 사건에 연루되나요? 그런 기분 나쁜 사건에 왜……."

이쪽에서 묻고 싶은 말이다.

"피해자인 아라오 레이코라는 여성을 할아버님이 아셨습니까?"

"글쎄요. 저는 처음 들어 보는 이름인데요. 그런데……."

"그런데?"

"할아버지는 원래 중학교 교장 선생님이셨어요. 그때 제자였을지도 몰라요."

교장이라면 그동안 수많은 사람들과 접점을 가졌을 터다. 아라오 레이코 혹은 범인과 아는 사이였을 가능성도 충분히 있다.

"할아버님은 어떤 분이셨습니까?"

"정년퇴직하신 뒤로는 내내 지역 자치 회장을 하셨어요."

그 직함으로 인품은 판단할 수 있을 것이라는 말투였다.

"하지만 어떤 범죄든 반드시 이유가 있습니다. 고즈에 씨한테는 훌륭한 분일 수 있지만 할아버님이 돌아가셔서 득을 보거나 좋아할 사람이 있을 겁니다. 짐작 가는 분 없습니까?"

"우리 할아버지한테는 절대 그럴 사람 없어요."

"모두 그렇게 말하죠. 하지만 세상에는 인격자에게 되레 원한을 품는 사람이 있습니다. 몇 푼 안 되는 돈 때문에 태연히 사람을 죽이는 사람도 있고."

'사람'이라는 단어는 가족이라고 바꿔도 됐지만 굳이 그러지는 않았다.

고즈에는 눈물로 얼룩진 눈에 분노를 띠며 말했다.

"할아버지를 미워하거나 원한을 품을 사람은 전혀 없었어요! 다른 사람에겐 관대하고 당신 자신에겐 엄한 분이셨어요. 졸업한 뒤에도 집에 찾아오는 제자가 얼마나 많았다고요. 모두 할아버지를 좋아했어요. 그리고 할아버지가 돌아가셔서 득을 보는 사람도 없어요. 돈과는 인연이 없으셔서 퇴직금도 절반은 집 대출금, 나머지 절반은 아동 복지 시설에 기부하셨다고요. 재산이라곤 이 땅과 집이 전부고, 어제 산책 나가셨을 때도 지갑에는 1000엔짜리 몇 장밖에 없었을 거예요."

맞는 말이었다. 이부스키 센키치의 지갑에는 3520엔과 면허증, 치과 진료 카드와 도서관 카드뿐 현금 카드 같은 것은 한 장도 없었다. 고즈에의 말대로 돈과는 연이 없는 노인이었을 것이다.

하지만 사람과는 연이 있는 인생이었다. 만약 이부스키 센키치의 제자 중에 아라오 레이코나 그 관계자가 있다면 범인에게 직결될 뭔가가 발견될 터다. 아라오 레이코의 졸업 앨범에서 동급생에만 관심을 가졌는데 교사에게도 주목했어야 했다.

만약을 위해 센키치의 머리카락이 붙은 빗을 빌려 그 집을 나서는데 와타세에게서 연락이 왔다.

"난데, 식구들한테 확인했어?"

"어머니가 근처 파출소에 실종 신고를 하러 갔다는데 엇갈려서 딸 혼자 집에 있었습니다. 이부스키 센키치는 어젯밤, 산책을 나간 뒤 돌아오지 않았다고 합니다."

"이리로 확인하러 온대?"

"부모님과 의논해 보라고 했습니다. 곧 본부로 연락이 가겠죠."

"데리고 온다고 해도 아버지만으로 해야지. 그걸 여자나 애한테 어떻게 보여 줘. 여긴 장난 아니었어. 사람뿐 아니라 자동차도 해체해야 했으니까. 업자까지 불러 시신을 차체에서 떼어 내느라 엄청 고생했어. 미쓰자키 교수님은 시작부터 끝날 때까지 내내 투덜거리시고 조수들은 싫어하는 게 역력하고. 완전 바늘방석이야."

바늘방석이라면 고테가와도 마찬가지였다. 시체라면 조금 거칠게 다뤄도 불평하지 않겠지만 산 사람이라면 사정이 다르다.

"상태는 그랬지만 다행히 목 부분은 훼손 정도가 적어서 사인도 특정할 수 있었어. 저번과 완전 똑같아. 후두부를 둔기로 때린 뒤 목을 졸랐어. 살아서 압축되는 것보다는 나으려나. 아아, 감식과에서 보고도 왔고. 그 기분 나쁜 쪽지 필적 역시 저번과 동일해. 그건 그렇고 이부스키 센키치는 어떤 사람이래?"

"오래전에 중학교 교장직을 은퇴한 분이셨습니다. 손녀는 할아버지에게 원한을 품을 사람은 전혀 없다고 필사적으로 변호하더군요. 현시점에서는 아라오 레이코와 어떤 관련이 있는지 불분명하지만 교장이었으니까 과거를 더듬어 가다 보면 접점을 찾을지도 모르겠습니다."

"그래. 그건 알아서 해 봐. 나도 이제 본부로 돌아간다."

고테가와는 감식과에 머리카락이 붙은 빗을 전한 뒤 곧바로 현의 교육 위원회에 조회해 이부스키 센키치의 경력을 조사하고 아라오 레이코와의 접점을 찾아봤다.

결과는 참담했다.

우선 아라오 레이코는 사이타마에 취직하러 오기 전까지 나가노를 떠난 적이 한 번도 없었다. 이부스키 교장의 전근 이력 또한 비슷했다. 24세에 교원으로 채용돼 42세에 교장으로 승격되기까지 이부스키의 부임지는 사이타마 현에 한정돼 있었다.

따라서 이부스키 센키치와 아라오 레이코 사이에 사제 관계는 존재하지 않았다. 남은 가능성은 두 사람의 공통 관계자, 예를 들면 아라오 레이코의 담임이 어떤 사정으로 나가노와 사이타마를 오갔을 수도 있지만 이 조사는 시간이 조금 더 필요했다.

고테가와는 만약을 위해서 가쓰라기 사다카즈가 이동한 기록도 조사했다. 가쓰라기 사다카즈의 출생지는 이시카 현 가나자와 시. 중학교 때까지 가나자와에서 지내다가 아버지의 일 때문에 도쿄로 이사했다. 도쿄에 있는 대학을 졸업한 다음에는 사이타마 시내의 기업에 취직했다. 이부스키와의 접점은 보이지 않는다.

결국 피해자 두 사람의 공통점은 한노 시민이라는 점뿐이었지만 이것을 공통점이라고 하기에는 너무 막연하다. 또 다른 뭔가가, 표면에 나타나지 않은 뭔가가 있을 터였다.

연쇄 살인의 경우, 세상이 받는 충격은 강하지만 수사하는 측에 유리한 점도 있다. 피해자 간의 공통점을 찾다 보면 결국은 용의자를 추릴 수 있다. 희생자가 늘어나고 수사가 진전될 때마다 그 이점은 커져 간다.

언제까지나 두 다리 쭉 뻗고 잘 수 있다고 생각하지 마라……. 고테가와는 아직 보지도 못한 범인을 향해 경고했다.

한노 경찰서에 돌아가자 분위기가 심상치 않았다. 주변 분위기에 둔감한 고테가와조차 느낄 정도로 무겁고 침울했다.

"저기…… 무슨 일 있었어요?"

동료 한 명이 대답 대신 읽던 신문을 내밀었다. 《사이타마일보》 석간이었다. 고테가와는 신문을 펴자마자 할 말을 잃었다. '한노시 두 번째 살인 사건'이라는 헤드라인 아래 신문 절반을 차지한 현장 사진에 시선이 꽂혔다.

아주 무미건조한 사진이었다. 문제의 압축기를 정면에서 잡은 단순한 구도. 옆에 서성거리고 있었을 수사원들은 프레임 밖으로 잘려 나가고, 압축기만 크게 찍힌 단순하기 그지없는 사진이었다. 단 압축기 틈새에서 걸쭉한 적갈색 점액이 흘러나와 뚝뚝 떨어지는 점을 제외하면 말이다.

이 사진은 틀림없이 그때 오노우에가 사진 기자를 시켜서 찍은 것이었다.

사진을 보는데 속이 메슥거렸다. 으깨진 시체의 모습이 저절로 뇌리에 되살아난다. 현장에서 실물을 보지 않은 사람도 마찬가지

일 것이다. 무미건조한 구도가 오히려 사건의 처참함을 도드라지게 한다. 사진 아래에 기사가 실렸지만 천만 단어를 사용해도 이 한 장이 주는 호소력에는 전혀 미치지 않을 듯싶다. 설령 시체 사진을 그대로 게재했더라도 그 불길함을 이 정도로 명확하게 전하지는 못했을 것이다. 그런 의미에서 이 사진은 사진작가로서 자부심을 가질 수 있는 한 컷이었다.

보는 사람에게는 이 정도로 충격과 공포를 주는 사진도 없었다. 8만 5000명의 한노 시민 중 오늘 밤 과연 몇 명이나 악몽을 피할 수 있을까? 후에 발표된 바에 따르면 석간은 《사이타마일보》 창립 이후 최고 매출을 기록했다. 이로써 신문은 불안과 불행으로 부수를 늘린다는 항간의 속설이 증명됐다.

또 이날 《사이타마일보》는 중요한 사실을 한 가지 더 세상에 공표했다.

범인의 이름이다.

모호하고 형태가 없는 불안은 이름이라는 윤곽을 얻음으로써 극심한 공포로 변모한다. 그것은 명료한 형태를 갖기 때문에 사람에게서 사람으로 전해질 때마다 배로 증가하고 가속화된다. 두 살인 사건에서 범인이 명함 대신 남긴 쪽지는 이미 많은 사람들이 언론 보도를 통해 알고 있었다. 그 치졸한 문장과 이성이 헤아려지지 않는 글자는 오히려 치밀한 두뇌에서 엮어 낸 범행 성명문보다 읽는 사람의 생리를 훨씬 더 자극했다.

고테가와는 서명이 없어도 그 기사를 누가 썼는지 대충 짐작이 갔다. 그 기자는 늦은 밤거리를 배회하는 범인을 현대 사회의 병리에 침해당한 사람이라고 규정하는 한편 그 병에 걸린 자에게 이런 이름을 붙였다.

'개구리 남자'라고.

"반장님, 도저히 안 되겠어요."

이부스키 센키치의 배후 관계를 조사하던 고테가와는 사흘 만에 백기를 들었다. 지난 사흘간, 교직원 320명의 이동 이력과 542명의 전출 기록을 살폈지만 이부스키 센키치와 아라오 레이코의 접점은 물론 아라오 레이코의 담임이 이부스키 교장 밑에서 일했다는 사실도, 아라오 레이코의 동급생이 사이타마로 전학한 사실도 발견하지 못했다.

"흐음." 하고 콧방귀 뀌는 와타세를 보고 고테가와는 그가 처음부터 학교 쪽에서 실마리를 기대하지 않았다는 것을 깨달았다.

"제가 교육 위원회에서 허우적거리고 있을 때 다른 쪽도 진척이 있었습니까?"

한껏 비아냥거리며 물었는데 와타세는 동하지도 않는다.

"금전 관계를 조사했지만 아무것도 없었어. 손녀 말이 맞았어. 오랜 교사 생활에서 얻은 건 그 작은 주택뿐이고 노후 자금이 될 퇴직금은 무슨 생각인지 정말 절반이 기부로 사라졌어. 자치 회장이란 명예직 같은 거니까 이부스키 센키치의 수입은 연금이 전부였고. 일흔이 넘었으니까 생명 보험도 들지 않았고 빚도 없었어. 유일한 재산인 집과 땅을 노렸을 가능성도 있지만, 이 경우 센키치가 죽어서 득을 보는 건 아들 부부뿐이야. 그렇다면 굳이 지금 살해하지 않아도 머지않아 집이고 땅이고 모두 자동적으로 유산으로 상속받게 돼. 아들 부부에게 금전적인 동기가 없다면 또 다른 가능성도 낮다고 볼 수 있어."

"또 다른 가능성요?"

"교환 살인."

와타세는 아무렇지 않게 대답했다.

"아라오 레이코를 증오하는 가쓰라기 사다카즈와 이부스키 센키치의 유산을 노리는 아들이 결탁해서 표적을 서로 교환하는 거야. 이부스키 센키치의 아들과 아라오 레이코를 연결하는 선은 전혀 없고, 가쓰라기 사다카즈와 이부스키 센키치를 연결하는 선 역시 전혀 없어. 두 사람의 이해는 일치하고. 이 방법이라면 알리바이 만들기도 수월해."

"……반장님, 그런 생각을 하고 계셨던 겁니까?"

"추리 소설 같아? 교환 살인은 옛날부터 우려먹을 대로 우려먹은 오래된 아이디어로 현실에서도 얼마든지 일어나고 있는 사건이야. 그래서 교환 살인은 결코 엉뚱한 생각이 아니지만…… 아니야, 약해."

고테가와는 설명을 들으면서 어이없으면서도 감탄한다. 고테가와의 기억으로도 와타세가 휴가를 간 것은 손에 꼽는다. 그런데 이 남자는 잘도 지식을 찾고, 다양한 장소에 출몰한다. 나카야마 경마장에서 봤다는 사람도 있고 아사쿠사 공연장 또는 국립 미술관에 있었다고 말하는 사람도 있다. 그뿐 아니라 책도 닥치는 대로 읽어서 오래된 이야기부터 최근 이야기까지 아무래도 상관없는 일을 정말 잘 알고 있다. 대체 이 남자는 하루에 몇 시간이나 자는 걸까? 더구나 읽는 책이 주로 추리 소설이다. 일 때문에 시체나 범죄자를 이렇게나 만나는데도 아직 부족한 걸까?

"식구들은 신원 확인 때 어땠습니까?"

"당일 밤에 아들 부부와 손녀, 이렇게 셋이서 대학 병원으로 왔어. 보였더니 예상한 대로였어. 아내는 보자마자 쓰러지고, 남편은 그 자리에서 저녁 먹은 걸 전부 토해서 또 미쓰자키 교수한테 폐를 끼쳤어."

"손녀는 어땠습니까?"

"아아, 고즈에? 응, 당찬 아가씨더군. 얼굴은 새파랗게 질렸는데 이를 악물고 견디던데. 그러더니 내 눈을 이렇게 똑바로 보면서 범인을 꼭 잡아 달라고 머리를 숙이는 거야. 그렇게 부탁하는데 열심히 안 할 수가 없지."

주먹을 앞세우는 야쿠자마저 시선을 피하는 와타세의 얼굴을 정면에서 바라봤다면 틀림없이 당찬 아가씨다.

"단지 꽤나 무리하고 있었어. 당찬데 자기 생각까지 강하면 가쓰라기처럼 아마추어 탐정 흉내를 내려고 할 거야. 그게 범인을 자극하지 않아야 하는데……. 가능한 그 여자한테서 눈을 떼지 마."

"이번에는 보모인가요?"

"그런데 이부스키의 집을 감시할 시간적 여유가 아직 없어. 학교 쪽 일에 아무 성과도 못 얻은 상황에서 바로 다른 일을 시켜서 미안하지만 정보 조사 좀 해 줘야겠어."

"정보 조사요?"

"신고 들어온 거 말이야. 이부스키 센키치 사건이 일어난 뒤로 현경 본부와 한노 경찰서 전화가 쉴 새가 없어. 전날 폐차장에서 수상한 외국인을 봤다느니, 옆집에 사는 은둔형 외톨이가 의심스럽다느니, 거짓말 같은 것부터 조금이나마 신빙성이 있는 것까지, 어제까지 들어온 정보가 2000건이 넘었어."

"2000……건?"

"그래. 그것도 불과 사흘 만에. 어마어마한 수야. 물론 그중에는 피해망상 같은 것도 있지만 일단 전부 확인해야 돼. 내용은 대개 조금 전에 말한 은둔형 외톨이나 노숙자 아니면 통원 이력이 있는 사람들에게 집중돼 있어. 당사자들에게는 민폐지만 들어온 정보를 완전히 무시할 수도 없어. 생각지 못한 데서 실마리를 얻은 사례도 과거에 있었고. 그리고 이상한 일이 하나 더 있어."

"아직 뭐가 더 있습니까?"

"이런 사건에는 으레 '범인은 나다.' 하는 신고가 있기 마련인데 이번에는 단 한 건도 없어. 2000건 중 한 건도. 일반적으로 이 정도로 언론의 관심을 받는 사건이 일어나면 열 건, 스무 건은 장난 전화나 신경증 환자의 고백 전화가 있는 법인데, 그게 전혀 없어. 얼마 안 돼 가짜 정보라고 판명 나더라도 범인이라고 나서면 일주일은 언론의 총아로 지낼 게 확실한데도 말이지. 이게 뭘 의미하는지 알겠어?"

"글쎄요……."

"몰라? 무서워하고 있는 거야. 다른 때라면 사건을 강 건너 불구경하듯 재미있어할 대중이라는 집단 및 무책임하고 파렴치한 사람들이 이 사건만은 절대 건드리려고 하지 않아. 관계자가 되려고 하지 않는 거지. 한시라도 빨리 종결되기를 갈망하고 있어. 선량한 시민이라면 올바른 태도겠지. 그런데 스캔들 좋아하고 남의 말에 쉽게 동조하면서 항간에 떠도는 소문을 좋아하는 많은 사람들이 왜 갑자기 선량한 시민들로 변했을까? 잘못된 믿음 때문이야. 이 사건에 대해 의연해지고 안전거리만 확보해 두면 최소한 나한테는 피해가 없다. 그런 식으로 믿고 있어. 아니, 믿지 않을 수가 없는 거지……. 정말이지, 《사이타마일보》도 어떻게 이런 짓을 했는지. 그 압축기 사진으로 시민들이 평정심을 완전히 잃었어. 전에 말했지? 흉악 사건에 대처하려면 약간의 무심함이 필요하다고. 그 사진은 그런 얼마 안 되는 여유조차 날려 버렸어."

이 의견에는 동의하지 않을 수 없다.

오늘 아침에도 텔레비전 캐스터가 몸을 떨면서 말했다.

개구리 남자는 누구인가.

개구리 남자는 어디에 숨어 있는가.

개구리 남자가 다음으로 노리는 사람은 누구인가.

한노 경찰서를 나오자 몸집이 작은 남자가 기다리고 있었다. 얼굴을 보지 않고도 체형만으로 짐작이 갔다. 오노우에 젠지다.

"경부님, 수고 많으십니다."

"수고 많은 거 좋아하네. 쓰레기 같은 삼류 신문 기자 새끼야."

와타세는 죽일 듯한 시선을 보내지만 오노우에의 반응은 온화하기만 하다.

"이런 이런, 우리 《사이타마일보》는 구독자 수준이 높은 고급 신문 중 하나라고 자부했는데, 설마 옐로 페이퍼라고 불릴 줄이야."

"삼류 신문도 아까워. 그 1면은 뭐냐. '카스토리 잡지'(엽기적인 범죄나 음란한 내용을 주로 다룬 잡지들./옮긴이)도 그보다 고상한 사진을 싣겠다."

"반장님, 삼류 신문이니 카스토리 잡지니, 그게 대체 뭔가요?"

"됐어, 몰라도 돼!"

"저널리스트 나부랭이인 주제에 부끄럽게도 실물을 본 적이 없네요."

"본 적 없으면 가르쳐 주마. 너 같은 걸 그대로 종이로 바꿔 놓은 물건이야. 꼭 보고 싶으면 간다 진보초의 헌책방에서 공부하든지, 거울을 봐."

"말씀이 좀 지나치시네요. 그 1면 사진으로 기분이 많이 상하셨나 봅니다. 그 사진, 평판이 좋아요. 근래 보기 드문 저널리즘다운 사진이라고."

"저널리즘? 웃기고들 있네. 분명 너한테서 나온 생각이었겠지만 그건 도작이야. 아무도 모를 줄 알았냐? 1차 세계 대전 당시에 레메이커스라는 화가가 발표한 〈부상병 수송 열차〉라는 풍자만화가 있지. 화폭을 가득 채운 검은 화물차의 문틈으로 피가 흘러넘치는 그림이야. 네 사진은 그 만화의 구도를 그대로 훔쳤을 뿐이야."

"언제나 그렇지만 참 많은 걸 아시네요. 그런데 훔쳤다는 말은 서운한데요. 하다못해 존경이나 영감이라고 해 주시면 좋을 텐데. 일단 저희는 사회의 공기(公器)로서 지역 주민들에게 경고했다고 생각합니다만."

"경고? 너희가 한 짓은 관객들로 꽉 찬 어두운 시사회장에서 '불이야.' 하고 소리 지른 것과 같아. 사회의 공기가 패닉을 유발하다니, 어떻게 된 거냐."

"그런데 정말 불이었으면요?"

오노우에가 천연덕스럽게 내뱉는다.

"무심코 진심이 나와 버리셨네요. 저희와 마찬가지로 수사본부도 이 사건은 쉽지 않다고 보고 있죠? 정보가 많은 것에 비해 진범을 특정할 증거는 없고, 으스스한 범인의 그림자가 시민들의 어두운 마음속을 활보하고 있어요. 시민들의 불안은 나날이 커지는데 경찰은 할 수 있는 게 없어요. 극장 화재에 비유하시다니, 과연 혜안을 가지셨습니다. 폐쇄된 공간에서 느끼는 초조감과 공포. 그거야말로 현재 한노 시의 모습이니까요."

"그렇다고 떠들며 돌아다니는 건 분별 있는 녀석이 할 짓이 아니야. 떠드는 녀석은 말이지, 걱정하는 것 이상으로 그 상황을 즐기는 유쾌범이야. 그런 녀석들을 연행하는 데 나는 눈곱만큼도 주저하지 않으니까."

"어이구 이런, 이번에는 언론 통제입니까? 경부님과 이야기하고 있으면 지금이 어느 시대인지 잊어버리게 된다니까요."

"그럼 다시 생각나기 전에 당장 꺼져. 어차피 수사 상황에 진전이 없다는 말을 듣고 싶었던 거잖아. 그런 건 내 언질이 없어도 네가 멋대로 만들어 낼 거 아냐."

"내키지는 않지만 그렇다면 말씀하신 대로 하죠."

오노우에는 그 말을 남기고 깡충깡충 뛰듯이 자리를 떴다.

2.

6교시가 끝나는 종소리가 울리자 나쓰오는 암담한 기분에 휩싸였다. 수업의 끝을 알리는 종소리는 나쓰오에게 최악의 시간이 시작됨을 알리는 소리였다.

지금이 여름이라면 아직 해가 높기 때문에 집까지 가는 시간을 벌 수 있다. 하지만 오후 4시에 해가 저무는 계절에는 그러지도 못한다. 창밖에는 벌써 땅거미가 지고 있다. 늦은 시간까지 아이를 학교에 남겨 놨다가 사고라도 나면 학교 측 책임이 되기 때문에 교사들은 용무가 없는 아이들을 한시라도 빨리 학교에서 내보내려고 한다. 밖으로 나오면 상점가 사람들과 이웃 어른들이 언제까지나 집에 안 가려는 아이들을 수상히 여겨 가만 내버려 두지 않는다. 나쓰오는 쓸데없는 참견이라고 생각하지만 거부할 권리는

없다. 솔직히 집에 가느니 공원에서 노숙하는 편이 낫다고 생각할
정도인데…….

나쓰오는 안다. 어른들은 책임지고 싶지 않은 것이다. 선생님,
이웃 어른들 모두 자기들 눈앞에서 무슨 일이 일어나면 곤란하다.
그래서 아이들을 자기들과 멀리 떨어뜨려 두려고 한다. 제발 마음
대로 하게 내버려 두면 좋겠지만 그 바람을 들어주는 사람은 어디
에도 없다.

이 주변 학군은 범위가 좁기 때문에 초등학교와 나쓰오의 집은
별로 멀지 않다. 천천히 돌아가도 이십 분이면 도착한다. 희미한
가로등 빛 아래의 아파트 2층. 그 끄트머리가 나쓰오의 집이었다.
창문에서 불빛이 새어 나온다. 아빠가 집에 있다는 증거다. 나쓰오
는 무서워서 몸을 떨었다. 완전히 무거워진 발을 계단에 올리자 철
판이 쿵쿵 하고 쓸쓸한 소리를 낸다.

"다녀왔습니다……."

낯익은 풍경. 추리닝 차림의 아빠, 사가시마 다쓰야가 현관을 등
지고 텔레비전을 보고 있었다. 목까지 빨간 것을 보니 이미 꽤 많
이 마신 모양이었다.

"밥 먹자. 빨리해."

다쓰야가 식탁에 놓인 컵라면 두 개를 턱으로 가리켰다.

식탁으로 가는데 아빠에게서 술 냄새와 함께 담배 냄새가 확 풍
겼다. 다쓰야는 담배를 피우지 않으니 오늘도 아침부터 파친코 가
게에 틀어박혀 있었으리라. 그리고 진 것도 안다. 이겼을 때는 식
탁에 조금 더 제대로 된 음식이 놓여 있기 때문이다.

다쓰야는 컵라면조차 직접 만들려고 하지 않는다. 취사, 세탁은
여자들 일이라고 믿고 있다. 그래서 나쓰오가 돌아올 때까지 음식

에 손대는 법이 없다.

부엌으로 가면서도 나쓰오의 코는 여러 가지 냄새를 맡는다. 다쓰야의 체취와 구취, 조금 전에 벗어 놓은 옷에서 풍기는 땀 냄새, 마른 잔반의 쉰 냄새, 뭔가가 썩은 냄새. 사흘 전, 나쓰오는 우연히 친구 집에 갔다. 그 애가 공책을 놓고 가서 당번이었던 나쓰오가 전해 주러 간 것이었다. 그 집에는 달콤한 향이 가득했다. 이제 막 빤 청결한 셔츠 냄새, 엄마의 향수 냄새, 우유 냄새, 저녁상에 오를 카레 냄새. 나쓰오는 자기 집 냄새와의 격차에 깜짝 놀랐다. 이게 평범한 가정의 냄새라면 자신의 집은 대체 뭘까? 완전히 개집이 아닌가.

말없이 컵라면을 먹는 아빠와 마주 앉는다. 아직 20대인데 다쓰야에게서는 그 나이대 특유의 젊음이 눈에 띄지 않는다. 금발로 물들인 머리도 뿌리 부분은 검은색이어서 궁상맞아 보일 뿐이다. 그런 조화가 안 되는 머리를 한 남자가 말없이 면을 후루룩거리는 모습은 역시 개를 연상시킨다. 이 집에서 개집 냄새가 나는 것도 당연했다.

"야."

다쓰야가 매섭게 쏘아붙였다.

"아까부터 뭘 힐끔거리냐."

"아무것도……."

순간 손바닥이 날아왔다. 나쓰오는 컵라면을 든 채 의자에서 굴러떨어진다.

다쓰야는 아무 일도 없는 양 다시 라면을 먹는다. 전에는 때리거나 걷어찬 뒤에 이유를 설명했다. 그러면 다음에는 같은 이유로 얻어맞지 않기 위해 경계하게 된다. 결국 폭력을 휘두를 구실을 잃지 않기 위해 이제는 이유조차 설명하지 않는 것이다. 다쓰야는 가정 교육이라고 했지만, 옷으로 가려진 나쓰오의 몸에는 멍과 상처가 늘어날 뿐이었다.

입을 열면 맞는다. 입을 다물고 있어도 다른 구실로 맞는다. 음식을 먹으면서도 긴장과 공포로 인해 무슨 맛인지 알 수가 없다. 모래를 씹는 기분으로 컵라면을 다 먹자 다쓰야가 중얼거렸다.

"씻자. 꾸물거리지 마라."

이 한마디에 나쓰오는 얼어붙는다. 하지만 따를 수밖에 없다. 나쓰오에게는 거부권이 없다. 노예나 가축 아니 그보다도 못한 존재인지도 모른다.

느릿느릿 옷을 벗고 욕실로 가자 다쓰야가 욕조에서 기다리고 있었다. 좁은 욕조는 어른 한 명이 들어가면 꽉 찬다. 거기에 나쓰오까지 들어가기 때문에 적은 물로도 욕조가 넘실거린다. 다쓰야는 같이 목욕해야 하는 이유로 수도 요금과 가스 요금을 아낀다는 평계를 댔지만 실은 따로 꿍꿍이가 있다.

욕조에서 끌려 나가 온몸을 내맡긴다. 비누칠한 다쓰야의 손이 목덜미에서 옆구리, 가슴에서 배, 그리고 사타구니로 미끄러지듯 내려간다. 친부의 손인데도 닿을 때마다 끔찍한 오한이 일어난다.

"제법 그년을 닮아 가고 있어. 얼굴이나 하얀 피부 같은 게."

그년이란 작년에 집을 나간 엄마를 말한다. 나간 이유는 모른다.

비누 거품을 씻어 내자 다쓰야가 욕조 가장자리에 가랑이를 벌리고 걸터앉아 있었다.

"물어."

바로 앞에 무릎을 꿇자 눈앞에 기립한 성기가 있었다. 자신의 것과는 형태도 다르고 크기도 다르다. 나쓰오는 눈과 마음을 굳게 닫는다. 여기에 있는 것은 바나나라고 생각한다. 체취와는 또 다른 냄새가 코로 들어오지만 고개를 돌리면 언젠가처럼 옆구리를 걸어차일 테니 죽을힘을 다해 참는다.

끝을 입에 문다. 나쓰오의 작은 입이 꽉 찬다. 다쓰야는 오히려 그게 좋다고 한다. 뱉고 싶은 걸 견디며 목을 앞뒤로 움직인다.

"혀하고 입술도 써라. 이왕 붙어 있는 건데."

시키는 대로 혀로 이리저리 핥고 입술로 살짝 깨문다. 처음에는 거부감이 들었지만 익숙해지면 손가락을 핥는 것과 별 차이가 없다. 그러나 마지막 순간은 여전히 역겹다.

반복해서 움직이던 다쓰야의 숨소리가 거칠어졌다. 들을수록 개의 숨소리와 똑같다. 다쓰야가 나쓰오의 머리를 잡고 자신의 끝을 목 깊숙이 밀어 넣는다.

마침내 짧은 신음과 함께 입속으로 미지근한 점액이 뿜어져 나왔다. 역겨운 맛이 차츰 퍼진다.

"알지? 나머지를 빨아들인 뒤에 전부 삼켜. 좋네, 싫네 가리면 제대로 된 어른이 못 된다."

역시 시키는 대로 했다. 삼킨 뒤 구역질을 참는다. 다쓰야의 손이 떨어지고 나쓰오는 가까스로 욕실의 고통에서 해방된다. 입천장과 치아 뒤쪽에 정액 찌꺼기가 남아 있어 몇 번이나 입을 행구지만 완전히 씻어 내지는 못한다. 그래서 마지막에는 손가락을 집어넣어 입안 구석구석을 닦아 내는데도 그 얼얼함이 아침까지 이어진다.

빈껍데기만 남은 기분으로 옷을 입고 숙제를 시작한다. 이 시간만은 다쓰야도 방해하지 않기 때문에 나쓰오는 잠깐이나마 쉴 수 있다. 하지만 숙제는 한 시간이면 끝나고 10시가 넘으면 반드시 잠자리에 들어야 한다.

"야, 잔다."

등 뒤에서 다쓰야가 말한다. 저항할 수는 없다. 나쓰오는 책상에서 일어나 다시 마음을 닫는다. 옆방으로 가니 다쓰야가 항상 펴놓는 이불에 앉아 나쓰오를 기다리고 있었다.

하루를 마치는 악마의 의식.

"벗어."

이 한 마디에 억누르고 있던 감정이 한계에 달했다.

"……싫어요."

"뭐라고?"

"더는 싫어요. 이런 짓…… 앗!"

말이 채 끝나기도 전에 숨이 멎었다. 다쓰야의 손이 허벅지 안쪽을 기계 같은 힘으로 꼬집고 있었다.

"이런 짓? 허, 이런 짓이 뭔데. 담임한테 일러 보시지그래."

당연히 이르지 못한다. 원래 말을 잘 못 한다. 아니, 그보다 창피하고 분하고 무서워서.

"만에 하나 입만 벙긋해 봐라. 당장 죽여 줄 테니."

다쓰야는 웃으면서 말했지만 나쓰오는 농담이 아니라는 사실을 뼈저리게 알고 있었다. 달아나려던 몸이 끌려가 이내 머리가 눌리고 네발 자세가 된다.

엉덩이가 양옆으로 벌려진다.

다쓰야가 갑자기 들어왔다. 극심한 통증에 비명을 지르는데 커다란 손이 코부터 입까지 완전히 틀어막아 우물거리는 소리만 새어 나올 뿐이다. 평소 쓰는 로션을 발랐을 것이다. 다쓰야가 좁은 구멍을 미끈하게 침입한다. 도망치려고 허리를 빼지만 강인한 손이 엉덩이를 붙잡고 놓으려 하지 않는다.

"숨 들이쉬지 마. 뱉어."

처음 그곳이 범해졌을 때는 통증과 놀람, 부끄러움으로 머릿속이 새하얘졌었다. 아직 열 살이었다. 성, 더구나 변태적 행위에 대한 지식 따위는 전혀 없었다. 하지만 남에게 알려져서는 안 된다는 인식이 있었고, 결국 이 비밀은 다쓰야와 둘만 공유하게 됐다.

율동이 시작됐다. 다쓰야의 성기에 윤활유가 발라져 있지만 격심한 통증은 가라앉기는커녕 범해질 때마다 머리까지 울린다. 마치 머릿속을 철봉으로 얻어맞는 듯한 충격이다. 제발 빨리 끝났으면……. 강한 거부 반응이 차츰 힘없는 애원이 된다.

다시 다쓰야의 숨이 거칠어졌지만 통각으로 가득 찬 나쓰오는 의식하지 못한다. 학교에서 있었던 일, 최근에 즐거웠던 일을 떠올리려고 하지만 극에 달한 통증으로 이조차 쉽지가 않다.

마침내 짧은 방출과 함께 끝이 났다. 몸속에 방출된 것을 알 수 있다. 한두 시간은 지난 것처럼 느꼈지만 실제로는 오 분 정도였다. 그래도 나쓰오는 몹시 지쳐서 다쓰야가 엉덩이에서 손을 떼자 그대로 허리가 이불로 떨어졌다. 다쓰야의 성기 끝에서 정액이 길게 늘어지며 떨어진다. 이불은 두 사람의 체액으로 흠뻑 젖어 있다. 그런 상태로 내버려 두기 때문에 이불에 불쾌한 냄새가 뱄다. 다쓰야는 개의치 않는 듯하지만 나쓰오에게는 치욕과 고통으로 직결되는 악취였다. 아직 통증이 가시지 않은 부분에 손을 대니 다쓰야의 체액에 섞여 자신의 피가 묻어났다. 아무래도 또 피가 난 모양이다.

다쓰야는 일을 마치자 완전히 흥미를 잃은 듯 옆에 깔린 이불 속으로 들어간다. 이렇게 간신히 나쓰오의 하루가 끝난다.

엄마가 집을 나간 날부터 매일 이런 하루가 반복되고 있다. 모진 고통에서 벗어날 수 있는 날은 다쓰야가 완전히 술에 취해서 먼저 잠들 때뿐이었지만 요즘은 술을 마시는 양이 줄어 요행도 일어나지 않았다.

그 집은 식탁이 있는 감옥이었다.

긴장과 공포와 치욕의 연속.

탈출도, 고발도 하지 못한다.

하지만 열한 살 아이에게도 생존 본능이 있다. 치욕이나 고통은 그렇다 쳐도 공포만은 극복해야 한다고 본능이 경고를 보내고 있었다. 아빠를 등지고 자신을 지키려는 듯 웅크리고 며칠 밤을 보내면서 본능은 천천히 해답을 끌어냈다.

공포를 극복하려면…… 자기 자신이 공포 그 자체가 되면 된다.

3. 12월 9일

예상대로 신고 전화의 대부분은 대상자에게 확인만 하면 됐다. 많은 사람들에게 알리바이가 있었고, 은둔형 외톨이들은 본인이 방에서 나오지 않았다는 사실을 식구들이 증명했다. 그도 그럴 것이 방에 틀어박혀 있어서 은둔형 외톨이인 건데, 범행 때마다 쉽게 외출한다면 더는 은둔형 외톨이가 아니다.

그래도 대상자가 2000건을 넘으면 수사원 한 명당 150건이 된다. 하루에 대략 여덟 건이 한계라서 수사는 순조롭지 않았다.

바로 그때 와타세가 제안했다.

"우선순위를 매기자. 우리 데이터베이스에 있는 우범자 명단과 신고 정보가 중복된 건부터 확인하는 거야."

하긴 그편이 가능성이 높을 것이다.

"조건은 두 가지로 추려. 과거에 성범죄 혹은 살상 사건을 일으켰고 현재는 석방이나 가석방된 사람. 그리고 한노 시에 거주하는 사람. 두 사건을 봤을 때 범인은 이곳 지리를 잘 아는 사람이 틀림없기 때문이야. 이 두 조건에 해당되는 건 일곱 건. 수사원 한 사람당 한 건이라는 거지. 너는 이걸 맡아."

와타세가 건넨 A4 용지에는 대상자의 프로필, 전과, 병력, 보호 관찰관에 대해서 기재돼 있었다.

도마 가쓰오, 18세. 사 년 전 근처에 사는 여자아이를 감금해 폭력을 휘두른 뒤 교살했다. 직후 현장에 온 수사원에게 현행범으로 체포돼 수사가 종결됐다. 하지만 기소 전 정신 감정에서 캐너 증후군으로 진단받고 불기소로 처리돼 입원했다. 삼 년 뒤 담당 의사가 재범 가능성이 없다고 판단, 가정 법원이 보호 관찰을 결정했다.

"캐너 증후군요?"

"자폐증의 일종이야. 자폐증도 종류가 많아. 지적 장애, 즉 아이큐 70 이하를 캐너 증후군이라고 불러. 언어 장애도 약간 있어서 전형적인 자폐증이라고 해야 하나, 저기능 자폐증이라고도 하고. 흥미롭게도 건강한 사람에 비해 조현병에 걸릴 확률이 아주 낮아."

"그런데 사건 당시 열네 살이었잖습니까. 건강한 사람이라면 소년원에 좀 더 수용됐을 텐데 삼 년 만에 퇴원은 좀……. 오마에자키 교수님은 이런 건 회복은 돼도 완치는 안 된다고 하셨잖아요. 그렇다면 시한폭탄을 들판에 내던지는 것 아닙니까."

"소년법과도 연관이 있어. 개정 전에는 14세 이상 16세 미만 청소년은 형사 책임이 있어도 형사 처분을 못 했으니까. 그리고 신법이 시행된 건 아나? 심신 상실자 등 의료 관찰 법이라는 거."

최근에 화제가 됐기 때문에 고테가와도 알고 있는 문제였다. 심신 상실 등의 이유로 형이 면제된 사람을 독자적인 시설에 수용, 치료해 재범 방지와 사회 복귀 촉진을 목표로 하는 법률이다.

"심신 상실자의 사회 복귀라는 주장은 그럴듯하지만 실제로는 완전히 그 반대로 갈 가능성이 있어. 불기소나 무죄가 된 장애자는 강제로 지정 입원 의료 기관에 수용됐다가 재범의 우려가 없다고 판단되면 시설에서 나올 수 있다는 논리인데, 네 지적대로 그 판단이 아주 어려워. 그리고 사회로 복귀할 수 있다고 판단된 장애자가 출소 뒤에 중대 사건을 일으키면 그 판단을 내린 재판관이나 정신과 의사가 분명히 세상의 규탄을 받을 거야. 의료 기관에서는 일단 삼 년 뒤의 사회 복귀를 목표로 하고 있지만, 한편으로는 그런 사태를 피하기 위해서 가능하면 입소자를 출소시키지 않는 편이 상책이라는 의견도 있어. 도마 가쓰오의 경우는 신법이 시행되기 전이라서 비교적 조용히 출소할 수 있었지. 이상한 이야기지? 심신 상실자를 위한 법률이 반대로 그들의 사회 복귀를 방해하는 구도가 되고 있어."

여전히 납득이 안 가는 기분으로 A4 용지에 적힌 정보를 계속 읽어 나간다.

담당 보호 관찰관, 우도 사유리 35세.

"처음에는 대상자 본인보다 보호 관찰관에게 먼저 면회를 요청해. 보호 관찰관은 대상자와 계속 접촉하면서 생활 실태를 파악하고 있으니까. 본인 입으로 듣는 것보다 훨씬 빠르고 확실해."

"알겠습니다."

보호 관찰관 우도 사유리의 주소를 외운 뒤 A4 용지를 와타세에게 돌려준다.

그때 와타세의 예리한 눈이 고테가와의 오른 손바닥에 꽂혔다.

"뭐야, 그 흉터는."

"아아…… 오래된 흉터입니다."

"상처가 하나면 피부가 금방 붙지만 두 개면 피는 멈춰도 피부는 얼른 안 붙어. 예전 불량소녀들 수법이지. 여자 얼굴에 평생 지워지지 않을 상처를 남기기 위해서 말이야. 너 그런 여자와 치정 싸움이라도 했나?"

"그런 흥미로운 이야기가 아닙니다."

고테가와는 웃으며 얼버무렸지만 여자와 얽힌 이야기가 아니라는 것은 사실이었다.

우도 사유리의 주소는 한노 시 사고. 이부스키 센키치가 사는 가마야 옆 동네다. 이 주변은 신흥 주택지로, 늘어선 주택들은 부지 50평 정도로 면적은 작지만 모두 깔끔하다. 집들마다 정원도 정성껏 손질해서 화사한 분위기다. 교외 대형 매장까지는 거리가 있기 때문에 상점가도 아직 활기 있고, 새된 목소리로 떠들며 하교하는 초등학생들을 포함해 사람들도 많이 지나다닌다. 지난 며칠, 거의 죽은 듯한 거리만 봐 온 고테가와는 마음이 놓이는 기분이다.

우도 사유리의 프로필 중에서 가장 흥미로운 것은 35세라는 나이였다. 보호 관찰관은 떳떳한 직업에서 은퇴한 노인이 하는 것이라는 선입견을 가지고 있던 고테가와에게는 35세가 매우 젊게 느껴졌다.

보호 관찰관에 노인이 많은 것은 반드시 고테가와의 선입견만은 아니다. 실제로 보호 관찰관의 평균 연령은 63세이기 때문에 고령자들이 모였다고 해도 틀리지 않다. 그렇지만 보호 관찰관에 나이 제한은 없다. 단지 인원수의 상한과 해당 지역에서 신망이 있고 시간을 융통할 수 있는 사람이라는 조건뿐이다. 이 조건에 맞는 사람이라면 역시 지방 의원 출신이나 종교인 또는 전직 공무원 등이 추천되기 쉽고 자연히 고령자가 모이게 된다. 보호 관찰관 전체가 고령화되는 것은 당연한 결과였다.

그래서 법무성은 2004년부터 76세가 넘는 사람은 재위촉하지 않는다는 결정을 내렸다. 그로 인해 퇴임하는 사람이 대거 생겼고, 결과적으로 우도 사유리같이 젊은 사람도 보호 관찰관으로 임명됐다.

결국 우도 사유리란 여자는 35세라는 젊은 나이에도 지역의 신망을 얻은 인물이라는 의미다. 그렇다면 대체 어떤 신망일까?

고테가와는 우도 사유리 집 앞에 서서 문패를 흥미롭게 바라봤다.

우도 사유리 피아노 교실.

상상력의 결여인지, 보호 관찰관과 피아노 선생님의 모습이 쉽게 하나로 이어지지 않는다. 아무튼 찾아간다고 미리 연락해 놨다. 당사자를 만나면 의문도 풀릴 것이다.

벨을 세 번 울리자 "네." 하고 명랑한 목소리가 돌아왔다. 잠시 후 문을 열고 나타난 사람은 몸집이 작은 여자였다.

"전화드렸던 사이타마 현경의 고테가와입니다."

"어머, 수고 많으시네요. 우도 사유리예요."

인사와 함께 쳐든 얼굴은 눈부신 듯 웃고 있었다. 얼굴이 조금 동그랗지만 이목구비가 또렷해 미인이라기보다 귀여운 부류다.

이 여자는 왜 이토록 행복하게 웃는 걸까……. 고테가와는 잠깐 그 미소를 넋을 잃고 바라봤다. 정신을 차리자 사유리도 신기한 듯

이쪽을 보고 있었다.

"저기…… 왜?"

"어머, 미안. 참 젊은 경찰이란 생각이 들어서. 전화로는 조금 더 나이가 있을 거라고 생각했거든요."

"어, 죄송합니다. 갑자기 찾아뵈서. 전화로 말씀드린 대로 사유리 씨께서 보호 관찰하는 도마 가쓰오 군 일로……."

"마침 잘됐네. 가쓰오, 지금 여기 와 있어요."

"엇."

"역시 본인을 만나는 게 가장 좋겠죠. 들어와요."

"아, 아니. 본인은 나중에 사정 청취를 할 예정이라서요."

"오늘 할 일을 내일로 미루지 말라는 말 모르나? 가쓰오도 따로 하는 일이 있으니 만날 수 있을 때 만나는 편이 좋잖아요."

사유리는 현관에서 주저하는 고테가와를 억지로 집 안으로 끌어들였다. 집은 정리 정돈이 잘돼서 차분한 분위기였다. 천장은 높지 않지만 햇볕이 사방에서 들어와 개방적인 인상을 준다. 벽에 걸린 파스텔화도 인테리어에 잘 어울린다. 희미하게 코를 간질이는 향은 허브 계열일까?

"아 참, 미리 이야기해 둬야지. 내가 본래 세심하지도 않고 어린 사람한테는 존대를 잘 못해서. 말투가 좀 거슬릴지도 모르지만 이해해 줘요."

"괜찮습니다. 사유리 씨보다 백배, 천배는 세심하지 못한 상사가 있어서요……. 피아노 선생님이신가 보네요."

"응. 신기하죠? 피아노 교사가 보호 관찰관을 하는 게."

"혹시 일하는 중이셨습니까?"

"아니, 치료 중. 환자는 가쓰오."

"치료요?"

"피아노 치료. 그 애가 자폐증인 건 알죠? 퇴원은 했지만 완치된 게 아니라서 계속 치료받아야 해요. 내가 그 애 보호 관찰관으로 선택된 이유 중 하나도 이 치료법 때문."

복도를 끝까지 걸어가자 방이 나왔다. 문손잡이가 실내 분위기와 어울리지 않게 굵고 튼튼했다.

"레슨 방. 방음문이라 묵직하고 손잡이도 세련된 멋이 없어."

사유리가 손잡이를 내리눌러 문을 연다. 겨우 그 동작만으로도 상당한 힘이 필요해 보인다. 둔한 소리를 내며 열린 문은 내화성 금고만큼 두꺼웠다. 게다가 놀랍게도 문이 하나 더 있었다.

"이중문?"

"피아노 소리가 울리니까. 이렇게라도 안 하면 이웃에서 항의가 들어오거든."

두 번째 문을 다시 힘껏 연다.

고테가와는 눈앞에 드러난 방을 보고 할 말을 잃었다. 집의 외관이나 실내만 봐서는 상상도 못 할 만큼 널찍했다.

넓이는 열다섯 평 정도 될까. 갈색 마루에 베이지 벽지로 꾸민 거의 정사각형 방 한가운데 그랜드 피아노 두 대가 자리 잡고 있다. 이상하게도 창문이 하나도 없다. 게다가 천장 높이도 좀 전에 걸어온 복도보다 훨씬 높다. 눈대중으로도 2층 높이는 되는 듯했다. 순간 고테가와는 집 전체 겨냥도를 떠올린다. 하지만 머릿속으로 아무리 도면을 그려도 이 방은 집 속에 들어가지 않는다. 억지로 집어넣으면 1층의 거주 공간을 포함해 2층의 다른 방이 상당히 옆으로 밀려 버린다.

상들리에나 코드 펜던트처럼 길게 늘어진 조명이 없는 것도 천장이 높아 보이는 이유 중 하나였다. 조명은 천장 매입등과 벽 위쪽에 설치된 스포트라이트뿐이지만, 그 수가 대략 스무 개가 넘는다. 그 모든 조명이 그랜드 피아노 두 대를 비추는 광경은 마치 소극장 무대를 연상시켰다. 게다가 그 피아노를 둘러싸고 열 개 남짓한 의자가 놓여 있고, 구석에는 베이스 캐리어에 얹힌 콘트라베이스까지 있다. 대학 시절, 친구가 밴드를 했기 때문에 베이스 캐리어는 낯익었다. L 자형 카트 모양으로 이름 그대로 베이스 기타를 옮기기 위한 물건인데 대형 관현악기 운반에도 쓰인다.

그리고 피아노 한 대에는 청년이 앉아 있었다.

"소개할게. 내 제자, 도마 가쓰오. 가쓰오, 이쪽은 고테가와 씨. 내 친한 친구야."

"친구라니……."

도마 가쓰오가 고테가와를 향해 천천히 고개를 돌렸다. 약간 뚱뚱해 얼굴에도 살이 올라 있다. 밑에서 올려다보는 불안한 시선이 자폐증 환자 특유의 모습이라는 생각이 든 것은 고테가와에게 예비 지식이 있는 탓이었다. 아무런 선입견이 없는 사람이 보면 단순히 겁 많은 사람으로 보였을 수 있다.

문득 고개를 돌리자 문 바로 위에 네모난 상자가 걸려 있다.

"저 상자는 뭐죠?"

"아, 배전반."

"배전반이라면 눈에 안 띄는 데 다는 게 좋지 않나요?"

"이 집이 냉난방만 하면 금방 차단기가 내려가거든. 이 방만 해도 전력을 꽤 많이 쓰니까. 실은 암페어 교체 공사를 하는 편이 좋았는데 처음에 거기까지 생각을 못 해서 이제 와 후회하는 중이야. 하는 수 없이 차단기가 내려가도 바로 고칠 수 있게 배전반을 여기에 달았어."

즉 집 전체보다 이 방을 우선시했다는 의미다. 이 방은 하나부터 열까지 일반적인 것과 거리가 멀다.

"고테가와 씨가 연습하는 거 보고 싶대. 괜찮아? 괜찮지!"

사유리가 가쓰오의 눈높이까지 몸을 굽혀 동의를 구한다. 가쓰오가 당황하며 고개를 끄덕인다. 아무래도 사유리의 명랑한 자기주장은 상대를 가리지 않는 듯하다.

사유리가 맞은편 피아노에 자리를 잡고 가쓰오와 시선을 나눈 뒤 건반에 손을 얹는다. 그 손가락은 가냘픈 몸에 어울리지 않게 관절이 굵고 끝이 넓은 울퉁불퉁한 모양이었기 때문에 몹시 이상해 보였다. 피아노를 치는 손가락은 으레 가늘고 낭창낭창하리란 생각은 단지 선입견이었던 걸까? 클래식, 그중에서도 피아노곡과는 거리가 멀었지만 피아노 두 대로 연주하는 곡이 있다는 사실은 음악 잡지 같은 데서 본 적이 있었다. 지금 둘이 함께 연주하려는 곡은 그런 곡 중 하나인 걸까?

먼저 연주를 시작한 사람은 사유리였다. 힘차고 리드미컬하게 두드리는 건반. 방의 구조 탓인지 한 음 한 음이 뒤울림을 남기면서 명료하게 귓속으로 날아든다.

그러나 고테가와는 곧바로 기이한 감각에 사로잡힌다. 명확한 음과 경쾌한 선율. 어딘지 단조로워서 초심자를 위한 연습곡 같으면서도 생소한 악구였다.

이윽고 가쓰오가 조심스럽게 연주를 시작했다. 화음 형태의 반주로 사유리의 음에 다가갈 거라 생각했는데 전혀 다른 음색이 튀어나왔다. 아니, 선율이라는 그럴듯한 양식도 없다. 즉흥곡이라고 칠 수도 없는 완전 엉망진창인 음. 그것도 프리 재즈처럼 힘차게 건반을 두드리는 것이 아니라 방향을 정하지도 않고 힘없이 치기 때문에 잡음으로만 들린다.

사유리가 별안간 소리를 죽인다. 가쓰오의 음에 맞추듯 선율을 낮고 온화하게 조바꿈한다. 그러면서도 리듬은 흐트러지지 않고 곡의 양식을 유지한다.

잠시 후 느닷없이 가쓰오의 음이 괴상하게 튀어 올랐다. 갑자기 감정이 폭발한 듯한 음이다. 그 즉시 사유리가 그 음을 똑같은 음계로 좇는다. 두 음은 맞닿을 듯하면서도 절대 하나가 되지 않는다. 하지만 함께 5음계 속에서 뛰어다닌다. 때로는 떨어지고 때로는 다가가는 불협화음. 협주곡의 형태를 전혀 이루지 않고 실력도 다른 사람들의 연주……. 청중에게 들려주기 위한 연주가 아니라 두 사람이 언어 대신 음으로 나누는 대화였다.

가쓰오의 표정에 변화가 나타나고 있었다. 겁먹고 불안해 보이는 모습은 사라지고 건반 하나하나, 한 음 한 음에 집중하고 뺨도 발그스레하다. 마치 결승점을 눈앞에 둔 마라톤 선수 같다.

자기 내면에서 결승선을 통과한 걸까? 가쓰오의 건반 소리가 갑자기 약해지더니 뚝 끊겼다. 그것을 신호로 사유리도 건반에서 손을 뗐다.

박수를 치려고 하는데 사유리가 고개를 저으며 막았다.

"연주회가 아니라 치료라서 박수는 안 쳐도 돼."

치료를 받은 가쓰오는 어깻숨을 쉬고 있었다. 얼굴에 미소는 없었지만 두 눈은 뜻을 이룬 사람처럼 만족스러운 빛을 띠었다. 치료라는 말을 듣고 보니 과연 건반을 두드리기 전과 후의 모습이 확연히 다르다. 그것도 명백하게 좋은 방향으로.

"오늘은 이 정도로 할까? 가쓰오, 다음 쉬는 날은 언제야?"

"화, 화요일."

처음 듣는 가쓰오의 목소리는 흥분한 탓인지 들뜬 것처럼 느껴졌다.

"그래. 다음 주 화요일 말이지. 그럼 화요일 이 시간에 봐."

가쓰오가 자리에서 일어나 어색하게 머리를 숙이더니 방에서 나갔다. 원래 키가 크지 않은 데다가 구부정하게 걸어서 유난히 작아 보인다.

"가쓰오는 무슨 일을 하죠?"

"옆 동네인 가마야에 사와이라는 평판 좋은 치과가 있는데 거기서 잡무를 보고 있어."

"잡무라면…… 의료 사무 같은 일인가요?"

"에이, 설마. 기구를 운반하거나 의료 폐기물을 처리하는 잡무. 아아, 하지만 절대 저 애가 잡무밖에 못 한다는 말은 아니야. 저래 봬도 굉장한 재능이 있어. 기억력이 엄청나거든."

"기억력?"

"100명이 넘는 사람들의 이름이나 열 자리 숫자같이 보통 사람은 외우지 못하는 걸 기억해. 자폐증인 사람한테 종종 있는 능력인가 봐."

그때 고테가와는 자신들의 목소리가 뒤울림 된다는 사실을 알아챘다. 마주한 두 벽이 특정 음을 울리게 하는 이른바 플러터 에코가 아니라 광대한 홀에서 이야기를 나누는 것처럼 여운을 남기는 뒤울림이다. 그렇기 때문에 사운드 이미지가 흐릿해져 소리가 어디서 나는지 불분명해진다.

"사유리 씨, 이 방……."

"방? 아아, 소리 울리는 거? 이거예요, 이거."

사유리가 뒤쪽 벽을 탁탁 두드렸다.

"사방 벽과 천장, 그리고 바닥까지 방음 장치와 조음 패널을 설치했어. 라스크(소리와 진동을 흡수, 차단하는 금속판./옮긴이)였나? 특별 사양의 조음 패널로 소규모 홀과 똑같은 뒤울림을 생기게 했어. 피아노는 뒤울림도 음의 일부로 쳐서, 길이를 조정해 여운을 완성하는 악기거든. 그래서 연주 장소가 아주 중요해. 교회냐, 홀이냐, 로프트냐에 따라 연주하는 방법도 달라져. 그래서 이름 있는 피아니스트는 정해진 환경에서만 연주한다고들 하는 거고. 여기 배우러 오는 애들도 결국 홀에서 연주하니까 조건을 똑같이 하지 않으면 진짜 연주회에서 당황하게 돼."

"소리가 꽤 크던데요. 그것도 두 대로. 밖으로 안 샙니까?"

"아아, 괜찮아. 전혀 문제없어. 잘 봐. 이 방은 창문이 하나도 없잖아. 문은 이중문. 벽과 천장, 바닥은 방음재가 깔려 있고. 환기구도 이중 구조. 차음 성능이 마이너스 65데시벨이라고 시공업자가 그랬으니까. 안에서 코끼리가 울어도 밖에서는 전혀 안 들린다는 소리지."

"굉장한 방이군요. 남편분이 용케 허락해 주셨네요."

"그것도 전혀 문제없고. 이 년 전에 딴 여자 만나서 나갔으니까."

"앗, 죄, 죄송합니다."

"괜찮아. 덕분에 이런 방을 만들게 됐으니까. 원래는 평범한 방이었기 때문에 공사비가 엄청났지. 이것저것 해서 집 한 채 값이 들었지 뭐야."

"집 한 채 값이라면……."

"3000만 엔! 아직 대출 잔고가 거의 그대로야. 이렇게까지 했는데 수강생이 안 늘어나면 어쩐담."

사유리가 환하게 웃으며 말했다. 고테가와도 따라서 웃는다.

"그건 그렇고 아까 연주, 아니 그런 치료는 처음 봤습니다. 혹시 사유리 씨 독자적인 치료법입니까?"

"에이, 설마 그럴 리가. 음악 치료라고 해서 폴 노르도프라는 음악가가 보급한 치료법이야."

이어진 사유리의 설명에는 고테가와가 처음 듣는 음악 용어가 섞여 있어 완전히 이해하지는 못했지만 간략하게 정리하면 다음과 같았다.

스웨덴에서 시작된 생리 음악학이라는 연구 분야가 있다. 그 기본 개념에 따르면 음악을 이해한다는 것은 음향 정보에서 어떠한 기호의 구성 요소를 알아듣는 행위다. 그러기 위해서는 복잡한 음을 분간하는 귀와 그 정보를 처리하는 뇌의 작용이 반드시 필요하다.

이 원리를 자폐증 치료에 응용할 수는 없을까……. 이런 발상에서 고안된 것이 음악 치료다. 완전5도의 음으로 이루어진 즉흥 음악으로 아이의 미미한 표현에 길을 만들고 그 메시지를 음으로 표출함으로써 그 세계를 함께 구축하려는 것이다. 음악은 문화에 상당히 의존하고, 어떤 의미에서는 한 사람, 한 상황에서만 성립한다. 그래서 음악 치료에는 오직 즉흥 음악만 사용된다.

"온음계와 삼화음, 다시 말해 도레미와 도미솔은 서양 음악에서 중요한 발명으로 다양한 정서를 미묘하게 표현하는 데 적합해. 요즘 음악의 90퍼센트는 이걸로 이루어져 있고. 반면·오음계는 표현 내용이 단순하고 안정감 있어. 하지만 단순하니까 음악 기법만으로 감정의 방향을 표현해야 해. 아까처럼 환자가 표현하는 감정에 맞춰서, 나도 그걸 도울 수 있는 방향으로 반주해야 하거든. 이래

봬도 장난 아니야, 애드리브는."

다리를 꼬고 설명하는 사유리는 과연 피아노 교사라기보다는 여의사 같았다.

"그러니까 이 말인가요? 마음의 벽을 음악의 힘으로 깬다?"

"바로 그거야! 고테가와 씨, 표현 잘하네. 해석 좋아."

"그런데 정말 감탄했습니다. 즉각적인 효과가 있다고 할까? 그 애 표정이 그렇게 바뀌다니. 의외였습니다. 얼마 전에 훌륭한 교수님한테 정신 질환은 회복은 되지만 완치는 안 된다는 말을 들은 터라 더 신선했습니다."

"회복은 돼도 완치는 안 된다? 꽤 비관적인 말을 하네. 그럼 내가 하는 치료는 임시방편적 대증 요법인 걸까? 그 훌륭한 교수님은 누구셔?"

"조호쿠 대학 오마에자키 교수님입니다."

"아아, 오마에자키 선생님! 그렇다면 납득이 가네. 저기, 고테가와 씨. 그건 선생님 진심이 아니야. 지식이 있는 사람일수록 매사에 단정적으로 말하지 않으니까. 뭐든 그렇잖아. 아무리 가고 또 가도 아직 길이 더 있다는 걸 깨닫고 겸허해지는 거. 특히 그 선생님은 그런 경향이 강한 거 같아."

"……그 교수님을 아세요?"

"응. 가쓰오의 은사라고 할까, 이전 주치의."

"주치의?"

"응. 가쓰오가 의료 소년원에 있을 때 교정 스태프 리더였어. 거의 아버지 대신이었지. 그리고 내 은사이기도 하고. 숨길 필요 없으니 말하는데 나도 옛날에는 꽤 불량소녀였거든. 잡혀서 후추 소년원에 들어가 '아아, 기록으로 남는구나.' 하고 자포자기하고 있을 때 선생님과 만났어. 운명적인 만남이었지⋯⋯. 선생님이 상담하면서 피아노를 가르쳐 줬어. 그때의 감동을 어떻게 표현해야 하나. 아무튼 컴컴한 가운데 갑자기 빛이 들어온 거 같다고 해야 할까. 그런 기분. 그 뒤로는 오로지 피아노만 보고, 매일같이 건반을 두드렸어. 출소해서도 내내 피아노만 쳤지. 그래서 음대에 들어가고 연주회에서 입상하고 이름도 남기고⋯⋯. 콘서트 피아니스트는 못 됐지만 이렇게 음악으로 먹고살 정도는 됐네. 이게 다 오마에자키 선생님 덕이지. 지금도 상담하러 자주 가. 나한테도 아버지 같은 존재니까. 보호 관찰소에 나를 추천해 준 사람도 선생님이고, 가쓰오의 보호 관찰관으로 나를 지명한 사람도 선생님이야. 어떻게 보면 나와 가쓰오는 남매 같다고 할까."

하긴 임상 경험을 충분히 쌓은 정신 의학계의 권위자가 추천하면 보호 관찰관 선고회도 무시하지 못할 것이다. 그렇다면 우도 사유리가 보호 관찰관으로 임명된 것은 그녀 자신이 아니라 오마에자키 교수에 대한 신망 덕이다. 이로써 고테가와의 의문 하나가 풀렸다.

하지만 아직 한 가지 의문이 더 남아 있다.

"그런데 가쓰오는 가족과 같이 삽니까?"

"아니. 가쓰오 부모님은 관련 사건이 보도된 뒤 행방을 감췄어. 입원 중에 면회도 안 왔나 봐. 지금은 사와이 치과 기숙사에서 혼자 살아."

"그런데 사유리 씨, 요즘 신문에서 떠드는 한노 시 연쇄 살인 사건 말인데요⋯⋯."

그 말을 꺼낸 순간 사유리의 얼굴색이 싹 변했다.

"잠깐! 혹시 고테가와 씨, 가쓰오가 그 개구리 남자라는 거야?"

개구리 남자라는 말이 사유리의 입에서 나오자 고테가와는 가슴이 철렁했다. 이미 이 고유 명사는 평범한 주부가 입에 담을 정도로 사람들 입에 오르내리고 있는 것이다.

눈썹을 곤두세운 사유리는 흡사 자식을 지키는 엄마 고양이 같았다. 평소에는 자신의 실수를 되돌아보는 일 없는 고테가와도 이때만은 자신의 부족한 말솜씨를 아쉬워했다. 와타세라면 조금 더 능숙하게 말을 꺼냈을 것이다.

"아, 아뇨. 절대 단정하는 건 아니고요. 어디까지나 형식적인 겁니다."

"형식적이라도 이상하잖아. 살해된 그 두 사람과 가쓰오 사이에 어떤 관계가 있다는 건데? 한 사람은 20대 직장 여성, 다른 한 사람은 일흔 할아버지잖아. 치과하고 기숙사만 시계추처럼 오가고, 더구나 다른 사람 대하는 걸 가장 어려워하는 가쓰오와 무슨 접점이 있다는 거야?"

"그러니까 가쓰오가 딱히 용의자라는 게 아니라……. 용의자 이전에 아니, 참고인조차 없어서……. 그게 말이죠, 사건이 일어난 뒤로 본부에 신고 전화가 2000건 넘게 들어오고 있습니다. 설령 신빙성이 낮은 신고라고 해도 우리는 하나씩 확인해야 한다고요."

"그 말은 가쓰오를 신고한 사람이 있다는 거네."

과연 그 물음에는 대답할 수 없었다. 그러자 사유리가 말했다.

"그건…… 어쩔 수 없나. 신고한 사람도 나쁜 뜻으로 한 건 아닐 테고, 장애자에 전과가 있으면 색안경 끼고 보는 사람도 당연히 있겠지."

V 자로 뾰족해져 있던 눈썹이 확 누그러졌다.

"분명히 자신은 선량한 시민이라 믿고 신고했겠지. 그래서 더 민

폐라는 거야. 본인이 선의라고 믿는 행위일수록 감당하기 힘드니까. 세상에서 가장 성가신 다툼은 악의에서 파생하는 것보다 선의와 선의가 엇갈리는 거야. 안 그래?"

고테가와는 어디서 비슷한 말을 들은 것 같아 기억을 더듬었다.

"제 상사가 비슷한 이야기를 하던데요."

"사려 깊은 상사인가 봐."

사려 깊다기보다는 교활한데.

"이해해 주시는 겁니까?"

"마지못해서지만."

"가쓰오가 지난달 27일과 이번 달 4일의 특정 시각, 기숙사에 있었다는 걸 증명할 수 있습니까?"

"그 애는 성격이 저래서 일이 끝나도 누군가와 어울리는 일 없이 자기 방에만 틀어박혀 있어. 그리고 기숙사라고 해도 관리인이 있어서 출입을 확인하는 것도 아닌 것 같으니까."

예상한 일이었다. 애당초 혼자 살면서 심야 시간대에 알리바이를 입증할 수 있는 사람은 많지 않다. 그렇다고 별로 낙담하지 않는다. 범인에게는 다가가지 못했지만 우도 사유리라는 여자와 안면을 텄으니까.

사유리에게 인사하고 집을 나서려는데 "그만!" 하는 새된 목소리가 들렸다. 소리가 나는 곳을 쳐다보자 집과 몇 미터 떨어지지 않은 곳에서 남자아이 네 명이 몸싸움을 벌이고 있었다.

아니, 자세히 보니 몸싸움이 아니다. 세 명이 한 아이를 둘러싸고 때리고 있었다. 가운데 소년은 두 손으로 머리를 감싼 채 웅크리고 있고 세 명이 웃으면서 발길질한다.

무서운 경찰관의 모습을 보여 줄 타이밍이었다.

"이 자식들, 그만두지 못해!"

일부러 거칠게 소리치자 세 명이 흠칫 놀라 어깨를 움츠렸다. 천천히 이쪽을 돌아보기에 고테가와는 한층 더 무서운 표정을 짓는다.

"뭣 때문에 그러는지 모르겠지만 1 대 2 이상이면 싸움이라고 하지 않아."

둘러싼 아이들 사이로 두 팔을 집어넣어 벌려 놓는다. 머리를 감싼 소년은 여전히 웅크리고 있다. 혹시 누군가의 발끝이 급소에 명중한 걸까, 불안감에 일으켜 세운 뒤 힘없는 저항을 무시하고 셔츠 자락을 홱 들췄다.

소년이 수치심에 고개를 돌린다.

옆구리를 중심으로 파란 멍이 퍼져 있었다. 아무리 봐도 새로 생긴 멍이 아니다. 수개월에 걸쳐 반복적으로 때린 흔적이다. 그것도 교묘하게 옷으로 가려진 부분만 노려서.

고테가와 속에서 자제심이 폭발한다.

"요놈들아!"고함치며 동시에 세 명의 뒷덜미를 움켜잡았다.

"너희 짓이냐? 여러 명이 달라붙어서 저항하지 못하는 사람을 괴롭히는 거냐? 어? 대답해. 너희 짓이냐고 묻잖아!"

아이들 코앞까지 얼굴을 들이대고 귀청이 터지게 고함지른다. 세 명은 창백한 얼굴로 고개를 가로저을 뿐이다.

"너희 이름이 뭐냐? 부모 이름도 말해라. 나는 사이타마 현경의 고테가와다. 학교에 통보할 거고 부모도 부를 거다. 아니, 요즘 애들은 학교 가지고는 눈 하나 꿈쩍 안 할 테니 사이타마 현경 본부 생활 안전과에 직접 출두시켜 주마. 이 애 배가 그 증거고. 약식 재판으로 세 명 모두 소년원에 처넣어 줄 테니. 소년원이라고 들어

봤어? 너희처럼 곱게 자란 애들은 하나도 없는 데야. 공갈, 상해, 살인까지. 나이가 스무 살도 안 됐는데 하는 짓은 야쿠자 다름없지. 어때, 설레지?"

세 아이는 얼굴이 창백해져 경련하듯 울음을 터뜨렸다.

"남의 집 앞에서 지금 뭐 하는 거야! 애들을 협박하다니."

화들짝 놀라 돌아보자 사유리가 현관 앞에 떡하니 버티고 서 있었다. 정신을 차리고 손의 힘을 빼자 어느 틈엔가 공중에 떠 있던 아이들이 그대로 바닥에 떨어져 눈물, 콧물 범벅이 된 얼굴로 허둥지둥 도망갔다.

또 한 건 저질렀구나. 고테가와는 자기 손을 가만히 들여다본다. 오래된 흉터 두 줄이 있는 손은 볼 때마다 낯설다.

"참 어른답지 못하네. 초등학생 상대로 현경 생활 안전과니, 소년원이니, 말도 안 되는 소리 참 잘도 해. 부모가 고소라도 하면 어쩌려고."

"차라리 철저하게 겁주면 아무한테도 말 못 합니다. 어중간하게 겁주니까 부모에게 이르는 거죠. 저런 녀석들은 베개 껴안고 떨면서 자야 해요. 얘야, 괜찮니?"

소년이 다시 얼굴을 이쪽으로 돌렸다. 왠지 미덥지 않아서 보호해 줘야 할 것 같은 얼굴이다. 터지려는 울음을 필사적으로 막고 있는지 입술을 앙다물고 있다. 눈이 길게 찢어지고 눈썹도 길어서 소녀 같은 느낌인데, 이 눈도 입술과 마찬가지로 터져 나오려는 감정을 간신히 참고 있는 듯했다.

"쟤네가 매일 괴롭히는 거니?"

소년은 대답하지 않는다.

"저런 녀석들을 물리치는 방법을 가르쳐 주마. 한 방, 딱 한 방이면 돼. 온몸의 힘을 전부 담아서 콧등에 주먹을 날리는 거야. 그러면 두 번 다시 너한테 다가오지 않아. 왕따시키는 녀석들은 들개하고 같아. 도망치면 칠수록 쫓아오지. 한 번이라도 맞서 봐. 이쪽도 좀 다칠 수 있지만, 결국은 깨갱거리면서 도망가게 돼 있어."

"그러면 코피 나지 않아요?"

"그래도 괜찮다니까! 코피는 혈관이 약해 쉽게 찢어지기 때문에 피가 많이 나는 것처럼 보이지만 실은 별거 아니야. 그런데 코피를 흘린 당사자는 얼굴이 새파랗게 질려서 허둥거리게 되지."

"이보세요, 폭력 형사님. 그 애의 손은 건반을 두드리기 위한 거지, 친구 콧대를 때리기 위한 게 아니라고요. 우리 애, 홀리지 말았으면 하는데."

"우, 우리 애?"

"자, 처음 보는 어른한테 인사해야지?"

"우도 마사토입니다."

마사토는 머리를 꾸벅 숙이더니 사유리의 옆을 지나 집 안으로 들어갔다.

사유리는 지금 막 괴롭힘을 당한 아들을 봤는데도 그 뒷모습을 지켜볼 뿐 뒤쫓으려고 하지 않는다.

"아드님, 괜찮습니까?"

"뭐가?"

"방금 보셨듯이 심각한 왕따예요. 옆구리에 멍도 있고요. 알고 계셨습니까?"

"알아. 3학년에 올라가 친한 친구하고 반이 갈리면서 그렇게 된 것 같아. 보통 부모라면 얼굴이 시뻘게져서 상대 부모와 담임 선생님을 찾아가 따지겠지. 하지만 보호 관찰관이 목소리를 높이면 그것만으로 상대는 위협을 느낄 테고 나도 유세 떤다는 말을 듣기 십상이고. 결국에는 화살이 내가 아니라 마사토를 향할 거야. 그리고……."

"그리고?"

"조금 전 고테가와 씨가 비유한 들개 이야기, 맞는 말이야. 결국 자신이 맞서지 않으면 왕따는 언제까지나 계속돼. 장소를 바꿔도 다른 개가 달려들어."

"내버려 두실 겁니까?"

"돌보기는 해. 하지만 나서지는 않아. 이건 엄마가 아니라 보호 관찰관으로서 하는 발언이려나."

"저는 아무 말도……."

"의도가 좋다고 결과도 꼭 좋다고 생각해? 정말 그 사람을 위한다면 조언은 해도 조력은 안 한다. 그건 보호 관찰관과 엄마 모두 명심해야 할 말 같은데."

"보호 관찰관이 엄마와 같은 역할을 하나요?"

"겹치는 데가 꽤 많아. 문제 있는 성격 고치려고 초조해하고 취직 걱정도 하고 친구들과 사이좋게 지내는지 걱정하고……. 남이긴 해도 자기 자식처럼 생각 안 하면 이 일 못 해. 상대도 보호 관찰관을 가족처럼 생각하지 않으면 그걸 발판으로 사회에 복귀하지 못하고."

고테가와는 맞는 말인지도 모른다고 납득한다. 교도소에서는 시간이 멈춰 있다. 계절은 바뀌어도 밖에서 흐르는 시간과는 격리돼 있다. 그런 그들이 가출소 혹은 퇴원을 한다고 해도 딴 세상에 온 듯한 기분을 맛볼 뿐이다. 그리고 바깥세상에 내던져져 당황하는 그들을 맞이해 주는 가족도 없다. 그렇기 때문에 그들에게는 가족을 대신해 줄 뭔가가 필요하다.

"단지 보호 관찰관의 입장에서 말하면 조력이 필요한 경우도 있어. 그건 마사토가 아니라 고테가와 씨, 당신이고."

"네?"

"좀 전에 애들 야단치는 거, 너무 지나쳤어. 평범하지가 않았어. 어른이 아이에게 주의를 주는 수준이 아니야. 내가 그때 말리지 않았으면 손이 올라갔을 것 같은데."

부정할 수는 없었다. 마치 아이가 나쁜 장난을 치다 혼난 것 같은 비참한 기분이 들었다. 20대 중반의 다 큰 어른이 불과 열 살 위인 주부에게 아이 취급을 당하는 모습을 와타세가 본다면 뭐라고 할까?

범죄 수사에 개인적 감정은 물론이고 눈앞의 악행에도 절대 감정을 드러내지 않는다……. 그렇게 스스로 다짐했지만 어쩔 수 없는 예외가 있다. 바로 왕따다. 특히 그 현장을 목격하면 도저히 감정을 억누를 수 없다.

"아무래도 진정제가 필요한 것 같은데. 다시 들어와요. 좋은 약 처방해 줄게."

"아니요. 진정제 같은 거 필요 없습니다."

"아까 내가 말했잖아. 내 처방전은 악보라고. 먹는 약이 아니라 듣는 약이야."

사유리가 고테가와의 팔을 붙잡고 다시 집 안으로 이끌었다.

잊고 싶은 기억일수록 쉽게 지워지지 않는다.

아직 열 살 무렵의 이야기다. 매사를 삐딱하게 보는 고테가와도 그때는 감수성 강한 평범한 소년이었다. 텔레비전에서는 1990년

대 들어 특수 촬영 기법으로 되살아난 옛날 영웅들이 활약하며 아이들의 어린 정의감에 불을 지피고 있었다. 그리고 그들도 상상 속에서 악당과 싸우며 세계 평화를 지키고 있었다.

하지만 현실은 달랐다.

그 아이의 이름은 준이치로였다. 낯을 가리는 얌전한 성격이었지만 고테가와와는 1학년 때부터 계속 같은 반이었고 집이 가까워서 등하교도 함께했다.

그 아이는 종종 "고테가와는 내 친구지?"라고 말했다.

그런 준이치로가 3학년이 되면서 왕따의 표적이 됐다. 뚜렷한 이유는 없다. 있다면 괴롭힘을 당해도 반격하지 않는 온순함 때문이라고밖에 할 수 없다. 준이치로가 심부름을 다니고 학용품이 없어지고 여학생들 앞에서 팬티가 벗겨지고 금품을 빼앗기고 얻어맞고 차이고 침을 맞고 급기야 부모의 돈을 훔쳐 오라는 협박을 받을 때까지 고테가와는 뭘 했을까?

아무것도 하지 않았다.

아무리 참담한 짓이라도 피해자가 아닌 아이들에게 왕따는 통쾌한 게임이다. 더구나 피해자에게 동정을 표하는 순간 자신도 왕따의 대상이 되는 위험하고 이해하기 쉬운 게임이다. 매일같이 멸시당하고 상처를 입으면서도 힘없이 미소 짓는 준이치로에게 고테가와는 적당한 거리를 유지하고 있었다. 가끔 준이치로가 도움을 청하는 듯한 시선을 보냈지만 고테가와는 모르는 척했다. 왕따가 되고 싶지는 않았지만, 그렇다고 준이치로와의 관계를 끊는 것도 내키지 않았다. 지금 생각하면 자기기만도 심했고 동경하던 영웅과는 정반대로 전락하고 있었는데 스스로 인정하려 들지 않았다. 방관자는 때로 가해자보다 더 비열하다. 자신의 악의나 나약함을 외면하면서 선인도, 악인도 되지 못하는 추잡한 비겁자. 그것이 당시 고테가와 가즈야라는 소년이었다.

그리고 두 사람은 4학년 때도 같은 반이 됐다. 아이들은 준이치로를 더 괴롭혔다. 체육복을 갈아입을 때 얼핏 보면 멍과 찰과상이 온몸을 뒤덮고 있을 정도였다. 협박에 못 이겨 부모님 지갑에서 훔친 돈도 수십만 엔에 이르고 있었다.

고테가와는 귀를 활짝 열고 있었기 때문에 알고 있었다. 그날 준이치로는 총 20만 엔을 갖다 바쳐야 했다. 다음 날까지 준비하지 못하면 죽이겠다는 협박까지 받았다. 평소 보이던 미소도 짓지 않고 아침부터 얼굴이 창백했다.

점심시간, 고테가와는 준이치로가 보이는 자리에 앉아 있었다. 준이치로는 급식에 전혀 손도 대지 않고 책상 위로 고개를 떨어뜨리고 있더니 마침내 결심한 듯 일어났다.

주머니에 한 손을 찌른 채.

고테가와도 처음 보는 비통한 얼굴이었다. 그래서 자신도 모르게 말을 건넸다. 그 말을 하는 것이 친구인 자신의 임무처럼 느꼈다.

"준이치로, 괜찮아?"

준이치로가 깜짝 놀라 이쪽을 돌아봤다. 그곳에 친구가 있다는 사실을 처음 깨달은 듯했다. "저기 말이야." 하고 고테가와는 말을 이었다. 친구가 귀한 충고를 하고 있다는 오만함을 풍기면서.

"조금만 참아. 이제 이 년만 있으면 졸업이니까. 녀석들과 다른 중학교에 가면 되잖아."

그때 자신은 도대체 어떤 얼굴을 하고 있었던 걸까? 준이치로는 도저히 믿기지 않는 것을 보는 듯한 눈으로 그를 쳐다봤다.

절대 괜찮지 않았고 참을 수도 없었다. 준이치로는 한계까지 몰리고 있었다. 그런데 친구라고 믿던 녀석은 그런 상태도 알아차리지 못할 정도로 멀리서 방관만 하고 있다. 분명히 그렇게 생각했을 것이다.

준이치로가 주머니에서 오른손을 쓱 빼더니 고테가와의 뺨으로 날렸다.

따귀를 맞는다는 생각에 순간적으로 오른손으로 감쌌다. 하지만 상대의 손바닥은 피부를 스쳤을 뿐이었다.

"준이치로?"

이름을 불렀을 때 손바닥에 따끔한 통증이 내달렸다. 조금 뒤 바로 옆에 있던 여학생이 새된 비명을 질렀다. 통증을 느낀 부분이 갑자기 불타는 듯했다. 손을 펴자 두 줄로 곧게 뻗은 상처에서 엄청난 피가 흐르고 있었다. 자신도 모르게 다른 손으로 상처를 감쌌지만 출혈은 멈추지 않고 손가락을 따라 바닥으로 핏방울이 뚝뚝 떨어졌다.

눈앞에 조각상처럼 꼼짝 않는 준이치로가 서 있었다. 힘없이 늘어뜨린 오른손, 세 손가락에 면도날 두 개가 끼워져 있었다.

"너무해."

얼굴에 생기가 전혀 없었다. 모두가 등을 돌려 일말의 희망조차 잃고 절망한 얼굴이었다.

"고테가와가 제일 너무해."

말끝이 가슴을 꿰뚫었다.

준이치로가 고테가와를 지나쳐 교실에서 빠져나갔다.

그 뒤의 일은 잘 기억나지 않는다. 갑자기 의식이 아득해졌고 깨어났을 때는 양호실에서 치료받고 있었다.

준이치로가 학교 옥상에서 뛰어내렸다는 말을 들은 것은 치료를 받고 교실로 돌아간 뒤였다. 지상 4층에서 떨어져 두개골이 골절되고 내장이 파열됐다. 병원으로 이송도 되기 전에 죽었다.

갖고 있던 면도날의 표적이 누구였는지는 결국 밝혀지지 않았다. 충동적인 자살이었는지 유서도 없었다.

아니, 사실 유서는 고테가와의 손바닥에 또렷하게 남아 있었다.

사흘간 학교를 쉬고 침대 속에서 떨며 괴로워했다. 주변에서는 몸을 벌벌 떨고 울부짖는 모습을 친구 잃은 슬픔으로 해석하고 동정했지만 사실은 아니었다. 그날 그 흉기를 누구 때문에 준비했는지는 아무 상관 없었다. 중요한 것은 준이치로의 마지막 감정이 자신에게 향했다는 사실이었다. 죽은 친구를 애도하는 기분 따위는 전혀 없고, 단지 죄책감과 공포가 온몸을 짓누를 뿐이었다. 출혈은 멈췄지만 두 줄로 나란히 내달리는 상처는 또렷이 남았다. 그 상처를 볼 때마다 준이치로의 마지막 얼굴이 되살아났다. 배신한 친구에게 복수하는 방법으로 그보다 좋은 방법은 없었다.

사건이 일어난 지 두 달이 지나고 차츰 반 분위기도 평온해졌지만 고테가와만은 달랐다. 죄책감은 날이 갈수록 커졌고 브라운관의 영웅에 투영시켰던 정의감은 계속 자신을 비난했다. 위선자, 배신자, 비겁자……. 이 모든 멸칭이 자신을 부르는 이름이 됐다.

가슴속에 자리 잡은 고름을 제거하는 방법이 없을까? 고테가와는 필사적으로 생각한 끝에 왕따에 가담한 반 친구들을 한 명씩 불러내 보복하기로 했다. 도리어 당하는 일도 있었지만, 문제는 결과가 아니라 행위 자체였다. 얻어맞는 공포보다 준이치로에 대한 기억이 더 무서웠다. 반 남학생 열두 명의 얼굴에 멍 자국을 남기기는 했지만 고테가와의 마음은 나아지지 않았고, 준이치로의 얼굴과 목소리가 기억에서 멀어지는 일도 없었다.

그런데 왕따 가담자 열두 명에게 보복한 일이 생각지도 못한 결과를 가져왔다. 고테가와의 고뇌와 상관없이, 그가 이 애 저 애 가리지 않고 덤비는 모습이 남의 눈에는 죽은 친구의 원통함을 풀어주려는 의협심으로 비친 것이다. 얼마 안 돼 고테가와의 주먹은 다른 반 다른 학년의 왕따 가담자들에게까지 향했다. 대의명분이야 어떻든 끊임없이 누군가를 적으로 삼지 않으면 자기 자신에게 상처 줄까 두려웠기 때문이다. 그런데 얼마 후 주변에서는 그를 이렇게 부르기 시작했다.

'불량소년 사냥꾼 고테가와.'

배신이 성실함으로, 위선이 정의로 반전된 이름으로 불리다니, 고테가와로서는 당황스러울 뿐이었다. 하지만 이름에는 사람을 구속하는 힘이 있다. 덤비는 상대가 주변 사람들 눈에 탐탁지 않게 비치는 학생들로 넓혀졌다. 본래 기초 체력이 우수했고 실전을 거듭하면서 싸우는 기술도 늘었다. 애당초 약자를 괴롭히는 사람은 실제로는 강하지 않기 때문에 불량소년 사냥꾼이라는 이름은 이웃 학교에까지 알려지게 됐다.

고테가와는 그런 생활이 고등학교까지 이어지자 거의 당연하게 제복을 입는 자신을 꿈꾸게 됐다. 지망했다기보다 자연스러운 흐름에 가까웠다.

사유리는 진정제를 처방한다고 했지만 고테가와는 처음부터 별로 기대하지 않았다. 음악 치료의 효과는 바로 조금 전에 확인했지만 애당초 자신은 병을 앓고 있지 않을뿐더러 음악 힐링에도 회의적인 입장이었다. 음악을 듣고 나을 고통이라면 그것은 고통이 아니다. 단순한 피로에 지나지 않을 터다.

피아노 앞에 앉은 사유리는 연주자인 동시에 치료사다. 청중이 자신과 옆에 앉은 마사토 둘뿐이라도 살짝 긴장한다.

"신청곡은?"

"어어…… 특별히 없는데요. 이쪽 음악은 잘 몰라서."

"그거 좋은데. 면역이나 내성이 없는 만큼 효과를 기대할 수 있겠어."

"아까처럼 또 즉흥곡인가요?"

"고테가와 씨는 자폐증이 아닌 것 같으니까 기존 곡이 더 효과적이겠어. 그래, 정서가 부족해 보이지는 않으니 야성적인 스트라빈스키보다 낭만파 베토벤이나 바그너의 농후한 멜로디가 어울리려나. 그럼 피아노 소나타 8번이 좋겠다."

한 박자 쉬는 듯하더니 갑자기 바닥 전체를 울리는 힘찬 음이 튀어나왔다. 그랜드 피아노 소리를 이처럼 가까이서 듣는 것도 처음이고, 평범한 음이 이처럼 가슴 깊숙이 와닿는 일도 처음이었다.

강음과 약음이 교차하고 음 사이에 간격이 발생하지만 긴 여운이 그 간격을 메우고 곧이어 다음 음이 겹쳐진다. 고독한 감정이 가슴에 들이친다. 순간 선율에 속도가 붙기 시작하고, 뭔가를 쫓듯 혹은 열정적으로 목적도 없이 뛰쳐나가듯 단조가 질주한다. 경악과 애석함, 열정과 냉정, 연민과 혐오, 애정과 증오, 이 모든 통증을 동반한 강렬한 감정이 신음하면서 영혼을 뒤흔든다.

이 순간 머릿속을 떠도는 것은 마지막에 본 준이치로의 얼굴과 피가 흐르는 자신의 손이다. 두려움이 슬픔을 집어삼키고 기만이 진실을 몰아낸다. 이윽고 유약한 마음은 매서운 소리에 꿰뚫려 나락으로 떨어지고 마지막 한 음이 여운을 남기며 조용히 퍼졌다.

충격을 받아 멍하니 있는 사이에 2악장이 시작된다. 이 선율은

들은 기억이 있었다. 귀에 익은 편안한 선율에 긴장한 마음이 사르르 녹는다. 한순간도 끊이지 않고 노래하는 듯한 음계가 경직된 정신을 이완시킨다. 이처럼 따스하고 부드러운 음인데도 처음 한 음을 뛰어넘지도 않고 뒤지지도 않는 강인함으로 고테가와를 꽉 움켜쥐고 놓지 않는다. 하지만 결코 불쾌한 구속이 아니다. 오히려 어머니 품에 안긴 듯 부드러운 타이름이다. 용서를 구하지 않아도 실수나 두려움을 모두 옳다고 용인해 주는 자애로움. 분노와 자기혐오도 진정시키는 치유의 힘.

3악장은 일변해 가벼운 스텝의 론도로 시작했다. 기쁨을 퍼뜨리면서 음이 춤춘다. 가파른 고개를 뛰어내려 가 완만한 경사를 돌면서 어지러이 조바꿈을 거듭한다.

그리고 무용수의 움직임이 도중에 우뚝 멈추듯 곡이 갑작스럽게 끝났다.

고테가와는 마지막 여운이 가늘어지다 끊어진 뒤에도 한동안 움직일 수 없었다. 조금 전까지 무거웠던 기분이 가벼워져 있다. 온몸에서 힘이 빠져나간 듯 기분 좋은 피로감이었다.

음악에 치유의 힘이 있다는 사실은 이제 의심의 여지가 없었다.

"방금 친 이 곡 이름이 뭔지 다시……."

"베토벤의 피아노 소나타 8번 C단조 〈비창〉."

"비창한 느낌이 아니던데요."

"작곡자 자신이 불어로 Grande sonate pathétique, 다시 말해 '비창한 대소나타'라고 이름 붙였어. 그런데 불어의 pathétique는 강렬한 감정을 휘젓는다는 의미라서 일본어의 비창과는 어감이 맞지 않아."

벽시계를 보고 깜짝 놀랐다. 연주를 시작한 지 이십 분이나 지나 있었다. 곡에 빠져 있을 때는 길다 짧다 하는 느낌이 없었기 때문에 시간이 그처럼 지난 사실이 몹시 놀라웠다. 음악의 마법이었다. 그리고 사유리는 연주자이자 치료사이고 마법사였다. 고테가와는 겸연쩍은 속내를 숨기기 위해 옆에 앉은 마사토에게 놀라운 듯 말했다.

"네 엄마, 굉장하시구나!"

하지만 마사토는 아무 일도 없었던 듯이 대답했다.

"네. 하지만 저는 매일 들으니까……."

아무 감흥도 없는 표정으로 두 다리를 흔들거리고 있다.

"감상은?"

"클래식을 우습게 알고 있었습니다."

"어머, 클래식이 어떤 음악이라고 생각했길래?"

"자동차 광고에 사용되는 배경 음악 정도로만……. 죄송합니다. 갑자기 깨달았습니다. 생각이 바뀌었어요. 당장 방금 이 곡, 시디 사야겠어요."

"만족했으려나."

"연주 말인가요? 아니면 약효 말인가요?"

"약을 처방한다고 했을 텐데요, 환자분."

"그렇다면 한동안 통원할 필요가 있군요."

"어머, 효과가 없었나?"

"아니요, 무슨 그런 말씀을. 효과 만점이었습니다. 그 대신 다른 병에 걸린 것 같은데."

"완전 민폐네."

사유리가 짓궂게 웃었다.

이런 걸 빠져든다고 하는 걸까?

사유리 집을 나와 곧바로 시내의 대형 음반 매장으로 달려가, 평소에는 관심도 없던 클래식 코너로 향했다. 찾는 것은 물론 베토벤이다. 그런데 선반을 살펴보고 이내 당황했다. 작곡가별로 정리된 색인이 알파벳순이다. 그 대단한 작곡가의 이름은 B로 시작할까, 아니면 V일까? 아니, 대체 그의 풀네임이 뭐였더라? 고테가와에게 베토벤이란 중학교 음악실에 걸려 있던 지저분한 쑥대머리 초상화 이미지밖에 없다. 철자나 풀네임을 외울 필요도 없는 역사상의 위인에 지나지 않았다.

시디가 도망치는 것도 아닌데 허둥지둥 점원을 불렀다. 클래식 코너 담당이라며 온 사람은 요즘 보기 드물게 커다란 안경테를 낀 젊은 여자였다.

"베토벤의 〈비창〉을 찾는데요."

틀림없이 아르바이트하는 학생인 듯한 점원은 영업용 미소를 흐트러뜨리는 일 없이 고테가와 바로 앞에 있는 첫 번째 칸을 가리켰다. 그 상황에 또다시 당황했다. 점원이 가리킨 것은 시디 한 장이 아니라 한 칸 전체, 즉 한 칸 전부가 〈비창〉을 수록한 시디였다.

생각해 보면 당연한 일이다. 200년이나 된 고전이니 연주자 수만큼 음반이 있어도 이상할 게 없다. 그런데 록이나 팝처럼 한 곡당 한 아티스트일 거라고 생각했던 고테가와에게는 신선한 충격이었다.

우선 시험 삼아 〈비창〉 다섯 장을 비교해 들어 보기로 했다. 상상했던 것보다 시디마다 곡의 인상이 천차만별이었다. 그중 우도 사유리와 가장 비슷하게 연주한 피아니스트는 블라디미르 아시케나지였다. 아무튼 건반을 두드리는 힘이 강하고 빠르다. 결정타는 앨범 재킷 사진이었다. 작은 몸집에 어울리지 않을 정도로 커다란 손. 사유리를 방불케 하는 용모였다.

〈비창〉이 수록된 '베토벤 3대 피아노 소나타'를 집어 들고 계산대로 갔다. 가격이 1500엔밖에 되지 않아 놀랐다. 아무짝에도 쓸모없는 아이돌 가수의 앨범 한 장보다 훨씬 싸지 않은가. 고테가와는 득을 본 듯한 기분과 보물을 싸게 파는 것에 대한 분노가 절반씩 섞여 들어 다시 한 번 당황했다.

4. 12월 10일

다음 날 아침, 평소처럼 아이팟을 들으며 한노 경찰서 로비로 들어가는데 뒤에서 갑자기 누가 이어폰을 빼 갔다.

"누구야?" 반사적으로 돌아보자 와타세가 서 있었다.

와타세가 빼 간 이어폰을 자기 귀에 꽂더니 말했다.

"오호. 베토벤의 〈비창〉이군. 취미가 바뀌었나?"

한 번 듣고 곡명을 맞춘 일은 놀랍지도 않았다.

"이어폰을 꽂고 있었는데 어떻게 듣는 게 바뀐 걸……."

"울리는 소리가 다른 때와 달라서. 그건 그렇고 갑자기 무슨 바람일까."

고테가와는 이 남자의 관찰력에 혀를 내둘렀다. 어젯밤 새로 산 시디를 아이팟에 옮겨 놨다.

"제가 클래식 들으면 이상합니까?"

"인간, 그중에서도 특히 남자는 의외로 보수적인 생물이라서 말이지. 취직하면 일에 매인 시간이 길어져 좋아하는 것을 할 시간이

제한되잖아. 그러다 보니 취미나 기호가 더욱더 고정되기 마련이야. 그런데 어느 날을 경계로 그 취미나 기호가 싹 바뀔 때가 있어. 취미와 기호는 그 사람 개성이라서 그게 갑자기 변한다는 건 엄청난 일이지. 대개는 좋아하는 여자가 생겼을 때지만."

와타세는 그렇게만 말하고 재빨리 계단으로 향한다. 의표를 찔려 그 자리에 굳어 버렸던 고테가와가 허둥지둥 뒤쫓는다.

"아니, 어제 만난 보호 관찰관이 음악으로 자폐증을 치료하더라고요."

"그래서 너도 클래식을 감상한다? 일 열심히 해서 아주 좋군. 그런데 수사 대상은 어땠어? 알리바이는 있었고?"

"아뇨. 도마 가쓰오는 치과 기숙사에서 지내는데, 일이 끝나면 혼자 방에 틀어박혀 있어서 알리바이가 성립되지 않습니다."

"기숙사에서 지낸다고?"

"네. 하지만 관리인이 없습니다."

"쉽사리 마음 터놓을 동료들도 없을 테고, 일 끝나고 꼬치구이 가게에서 한잔하는 일도 없을 테니."

"미성년인데요."

"밤거리에서 헌팅 하는 일도 없을 테고……. 대상자가 일곱 명이라고 했지? 사실 어제 네 명은 알리바이가 있어서 대상에서 제외됐어."

"도마 가쓰오도 그렇게는 안 보이던데요."

"그렇게가 어떤 건데? 살인을 저지르는 사람은 평소 얼굴이 사람 죽일 것처럼 생겼던가? 정신 차려. 외모로 인품을 알면 지금쯤 관상이나 손금 보는 사람들 모두 형사가 됐겠지. 어차피 볼 거라면 얼굴이 아니라 동작, 행동거지를 봐."

"행동거지요?"

"극단이나 배우 양성 학교나 아마추어에게 연기를 지도할 때는 표정보다 먼저 손끝이나 걸음걸이부터 가르치지. 왠지 알아? 표정은 쉽게 바꿀 수 있지만 몸에 밴 직업적인 버릇이나 심리를 드러내는 동작은 억제하기 어려워. 그래서 그 인물이 되려면 버릇을 따라 하는 게 좋아. 역으로 버릇이나 행동에는 숨길 수 없는 뭔가가 드러나기 마련이야. 형사는 그걸 봐야 해."

고테가와는 자신도 모르게 오른손 손바닥을 눌렀지만 한편으로 김이 샌다. DNA 감정이 전성을 누리는 시대에 셜록 홈스를 흉내 낼 필요가 있을까?

"왜 셜록 홈스 흉내를 내야 하냐는 얼굴이잖아. 과학 수사는 결국 증거를 굳히는 데는 효과적이지만 증언의 진위나 증언하는 사람의 정체를 특정하지는 못해. 그걸 판별하는 건 형사의 눈이야. 그런데 너한테는 그 관찰력이 부족해. 이렇게 말해 뭐하지만 대상자는 표정으로 다른 사람을 속이는 타입이 아니야. 좋은 기회야. 혐의가 풀릴 때까지 똑바로 관찰하고 와."

조사를 계속하라는 상사의 명령으로 당당하게 사유리 집에 갈 수 있게 된 건 좋았지만 도마 가쓰오를 계속 의심하자니 주저됐다.

처음 찾아가는 거리의 인상은 그 거리에서 처음 만난 사람의 인상에 좌우되는 일이 많다. 고테가와도 그런 이유 때문에 이 동네가 좋아지기 시작했다. 고테가와는 우도 사유리와 마사토 그리고 도마 가쓰오에게 분명히 호감이 있다. 하지만 그건 와타세가 슬쩍 내비친 남녀 간의 호감과는 또 다른 것이다. 아무튼 그동안 경험한 적도 없고 분류할 수도 없는 편안함이지만 그것이 뭔지 한마디로 표현하기는 어려웠다. 단지 이어폰에서 흐르는 피아노에 귀를 기울이고 있으면 말로는 표현할 수 없지만 감각으로는 이해되는 느낌이 든다.

현대 음악이 전자음, 비트, 노이즈, 스크래치, 랩으로 사람의 신경을 거스르고 자극함으로써 약동감을 얻은 대가로 잃은 것 중 하나가 멜로디다. 고테가와가 듣는 음악에는 이 멜로디가 넘쳐 난다. 풍족하고 장엄하며 화려하다. 격정으로 가득 찬 선율. 고테가와는 이제 알코올은 필요 없겠다고 생각한다. 만약 자신이 마약 중독자였다면 마약도 필요 없다고 생각했을 것이다.

혹시 오늘도 운 좋게 사유리의 피아노를 들을 수 있을까? 그런 생각을 하면서 사유리 집에 가 보니 집 앞에 마사토와 남자 한 명이 서 있었다. 책가방 옆에는 어쩐 일인지 새빨간 바람개비가 꽂혀 있다. 자세히 보니 건장한 남자가 마사토 앞을 가로막고 있었다. 고테가와는 걸음을 재촉했다.

"마사토, 무슨 일이냐?"

마사토와 남자가 동시에 이쪽을 돌아봤다. 남자 발치에 남자아이가 매달려 있었다. 어제 고테가와가 목덜미를 잡아 올린 셋 중 한 명이었다.

아무래도 부모에게 고자질할 정도의 용기는 있던 모양이다.

"당신이 고테가와 씨요?"

멀리서도 건장해 보인 남자의 몸집은 가까이에서 보자 단순히 체격이 좋은 것이 아니라 구석구석 잘 단련된 몸이었다. 두꺼운 재킷에도 다부진 체격이 드러나는 신체는 마치 격투기 선수 같았다. 나이는 30대 중반 정도 될까?

"그런데. 당신은?"

"이치노세. 이 녀석 아비요."

그러면서 발치의 아이를 내려다본다.

"어제는 우리 애가 신세를 졌나 본데. 집에 들어갔더니 이 녀석이 이불을 뒤집어쓰고 바들바들 떨고 있잖아. 그래서 다그쳤더니 당신, 애를 소년원에 처넣겠다고 위협했다지?"

"아들이 말을 다 안 했나 보지? 왕따는 어엿한 범죄야. 위협해서라도 막는 게 형사로서, 아니 어른으로서 임무고. 아님 댁 아들은 왕따를 안 시켰다고 하던가? 그렇다면 이 애 배를 증거로 보여 줄까?"

"그 이야기도 들었어. 왕따시킨 건 맞지만 폭력은 휘두르지 않았다던데."

"양쪽 이야기가 다르다는 거군. 그래서 항의라도 하러 오셨나?"

"항의가 아니라 직접 행동하러 왔지."

이치노세가 재킷을 벗었다.

"아들을 위협한 녀석을 가만둘 수는 없으니까."

고테가와 속에서 경보음이 울리기 시작했다.

"경찰에 대한 비난을 완력으로 나타내는 시민은 처음인데."

"경찰에 대한 게 아니야. 당신 개인에 대해서지."

"아들의 왕따를 감싸는 건가?"

"감싸고돌 생각 없어. 나 역시 왕따가 범죄라고 여기니까. 하지만 그런 일은 애들끼리 해결해야지, 보호자가 끼어드는 게 아니야."

"그렇다면 왜?"

"아들이 잠을 자지 못할 정도로 겁먹었어. 원수를 갚는 게 아비의 의무니까. 만약 이 자리에서 무릎 꿇고 사죄한다면 여기서 끝내겠지만."

"……그건 어른답지 못한 거 같은데."

"실랑이가 벌어졌는데 도저히 해결이 안 되면 마지막에는 서로 치고 박고 싸워서라도 해결하는 거라고 가르치고 있어. 그런데 이럴 때 아비가 가만히 있으면 거짓말한 게 돼."

"이치노세 씨, 당신 뭐 하는 사람이야?"

"당신과 같은 공무원. 자위관(일본 자위대의 사무직./옮긴이)이야. 서로 하는 일이 그러니까 직업은 빼고 보호자끼리 흑백을 가리는 게 좋을 거 같은데."

자위관이라는 말에 다부져 보이는 몸집이 단번에 이해됐다. 내면의 경보음이 더 크게 울려 퍼진다. 경찰관도 평소 의무적으로 단련하지만 자위관과는 비할 바가 못 된다. 일단 그들은 신체 단련이 일상 업무라고 해도 과언이 아니다.

고테가와가 머뭇거리는데 마사토가 바지를 잡아당겼다.

"이제 됐어요, 고테가와 아저씨……."

힘없이 미소 짓고 있었지만 눈만은 뭔가를 절실히 호소하고 있었다. 가슴이 철렁했다. 마사토는 마침 사건 당시 준이치로와 나이가 같았다. 힘없는 미소가 준이치로의 얼굴과 겹친다.

이제 됐을 리가 없지.

도망칠수록 들개는 쫓아온다. 좀 다칠 수 있어도 각오하고 맞서라고 잘난 듯 말한 건 나 자신이 아닌가. 경찰관으로서 역시 지나친 행위였다고 사죄하고 이 자리를 뜨는 것은 어렵지 않다. 하지만 사과하거나 도망치면 앞으로 마사토를 어떤 얼굴로 봐야 할까. 지금 준이치로가 마사토의 눈을 빌려 도와 달라고 호소하고 있다.

잊고 있던 유치한 정의감이 고개를 쳐든다.

머릿속에 울리던 경보음이 순간 멈춘다.

결심을 굳히기도 전에 손이 재킷을 벗기고 있었다. 달랑 한 장

걸친 셔츠 위로 찬바람이 닿지만 이상하게도 춥지가 않다.

이렇게 마주하고 보니 두 사람의 체격 차이는 어떻게 할 만한 수준이 아니다. 하지만 자신이 조금 더 민첩하지 않을까? 그런 기대가 불현듯 머리를 스쳤다. 설령 상대가 아무리 강하더라도 앞뒤 생각 않고 맞붙던 과거의 자신이 되살아났다. 설마 이런 곳에서 불량소년 사냥꾼을 다시 만날 줄이야. 고테가와는 무의식중에 쓴웃음을 짓는다.

"뭐가 우스운데?"

"이 나이에 일대일로 붙을 줄은 생각도 못 했거든."

순간 이치노세와 눈인사를 나눈다. 그것을 신호로, 고테가와는 머리를 숙이고 돌진했다.

정신을 차려 보니 사유리 집 소파에 누워 있었다. 옆구리와 얼굴, 관절 곳곳이 쑤시고 아프다. 가늘게 눈을 뜨자 마사토가 걱정스러운 얼굴로 자신을 내려다보고 있었다.

"고테가와 아저씨…… 괜찮아요?"

그렇게 묻는데 괜찮다고 대답 못 한다면 사내대장부가 아니다.

"죄송해요……."

꺼져 가는 목소리였다. 고테가와가 허둥지둥 말했다.

"네가 사과할 필요 없어. 내가 좋아서 한 일이야. 그리고 지지 않았잖아."

"네?"

"그쪽도 몇 대는 맞았어. 이긴 건 아니지만 진 것도 아니야."

"그건 또 뭔 소리야. 애들 허세 같네. 암튼 남자는 아무리 나이를 먹어도 애라니까."

이번에는 사유리의 얼굴이 보인다.

"뜻밖의 폐를……. 면목 없습니다."

"하지만 마사토를 위해서였잖아. ……고마워요."

깊숙이 머리를 숙이는 사유리를 올려다보며 몸을 일으키려고 했다. 그 순간 어깨에 강한 통증이 일었다.

"아야!"

"아직 일어나면 안 돼. 온몸이 부었으니까. 통증이 잦아들 때까지 누워 있어. 얼굴은 오늘 안에 붓기가 가라앉을 것 같지 않지만."

"그렇게 심합니까?"

조심스럽게 만져 보자 미끈해야 할 곡선이 울퉁불퉁하다. 거울은 보지 않는 편이 좋을 듯싶었다. 그 모습을 지켜보던 마사토가 미안한 표정으로 입가에 웃음을 띤다. 고테가와는 이걸로 됐다고 생각했다. 자위관이라지만 경찰이 일반 시민과 주먹다짐했다. 경찰서에 알려지면 잘하면 훈계, 잘못되면 감봉 처분이지만 이 미소와 맞바꾼다면 나쁘지 않다.

"저기, 부탁이 있습니다만……."

"뭔데?"

"진통제를……, 〈비창〉을 한 번 더 쳐 주시면 안 될까요?"

"그거면 된다고?"

"그게 아니면 효과가 없습니다."

"좋아. 내 피아노 연주로 낫는다면 들려줄게. 하지만 그 전에 점심부터 먹고. 고테가와 씨, 점심 아직이지?"

"점심은 괜찮습니다. 공무 중이라서……."

"무슨 소리야. 공무 중이라도 피아노는 들으면서. 됐으니까 먹어요. 어차피 많이 만들기도 했고. 자, 부탁할게."

부탁한다면서 말투는 명령조였다. 보기에는 너글너글한데 실제로는 아주 고집이 세다는 것은 어제 몇 시간을 함께하면서 알았다. 만약 한 입도 먹지 않으면 집에 못 가게 할 것이다. 벌레라도 씹은 듯한 와타세의 얼굴이 떠올랐지만 눈앞에서 어린 얼굴이 기대에 찬 표정을 짓자 이내 사라졌다.

'그래, 뭐 어때.'

체념 반, 기대 반으로 식탁 앞에 앉자 크림 스튜가 나왔다. 틀림없이 마사토를 위한 식단이다. 졸지에 애 취급을 받는 것 같아 약간 기운이 빠졌지만 한 입 떠먹어 보고는 그 맛에 놀라 연거푸 수저를 입으로 가져갔다.

재료나 조미료 모두 흔한 것 같으면서도 이 얼마나 부드러운 맛인가. 마치 피아노 같았다. 혀에서 목, 목에서 위로 내려가면서 온기가 온몸에 퍼져 나간다. 상처 부위가 안에서부터 점차 치료되는 느낌이다. 처음 맛보는데 그립고, 평범한데 특별한 맛이었다.

"……맛있어요."

"어머, 입에 맞았나 봐. 다행이다."

사유리가 가볍게 대꾸했다. 예의상 한 말로 받아들였다면 뜻밖이었다. 나는 이처럼 감동받았는데. 하지만 고테가와는 자신의 감동을 말로 표현할 재주가 없다. 고작 그릇을 깨끗이 비우는 일이 지금 자신이 할 수 있는 최선이었다.

고테가와가 정신없이 스튜를 떠먹는 모습을 사유리와 마사토가 키득키득 웃으며 보고 있다.

그래, 좋다. 얼마든지 보고 웃어라. 옆에서 웃든 말든 신경 쓰이지 않을 정도로 맛있으니까.

몸이 완전히 따뜻해져 이마에 땀이 맺혔다. 눈에 땀이 들어갔는지 차츰 시야가 흐릿해진다. 시간이 지나서야 깨달았다. 이렇게 누군가와 함께 식탁에 앉아 스튜를 먹는 것이 몇 년, 아니 십수 년 만이었다.

아버지는 형편없는 남자였고, 어머니도 그 못지않게 형편없는 여자였다. 지금 생각하면 마침 거품 경제가 붕괴된 직후라 대기업에서 중소기업에 이르기까지 여기저기서 정리 해고를 당하던 시기였다. 아버지도 그 쓰라린 일을 겪었다. 이제 갓 마흔이 됐던 터라 재취업할 수도 있었지만 수입이 자신의 능력에 미치지 않는다, 왜 나이만으로 차별하느냐는 불만만 늘어놓으며 싸구려 자존심을 안주 삼아 술로 하루하루를 보냈다.

맞벌이였던 어머니는 아버지의 퇴직과 동시에 연장 근무를 하게 됐고, 아버지도 구직 활동을 한다는 명목으로 술 마시러 나갔기 때문에 낮에는 고테가와 혼자 집에 있었다. 그러는 동안 아버지와 어머니 모두 한밤중에야 들어오게 됐다. 집은 단순히 세 사람의 침대가 놓인 장소에 불과했다. 단란함이라곤 눈을 씻고 봐도 찾을 수 없었다.

이윽고 어머니는 직장 상사와 가까워졌다. 그래도 아버지는 전혀 개의치 않았다. 그 무렵에는 이미 집에 들어오는 날이 거의 없었기 때문이다. 직업도 없는데 어떻게 매일 술을 먹고 다녔는지 어린 마음에도 의아했는데, 어느 날 우편함을 열어 보고 의문이 풀렸다. 그 안에는 금융 회사에서 보낸 독촉장이 흘러넘치고 있었다.

그다음은 마치 삼류 드라마 같은 전개였다. 가정불화와 외도, 빚더미. 한 가정이 뿔뿔이 흩어질 수 있는 원인 삼박자를 고루 갖춘 끝에 정해진 결말로 향했다.

그래서 식사에 얽힌 따스한 추억 따위는 없다. 단지 푸르스름한 형광등이 한 사람의 식사를 비추는 스산한 광경만 있을 뿐이다.

처음인데 그립다. 평범한데 특별한 맛이 난다고 느낀 이유를 이제야 알았다.

시야는 한층 더 흐려졌고 마침내 눈을 똑바로 뜨고 있을 수도 없게 됐다.

바로 옆에서 마사토가 의아한 듯 이쪽을 쳐다보고 있다. 무슨 말을 꺼내기 전에 입안의 상처에 닿아서 아프다고 얼버무렸다. 사유리는 아무 말도 하지 않았다.

마음이 진정된 뒤 사유리는 약속대로 〈비창〉을 들려줬다. 전날부터 블라디미르 아시케나지의 손가락이 눈앞에 떠오를 정도로 들었지만 역시 직접 연주를 듣는 것만 못했다. 마치 스펀지에 물이 스미듯 멜로디가 영혼에 빨려 들어온다. 배 속의 크림 스튜와 어우러져, 이치노세에게 맞은 상처가 한 악장이 끝날 때마다 치유돼 간다.

최고로 행복한 이십 분을 보낸 뒤 방구석을 보자 어제 본 콘트라베이스는 자취를 감추고 접힌 베이스 캐리어만 남아 있었다. 물어보니 가까이 있는 음대생과 악단원 들이 가끔 연습하러 찾아왔다가 즉석 미니 콘서트를 열곤 한다고 했다.

차마 이대로 눌러앉아 있을 수도 없다. 본래는 사유리의 허락을 받아 사와이 치과에 있는 도마 가쓰오를 찾아갈 예정이었다. 피아노에 대한 미련을 떨치면서 이만 가 보겠다고 하자, 마사토가 현관까지 배웅했다.

그 작은 손에는 빨간 바람개비가 들려 있었다.

"복고적이군. 설마 요즘 애들은 바람개비로 노는 거니? 완전히 쇼와 시대(1926~1989년./옮긴이) 풍경인데."

"종합 학습 시간에 만들었어요."

"종합 학습? 아아, 언젠가 들은 적이 있는 것 같네."

찬찬히 보자 과연 한 시간 안에 만든 듯한 물건으로 셀룰로이드 날개 네 개는 크기가 제각각이고, 빈말로도 잘 만들었다고 하기 어려웠다. 하지만 잘못 접은 부분이나 자르기 선에서 벗어난 절단면을 관찰하면 본인이 얼마나 열심히 만들었는지 전해진다. 막대기 끝에는 익숙하지 않은 칼을 사용한 탓인지 아주 엷게 핏자국도 있다. 놀이라곤 텔레비전 게임밖에 없는 요즘 상황에 초등학생이 자기 손으로 공작하는 건 드문 일이었다. 그렇기 때문에 이처럼 간단한 만들기라도 온갖 고생을 했을 거라는 상상은 어렵지 않게 할 수 있다.

"이 바람개비, 아저씨 가져요."

"뭐?"

"아까 저를 지켜 줬잖아요."

어떤 반응을 보여야 할까.

"친구…… 하면 안 돼요?"

이 말에는 주저 없이 고개를 끄덕였다. 마사토는 안도한 듯 기쁜 표정을 지었다.

"저요, 어른 친구는 고테가와 아저씨가 처음이에요. 그러니까 아저씨 줄게요."

조심조심 바람개비를 내민다. 맑은 눈동자에는 받아 줄지 어떨지 몰라 불안해하는 마음이 엿보인다.

어쩌면 이렇게 손이 작고 매끄러울까. 다섯 손가락도 가늘고 주름 하나 없어서 엄마 사유리의 손가락과 전혀 다르다. 마치 도자기로 만든 인형 손가락 같았다.

"고맙게 받으마!"

마사토가 눈부신 듯 웃는다. 웃는 모습이 사유리와 똑같았다. 희미하게 벌어진 입속에서 은니가 하나 반짝였다.

손을 흔드는 마사토를 뒤로하고 사유리 집에서 나왔다. 바람이 한차례 불었다. 반사적으로 코트 깃을 여미려다가 문득 몸이 완전히 따뜻해져 찬바람에도 별로 춥지 않다는 것을 깨달았다. 반창고가 덕지덕지 붙은 얼굴에도 차가운 바람이 기분 좋게 와닿는다.

가슴에 꽂은 바람개비가 찬바람에 빙글빙글 돌기 시작했다. 날개 크기가 제각각이어도 부드럽게 잘 돌아간다. 바람에 이끌려 날개가 가벼운 소리를 내면서 새빨간 큰 원 모양을 이룬다.

그것은 어린 친구의 기대를 배신하지 않은 데 대한 훈장이었다.

'나도 제법 멋있잖아!'

이 상처를 뭐라고 둘러대야 할까?

고테가와는 〈비창〉의 한 구절을 흥얼거리면서 가벼운 발걸음으로 사와이 치과로 향했다.

*

그날 밤, 그는 창문을 두드리는 바람 소리에 귀를 기울이고 있었다. 헐거워진 창살이 바람의 세기에 따라 두려움에 떠는 듯한 소리를 냈지만 자신은 전혀 무섭지 않았다. 아무리 사납고 아무리 가혹한 소리라도 사람들의 목소리보다는 훨씬 나았다.

사람의 목소리는 생활 폐수와 같아서 탁하고 듣기만 해도 역겹다. 대화하는 근처에만 있어도 몸이 진흙탕에 빠진 듯한 불쾌감에 휩싸인다. 주변 사람들도 텔레비전 소음도 자신을 비웃는 것처럼 들린다. 누가 말을 건네는 것이 싫었기 때문에 그도 인사와 같은 최소한의 말 이외에는 절대 하지 않았다.

오직 그 사람의 목소리만 달랐다.

다른 사람들의 목소리는 잡음으로 흘려 넘긴다. 그런데 오늘 들은 잡음 중에 흥미를 끄는 말이 있었다.

'개구리 남자.'

사람들이 목소리를 낮춰 그 이름을 속삭이고 있었다. 마치 그 이름을 입에 담는 일이 불길한 행위라도 되듯이. 남자와 여자, 그리고 텔레비전조차 개구리 남자란 이름에 떨고 있었다. 그는 그 사실이 유쾌해 견딜 수가 없다.

왜냐하면 바로 자신이 개구리 남자니까.

개구리 남자. 영웅이 활약하는 텔레비전에 나오는 괴인의 이름 같지만 그는 마음에 들었다.

어제까지만 해도 다른 사람이 무서워 떨었다는 것이 거짓말처럼 느껴진다. 지금은 자기 자신이 공포의 대상이 됐다. 불과 며칠 만에 상황이 역전됐다.

그는 희열로 얼굴을 일그러뜨리면서 단 하나의 불빛인 탁상 스탠드로 눈을 돌렸다.

그 불빛 아래, 일기장의 새로운 페이지가 펼쳐져 있었다.

오늘 학교에서 도감을 보았다. 개구리 해부가 실려 있었다. 개구리 배 속에는 빨갛고 하얗고 검은 내장이 많이 들어 있어서 아주 예쁘다. 나도 해부해 보자.

3
해
부
하
다

1. 12월 11일

아침이긴 해도 해는 아직 동쪽 산맥에 숨어 있다. 짙은 안개가 자욱하게 끼어 있어 앞이 몇 미터밖에 보이지 않는다.

구라이시 순사는 자전거를 타고 안개 속을 달려 사고 공원으로 향하고 있었다. 잠이 부족했지만 피부를 자극하는 차가운 공기에 정신이 드는 듯했다. 편의점에 잠깐 다녀오겠다던 아이가 돌아오지 않는다는 신고를 받은 것이 어젯밤 11시 너머. 아이 엄마와 함께 집 주변을 수색하다가 잠시 중단한 시각이 새벽 3시. 관할 서에 사건 개요를 보고한 시각이 4시. 그러고는 간신히 침대에 들어갔다가 공원에서 시체를 발견했다는 새로운 신고가 들어와 억지로 일어난 시각이 새벽 6시. 결국 두 시간밖에 자지 못했다. 그럼에도 구라이시 순사는 신고 내용을 확인한 순간 파출소를 뛰쳐나갔다. 경찰에 몸담은 지 삼십여 년, 이젠 다리와 허리가 조금씩 둔해지고 있지만 오랫동안 길러 온 경찰관의 직감이 서둘러 그를 현장으로 이끌었다. 하룻밤 사이에 신고가 겹치는 일은 드물다. 그 드문 일에 불길한 예감이 들어 나이 든 몸을 채찍질한다. 불길한 예감은 대개 적중하는 법이다. 특히 요즘은 개구리 남자라는 정체불명의 살인마가 날뛰고 있는 불온한 시기이기도 하다.

사고 공원에 도착하자 입구 근처에 트레이너 차림의 청년이 불안한 얼굴로 서 있었다.

"신고한 분 맞습니까?"

청년이 말라리아에라도 걸린 듯 고개를 끄덕이며 말없이 공원 안쪽을 가리킨다. 그쪽을 보려고도 하지 않는다. 청년의 얼굴을 자세히 보니 새하얗게 질려 당장이라도 이 자리에서 도망치고 싶은 듯하다.

"가 보세요."

청년은 애원하듯 말했다.

"저는 가지 않을 테니까. 두 번 다시 보고 싶지 않아요. 그런 거, 그런 건……."

이래서는 별 도움이 못 된다. 그렇게 판단한 구라이시 순사는 청년을 그 자리에 남겨 놓고 공원으로 들어갔다.

예감은 적중했다. 생각조차 하지 못한 최악의 형태로.

그것은 공원 한가운데 있는 모래밭 가득 펼쳐져 있었다. 필시 남자아이 시체일 것이다. 다소 작은 편인 머리와 사지가 절단돼 몸통을 중심으로 방사선 형태로 놓여 있다. 절단면만 무시하면 완전히 분해된 마네킹 부품처럼도 보이지만, 몸통만은 조금 양상이 달랐다. 식도에서 치골까지 정중선을 따라서 복부가 절개돼 내부가 그대로 드러나 있다. 그런데 몸통 안에는 갈비뼈밖에 없다. 심장, 폐, 위, 대장, 소장, 기타 다른 기관은 완전히 잘려 몸통 밖에 가지런히 놓여 있다. 모래가 묻은 각 기관은 마치 장난감 같은 모양새지만 반대로 생물감이 있었다.

모래밭을 캔버스로 삼은 불완전한 오브제였다. 인간의 육체를 철저하게 물체로 다룬 추악한 해부도였다.

구라이시 순사는 겨드랑이 밑에서 땀이 흐르는 것을 느꼈다. 체감 온도가 이처럼 낮은데도 땀이 멈출 줄 모르고 계속 흐른다. 목이 바싹 말라서 목소리조차 나오지 않고, 두 다리가 막대기처럼 굳어서 움직이지 않는다.

얼어붙은 공기에 이상한 냄새가 섞여 있었다. 썩은 냄새는 아니다. 바깥 공기에 막 닿은 대량의 혈액과 위장 내용물이 빚어내는, 생물이 물체로 바뀌기 직전의 냄새였다. 구라이시 순사는 돌연 욕지기가 솟구쳤지만 직업 정신으로 간신히 억눌렀다. 생리적인 것이 아니다. 오히려 정신적인 거부 반응에 가까웠다.

신원을 확인하기 전부터 확신 같은 것이 있었다. 이 가여운 피해자는 틀림없이 어젯밤 행방불명된 소년일 것이다. 확실한 증거는 없었지만 경찰의 직감이 그렇게 말하고 있었다.

모래밭 구석에 옷이 아무렇게나 버려져 있었다. 아니, 보란 듯 놓여 있었다고 해야 할까. 게다가 옷 사이에 쪽지가 끼워져 있었다.

오늘 학교에서 도감을 보았다.

낯익은 서툰 글씨가 고개를 내밀고 있었다.

현장 보전이고 뭐고 아예 손대고 싶은 마음조차 들지 않았다. 하지만 속옷 자락에서 글자 같은 것을 발견하고 조금 더 다가갔다. 이름이었다. 자신에게도 그런 기억이 있다. 학교에서 다른 아이의 물건과 바뀌지 않게끔 아이의 속옷이나 신발 뒤쪽에 이렇게 부모가 이름을 적어 둔다. 예상대로 그 이름은 어젯밤 실종 신고가 들어온 소년의 것이었다.

우도 마사토.

통보는 곧장 수사본부로 들어왔다. 고테가와는 세 번째 피해자의 이름을 듣자마자 미친 듯이 경찰차를 몰아 현장에 도착했다. 악몽이거나 착오이기를 바라면서.

하지만 모래밭을 본 고테가와는 이것이 현실임을 받아들여야만 했다.

처음에는 밀랍처럼 생기를 잃은 머리를 보고는 그저 모조품으로만 여겨졌다. 얼굴에 있어야 할 두 눈이 귀 옆에 놓여 있었기 때문이다.

그런데 그 얼굴은 틀림없이 마사토였다. 손도 낯익은 예쁜 손이었다.

고테가와는 유령처럼 서 있었다.

머리로는 현실이라고 인식하면서도 의식은 꿈꾸는 듯했다. 바로 어제 본 웃는 얼굴, 바로 어제 쥔 손. 그런데 지금은 차가운 물체가 돼 모래밭에 널려 있다.

갑자기 이가 위아래로 탁탁 부딪혔지만 추위 탓이 아니었다. 위가 납덩이처럼 무거웠지만 욕지기 때문이 아니었다.

감식원들이 현장 주변을 이리저리 살피며 돌아다닌다. 체액이 스며든 모래 채취, 발자국 채취, 유류품 수색, 절단면 촬영. 디지털카메라 플래시가 현장과 시체를 향해 사정없이 터진다. 그만해. 고테가와는 속으로 소리친다. 이 애가 얼마나 부끄럼을 많이 타는데,

거긴 찍지 마. 그 애를 그렇게 물건처럼 다루지 마…….

간신히 기능하던 이성의 둑이 끓어오르는 격정으로 무너진다.

"으아아아악!" 하고 소리를 질렀다. 이제는 자제심이고 뭐고 없었다. 뚜렷한 이유도 없이 감식원들 중 아무에게나 덤벼들려고 몸이 앞으로 나갔다.

그런데 뒤에서 누가 두 팔로 꽉 붙잡았다. 폭발하려는 감정으로 뿌리치려 해도 꿈쩍도 하지 않는 강인한 힘.

"진정해, 신입."

듣고 싶지도 않은 와타세의 목소리였다.

"상대는 그쪽이 아니야."

순간 부들부들 떨던 몸이 멈췄다.

"엄마인 우도 사유리 말로는 피해자가 학용품을 사러 간다고 집을 나간 게 21시가 넘어서였고, 한 시간이 지나도 안 와서 편의점까지 찾으러 갔는데 보이지 않아서 파출소에 신고했대. 당직 경찰관이 같이 근처를 찾아다녔지만 목격자도 없어서 관할 서에 보고한 시각이 4시야. 그리고 오늘 아침 현장 부근에서 조깅을 하던 첫 번째 발견자가 신고했고."

고테가와가 마사토와 헤어진 시각이 어제 14시경이었으니 불과 일곱 시간 뒤에 납치된 것이다. 차라리 그대로 사유리 집에 있었다면 마사토의 운명이 바뀌었을 수도 있다. 거기까지 생각이 미치자 미칠 것만 같았다.

"검시관 말로는 이전 두 건과 수법이 동일하대. 후두부를 둔기로 일격 그리고 교살. 낯익은 쪽지도 발견됐어. 수법은 공표하지 않았으니까 모방범이 나올 리도 없고. 십중팔구 녀석 짓이야."

"어머니한테는…… 알렸습니까?"

"곧 도착할 거야."

"여기서 확인시킨다고요? 아무리 그래도 그건 너무 잔인합니다!"

"동감이야. 하지만 어머니라면 무슨 일이 있어도 확인하고 싶겠지. 분명 뭔가 오해가 생겼다고, 일말의 가능성에 희망을 걸고서 말이야. 그러니까 어머니가 현장에 와도 보여 주지 마. 확인은 옷이면 충분해. 어딘가 다른 곳으로 이동시키고 피해자 확인은 사법 해부가 끝난 뒤에 하자고. 그게 어머니와 안면이 있는 네가 할 일이다. 할 수 있지?"

고테가와가 대답하지 않자 와타세가 그의 멱살을 잡았다.

"정신 똑바로 차려! 피해자가 누구든 범인이 누구든, 현장에서 너는 형사야. 감정은 보이지 마. 오감과 다리만 움직여. 피해자를 애도하는 마음이 있다면 범인 손에 수갑을 채워!"

와타세의 호통에 고테가와는 가까스로 정신을 차렸다. 몸이 갑자기 무거워지고 오한이 느껴졌다. '감정을 죽여.' 하고 자신에게 명령한다. 지금 여기로 오는 여자는 자신과 비교가 안 될 정도로 슬픔과 분노를 느낄 것이다. 그런 여자에게 아들의 참혹한 시체를 보여 줄 수는 없는 노릇이다.

그때 목덜미에 차가운 것이 닿았다.

움찔하고 떨어진 방향을 올려다보자 짙은 잿빛 하늘에서 가랑눈이 내리고 있었다. 지난 며칠, 한파에도 내리지 않더니 무거워진 눈구름이 마침내 견디지 못한 듯하다. 허무한 눈발이 바람에 흩날려 모래밭과 시체, 거기에 모인 수사진들 위로 조용히 쌓이기 시작했다.

그다음은 떠올리고 싶지도 않았다. 빨간 미니밴을 타고 와 광란하는 사유리를 달래고 얼러서 경찰차에 밀어 넣고 억지로 옷을 보였다. 역시 어젯밤 마사토가 집에서 나갈 때 입고 있던 옷이었다. 어딘지 세상과 동떨어진 것처럼 천진난만한 사유리는 사라지고 없었다. 갑작스러운 일에 놀라고 당황해 울부짖는 평범하고 가련한 어머니가 있을 뿐이었다. 멋대로라는 건 알았지만 그런 사유리를 보고 싶지 않았다.

"한 시간이 지나도 안 와서 편의점까지 찾으러 갔는데 어디에도 안 보이고……. 편의점 직원은 그런 남자아이는 안 왔다고 하고……. 그래서 가쓰오도 같이 찾아 줬는데 역시 없어서……."

두 사람에게 운이 없었던 것은 사건 현장이 된 사고 공원이 간선 도로 외곽에 있기 때문이었다. 건축 기준 법에 일정 구획의 주택지에는 공원을 설치해야 한다는 규정이 있는데, 사고 공원은 단지 이 규정을 충족하기 위해 만든 공원이었다. 놀이 기구도 전혀 관리되지 않고 공원 자체도 황폐해질 대로 황폐해져 찾아오는 사람이 거의 없었다.

"조금만 더 멀리 이 공원까지 왔다면 마사토가 이런 일을……."

그렇게 생각하면 안 되는데 하고 고테가와는 생각했다. 아들의 죽음이라는 현실을 냉정하게 받아들이지 못하고 모든 책임을 자신의 탓으로 돌리고 있다.

"사유리 씨, 그렇지 않습니다. 공원이라고 해도 여긴 아이가 올 곳이 아니에요. 더구나 동네와 많이 떨어져 있고요. 그 짧은 시간 동안에는 순사도 여기까지 찾아 보지 못합니다. 범행 상황을 생각하면 범인은 마사토를 보자마자 일을 저질렀습니다. 아마 마사토는 편의점에 가다가 범인에게 잡혔을 거예요. 그래서 찾으러 갔을 때는 이미……."

"그런 시간에 못 가게 했어야 하는데!"

이렇게 되면 장소를 바꾸는 수밖에 없다. 현장과 아주 가까운 거리, 더구나 경찰차 안은 사람들에게 평범하지 않은 장소다. 진정하라고 하는 게 오히려 무리한 요구다. 다른 때처럼 건반에 손을 얹으면 평정을 되찾지 않을까. 그런 안이한 계산도 있었다.

사유리가 말할 틈을 주지 않고 문을 연 순간이었다.

갑자기 눈앞에 수많은 마이크가 나타났다.

"어머니 되십니까! 지금 심정이 어떻습니까?"

"왜 아드님이 표적이 됐다고 생각하십니까?"

"정신 이상자의 범죄에 관해 보호 관찰관의 입장에서 한 말씀해 주시죠."

마치 맹금류의 습격을 받는 듯했다. 그 눈은 하나같이 살기가 어려 있었고 대답하지 않으면 위해를 가한다고 말하고 있다. 독수리 떼다. 고테가와는 생각했다. 이 사람들은 시체 냄새를 맡고 죽은 동물에 모여드는 독수리다.

마사토의 죽음이 이 독수리 떼의 손에 상품으로 만들어지고, 시민들의 주의를 환기시킨다는 명목하에 신문과 텔레비전에 제공된다. 그 생각만으로 속이 뒤집힌다. 지금 당장 권총을 빼 들고 마이크와 카메라를 든 이들에게 들이대고 싶은 충동에 사로잡힌다. 그동안 취재진을 경멸하기는 했어도 살의를 느낀 적은 처음이었다.

그 욕구를 견딜 수 있던 것은 품 안에 사유리가 있었기 때문이다. 이 여자만은 지켜야 한다. 언론의 취재 공세, 사람들의 호기심 어린 눈과 중상하는 눈길에서. 그 사명감이 간신히 고테가와의 직업의식을 지탱하고 있었다. 그리고 그것이 와타세의 배려였다는 사실을 그제야 깨달았다.

마이크와 카메라를 쫓아 버리고 집으로 데려갔지만 사유리는 전혀 진정될 기미가 없었다. 피아노 앞에 앉히면 어떻게든 될 거라는 심산은 안이한 기대에 불과했다. 계속 옆에 있고 싶었지만 그것은 자신의 일이 아니었다. 고테가와는 옆집 주부에게 사유리를 부탁하고 떨어지지 않는 발길을 본부로 향했다.

정보, 아무튼 지금은 정보가 필요하다. 현장 주변 탐문, 감식 결과, 해부 소견, 뭐든 좋다. 마사토를 해친 인간에게 다가가기 위해서라면 어떤 정보든 간절히 필요했다. 고테가와는 운전대를 쥐면서 갈망한다. 그 녀석을 체포할 수 있다면 하루에 수만 보를 걸어도 좋다. 위법 수사여도 괜찮다. 악마에게 영혼을 팔아도 상관없다고까지 생각한다. 어차피 고귀한 영혼도 아니다.

세상 사람들의 이목을 집중시키는 엽기 연쇄 살인. 해결하면 경시 총감상도 꿈이 아니다. 그러나 지금의 고테가와에게는 그런 상이 문제가 아니었다. 범인에게 수갑을 채우고 형을 살게 한다……. 오직 그뿐이었다. 지난 인생에서 이 정도로 자신이 아닌 다른 사람을 증오한 적은 없었다. 이 정도로 인간을 저주한 적도 없었다. 분노인지, 슬픔인지, 펄펄 끓어오르는 뜨거운 덩어리가 가슴 깊은 곳에서 솟아올라서 목 주변을 압박한다.

경찰관은 누구나 자신 안에 자신만의 정의를 가지고 있다. 예를 들면 정의란 피해자의 원통함을 씻는 것이고 법의 질서를 지키는 것이며 국민의 생명과 재산을 지키는 것이다. 그런데 실제 사건을 마주하고 경찰 조직 속에서 살다 보면 자신의 정의가 조직과 세상이 추구하는 정의에 괴리되고, 자신의 정의가 항상 옳지는 않다는 사실을 알게 된다. 그리고 어느 틈엔가 정의를 품는 일에 회의를 느끼고 지쳐서 시체 내부에서 소화액이 내장을 녹이듯 자기 용해를 시작한다.

그 사실을 깨달았을 무렵, 고테가와는 자신의 정의를 포기했다. 유능한 경찰관은 신념을 관철하는 경찰관이 아니라 한 명이라도 많은 범인을 효율적으로 검거하는 경찰관일 테고 모호한 정의보다 단순 명쾌한 공명심이 자신이나 주변 신상에 좋다. 일단 이것저것 고민하지 않아도 되기 때문에 귀찮을 게 없지 않은가.

고테가와는 다시 생각했다. 자신이 왜 경찰관을 지망했던가. 불량소년 사냥꾼이라는 별칭으로 불리던 시절, 자신을 부추기던 존재는 절대 영웅심이 아니었다. 친구를 죽게 내버려 뒀다는 죄책감에서 싹튼 기피 행동 혹은 자기 파괴 충동에 불과했다. 요약하면 자기변호와 복수심일 뿐이었다. 그처럼 보잘것없을지라도 자신에게는 정의였다. 그것은 자기 자신의 생존을 용인할 수 있는 최소한의 필요조건이었다.

그 과거가 지금 다시 고테가와에게 묻는다.

자기변호와 복수심이 왜 나쁜가?

이 두 가지를 자신의 행동 원리로 삼는 것이 왜 나쁜가?

고테가와는 결론 나지 않는 물음을 가슴에 품은 채 액셀을 밟아 정보가 모이는 수사본부로 서두른다.

한노 경찰서에 도착하자 각 언론사의 자동차, 그리고 낯선 검정 승용차가 눈에 들어왔다. 번호판을 확인하니 경찰 차량이었다.

"그건 경찰청 차야."

와타세가 아무 일도 아닌 듯 대답했다.

"경찰청? 이럴 때 경찰청 차가 왜?"

"이럴 때니까 온 거지. 엽기 연쇄 살인은 이제 한노 시뿐 아니라 전국을 공포에 빠뜨리고 있어. 수사는 지지부진하고 용의자도 특정하지 못하고 있고. 그런데 세 번째 사건이 터졌어. 경찰청의 높으신 양반들도 나설 수밖에. 본부장과 직접 담판 중이야."

"담판 중이면…… 사건은 어떻게 되는 겁니까?"

"그야 뻔하지. 주도권을 쥘 수 없게 되겠지."

"말도 안 돼!"

"'말도 안 돼.'라니. 제법 거칠게 나오네. 평소의 드라이 한 성격은 어디 갔나?"

불만스러운 마음이 표정에 나타났는지 와타세는 고테가와의 얼굴을 흘낏 보고는 콧방귀를 뀌었다.

"걱정 마. 지금 당장은 아니니까. 같은 경찰이라도 저쪽은 꽉 막힌 엘리트 관료야. 스스로 불구덩이에 손을 집어넣어 밤을 꺼내는 짓은 안 해. 밤이 다 익었을 때라면 몰라도. 지금은 아직 그럴 때가 아니야."

"무슨 뜻이죠?"

"처음 피해자가 여자, 다음이 노인, 그리고 이번에는 초등학생. 약자만 잇따라 피해를 입었어. 시민들의 분노는 당연히 경찰을 향하게 돼 있어. 오래 끌면 스스로 옷을 벗어야 돼. 그런 시기에 누가 나서서 방패막이가 되려고 하겠어. 한동안 경찰청은 관망할 거야. 현경 본부가 세상과 언론에 실컷 얻어맞아서 더는 어떻게도 못 하게 됐을 때 그제야 무대에 나올 속셈이지. 우리는 1막에 등장하는 거라고나 할까. 그러니까 아직 한동안은 이쪽에도 시간이 있어."

와타세가 뻔뻔하게 웃었다.

"해부 소견은 검시관 판단과 별로 다를 게 없었어. 후두부를 구타해서 졸도시켰지만 직접적인 사인은 교살이야. 사용한 흉기는 앞의 두 사건과 동일하다고 봐도 좋아. 사망 추정 시각은 어젯밤 9시부터 10시 사이. 위장 내용물로 시간대를 많이 좁힐 수 있었어. 시체를 절단하는 데 사용한 물건은 예리하지만 메스 같은 수술용은 아닌 것 같아. 또 잘린 단면을 봐도 아마추어 솜씨지 도저히 그걸 생업으로 하는 인간 짓 같지는 않다네. 또 현장에 흐른 혈액 양이 적고 절단면에 생활 반응이 없는 걸로 봐서 피해자는 어딘가 다른 곳에서 살해되고 절단된 뒤 공원으로 옮겨졌다는 추측이야. 그리고 그 쪽지의 필적도 앞의 두 건과 일치했어."

해체되고 부품처럼 운반된다……. 고테가와는 그 광경을 상상하기만 해도 가슴이 옥죄이는 듯하다.

"마사토 어머니, 빨간 미니밴이었지? 어머니와 도마 가쓰오가 자동차를 타고 집 주변을 돌아다니는 걸 목격한 사람이 있어. 그런데 수상한 인물을 봤다는 정보는 없고. 현장이 된 공원은 원래 인적이 드문 곳이라 근처 사람들도 밤에는 지나다니지 않아서 목격 정보도 거의 없다고 봐야 해."

"전혀 아무것도 없는 겁니까?"

"아니, 과학 수사 연구소에서 유력한 정보를 줬어. 모래밭에 범인 것으로 보이는 발자국이 남아 있었대. 모래밭이라서 발자국 깊이로 대략적인 몸무게, 신발 크기로 키를 산출해 냈어. 키는 150~160센티미터, 몸무게는 70~80킬로그램. 작은 키에 통통한 체형이야. 덧붙이면 우도 마사토와 아라오 레이코, 이부스키 센키치는 연관이 없어. 만약을 위해 우도 마사토의 혈연관계나 출신 유치원, 초등학교도 조사했지만 두 사람과의 접점은 전혀 없었어."

그야 당연하지 하고 고테가와는 생각한다. 세 사람은 사는 곳, 직업, 세대가 다르다. 나이가 다른 사람들을 서로 연결할 수 있는 지점은 대개 속한 조직이나 단체. 하지만 이 정도까지 나이 차가

나면 그 또한 의미를 잃는다. 남은 것은 세 사람 모두 한노 시민이라는 사실이다. 하지만 이건 최소한의 공통점으로, 범인을 좁히는 데는 전혀 도움이 되지 않는다.

원래 연쇄 사건은 사건이 발생할 때마다 증거가 모이고 관계자들도 좁힐 수 있기 때문에 용의자를 특정하기 쉽다는 특징이 있다. 그런데 이번 사건은 사정이 달랐다. 사건이 거듭될수록 용의자 수가 늘어나고 수습도 되지 않아 곤혹스럽다.

"한노 시 사람들에게 원한이라도 있는 걸까요? 마치 한노 시로 한정한 무차별 살인 같네요."

"그 점은 적극적으로 생각하고 있어."

"반장님, 뭔가 공통점을 찾으신 겁니까?"

"공통점이라기보다는 세 사람을 묶는 연결 고리야. 그런데 그러면 너무……."

어라 하고 생각한다. 솔직함이 장점인 와타세가 웬일로 우물거린다.

"적극적으로 생각하시는 거 아닙니까?"

"그래서 싫어. 이번만은 빗나갔으면 해. 만약 맞는다면 엄청난 소동이 일어나."

와타세는 마음이 무거운 듯 머리를 긁적인다. 고테가와는 와타세의 보기 드문 행동에 신경이 쓰였다.

"가르쳐 주시죠. 세 사람을 묶는 고리가 뭡니까?" 고테가와가 와타세와 마주 선다. "반장님, 왜 숨기시는 겁니까? 저요, 단서라면 뭐든 알고 싶다고요. 알아야겠단 말입니다……."

자신도 모르게 와타세의 옷깃 언저리를 붙잡고 있다가 스스로 당황해서 도로 손을 놓는다. 와타세가 그 손을 힐끗 보더니 고테가와의 머리를 감싸며 귀에 대고 속삭였다.

와타세의 말을 듣고는 너무 놀라 입이 움직여지지 않았다.

너무나 단순한 고리였다. 퀴즈로 내면 아이도 알아차릴 수 있는 고리. 그렇기 때문에 중대 사건으로 현상을 보는 어른에게는 도리어 맹점이 되는 고리. 와타세가 왜 망설였는지 이해가 됐다. 그 말이 맞는다면 사건이 다른 양상을 띠게 되는 건 피할 수가 없다.

"그게 범인 의도인지도 물론 중요하지만, 무서운 건 그게 설령 우연의 일치라고 해도 그 사실이 알려졌을 때 시민들에게 미치는 영향이야. 그러니까 놀라는 것도 좋지만 적당히 해. 기자들 앞에서 그런 얼굴 하지 말고."

"기자요?"

"지금부터 본부장과 1과장 그리고 담당 책임자인 나도 참석해서 기자 회견을 할 거야. 이게 책임자 일이니까. 원하면 바꿔 줄까?"

"정례……가 아니잖아요. 왜 갑자기."

"끝내 세 번째 사건이 일어나면서 시민들 불안감이 한계에 달했어. 적어도 현시점에서 수사 진척 상황을 공표해 달라는 게 기자 클럽 요청이야. 진척이라고 해도 자신 있는 건 아무것도 없지만 시민들 불안감이 커진 건 맞으니까. 본부장도 무조건 거절할 수 없지. 완전 절호의 타이밍이야. 경찰청장이 이마에 땀 맺히는 본부장을 멀리서 바라보고 옅게 미소 짓는 구도지. 현경 입장이 나빠질수록 나중에 등장하는 배우는 상대적으로 인상이 좋아지니까."

와타세가 내뱉듯 말했다. 하긴 지금 단계에서 본부 기자 회견을 하는 것은 일방적으로 지고 있는 시합 도중에 감독 인터뷰를 하는 것과 같다. 자칫 수사본부의 무능을 규탄하는 자리가 될 수도 있다. 특히 시민 감정이 민감한 지금 상황에서는 더더욱 그렇다. 시민들이 불안감에 빠져 있을 때 사회의 목탁을 책임지는 언론이 하는 일은 그 불안감을 한층 부채질하는 것이다. 불안과 분노 그리고 책임 추궁이야말로 대중의 바람이라고 믿어 의심치 않는 오만불손함은 이제 언론사들의 습성이 된 느낌마저 든다.

단지 이번 보도가 기존과 다른 점은 보도진 자체도 극도로 떨고 있다는 점이다. 기사 내용은 대중의 불안을 부채질한다기보다 기자 자신의 공포를 반영하고 있다는 느낌이 강하다. 그런데 만약 와타세의 생각이 적중한다면……

고테가와는 그다음 전개를 상상할 수도 없었다.

회견석 중앙은 사토나카 현경 본부장, 오른쪽은 구리수 수사 1과장, 그리고 왼쪽에는 와타세가 앉고 그 주변을 보도진이 에워싸는 형태로 회견이 시작됐다. 고테가와는 조금 떨어진 자리에서 지켜보기로 했다.

먼저 이번 사건의 개요부터 설명됐다. 다음으로는 피해자 우도 마사토의 신원, 범행 수법으로 봐서 동일범의 소행이라는 것, 그리고 사건 현장 모래밭에서 처음으로 범인의 것으로 추정되는 발자국이 채취됐다는 사실이 공표됐다.

보도진이 별안간 술렁거렸다.

"어떤 신발이었습니까?"

"신발 바닥 모양을 통해 스니커즈로 판명됐습니다. 현재 제조업체를 조사 중입니다."

"발자국으로 볼 때 범인은 어떤 인물로 추정됩니까?"

"과학 수사 연구소에서 대략적인 신장과 체중을 산출했습니다. 다만 이 자리에서 자세한 사항을 공표하기는 어렵습니다."

그 한마디에 보도진이 웅성거렸다.

"왜 안 된다는 거죠? 범인의 특징이 밝혀졌다면 공표해서 시민들의 협조를 구해야 한다고 생각하는데요."

"비디오나 사진처럼 얼굴 모양까지 특정할 수 있다면 효과가 있겠지만 추측되는 체형만 공표하면 도리어 시민들 사이에 의심암귀(疑心暗鬼)를 낳을 수 있기 때문입니다."

"그 말인즉 이렇다는 거네요." 하고 야유하는 목소리가 들렸다.

목소리의 주인이 누군지는 바로 알았다. 오노우에 젠지다.

"범인의 체형은 일반적이지 않다."

사토나카 본부장이 오노우에를 날카롭게 노려봤다.

"자세한 공표는 삼가겠다고 방금 말씀드렸습니다. 만약 공표했을 경우 그와 비슷한 체형을 가진 아무 관련 없는 시민들이 받게 될 영향을 무시할 수 없습니다."

"본부장님." 하고 이번에는 굵직한 목소리가 들렸다. 목소리의 주인은 현경 기자 클럽의 우두머리 격인 베테랑 기자였다.

"저희도 쓸데없이 지역 주민들의 불안감을 부채질하는 보도를 할 생각은 없습니다. 하지만 이미 사람들이 무서워 벌벌 떨고 있습니다. 표적이 여성, 노인, 아동 등 사회적 약자에 편중된 점, 그 세 사람에게 아무런 연관성이 없다는 점, 시체를 장난감처럼 가지고 논다는 점, 그리고 세 사건이 거의 시간 차 없이 발생한 점이 이미 의심암귀를 초래하고 있습니다. 아무튼 시민으로서 아주 작은 정보라도 얻고 싶은 심정입니다. 자세한 정보가 아니라도 수사본부에서 이미 참고인 몇 명을 임의로 사정 청취했다는 정도의 기사라도 읽지 않으면 두 다리 뻗고 잘 수가 없습니다."

"수사선상에 참고인 몇 명이 떠오른 건 사실입니다."

"좁히는 단계입니까?"

"역시 자세한 건 말씀드리기 어렵습니다."

자세하고 말고 할 게 어디 있다고 하고 고테가와는 생각한다. 참고인 대상은 아직도 100명이 넘는다. 그것도 전과가 있다거나 이웃에서 거동이 수상하다고 신고한 정도이기 때문에 도저히 참고인이라고 부를 수 없다.

"범인상의 프로파일링은 어떻습니까?"

"시체를 처리하려면 일정한 장소가 필요하고 시간이 많이 걸리기 때문에 혼자 살거나 자신의 방을 갖고 있다고 할 수 있습니다. 그리고 세 사건 현장 모두 인적이 드물다는 사실을 인지하고 있었다는 점에서 이 지역을 아주 잘 아는 인물이며, 시체를 운반할 정도로 힘이 센 남성일 가능성이 강……."

"그 정도는 우리도 알고 있습니다."

베테랑 기자의 목소리가 약간 거칠어졌다.

"경찰서 출입을 어제오늘 시작한 신입이 아닙니다. 범인이 현장세 곳과 별로 멀지 않은 곳에 사는 사람이라는 것도 잘 알고요. 일부러 인적이 드문 곳을 택한 걸로 봐선 분명히 여기서 산 지 오래됐겠죠. 이사 온 지 얼마 안 된 사람은 아닙니다. 그리고 무거운 시체를 맨션 차양까지 들어 올리고, 노인이라 하지만 성인 남자를 폐차장까지 옮겼어요. 여자가 할 수 있는 일이 아니란 건 알고도 남죠. 우리가 알고 싶은 건 범인이 무슨 생각이며 목적이 뭔가 하는 겁니다."

멍청하긴.

그건 우리가 알고 싶은 거다.

"항간에서는 쾌락 살인범의 범행이라는 견해로 시끄럽습니다.

특히 이번에 훼손된 시체에 그 특징이 나타나 있는 거 아닙니까? 신원을 은폐함으로써 얻는 이점도 없는데 시체를 해체한 건 정신 이상이라는 강력한 증거 아니겠습니까?"

"그 역시 단언할 수 있는 단계가 아닙니다."

"그렇다면 적어도 시민들의 불안감을 줄여 주는 의미에서 추정이 끝났는지만이라도 대답해 주시죠. 조금 전 피해자 세 사람에게는 아무 연관성도 없다고 말씀드렸습니다만, 수사본부도 같은 생각입니까? 혹시 세 사람을 잇는 연결 고리를 찾았는데도 다음 희생자를 미끼로 쓰기 위해 침묵을 지키는 거 아닙니까?"

의심암귀에 빠진 사람은 당신이야 하고 고테가와는 논평한다. 단 한 명의 살인범에게 실컷 농락당하고 그 꼬리는커녕 그림자조차 밟지 못하는 경찰에 대한 불신감. 한편 수사진의 능력을 과대평가한 그 억측도 결국 경찰 불신에 근거한다. 안된 것은 회견 석상에 앉은 사토나카 본부장으로, '예스.'라고 대답하면 인명을 경시한 수사 방법이라는 소리를 듣고, '노.'라고 하면 수사본부의 무능함을 스스로 인정하는 꼴이 된다.

조금은 눈치 있는 사람, 예를 들면 오른쪽에 앉은 구리수 과장이라면 지금은 거짓이라도 범인을 대략 특정했다는 정도의 발언은 할 것이다. 허위 발언이라도 나중에 검증할 사람도 없고 시민들을 안심시키기 위한 립서비스였다고 생각하면 죄책감도 없다.

머리가 더 좋은 사람, 예를 들면 왼쪽에 앉은 와타세라면 현실적인 추측부터 탁상공론에 이르기까지 떠오르는 모든 가능성을 말해서 듣는 사람을 혼란스럽게 만들 것이다.

그런데 불운이라고 할지, 사토나카 본부장은 원래 근성 있는 경찰관으로 거짓말이나 얼버무리는 일이 서툰 남자였다.

아니나 다를까, 사토나카 본부장이 눈살을 찌푸리며 입을 굳게 다문다. 남에게도 자신에게도 성실한 사람이 궁지에 몰렸을 때 선택하는 것은 침묵밖에 없다.

사토나카 본부장과 보도진이 서로 노려보고 있자 구리수 과장이 당황해 끼어들었다.

"현경 본부는 선량한 시민을 희생시킨다는 발상 같은 건 절대 하지 않습니다. 방금 그 질문은 상당히 무례하군요. 수사 도중에 있는 미확정 정보까지 공표할 의무는 없습니다."

반쯤 뜬 눈으로 회견 석상을 둘러보던 와타세가 한쪽 눈썹을 치켜세운다. 항상 가까이서 그 표정을 보는 고테가와는 그 의미를 손바닥 보듯 훤히 안다. 방금 그 표정은 '저 바보가 쓸데없는 소리를 하고 있군.'이다.

"그럼 아직 수사 중으로 확정은 안 됐지만 그럴싸한 건 손에 넣었다, 그런 의미군요."

기자가 말꼬리를 잡고 늘어진다. 대답하려던 구리수 과장은 순간 입을 연 채 조각상처럼 굳었다. 자신의 권한과 책임 소재에 생각이 미친 모양이다.

사토나카 본부장이 찌푸린 얼굴로 와타세를 쳐다본다. 좀 거들라는 신호다. 와타세는 눈으로 답하고 가볍게 한숨 쉰 뒤 헛기침했다. 보도진의 시선이 일제히 와타세로 옮겨 간다.

자, 무슨 말을 꺼내시려나……. 고테가와도 흥미롭게 와타세를 주목했을 때였다.

"아아."

누가 엉뚱한 소리를 내질렀다.

오노우에였다.

주변 기자들이 나무라는 눈으로 오노우에를 째려본다. 하지만 오노우에는 아주 멍한 모습으로 주변 분위기는 전혀 개의치 않는다. 뭔가 굉장히 엄청난 사실을 알아챈 듯 집게손가락을 세운 채 움직이지 않는다.

고테가와는 순간적으로 생각이 미쳤다. 이 얼굴은 조금 전 와타세에게 귓속말을 들었을 때 자신의 얼굴과 같다.

오노우에도 깨달은 것이다. 세 사람의 연결 고리가 뭔지를.

급히 와타세에게 눈을 돌리자 그도 눈치챈 듯 의자를 쓰러뜨릴 기세로 자리에서 일어나고 있었다.

"저, 알았어요. 세 사람이 어떤 연관이 있는지."

멈춰.

그만 입 다물어.

"아라오 레이코의 '아', 이부스키 센키치의 '이', 우도 마사토의 '우'. 아이우에오(일본어 문자 50음의 순서./옮긴이). 범인은 50음순으로 범행 대상을 고르고 있어요."

이번에는 나란히 앉아 있던 기자들이 모두 의표를 찔린 얼굴이 됐다.

단순한, 아이의 말장난.

시체의 엽기성에 정신이 팔려 보이지 않았던 것이다.

하지만 시체를 가지고 놀며 보란 듯 전시하는 감각, 그리고 남겨진 범행 성명 쪽지 자체가 유아성의 발로라고 누군가가 말하지 않았던가.

실내는 찬물을 끼얹은 듯 조용해졌다가 서서히 웅성거리기 시작했다. 무슨 명령이 떨어진 것도 아닌데 기자들이 일제히 손목시계를 확인했다.

석간까지 앞으로 십 분, 아직 늦지 않았다.

다음 순간 의자를 차는 소리와 큰 소리가 오가는 가운데 기자들이 사방으로 흩어져 회견장을 빠져나갔다. 마지막에는 회견석의 세 사람과 기자석의 오노우에만 남았다.

와타세가 기도하듯 손을 모은 채 오노우에를 노려본다.

"이봐, 거기 삼류 신문 기자 새끼. 넌 안 가나?"

"갑니다. 리드 생각하면서."

"그럼 어서 꺼져. 셋 셀 동안에 안 꺼지면 그 입에 쥐약을 처넣어 줄 테니."

"화가 많이 나신 것 같군요."

"당연하지. 왜 잠자는 애를 일부러 깨우고 지랄이야. 《사이타마 일보》는 당분간 출입 금지다. 돌아가서 네 데스크에 그렇게 전해."

"그건 좀 곤란합니다. 저 말고 다른 사람을 준비시켜 놓을 테니 나중에 회사 책임자에게 화내시죠."

"자기 잘못을 조금은 자각하나 보군."

"네. 입 밖으로 낸 뒤 바로 후회했습니다. 입 다물고 있다가 회사로 직행할걸 하고. 그럼 '50음순 살인'이란 표제는 우리 전매특허가 됐을 텐데."

"너라는 자식은 대체 어디까지 할 생각이냐."

"저도 무서웠다고요."

오노우에는 쏟아 내듯 말했다.

와타세가 의아한 듯 눈살을 찌푸린다.

"네가?"

"생각났을 때는 미칠 듯 기뻤는데 그 직후 온몸에 소름이 돋았어요. 이런 걸 두고 온몸의 털이 곤두선다고 하나 봅니다. 이 일을

한 지 오래됐지만 이런 적은 처음입니다. 참 싫네요. 객관적으로
사물을 보지 못한다는 건."

"왜 네가 그렇게 겁먹는데?"

"모르시겠습니까? 제 이름은 '오'로 시작하는 오노우에 젠지입
니다. 다다음은 제가 범인의 표적에 들어간다고요. 저도 일단 한노
시민이니까요."

오노우에의 예상대로 그날 석간신문들은 모두 '50음순 살인'을
표제로 내세웠다. 열정적으로 시체를 훼손하는 엽기 살인은 그에
걸맞은 명칭을 얻으며 시민들의 마음에 쐐기를 박았다. 세 번째 피
해자가 아이인 점도 한몫했다. 비유하자면 그동안 바람으로 잔물
결이 일던 못에 돌을 던진 듯한 파문이었다.

이름은 단순한 기호다. 아무리 훌륭한 이름, 아무리 평범한 이름
도 어차피 문자의 나열에 불과하다. '아야노코지'라는 고귀한 느낌
의 이름이든, '다나카'라는 흔한 이름이든 그 의미가 지니는 가치
는 똑같다. 특히 개구리 남자에게는.

개구리 남자는 철저한 평등주의자다. 개구리 남자에게는 성별,
나이, 직업도 관계없다. 연 수입, 혈액형, 취미나 기호도 의미를 잃
는다. 의미를 갖는 것은 이름이라는 기호뿐이다. 이름만이 개구리
남자의 흥미를 끈다. 그 앞에서는 모든 인간이 개성을 박탈당하고
평범한 기호로 전락한다. 그리고 순서대로 나열돼 포식자의 엄니
를 기다리는 존재가 된다.

한노 시민들은 그 평등주의에 전율했다. 살인 사건이 발생할 때
마다 사람들은 호기심 어린 눈으로 열심히 뉴스를 보지만, 자신과
는 멀리 떨어진 곳에서 펼쳐지는 드라마와 같이 인식한다. 살해하

는 인간은 살해할 만한 이유가 있고, 살해되는 인간은 살해될 만한 이유가 있다. 자신과는 아무런 관계가 없다. 그렇기 때문에 안심하고 방관할 수 있고, 언제나 사건의 피해자와 자신 사이에는 확고한 칸막이가 있다고 믿는 것이다.

그런데 인간이 기호화된 순간, 그 벽은 허물어진다. 어느새 자신은 다른 사람들과 똑같이 한노 시라는 이름의 우리에 갇혀 차례를 기다리고 있지 않은가. 더 이상 무관하지 않으며 자신도 하나의 사냥감에 불과하다. 그 세 사람과 마찬가지로 언제 목이 졸려 물체와 같은 시체가 돼도 이상할 것이 없다. 한노 시 사람들이 그렇게 자각하기 시작했을 때부터 사건에 대한 알 수 없는 으스스함과 혐오감은 명확한 공포로 바뀌었다.

문제는 그 공포의 크기가 시간의 경과와 함께 변한다는 것이었다. 이름이 '아', '이', '우'로 시작하는 사람은 이미 명단에서 제외됐다. 현재 가장 전전긍긍하는 사람은 이름이 '에'로 시작하는 사람이고, 그 뒤를 '오', '가'가 잇는다. 요컨대 확률 문제다. 크게 군집한 사람들 중에서 한 명이 뽑히는 게 아니다. 각 방에 있는 사람들 중에서 하나씩 선택된다. 그것은 무시할 수 없는 확률이고 피부로 실감할 수 있는 공포다.

공포에 빠진 사람들은 재빠르게 움직인다. 가장 먼저 반응이 나타난 곳이 전화 회사였다. 이날, 접수된 전화번호 등록 말소 신청이 225건. 직원이 업무량이 많아서 접수부터 절차까지 시간이 걸린다고 설명하자 수화기에 대고 화낸 계약자도 많았다고 한다. 개구리 남자가 전화번호부를 토대로 사냥감을 고른다고 생각한 것이다. 첫 번째 피해자인 아라오 레이코가 휴대 전화만 가지고 있었다는 사실을 경찰이 덮어 뒀기 때문이다.

그리고 그날을 경계로 이름이 '에'로 시작하는 시민들이 조금씩 이동하기 시작했다. 대개는 고등학생 이하의 아이들로, 마침 학기도 끝나 인접한 시나 다른 현의 친척에게 자식을 맡기는 부모가 속출했다. 이름을 바꿀 수는 없지만 사는 곳을 바꿀 수는 있다. 주소를 한노 시에서 옮기면 개구리 남자의 손에서 벗어날 수 있다. 모습이 보이지 않는 범인에게서 자식을 보호하려는 부모라면 당연히 생각할 수 있는 궁여지책이었지만, 그 양상을 현대판 피난이라고 야유하며 함부로 지껄이는 사람도 있었다.

그렇다면 주소를 옮기지 못하는 시민들이 선택한 자위책은 뭘까? 해가 저문 뒤에는 외출을 최대한 삼갔다. 덕분에 저녁 6시 이후의 상점가는 캐럴만 흘러나올 뿐 손님 발길은 끊겨 썰렁했고, 일찌감치 셔터를 내리는 가게가 속출했다. 그런데 다니는 사람이 없어진 곳은 상점가보다 오히려 주택가와 그 주변이었다. 저녁 시간을 지나 인적이 완전히 사라진 거리 풍경은 도저히 크리스마스가 다가오는 12월처럼 보이지 않았다. 주민 이동이 현대판 피난이라면 이쪽은 공습경보 발령 후의 외출 금지령이었다.

공포의 반증일까? 양식 있는 사람들의 눈살을 찌푸리게 하는 장난도 증가했다. 거리 곳곳에 끈을 쥐고 있는 개구리 낙서가 넘쳐났다. 그 낙서에는 아무런 유머도 없이 오로지 참담하고 왜곡된 의사만 드러나 있었다. 낙서뿐이라면 그나마 낫다. 실제 개구리를 가로수 가지에 매달거나 배를 갈라 벽에 붙이는 등 잔혹한 장난을 치는 사람도 있었다.

사람들의 불안과 공포는 당연히 한노 시뿐 아니라 전국으로 번졌다. 휴대 전화가 그 전파에 한몫한 것은 두말할 필요가 없다. 뉴스는 항상 50음순 살인부터 다뤘고 저명한 사회학자, 범죄학자, 경시청 은퇴자 등 쟁쟁한 멤버들이 매일같이 범인상 추리 대전에 동원됐다. 모든 뉴스 프로그램이 높은 시청률을 기록해 방송국 관계자들의 웃음이 끊이지 않았다. 한편 부당한 대우를 받는 사람들도 있었다. 개구리 캐릭터가 나오는 애니메이션과 광고는 시청자들의 항의 전화를 받아 다 같이 노출을 삼가야만 했다.

현실 세계의 불안은 당장 인터넷 사회에 반영됐다. 익명이 원칙인 인터넷 사회는 현실보다 더욱더 무시무시한 상상과 소문을 증식시킨다. 구체적인 주소와 이름을 댄 뒤 다음 피해자를 예측하거나 역시 구체적인 주소와 이름을 밝히면서 범인을 지명하는 사람이 나타났다. 격앙된 당사자가 반론하고 나서면서 일부 사이트는 큰 혼란에 빠졌다. 어떤 사람은 악의적으로 한노 시 출신의 저명인사를 50음순으로 배열한 일람표를 작성해 개구리 남자에게 바치고 있었다.

익명이기 때문에 그 불안감과 공포감은 현실보다 노골적이고 직설적으로 표현되기 쉽다. 개구리 남자와 50음순 살인에 관련된 접속 건수는 어마어마했고 한때는 페이지가 다운되기도 했다. 익명으로 보내지는 의견들은 대부분 감정적인 내용이었다. 계엄령을 선포하라는 등 모든 용의자를 잡아다 격리하라는 등 지리멸렬했다. 문제는 이 지리멸렬함이 차츰 진실미를 띠게 된다는 점이다. 히스테릭한 개개인의 외침이 마치 중세의 마녀사냥과도 비슷한 분위기를 양성하기 시작했다. 논리적인 근거가 없더라도 누가 불안의 소지 한 가지를 생각해 내면 순식간에 모두 달려들어 무책임한 논리로 보강하는 구도였다.

인터넷 사회는 개인의 사고력을 앗아 간다. 인터넷을 들여다보면 사람들이 무슨 생각을 하는지 안다는 믿음이 깊이 생각하려는 의지를 봉쇄하기 때문이다. 그 결과로 양성된 인터넷 분위기는 그것이 마치 사회 전체의 의사처럼 보이게 하고, 다시 그 의사가 현실 세계에 피드백돼 사회 불안을 가속시킨다.

당연히 이러한 세태에 의문을 제시하는 사람도 있다. 어떤 유명 변호사는 한 심야 보도 프로그램에 나와 한노 시 사람들이 보도에 과민 반응을 보인다고 논평했다. 그러자 평소에는 온건한 코멘트를 한다고 알려진 칼럼니스트가 웬일로 분노하며 반론했다.

"당신은 이름이 와카바야시인 데다가 한노 시가 아닌 지역에 살지 않습니까. 완벽한 안전권에 사는 사람이기 때문에 그처럼 한가한 소리를 할 수 있는 겁니다. 잘 들으세요. 신문, 텔레비전에서 공표하지 않았지만, 그 세 사람이 어떤 짓을 당했는지는 인터넷에 유출된 사진으로 모두 알고 있습니다. 그 사진을 보고 자신과 처자식이 똑같은 일을 당할 수 있겠다고 생각하면 겁먹지 않을 사람이 어디 있습니까. 더구나 그 범인이 바로 근처에 숨어 있을 수 있다고요. 그건 마치 모습이 보이지 않는 사자와 같은 우리에 들어가 있는 공포와 같습니다. 사나운 울음소리가 들리고 피비린내도 나요. 하지만 어디에 있는지는 알 수 없습니다. 우리 구석에 있는지, 바로 내 옆에 있는지. 어둠 속에서 언제 엄니와 발톱이 덮쳐도 이상할 게 없어요. 바로 그런 상황입니다. 그걸 과민 반응이라고 말하는 사람은 반대로 공감 능력 부족이라고 하지 않을 수가 없군요."

에자키라는 한노 시에 사는 칼럼니스트가 화난 투로 말을 마치자 더는 아무도 발언하려고 들지 않았다. 개구리 남자가 한노 시민 위에 군림하기까지 별다른 수고도 필요 없었다. 그는 시체 세 구와 쪽지 세 장만으로 공포의 왕으로 추대됐다.

공포를 완화하는 가장 좋은 방법은 분노의 화살을 다른 곳으로 돌리는 것이다. 한노 시민을 비롯한 대중과 인터넷 사회는 그 화살을 수사본부로 돌리기 시작했다. 공포와 불안감이 클수록 비난의 목소리도 함께 커졌다. 이제는 공황 상태라고밖에 할 수 없었다. 올해 발각된 경찰 부정을 들먹이며 그래서 검거율이 떨어진다고 말하는 사람, 여하튼 무능한 수사진을 모두 교체하든지 차라리 경시청에 수사권을 주라고 하는 사람, 이럴 때를 위해 적지 않은 세금을 내고 있다, 지금이야말로 현경에 소속된 모든 경찰관이 이십사 시간 체제로 주민 안전을 지켜야 할 때라고 외치는 사람……. 현경 본부와 한노 경찰서 전화는 쉴 새 없이 울려 댔고, 홈페이지 의견 게시판은 두 시간 만에 항의 글들로 가득 메워졌다. 경찰이 걸어가면 파출소 순경이든 교통경찰이든 시민들은 따가운 시선을 보냈다. 주민 안전을 지키지 못하는 경찰관 따위는 총을 가진 평범한 공무원이 아니냐, 그렇게 대놓고 매도당한 여경도 있었다.

경찰에 대한 신뢰와 권위는 며칠 만에 바닥으로 떨어졌다. 그러한 사정이 뒤이어 발생하는 사건의 발단이 됐지만 이 시점에서는 아무도 예견하지 못했다.

2. 12월 12일

회견 이튿날, 집에서 가장 가까운 장례식장에서 마사토의 장례가 치러졌다.

고테가와는 상복을 입고 다른 참석자들과 섞여 접수대 근처에 홀로 서 있었다. 파트너인 와타세는 지금쯤 본부에서 수사원들을 지휘하고 언론에 대응하느라 몹시 바쁠 것이다.

코에서 새하얀 숨이 나오고 맨살이 드러난 두 손이 시려 자신도 모르게 손을 비빈다.

불현듯 하늘을 올려다본다.

어제부터 내리기 시작한 눈이 내렸다 그치기를 반복하면서 여전히 이어지고 있었다. 계속해서 가랑눈이 내렸기 때문에 쌓이지는 않았지만 기온은 확 떨어졌다. 뉴스를 보니 오늘 아침은 올해 처음으로 영하를 기록한 모양이었다. 장례식장에 내걸린 흑백 휘장 위로 부드럽게 떨어지는 눈이 선명하게 빛난다. 죽은 사람이 아이일 때 대개 참석자들은 너무 이른 죽음에 훌쩍인다.

죽은 사람을 애도하는 마음이라면 고테가와도 그들 못지않다.

몸과 마음이 춥다. 하지만 자신이 약한 소리를 낼 수는 없다. 장례식장 안에서는 사유리가 간신히 버티며 상주를 맡고 있기 때문이다. 그리고 지금 이곳에 자신이 서 있는 이유는 마사토의 영혼을 하늘로 보내기 위해서가 아니다. 장례식장에 올지도 모르는 수상한 사람을 확인하기 위해서다.

방화범이 방화 현장에 모습을 드러내듯 살인범이 피해자의 장례식 상황을 관찰하러 나타날 것이다. 세상의 이목을 끄는 사건인데다 범행 성명을 남기는 자기 현시욕이 강한 범인이라면 더욱더 그렇다. 수사본부는 나가노에서 장례를 치른 아라오 레이코는 물론 이부스키 센키치의 장례식 때도 참석자 모두를 사진으로 찍어뒀다. 그 안에 죽은 사람과 관계없는 사람이 섞여 있지 않은가, 다른 색채를 내뿜는 사람이 없는가를 확인하려는 목적이었다. 그렇게 찍어 놓은 사진 500여 장을 이 장례식에서 찍은 사진과 대조해 공통된 참석자를 발견하면 큰 수확이다. 지금도 장례식장에 잠입한 수사원들이 자신과 마찬가지로 디지털카메라를 숨겨 들고 참석자들을 한 사람 한 사람 찍고 있을 터다.

앞서 찍은 얼굴 사진 500장은 축소해서 가지고 있다. 고테가와는 접수처에 오는 손님뿐 아니라 장례식장 밖을 오가는 사람들에게도 시선을 보낸다. 이 순간에도 마사토를 살해하고 해부하면서 즐거워한 범인이 그의 죽음을 애도하는 사람들을 보며 비웃고 있다……. 그런 생각이 들자 자연히 눈매가 험악해졌다.

고별식은 오후 3시에 끝났다.

들인 시간에 비해 수확은 적었다. 혼잡을 틈타 부조금 도둑까지 설치는 바람에 바닥을 치는 기분으로 경찰서로 돌아간 고테가와는 변모한 본부 모습에 시선을 빼앗겼다.

한노 시의 확대 지도가 정면 벽을 가득 메우고 있다. 다키미, 가마야, 사고에 빨갛게 동그라미가 쳐져 있다. 시체 발견 현장일 것이다. 이어서 오가타, 가마야, 사고에 조그맣게 빨간 동그라미가 쳐져 있는데 이건 피해자의 집이리라. 그 확대 지도 앞에서 진절머리가 난다는 듯한 표정을 한 와타세와 1과 사람 여럿이 모여 있다.

"어, 왔냐."

"반장님, 이건 범인의 행동 범위를 추정한 겁니까?"

"그래, 지역 프로파일링이라는 거야. 범인이 닥치는 대로가 아니라 이름을 근거로 피해자를 선정했다면 이 방법도 가능할 거 같아서. 연쇄 살인 사건의 경우 범행 방법이 크게 세 가지로 나뉘는 건 알지?"

이전에 시내에서 사건이 발생했을 때 와타세가 설명해 준 분류법이다.

"네. 첫째, 마주치는 순간 습격한다. 둘째, 뒤를 밟다가 습격한다. 셋째, 자기 주변에 왔을 때 습격한다……. 맞나요?"

"개구리 남자는 어떤 명단을 토대로 피해자를 선별하고 있어. 따라서 이 경우는 두 번째, 피해자를 미행해서 습격하는 유형에 적용할 수 있겠지. 그다음은 범인의 행동 유형을 생각해 봐야 해. 역시 크게 세 가지 유형을 생각할 수 있어. 하나, 집을 거점으로 사냥을 나간다. 둘, 집 이외의 주거를 거점으로 사냥을 나간다. 셋, 뭔가를 하거나 어떤 상황을 만들어서 사냥감이 망에 걸리기를 기다린다. 세 사건이 특정 인물을 노렸다는 사실에서 볼 때 우연한 기회를 기다리는 세 번째일 가능성은 낮아. 그렇다면 첫 번째일 경우에는 말이지."

와타세가 지도를 턱으로 가리키며 말을 이었다.

"세 범행 현장, 범인이 미행을 시작했을 피해자의 집, 그리고 나중에 판명될 범인의 발자취를 지도에 그려 나가면 범인의 행동 거점이 서서히 좁혀져 가. 그 범위가 10킬로미터 내로 한정되면 롤러 작전(롤러로 칠하듯 빈틈없이 진행하는 방식./옮긴이)도 기대할 수 있어."

"그러고 보니 과학 수사 연구소에서 보고가 아직이네요. 현장 세 곳에서 쪽지 말고 공통되는 유류품은 발견됐습니까? 예를 들면 혈흔이나 모발 같은 것."

"없어."

와타세가 고개를 저으면서 대답한다.

"현장에서 채취된 모발은 총 369명분. 전부 DNA 감정을 하고 있지만 현재까지 세 곳에 공통되는 인물은 없어. 게다가 경시청 데이터베이스에도 맞는 게 없고. 검사 대상이 너무 많아. 혈흔도 피해자 말고는 남아 있지 않아. 모래밭에 있던 발자국에서 신발 종류를 알아냈지만, 중국에서 대량 생산된 제품으로 우리 현에만 수천

켤레가 들어와 있어. 조사하고는 있지만 그쪽은 기대하기 어려워. 나머지는 목격자 정보 수집인데, 이 녀석은 마치 야행성 동물처럼 통행인이 없는 장소와 시간을 골라서 범행을 저지르고 있어. 여기 지리를 아주 잘 알거나 악운이 좋다고 봐야지. 수상한 인물을 봤다는 사람도 전혀 없고. 왠지 기분 나쁠 정도야. 그건 그렇고 그쪽은 어땠어?"

장례식장에 수상한 참석자는 보이지 않았다고 보고하자 와타세의 기분이 언짢아진 듯 보였다.

"눈에 띄는 진전 없음이라. 엎친 데 덮친 격인가."

"엎친 데 덮친 격이라니…… 무슨 일 있었습니까?"

"그래. 너는 내내 장례식장에 가 있어서 몰랐겠지만 오늘 아침 9시경 마치다 시에서 살인 사건이 발생했어. 피해자는 에노키다 겐사쿠, 부동산 자영업 55세. 현장은 집 거실, 시체 옆에는 개구리 남자의 쪽지가 있었어."

"에, 에노키다!"

고테가와는 자신도 모르게 와타세에게 다가선다.

"허둥거리지 마. 쪽지라고 해도 컴퓨터로 프린트한 거고, 살해 방법도 칼로 심장을 한 번 찌른 것뿐이야. 분명히 모방범이야. 아니, 이 경우는 편승범이라고 해야 하나? 이미 관할 서에서 피해자 남동생을 임의로 불러 취조 중인데 방금 진술을 시작했나 봐. 전부터 피해자 재산을 호시탐탐 노리고 있었는데 이 50음순 살인이 발생한 거야. 우연히도 피해자 이름이 '에'로 시작하니까 범행을 단행한 뒤 개구리 남자 소행으로 보이게 했어. 그런데 범인의 자필과 수법은 공표하지 않았잖아. 그래서 중요한 부분을 흉내 낼 수 없었던 거지. 단지 경시청에서는 한바탕 난리가 났나 봐."

"왜죠?"

"범인이 표적을 한노 시 밖으로 넓히지 않은 건 다행이라고 봐야지. 만약 범인이 사냥감을 시외로까지 넓히면 공포와 불안감도 확대되는 거잖아. 한편 위장 공작이 명백하긴 해도 모방범이 출현한 건 좋지 않아. 이대로 수사에 진전이 없고 용의자를 특정하지 못하면 제2, 제3의 모방범을 낳게 될 테니까."

바꿔 말하면 경시청에서 수사본부로 상당한 압력을 가했다는 의미다. 이미 경찰청 그림자도 어른거린다. 수사권을 박탈당하는 것도 시간문제다.

"그게 다면 그나마 괜찮은데."

"뭐가 더 있습니까?"

와타세가 맛없는 것이라도 먹은 양 입을 열었을 때 눈앞의 전화기가 울렸다. 그가 힐끗 곁눈질하더니 말했다.

"받아. 받으면 알아."

영문도 모른 채 수화기를 든다.

"여보세요……."

수화기 너머로 낮게 깐 남자 소리가 들렸다.

"네, 수사본부입니다."

"제발 좀 내놔."

"네?"

"네가 아니야. 시치미 떼지 말고 정보를 공개해 줘. 시민의 생명과 재산을 지키는 게 경찰이 할 일이잖아."

"무슨 정보를 말씀하시는 겁니까?"

"그야 뻔하지. 개구리 남자 말이야. 그쪽은 이미 용의자 명단이 있잖아. 그 녀석들 주소와 이름을 알려 줘."

"네? 대체 무슨 근거로 그런 말씀을 하시는지요. 우선 전화 거신 분은 누구십니까?"

"이름이 '에'로 시작하는 일반 시민이야."

우울한 목소리에 고테가와는 이럭저럭 사정을 알아챘다. 이 목소리는 늑대의 출연에 덜덜 떠는 어린 양의 울음소리다.

"아아, 네. 사정은 알겠습니다. 선생님이 얼마나 불안하신지는 알겠는데 경찰은 수사 단계에 있는 비밀을 간단히."

"그 설명은 아까 전화 접수 경찰에게서 지겹도록 들었어. 피의자의 인권을 배려한다는 대의명분이잖아. 당신들 경찰은 언제나 그래. 피해자보다 가해자의 인권을 중시해. 하긴 죽은 사람이 항의할 일은 없으니까. 그런데 앞으로 녀석이 노릴 사람은 아직 살아 있어. 매일매일 떨면서 살아. 선량한 시민 8만 명과 살인마 한 명, 대체 누구 인권이 더 중요한데?"

"설령 용의자로 추정되는 사람이 있다고 해도 범인이라고 정해진 건 아닙니다. 그걸……."

"그러니까 하는 말이잖아! 용의자는 전과가 있거나 머리가 이상한 녀석들이잖아. 내가 원하는 건 그 녀석들 정보야. 그걸 알면 이쪽에서 녀석들을 감시하면 되잖아. 특별히 위해를 가할 생각은 없어. 아니면 경찰이 녀석들을 어디 시설에라도 격리해 줄 건가?"

어쩌면 이렇게 자기 좋을 논리만 펼쳐 놓는지. 사람은 자기 일이 되면 독일 나치스와 같은 소리도 태연히 입에 담는다.

몇 달 전이었나, 사가 현경의 경찰 몇 명이 지적 장애자의 행동을 수상히 여겨 추적했고, 집단 폭행 끝에 죽음에 이르게 한 사건이 일어났다. 세상은 그 경솔함과 횡포에 한껏 비난의 소리를 높였다. 그런데 상황이 바뀌어 자신에게 위험이 미치려고 하는 순간 정반대의 목소리를 낸다. 그러면서 선량한 시민이라니 어이없다.

"그런 터무니없는 요구를 경찰이 받아들일 거라고 생각합니까?"

"형사 양반 당신, 목소리가 젊은데 아직 독신인가?"

"그게 무슨 상관입니까?"

"이번에 살해된 게 일곱 살짜리 소년이었지. 나도 그 나이 딸이 있어."

말투에 갑자기 힘이 빠졌다.

"상관이 있지. 나 혼자만 지키는 거면 몰라도 가정이 있는 남자는 그 식구 수만큼 신경을 써야 해. 자신의 아내와 자식이 그런 식으로 살해되는 모습을 상상해 봐. 밤에는 밖에 나가지도 못하게 하고, 낮에도 걱정돼서 일이 손에 안 잡혀. 뉴스를 볼 때마다 제정신이 아니야. 어때? 조금은 이쪽 마음이 이해되나?"

잠시 고테가와는 침묵한다. 차가워진 손, 사라진 미소의 안타까움은 그 누구보다 고테가와 자신이 실감하고 있다. 가슴이 뻥 뚫린 공허감, 형용할 수 없는 상실감도 아직 생생한 현실로 지금 이곳에 있다.

"형사님, 제발 부탁이야."

남자가 애원한다.

"나는 나보다 더 소중한 게 있고 그걸 지켜야 해. 그게 아버지가 해야 할 일이니까. 지금부터 내 주소를 말할게. 반경 10킬로미터면 되니까 그 범위 내에 전과자나 정신 이상자가 있다면 가르쳐 줘."

"아니, 그건……."

머뭇거리는데 옆에서 팔이 쭉 뻗어 나와 수화기를 낚아챈다.

"이봐. 이쪽에서 근사한 제안을 하지."

와타세가 목소리를 착 깔고 낮게 말한다.

"그렇게 격려를 원하면 공무 집행 방해로 당신을 철창에 넣어 줄게. 주소를 이야기한댔지. 좋아, 수고가 줄었어. 녹음할 테니 주소를 말해. 그런데 경찰서 유치장은 가족용이 아닌 1인용이니까 그런 줄 알고."

잠시 침묵이 이어지더니 전화가 끊겼다.

"아침부터 이런 전화가 쉴 새 없이 와. 1층 접수계에서는 전화를 받느라 통상 업무에 지장이 생겼어. 그러다 한계에 달해서 이쪽으로 넘어왔고. 다른 때같이 악의적으로 비난하거나 고충을 털어놓는 게 아니라서 더 처치 곤란이야."

와타세의 넌더리 난다는 표정은 이것 때문이었구나.

"아아, 그러고 보면 제대로 된 전화도 한 통 있었지."

"누구 전화인데요?"

"오마에자키 교수님의 정중한 거절 전화. 얼마나 수고가 많은지는 잘 알지만 역시 의사의 양심상 환자 명단은 제공할 수 없다. 혹시나 싶어 다른 정신과 의사들에게도 물어봤지만 자신과 같은 생각이었다. 정말 미안하다. 참 올곧은 분이야."

올곧다는 말은 그 노교수의 풍모에 꽤 어울렸다. 분명히 와타세 정도의 나이대에는 미덕이 되는 성품이다.

"하지만 죄 없는 사람이 벌써 세 명이나 희생됐다고요. 그래도 의사의 양심인가를 우선시하다니, 차라리 그 삼류 신문 기자에게 흘려 볼까요? '정신 의학계의 권위자가 말씀하기를.' 이런 식으로."

"그런 기삿거리는 그 녀석이라면 벌써 알고 있겠지. 실은 교수님에게 인터뷰를 요청한 곳이 있던 거 같으니까. 단지 녀석들은 계기를 기다리고 있을 뿐이야."

"계기요?"

"지금 단계에서는 아까처럼 시민들이 경찰에게만 울분을 토해 내고 있어. 그런데 만약 제4, 제5의 사건이 발생해 봐. 시민들은 결국 정신과 의사들에게도 울분을 쏟아 낼 거야. 그러면 거리낄 것 없이 당당하게 취재할 수 있잖아. 애당초 의사, 변호사라는 사람들은 외부 비판에 아주 무딘 데가 있는데, 막상 그런 처지가 됐을 때 의사의 양심이라는 대의명분을 어디까지 지킬지는 아주 의문이야. 본질적으로 보면 오마에자키 교수님의 대답도 현 단계에서의 대답이지. 그 교수님은 아마 나와 같은 생각일 거야. 즉 지금 제자나 동료 정신과 의사 들에게 말을 꺼내 놓으면 완충제 역할을 해서 여차할 때 합의를 얻기 수월해져. 적어도 그 정도는 이미 다 상정하고 있는 거지. 누가 뭐래도 쇼와 초기 세대니까. 괜히 오래 살고 있는 게 아니야."

고테가와는 조금 전 생각을 바로 철회했다. 미덕은 무슨 얼어 죽을. 요컨대 서로 딴 속셈이 있는 사람들끼리 떠보는 것이 아닌가.

"하지만 경찰청의 우려도 이걸로 납득이 갈 거야. 한노 시민들의 의심암귀, 패닉 직전의 공황 상태가 시 외부, 나아가 전국에 퍼져 봐. 모든 경찰들은 범죄뿐 아니라 시민들의 불온한 행동까지 경계해야 돼. 그렇게 되면 통상 업무 어쩌고 할 때가 아니지. 민간과 달라서 파견 사원이나 아르바이트를 고용할 수도 없다 보니 경찰은 과로하게 돼. 결국 강력범이고 뭐고 좀도둑도 못 잡아. 물론 개구리 남자 체포도 더 멀어지겠지."

이 말이 단순한 걱정이나 푸념이 아니라는 사실은 줄지어 앉은 수사원들의 낯빛을 보면 안다. 모두 그런 전화를 여러 통 받은 것이다. 한결같이 이마에 피로감을 드러내며 잡담 한마디 하려고 들지 않는다. 겨우 하루 동안에 요 모양이 돼 버렸다. 이 상태가 무기한 계속되면 경찰 기능은 틀림없이 마비된다. 고작 살인 사건 세 건이 이 정도까지 위력을 발휘할 줄 대체 누가 상상이나 했겠는가.

그런데 만약 개구리 남자가 이 상황을 예견했다면 그는 단순한 정신 이상자가 아니라 아주 교활하고 상당한 지능범이다.

그저 잔인하기만 한 괴물이 아니다. 상대는 진짜 악마인지도 모른다.

고테가와의 등줄기가 갑자기 오싹해지더니 어느 틈엔가 목덜미에 소름이 돋았다.

3.

그날부터 나쓰오는 조금씩 변하기 시작했지만 외부에서는 도저히 알아챌 수 없을 정도의 변화였다. 나쓰오 자신조차 바로 알아채지 못했다.

학교에서 돌아오는 길, 나쓰오는 길가에서 꿈틀거리는 나비를 봤다. 어디를 다쳤는지 날개를 들썩거리면서 원을 그리듯 땅바닥을 빙빙 돌고 있었다. 어제까지만 해도 나쓰오는 힐끔 곁눈질만 할 뿐 그대로 지나쳤을 것이다. 그런데 그날은 달랐다.

가만히 나비의 움직임을 지켜보다가 천천히 손가락을 뻗는다. 날지 못하는 나비는 구더기보다도 움직임이 더디다. 두 손가락이 가볍게 나비 몸통을 잡는다. 살짝 힘을 준다. 손가락에 내장의 고동이 전해진다. 힘을 더 주자 찍 하는 소리와 함께 엷은 피막이 찢겨 내용물이 튀어나왔다. 손가락에 미끄덩거리는 차가운 점액질이 느껴진다.

고동이 차츰 약해지다가 이내 조용히 멈췄다. 손가락을 떼자 나비가 낙엽처럼 돌면서 바람에 날아갔다. 한 생명이 자신의 손안에서 소멸한 사실에 나쓰오의 심장이 급격하게 고동친다.

생명이란 이 얼마나 힘없는 존재인가.

그리고 자신은 그 생사를 마음대로 할 수 있는 힘을 갖고 있다. 실제로 지금 나비의 생명을 빼앗은 자신을 나무라는 사람은 아무도 없지 않은가. 나쓰오는 무의식중에 점액질이 묻은 손가락을 핥으며 웃었다. 불쾌한 맛은 아니었다. 적어도 아빠의 정액보다는 훨씬 낫다. 가슴속에 전에 없던 어둡고 무거운 뭔가가 자리 잡는다. 더할 나위 없이 스산한 것. 동시에 더할 나위 없이 고귀하고 힘센 것……. 흥분이 아직 가시지 않는다. 나쓰오는 그 맛을 되새기면서 다시 걸음을 옮겼다.

다음 날 나쓰오는 친구에게 잠자리채를 빌려 나비나 메뚜기를 열심히 잡으러 다녔다. 때마침 한여름이라서 나쓰오의 모습은 풍경과 잘 어우러졌고 주의를 주는 사람도 없었다. 나쓰오는 그렇게 잡은 곤충을 아무도 보지 않는 곳에서 차례로 죽였다. 먼저 날개와 다리를 잡아 뜯어 움직이지 못하게 한 뒤 죽인다. 밟아 뭉개기도 했지만 대개 손으로 쥐어 뭉갰다. 자신의 손안에서 생명이 꺼져 가는 감각은 아무리 반복해도 짜릿한 환희를 가져왔다.

이내 나쓰오는 작은 생명으로는 성에 차지 않게 됐다. 어차피 손바닥에 들어오는 크기는 그 정도의 생명에 지나지 않는다. 그래서 조금 더 몸집이 큰 생물로 대상을 옮겼다. 개구리, 뱀, 도마뱀……. 아파트 뒤편과 통학로 양쪽에 논밭과 들판이 펼쳐져 있어 사냥감은 얼마든지 있었다. 그 새로운 사냥감은 나쓰오에게 더 큰 즐거움을 줬다. 집에서는 아빠에게 유린당할 수밖에 없는 자신이 여기서는 살아 있는 모든 생물의 신으로 군림할 수 있었다. 나쓰오는 환희에 차 개구리를 마구 잡아 죽였다. 곤충과 달리 어느 정도 크기가 있는 생명체를 손으로 힘껏 으스러뜨리는 일은 감촉도 뛰어나서 아주 만족스러웠다. 동작도 크고 고통에도 민감한 사냥감이었기 때문에 자연히 죽이는 방법도 다양해졌다. 몸을 끝에서부터 1센티미터씩 잘게 썬다. 눈과 혀를 뽑은 다음 내버려 둔다. 온몸을 고슴도치처럼 바늘로 찌른다. 나뭇가지에 매달아서 새가 쪼아 먹는 모습을 가만히 관찰한다. 자전거 바큇살에 거꾸로 매달아 원심력으로 내장이 입에서 튀어나올 때까지 돌린다. 판자 두 장 사이에 끼워 놓고 자신의 머리 정도 되는 돌로 내리친다. 온몸에 등유를 발라서 불을 붙인다. 입안에 폭죽을 넣는다. 빨간 피를 보거나 내장을 손으로 쥐어도 전혀 혐오스럽지 않았다. 오히려 생명의 근원을 직접 만지는 감촉이 기분 좋게 느껴질 정도였다.

이 무렵부터 나쓰오의 정신은 본인이 어렴풋이 자각할 정도로 변하고 있었다. 이를테면 극단적인 양면성. 아빠나 담임 선생님 같은 강자에게는 순종했고, 자신보다 약한 대상에게는 철저하게 잔학했다. 극단적인 양면성은 인격의 괴리를 낳는다. 마침내 온화하고 겁 많은 나쓰오는 잔학하고 대담한 나쓰오에게 의존하고 지배당하게 됐다. 겁 많은 나쓰오는 다른 사람으로부터 종속을 강요받는 일이 많았다. 특히 아빠와 있으면 마음이 텅 비었다. 그럴 때 아빠에게 유린당하는 나쓰오를 또 다른 나쓰오가 위에서 냉철한 눈으로 내려다보고 있었다. '저건 진짜 내가 아니야.' 또 다른 나쓰오는 오만하게 속삭인다. 주객전도, 차츰 대담한 나쓰오가 중심 인격이 돼 겉으로 드러나 있는 나쓰오에게 명령하게 됐다.

가을이 끝나고 겨울이 되자 개구리나 뱀은 겨울잠을 자러 땅속으로 자취를 감췄다. 하지만 또 다른 나쓰오는 도저히 봄까지 기다릴 수 없었다. 가까이에 있는 생물, 잡아 죽여도 아무도 개의치 않는 보잘것없이 작은 생명을 찾던 사냥꾼의 눈이 공원을 서성거리는 동물을 포착했다. 늙은 들개. 본래 하얬을 털이 군데군데 빠져 멀리서 보면 신문지를 두른 것 같았다. 나쓰오는 지저분한 생명이라고 생각했다. 그러나 늙었다고 해도 다 자란 개는 나름 크기가 있어서 제대로 붙으면 이길 수 있을지 가늠이 되지 않았다. 일단 몸의 자유부터 빼앗아야 한다. 하지만 초등학생이 수면제 같은 것을 구하기란 쉽지 않았다. 여하튼 처음에 치명상에 가까운 일격을 가해야 한다.

나쓰오는 그 개가 항상 정해진 시간에 공원을 배회하는 것을 확인하고 그날 남은 급식을 개에게 줬다. 노견은 눈곱만큼의 경계심도 없이 나쓰오 손에 놓인 먹이를 게걸스럽게 먹었다. 다음 날 역시 개에게 먹을 것을 던지자 역시 마음 놓고 식사를 시작했다.

곧이어 나쓰오는 숨기고 있던 쇠망치를 개의 미간보다 약간 위로 내리쳤다. 개는 방심을 틈탄 급습에 아무런 저항도 하지 못하고 비명과도 같은 울음소리를 뱉더니 그대로 기절했다. 우연히 그 자리가 갯과의 급소였다. 나쓰오는 개가 사지를 떠는 모습을 확인하고 즉시 그 위로 올라탔다. 그리고 그 목에 비닐 끈을 감았다. 혼신의 힘을 담아서 단번에 쥔다.

몇 분 뒤 노견은 놀라울 정도로 긴 혀를 축 늘어뜨린 채 움직임을 멈췄다. 사지의 떨림도 사라지고 몸에서 체온이 급속히 떨어졌다. 새삼 시체를 내려다보자 노견은 크기가 1미터 반쯤 돼서 나쓰오와 별 차이가 없었다. 이처럼 큰 생물의 생명을 빼앗았다. 나쓰오는 자신이 행한 위업에 온몸이 떨릴 정도로 감동했다. 난생처음

느낀 만족감으로 가슴이 벅차오르고 승자의 희열이 온몸에 퍼진다. 어린 나쓰오가 처음 체험한 황홀감이었다.

그 순간부터 세상이 완전히 바뀌었다.

'나는 무적이다.' 이 생각은 굳건한 자신감이 됐고 또 다른 나쓰오의 존재를 더욱더 강하게 만들었다.

이후에도 나쓰오의 어두운 모험은 계속됐다. 공원만이 아니다. 집 주변, 통학로, 놀이터가 된 공터. 나쓰오의 시야에 들어오는 개, 고양이는 모두 사냥감이 됐다. 개나 고양이가 영리하다고 공언하는 어른들은 아주 멍청하다는 생각이 들었다. 개와 고양이는 낯선 사람에게 다가오지 않지만 먹이를 주는 사람에게는 어이없을 정도로 간단히 경계심을 푼다. 그 점에서는 곤충이나 파충류가 훨씬 머리가 좋다. 먹이를 얻어먹은 개와 고양이는 거의 예외 없이 방심한 상태에서 미간에 일격을 당했다. 처음에는 목표에서 조금 빗나갔지만 여덟 번 넘게 사냥하면서 마치 장인 같은 정확함으로 급소를 내려칠 수 있게 됐다. 움직임을 멈춘 동물은 그 시점부터 나쓰오의 장난감으로 전락한다. 갈기갈기 찢든 선로에 내버려 두든 나쓰오 마음 내키는 대로 한다. 시체를 잡아 찢어서 내장을 아스팔트에 쏟아 내고 머리를 공원 놀이 기구에 장식하기도 한다. 나쓰오는 피투성이가 된 장난감을 가지고 실컷 즐겼다. 마지막 울부짖음과 사지가 찢기는 소리는 기분을 좋게 하고 배를 갈랐을 때 풍기는 내장 냄새와 고기가 타는 냄새는 아주 향긋했다.

아빠의 학대가 가혹해질수록 나쓰오의 잔학함도 더 심해졌다. 당연히 날이 갈수록 나쓰오가 거쳐 간 자리에는 개와 고양이의 심상치 않은 시체가 켜켜이 쌓였다. 그 수가 너무 많아지자 이를 수상쩍게 여기는 이웃이 많아졌다. 변태가 있는 게 아닐까? 조만간 동물 말고 다른 것에 흥미를 보이지 않을까? 그중에는 키우던 고양이가 살해됐다며 경찰에 호소하는 주민도 있었지만 대부분 들개, 길고양이였기 때문에 관할 서도 기물 손괴보다는 동물 보호 법 위반으로 볼 수밖에 없었다. 또 중요 안건이 산더미처럼 쌓인 상황에서는 수사가 중단돼도 하는 수 없었다. 소문을 들은 나쓰오는 남몰래 혼자 미소 짓는다. 자신이 한 짓에 사람들이 겁먹고 있다. 이 일이 '우리 이웃에 사는 착한 나쓰오'의 소행이라는 걸 알면 그 사람들은 대체 어떤 얼굴을 할까? 이불을 뒤집어쓰고 이리저리 생각하는 것이 즐거워 견딜 수가 없다. 하지만 역시 경계할 필요는 있었다. 나쓰오의 사냥은 이전보다 더 사람들 눈에 띄지 않는 장소, 사람들 발길이 끊기는 시간으로 집중됐다. 나쓰오는 잔학한 반면 지나칠 정도로 신중하고 참을성이 있어서 한낮에 꿈틀거리는 어두운 자신의 모습을 결코 다른 사람들 눈에 띄게 하지 않았다.

이렇게 눈치채는 사람도 없고 제지하는 사람도 없이 나쓰오의 내면에 서식하는 괴물은 감당할 수 없을 정도로 성장해 갔다.

4. 12월 15일

위험물은 임계점에 달하면 아주 작은 충격에도 폭발한다. 화학 약품이나 사회 정세나 마찬가지다. 세 번째 50음순 살인이 보도된 직후의 한노 시가 바로 그랬다. 냉정하게 생각하면 범인이 한노 시민들 중에서 50음순으로 희생자를 고른다고 선언한 적도 없는데, 사람들은 신문 보도와 세 사건의 관련성만 보고 그것이 진실이라고 믿었다. 또 미리 선언하지 않았다는 사실이 도리어 범인에 대한 두려움을 키웠다. 공포는 유언비어를 낳고 유언비어는 더 큰 공포를 낳는다. 자승자박의 악순환 속에서 한노 시민들은 확실하게 공황 상태로 몰리고 있었다.

그런 상황에서 화약고에 담배를 물고 들어간 어리석은 사람이 있었다. 바로 사이타마 현경 본부 경비부에 근무했던 쉰두 살의 전직 경부였다. 그는 하필이면 자신의 블로그에 경찰청이 범죄를 저지른 적 있는 정신 이상자를 데이터베이스화하고 있다고 단언했다. 전과자 데이터베이스의 존재는 다 아는 사실이었지만, 그와 별개로 정신 질환 우범자 명단이 있다는 사실은 경찰 관계자만 알고 있었고 공표도 삼가고 있었다. 무슨 죄를 짓든 형법 39조가 적용돼 형벌을 피하고, 기소만 되지 않으면 전과자 딱지가 붙지 않는다. 그렇게 석방된 사람의 개인 정보를 데이터베이스로 만드는 일은 인권 문제가 있었기 때문이다. 물론 정신 이상자의 범죄가 발생할 때마다 그 명단의 존재가 입방아에 오르곤 했다. 하지만 퇴직한 경찰관 입으로 밝혀진 것은 처음이었고, 타이밍도 최악이었다. 정신 질환 우범자 명단의 존재는 빛의 속도로 인터넷에 퍼져 이튿날에는 《사이타마일보》가 사회면에서 다뤘다.

신문 기사는 소문을 들었다는 정도에 그쳤지만 독자들의 반응은 격렬했다.

고테가와가 사무실에 들어가기 전부터 본부는 어수선했다. 문을 열자마자 전화벨 소리와 성난 남자들 목소리가 쓰나미처럼 밀려들었다.

"그러니까 그런 명단 같은 건 어디에도 없다니까요. 선생님은 경찰 말을 못 믿으시겠다는 겁니까?"

"저기요, 심정은 이해합니다, 심정은. 하지만 아무 증거도 없는 사람을 유치장에 넣는 건 법률적으로나 인도적으로 허락되지 않아서……."

"신문에 뭐라 나왔든 경찰은 공식 발표라는 게 있어서요."

"에도가와 씨라고 하셨나요? 죄송하지만 아직 사건성도 명백하지 않은 시점에서 경찰이 개인을 경호하는 건 좀……."

"그런 이야기는 경찰에 하실 게 아니라요. 시청 대표 번호를 알려 드리죠."

아직 8시도 안 됐는데 전화벨 소리는 전혀 그칠 기미가 없다. 수사원 한 명이 한 대씩 총 열여덟 대 전화기가 모두 통화 중인 데다가 대기 중 불이 깜빡이고 있다.

"제기랄, 일을 어떻게 하라는 거야. 두 대만 살려 두고 모두 부재중으로 해 놔!"

와타세의 호령에 수사원들 표정이 누그러진다.

"어제보다 더해. 항의 전화가 배로 늘었어. 언론의 위력이 아주 잘 나타나고 있구만."

와타세가 부아가 치미는 듯 내뱉는다.

"수사는 지지부진한데 사건은 이상한 방향으로만 확대되고 있고. 아무리 은퇴했다고 해도 그런 정보를 올리다니. 지금 경찰청 분위기는 최악이야. 그쪽에도 시민들과 관계 단체들에서 문의 전화와 항의 전화가 쇄도하고 있어. 조금 전에도 현경 본부에서 경비부장이 본부장에게 불려갔나 봐. 문제의 전직 경부가 경비부장의 직속 부하였으니까. 훈계 정도로 끝나면 좋을 텐데, 경비부도 엎친데 덮친 격이지."

"엎친 데 덮친 격이라니요?"

"그래. 아침 일찍부터 경비부 경비과와 기동대에 출동 명령이 떨어졌어. 한노 경찰서도 마찬가지로 비번들 빼고 거의 전부 동원된 다더라."

"거의 전부? 무슨 일이 생겼습니까?"

"아무 일도 없어. 아니, 일어나지 않게 하기 위해 호출된 건데……. 아까 누가 사건성이 명확하지 않은 시점에서 개인을 경호하는 건 어쩌고저쩌고했잖아. 맞는 말이야. 그런데 온다 한노 시장을 비롯해 이름이 '에'나 '오'로 시작하는 시의회 의원, 또 시내에 거주하는 현 의회 의원, 국회의원 가족들이 자택 경비를 요청했대. 창피해서 도저히 크게 떠들지도 못해. '쥐새끼'가 들으면 손 비비면서 좋아할 기사지. 아무리 경비부 임무가 요인 경호라고 해도 공사 구분 못 한다는 비난을 면치 못할 테고."

와타세의 자조 섞인 말에 고테가와는 입술을 깨물며 고개를 끄덕일 수밖에 없다. 평소에는 국민의 생명과 재산을 지킨다며 잘난 척해도 여차하면 의원들을 지키는 개로 전락하는 것이다.

"이 나라는 1970년 안보 투쟁 이후로 다행인지 불행인지 대대적인 폭동을 경험한 적이 없어. 테러도 십수 년 전 옴진리교 사건밖에 없었고, 유럽이나 미국, 중동만큼 치안 출동(내각 총리대신의 명령으로 치안 유지를 위해 자위대가 출동하는 것./옮긴이)을 할 일도 없었잖아. 그처럼 아무 경험이 없다는 게 결국 경비 체제를 엉뚱한 길로 이끌었어. 경시청은 물론 지방의 현경이라면 더더욱 그렇고. 만약 익숙하다면 이렇게 임시변통으로 대처하지 않았을지도 모르는데. 얄궂게도 이번 개구리 남자 사건이 그걸 드러내고 말았어. 게다가 경비부에 그치지 않고, 총무부 정보 관리과에까지 불똥이 튀었어."

"정보 관리과요?"

"해커 말이야. 어떤 간뗑이 부은 놈이 우범자 데이터를 훔치려고 현경 본부의 호스트 컴퓨터에 침입했어. 보안이 철저한 덕에 유출은 막았지만 담당자는 얼굴이 하얗게 질렸다나 봐. 하지만 실제 피해를 입은 건 경비부 쪽이라고 봐야지. 이번 달 경비 계획은 쓸모없어지고 모두 출동해서 인원은 부족한데 지원은 없고. 경비부장 얼굴은 질린 정도가 아니라 사색이야."

입술은 거만하게 일그러지지만 눈은 웃고 있지 않다.

"또 온다 시장이라는 남자가 엄청 잘나신 분이라서 말이지. 자택 경비를 요청한 입으로 오늘 정오 넘어서 사건 미해결을 우려하는 성명을 발표한다나. 시민들의 협력과 수사본부가 더욱 분투하기를 바라 마지않는다고. 흐음, 고마워서 눈물이 날 지경이야."

비아냥거리는 듯한 시선으로 고테가와를 힐끗 쳐다본다.

"어때, 전국을 공포의 도가니로 몰아넣은 50음순 엽기 연쇄 살인 사건. 언론은 태산 명동, 사건은 종식되기는커녕 요원의 불길처럼 확대되고 있어. 드디어 네가 원하는 사건이 되고 있다고."

농담으로도 더는 웃을 수 있는 이야기가 아니었다. 고테가와는 고개를 가로젓는다.

"사건이 확대되는 건…… 정말 싫어요. 절대 사양입니다."

"호오, 왜지?"

"형사는 범인만 잡으면 되는 건데. 분명 그런데 이런 식으로 확대되면 범인 이외의 일에 발목 잡혀서 아무것도 못 하게 돼요. 사회가 흥미를 가지는 것도 성가실 뿐이죠. 그보다 저는…… 저는 그 아이의 원수를 갚고 싶습니다."

"사적인 감정은 개입시키지 마라."

못 박는 소리였지만 이상하게도 아픔은 느껴지지 않았다.

고테가와가 나중에 알게 된 바에 따르면 이날 한노 시민의 공황 상태는 수사본부에 비할 바가 아니었다.

가장 먼저 공황에 빠진 사람은 이름이 '에'와 '오'로 시작하는 아이가 있는 부모였다. 그들은 자식의 등교를 거부했다. 등하교 중에 변을 당할까 봐 겁먹은 것이다. 당장 각 학교에서 임시 사친회가 열려 아동들의 등하교에 부모가 동행하기로 결정했지만 맞벌이 가정도 많아서 언제까지 계속될지는 의문이었다. 의문은 불안과 직결됐고 다시 불만으로 바뀌어 학교 측으로 향했다. 담임 교사들도 등하교에 동행하고 마지막 한 명이 집에 돌아갈 때까지 책임지라는 것이었다. 학교 측도 일련의 사건으로 학부모들 마음이 절박해진 사실은 이미 알고 있었기 때문에 이 요청을 거절하지 못했다. 그 결과, 교원들의 노동 시간이 노동 기준 법이 정한 시간을 금방 초과했다. 사흘이 지나자 교원들의 지각과 조퇴가 잇따르고 그중에는 피로가 쌓여서 결근하는 사람도 나왔다. 한노 시 교육 위원회는 경비 회사에 업무를 위탁함과 동시에 수사본부에 이례적인 요청을 했다. 그 내용 자체는 얼마 전 한노 시장이 발표한 성명과 큰 차이는 없었지만 사용된 문장은 한층 격렬하고 다소 홧김이라는 느낌이 들었다.

물론 개구리 남자의 그림자에 겁먹은 사람은 아이의 부모만이 아니었다. 역시 이름이 '에'와 '오'로 시작하는 사람들이 발기인이돼 한노 시에서만 시민 단체가 여섯 개나 탄생했다. 단체들은 한노 시민의 안전을 생각하는 모임, 한노 경찰서를 서포트하는 모임, 흉악 범죄 방지 연맹, 자신의 생명은 자신이 지키는 모임, 개구리 남자 체포를 바라는 시민 연합 그리고 한노 시 지지 연합. 특히 주목할 점은 각 단체가 일반적인 시민 단체처럼 변호사 등 법조계 인사를 대표로 두지 않고 자연적으로 생겨났다는 것이다. 지역이든 직장이든 같은 불안을 가진 사람들이 지인들을 불러 모아 결성된 단체로, 각 단체의 주의 주장도 다르지 않았다. 단지 지역과 구성원들의 평균 연령만 다를 뿐이었다. 배후에 특정 정치 단체가 있지도 않다는 점에서 참으로 이상적인 시민 단체였다. 하지만 대표로 법조계 인사를 두지 않고 배후에 정치 단체가 없기 때문에 폭주했을 때 제동을 걸 수 없을 것이었다.

아무튼 각 시민 단체가 처음으로 한 일은 수사본부에 정신 질환 우범자 명단을 공개하라고 요구하는 것이었다. 물론 수사본부는 수사 사항의 은닉과 인권 보호를 내세우며 거절했지만 사실 궁색한 변명이었다. 왜냐하면 우범자 명단을 작성한 일 자체가 인권 보호와 거리가 먼 행위였기 때문이다.

명단을 공개하라고 요구하는 시민 단체와 경찰서 사람들 사이에는 처음부터 험악한 분위기가 조성됐다. 일단 생사의 갈림길에 놓였다고 믿는 한 시민이 표면상의 원칙을 전면으로 내세우는 공무원에게 공감할 리가 없었다. 결국 공개한다, 안 한다를 놓고 사소하게 다투던 끝에 경찰관이 얼굴을 얻어맞고 시민 한 명이 그 자리에서 체포됐다. 그 시민은 금방 풀려났지만 이 사건으로 경찰에 대한 시민들의 감정이 더욱더 악화됐다.

이와는 별도로 정신 장애자를 중상하거나 괴롭히는 일도 눈에 띄기 시작했다. 정신과 의사나 환자 수용 시설에 못된 전화나 편지가 집중한 것이다.

'범인을 숨겨 주고 있지 않냐.'

'환자의 이름과 주소를 밝혀라.'

'환자를 이십사 시간 체제로 감시해라.'

'차라리 시설을 다른 지역으로 옮겨라.'

편지에 면도날이나 개구리 시체를 동봉하는 식의 고전적인 방법을 쓰는 사람도 있었다. 그런데 그런 무리들이 정의를 표방하기 때문에 당하는 측도 발끈하지 않을 수 없었다. 대체 누가 정신 이상자라는 걸까? 강자와 약자, 피해자와 가해자의 경계선은 날이 갈수록 모호해지고 그 식별은 상대적인 것으로 변질되고 있었다.

많은 단체들이 경찰력에 의존하기를 거부하고 '미국을 본받아 스스로를 지켜라.'라는 슬로건 아래 자경단으로 바뀌어 갔다. 각 자치회에서는 오후 7시 이후 외출을 자제하고 수상한 사람을 발견하면 곧바로 신고하라고 촉구했다. 상점에서는 호신용품이 날개 돋친 듯 팔리고 현관문은 이중에서 삼중, 삼중에서 사중이 돼 열쇠 가게는 눈코 뜰 새 없이 바빴다.

자경단과 폭도의 차이는 규율이다. 즉 자경단은 규율이 있는 폭도인데, 헌법이 집회의 자유를 허용하는 이상 경찰이 이를 단속할 권한은 없다. 이를 이용해 자경단의 무장화는 조금씩 과격해지기 시작했다. 총만 무기가 아니다. 나이프와 방망이, 전기 충격기, 결국은 낫과 괭이 같은 농기구까지 동원됐다. 무장한 집단은 모두 충동적이 돼 논리보다 감정으로 움직이기 쉬워진다. 대화보다는 실력 행사가 빠르기 때문이다. 그에 맞는 훈련도 하지 않고 철저한 명령 계통도 없는 무장 집단이 충동적으로 변하면 어떻게 될까? 감히 그 위험을 지적하는 지식인도 있었지만, 무기력한 수사본부와 사건의 비참함을 지적하면 침묵하는 수밖에 없었다. 현경 본부도 형법 208조의 3, 흉기 준비 집합죄의 적용을 검토했다. 하지만 원래 폭력단이나 과격한 정치 단체 간의 항쟁을 빠른 단계에서 단속하기 위한 조문이었고, 사회 통념상 당장 남에게 위험을 주지 않는 물건은 흉기로 간주하지 않는다는 대법원 판결도 있었기 때문에 적발은 보류했다. 물론 지금 단계에서 자연 발생한 자위 집단을 법의 이름하에 검거하면 불난 집에 기름을 붓는 격이 될 수 있다는 판단도 있었다.

그런데 무엇보다 명백해진 것은 경찰에 대한 시민들의 불신이었다. 자경단 발족 자체가 경찰 불신의 표명임에도 불구하고 비난하는 목소리도 없고 오히려 당연하게 여기는 풍조가 강했다. 덧붙여 남녀노소 모두가 입을 맞춰 경찰의 무능함을 매도했고, 그 험담이 인사를 대신하다시피 했다. 현경의 위신은 땅에 떨어진 지 오래였고, 밤중에 파출소 벽에 낙서하거나 대소변을 보는 사람도 끊이지 않았다. 이젠 경찰관이라는 직업이 경시 대상이 된 느낌마저 든다. 사토나카 현경 본부장의 경질도 이제 시간문제라는 말까지 돌았다.

불안과 공포, 불신과 회의가 한노 시 전체를 두껍게 뒤덮었다. 아무도 자신 이외에는 믿지 않는 상황에서 시민들은 스스로 정신적인 도피로를 잃고 있었다. 아니, 잃은 건 도피로만이 아니다. 불안은 판단력을 잃게 만들고 공포는 이성을 내쫓는다. 불신은 관용을, 회의는 평온을 잠식해 간다. 의심암귀가 일상이 됐고 사람들의 공황 상태도 한계에 달했다. 경제 불안은 완만하게 도래하지만 생명에 직결되는 불안은 급속하게 사람 마음을 좀먹는다.

마치 혁명 전야 같은 분위기였지만 그것을 내리누를 수 있는 사람은 없었다. 양심적인 사회학자가 조그맣게 경고했지만 그 말에 귀를 기울이는 사람은 아무도 없었다.

고테가와는 사와이 치과를 드나들고 있었다. 이전에도 다른 사건 수사로 치과에 간 적이 있었다. 얌전히 대기실에 앉아 있자니 자꾸만 치과 특유의 포름크레졸 냄새가 신경 쓰였다. 파친코 가게에 있으면 담배 냄새가 배는 것과 마찬가지라고 하면 치과 관계자들은 기분 나빠하겠지만.

하루에 두 시간은 치과에 가서 도마 가쓰오를 감시하는 날들이 이어지고 있다. 아니, 정확히 말하면 감시는 첫날뿐이었고 둘째 날부터는 경호 느낌이 강하다. 전과자에 대한 비난이 거세진 뒤 가쓰오가 무슨 사건에 휘말리지 않게끔 지켜 달라는 사유리의 부탁이 있었기 때문이다. 실제로 가쓰오를 대하는 주변 태도가 미묘하게 바뀌고 있었다. 외부인인 고테가와가 봐도 알 수 있을 정도였다. 오랫동안 동료로 대했기 때문에 노골적으로 드러내지는 않지만 가쓰오를 보는 눈이나 닿는 손에 조금이지만 두려움이 느껴진다. 사유리는 가쓰오가 의료 시설에서 출소한 사실을 아는 사람은 사와이 원장뿐이라 했지만 다른 동료들도 어렴풋이 그의 이력을 알아챘을 수 있다. 병원 직원들 입장에서는 그동안 아무렇지 않게 대했던 동료가 갑자기 이질적인 사람이 된 느낌일 테고, 그가 만일 일련의 엽기 연쇄 살인의 범인이라고 상상하면 위화감도 생길 것이다.

하지만 고테가와는 확신한다. 가쓰오는 절대 개구리 남자가 아니다.

지켜보면서 가쓰오가 하는 일은 대충 파악했다. 의료 잡무라고 해도 의료 기구나 폐기물 운반 같은 힘쓰는 일, 그리고 청소 등 단순 작업으로 글자 그대로 자질구레한 일이다. 빈말로도 두뇌 노동이라고 할 수 없다. 특별한 주의 사항도 없는 것 같지만 그럴 수밖에 없다. 가쓰오는 주의 사항을 읽거나 문서의 지시를 따르는 데 어려움이 있었다. 한자를 읽고 쓰지 못했던 것이다. 히라가나는 읽을 수 있고 쓸 줄도 안다. 하지만 한자는 전혀 모른다. 고테가와의 판단으로는 초등학교 저학년에도 미치지 못한다. 그렇다면 당연히 가능한 일의 범위가 한정된다. 다른 직원들이 일일이 말로 설명하면 못 할 것도 없지만 바쁘기 그지없는 직장에서는 역시 무리한 일이다.

그런 실력으로 과연 50음순의 사냥감을 선택할 수 있을까? '아라오'는 그렇다 쳐도 '우도'는 쉽게 읽지 못할 테고 '이부스키'도 정말 읽기 어려운 한자다. 고테가와 자신이 읽지 못했을 정도다. 개구리 남자의 손에는 반드시 어떠한 형태로든 희생자들의 이름이 열거된 명단이 존재한다. 그중 일부러 읽기 어려운 이름을 선택한다는 생각은 도저히 들지 않는다.

그리고 무엇보다 고테가와의 마음이 가쓰오 범인설을 거부하고 있었다. 가쓰오는 이른바 사유리의 가족 같은 존재로 마사토와도 형제처럼 지내는 사이였다. 그런 가쓰오가 마사토에게 손대는 일은 절대로 있어서는 안 된다. 그건 고테가와의 세계관으로는 있을 수 없는 일이다.

그래도 의심이 가시지 않는다면 가쓰오가 일하는 모습을 보면 된다. 그러면 모두 납득할 터다. 완전히 익숙해진 직장인데도 가쓰오의 얼굴에는 안일함 따위는 눈곱만큼도 없고 긴장감이 고스란히 배어난다. 단순 작업인데도 나름 열심히 하는 모습을 보고 있으면 상쾌할 정도다. 물론 열심히 하는 것이 업무 수행의 필요조건은 아니다. 그러나 열심히 노력하는 모습에는 보는 사람을 끌어당기는 흡인력이 있다.

예를 들어 정부가 어떠한 고용 대책을 내걸어도 이 나라의 취업률은 여전히 하강선을 걷고 있다. 파견직이나 아르바이트를 해고하는 일은 여전히 횡행하고 정사원도 날이 갈수록 감소하고 있다. 완전 실업률은 전국 평균이 마침내 6퍼센트를 넘었다. 그런 상황에 의료 시설에서 나온 지 얼마 안 된 가해자가 직장을 얻고 취업하는 일이 얼마나 어려울지는 사유리에게 실컷 들어서 알고 있다. 2006년 4월부터 개정 장애자 고용 촉진 법이 시행돼 공공 직업 안정소에서도 장애자에게 직업을 소개해 주기 시작했지만, 범죄에 얽혀 의료 시설에서 출소한 사람이라면 이야기가 달라진다. 결국 보호 관찰관의 노력과 인맥에 의존하지 않을 수 없다. 도마가쓰오 같은 사례는 요행에 가까운 것이다.

고테가와가 대기실에서 두 시간을 앉아 있어도 직원들은 쳐다보지도 않는다. 사와이가 직원들에게 내버려 두라고 당부했기 때문이다. 마치 공기처럼 취급하는 덕에 마음껏 병원 모습을 관찰할 수 있다. 과연 사와이 치과는 평판이 좋은지 언제 와도 대기실이 환자들로 북적였다. 사유리 말로는 사와이는 솜씨가 좋은 데다가 상냥해서 단기간에 인근 동업자들의 환자 대부분을 빼앗았고, 결국 세 동네에서 유일한 치과가 됐다. 병원이 번성하는 것이야 어떻든지 간에 입소문으로 환자들이 모이는 치과 의사는 믿어도 된다.

수많은 통증 중에서도 치통은 정말 참기가 힘들다. 차례를 기다리는 사람은 무엇보다 치통에 정신이 팔려 다른 것을 생각할 여유가 없다. 그런데 귀를 기울여 보니 환자들이나 직원들 사이에서 개구리 남자란 말이 빈번하면서도 금기어처럼 흘러나온다. 난방이 되는 청결한 병원에서 나누는 참혹한 엽기 살인 이야기, 이곳 가마야가 두 번째 살인 현장이기에 어쩔 수 없기는 하지만 일상 속으로 이질적인 공포가 침입해 가는 모습에 고테가와는 불쾌해진다.

가쓰오가 양팔에 폐기물 봉지를 들고 눈앞을 지나간다. 대체 몇 번을 왔다 갔다 하는 걸까, 사와이를 포함해서 의사 네 명이 있는 이 병원에서는 불과 몇 시간이면 휴지통이 가득 차는 모양이다.

발치를 보자 신발 끈이 다 풀려 있다. 주의를 주려고 한 순간, 가쓰오의 오른발이 꼬였다. 위험해 하고 말할 틈도 없이 가쓰오가 리놀륨 바닥에 넘어졌다. 손에서 놓친 봉지가 터지고 요란한 소리를 내며 내용물이 쏟아진다. 피 묻은 탈지면, 일회용 주사기, 끝이 깨진 앰플, 빈 약병, 치아 본을 뜬 석고……. 주변에 안 좋은 냄새가 확 퍼진다.

흩어진 의료 폐기물은 불결한 데다가 작은 유리 파편도 많았다. 그 자리에 있던 환자들이 멀찌감치 떨어지고 다른 일을 하고 있던 직원들도 쉽사리 발길을 떼지 못한다. 가쓰오는 몹시 동요한 모습으로 아직 일어나지 못하고 있다. 예기치 못한 돌발 사고에 어떻게 대처할지 몰라 금방이라도 울음이 터질 듯한 얼굴이다. 주변의 따가운 시선을 받아 사지에 경련을 일으킨 동물처럼 보였다.

고테가와는 자신도 모르게 바닥에 무릎을 꿇고 쓰레기를 그러모으고 있었다. 가쓰오가 놀란 얼굴로 이쪽을 쳐다보지만 놀란 건 고테가와 자신도 마찬가지였다.

왜 내가 이런 일을…….

그런데 입에서는 생각과 전혀 다른 말이 튀어나왔다.

"괜찮니?"

가쓰오의 목이 어색하게 위아래로 움직인다. 똑바로 쳐다보기가 괜히 멋쩍어서 발치를 쳐다봤다.

그리고 곧 알아챘다.

신발 끈 때문에 넘어졌다고 생각했는데 다른 이유가 더 있었다.

때가 아주 많이 탄 스니커즈였다. 벌써 몇 년을 신었는지 색이 바래서 원래 무슨 색이었는지도 전혀 알 수가 없었다. 겉은 군데군데 보풀이 일고 신발 끈도 군데군데 닳아서 끊어질 듯이 해져 있다. 고무바닥도 귀퉁이가 떨어져 갈라져 있다. 진흙이 별로 묻지 않은 것은 여러 번 빨았기 때문이겠지만 오랫동안 신다 보니 떨어져서 반질반질하다. 가장 눈에 띄는 것은 오른 엄지발가락 쪽에 뚫린 커다란 구멍으로 양말이 삐죽 내다보인다. 보통은 이미 오래전에 휴지통에 버려졌을 물건이다. 이래서는 당연히 제대로 걷기가 힘들다.

의료 시설에서 막 나온 장애자가 직장 생활을 유지하기가 얼마나 어려운지 하소연하던 사유리의 말이 다시 가슴속에 울린다.

이런 신발은 버리라고 말하려 했을 때 어디선가 또 다른 자신의 목소리가 들렸다.

"근처에 신발 가게 없니?"

내가 이런 사람이 아니었는데 하고 고테가와는 고개를 갸웃거리면서 가쓰오를 살핀다. 자신은 훨씬 객관적으로 판단하고, 피의자나 사건 관계자와 거리를 두고 행동하는 유형이라고 생각했는데 스스로 전혀 다른 모습에 당황스러웠다.

치과 직원이 알려 준 신발 가게에서 스니커즈를 사 주자 가쓰오는 놀란 뒤 "우아아." 하고 소리 내며 기뻐했다. 지나치게 기뻐하는 목소리로 들렸기 때문에 오히려 고테가와가 몸 둘 바를 모를 정도였다.

'제발 너무 기뻐하지 마라. 전혀 비싼 것도 아닌데.'

고테가와가 당혹스러워하든 말든 가쓰오는 아이처럼 신나 한다. 그 모습을 보자 이 청년이 어린아이를 살해했었다는 사실이 믿기지 않는다. 사람은 바뀌는 걸까? 아니면 상황에 따라 선량해지기도 하고 악해지기도 하는 걸까?

분명히 바뀔 수 있다. 고테가와는 그렇게 생각하려고 했다. 그렇게 생각하고 싶었다. 아니면 사유리가 연주하는 피아노에 의미가 없어진다. 가쓰오의 노력이 가짜가 된다.

계산대에서 계산하는 중에도 가쓰오는 신발을 쓰다듬거나 고무 바닥의 감촉을 확인하는 데 여념이 없었다. 이런 얼굴을 보고 웃음이 넘쳐흐른다고 하는 걸까? 마치 전 세계의 크리스마스를 독차지한 아이처럼 온 얼굴로 웃는다.

계산하던 젊은 여점원이 그 모습을 보고 풋 하고 웃더니 허둥지둥 사과한다.

"아아…… 죄, 죄송합니다."

"아니요, 무슨 그런 말씀을. 저야말로 죄송합니다. 가게에서 떠들어서."

"아니요! 그게 아니에요. 그게…… 기분이 좀 좋아져서. 신발을 사고 저렇게 좋아하는 손님은 처음이라서요. 감사합니다."

여점원도 즐겁게 웃었다. 이럴 때 마주 웃어 주면 좋을 텐데 지난 며칠 사이에 고테가와는 자연스레 웃는 법을 잊은 듯하다.

"신고 오신 스니커즈는 저희가 처분할까요?"

무심코 고개를 끄덕이려다가 불현듯 직업의식이 돌아왔다.

"아니요. 가져갈게요. 따로 넣어 주세요."

만약을 위해 공원에 남겨진 발자국과 대조해 볼 생각이었다. 결과는 헛짓으로 끝나겠지만 그래도 좋다. 적어도 가쓰오의 혐의를 벗기는 증거품은 된다.

가게를 나설 때 가쓰오가 고테가와를 똑바로 쳐다보면서 미소 짓는 얼굴로 말했다.

"고, 고맙습니다."

이번에는 고테가와 자신이 가쓰오의 시선에 꼼짝 못 할 차례였다. 아무 꾸밈 없는 단순한 말이 저항 없이 가슴에 꽂힌다. 뺨이 붉게 물든다. 고테가와는 멋쩍어서 성가신 것처럼 손만 내저었다.

가쓰오가 지내는 기숙사는 사와이 치과 옆에 있었다. 화려한 병원과 달리 지은 지 십수 년 된 듯한 아담한 아파트다. 직원들은 아직 근무하고 있어 불이 켜진 창문은 하나도 없다. 가쓰오의 방은 2층 왼쪽 끝이었다. "방, 아무것도 없어요." 하고 창피한 듯 말하기에 밀고 들어가는 짓은 하지 않고 그대로 헤어졌다.

오늘 일은 보호 관찰관에게 보고하는 편이 좋겠지. 고테가와는 자기 좋을 대로 이유를 만들어서 옆 동네 사고까지 간다. 마사토를 잃고 장례를 치른 지 얼마 안 된 사유리를 만나기 주저됐지만 한편으로 만나지 않으면 더 걱정되리라는 것도 알고 있었다.

놀랍게도 닷새 만에 간 사고는 그 분위기가 완전히 달라져 있었다. 이제 겨우 7시가 넘었는데 오가는 사람들이 드물었고 모두들 경계심 가득한 날카로운 시선을 보내고 있다. 이제는 가족 간의 단란함이나 연말 특유의 분주함도 사라지고, 오직 늑대의 습격을 무사히 넘기려 숨죽인 양들의 침묵만 남아 있었다. 이 변모는 틀림없이 마사토의 사건과 관련 있었다. 불과 일곱 살짜리 아이에게까지 촉수를 뻗치는 개구리 남자에게 동네 전체가 전율하고 두려워하고 있는 것이다.

회오리바람이 불어와 길가에 떨어진 은행잎이 빙그르르 흩날린다.

사람들이 모여 거리를 형성하는 이상 거리도 사람과 운명을 함께한다. 세상의 봄을 구가하는 때가 있으면 단지 죽음을 기다리는 때도 반드시 찾아온다. 가까운 비유를 들면 거리의 재정 파탄은 인간의 아사이고, 주민의 고령화는 그대로 거리의 노쇠를 의미한다. 사람이 죽는다면 거리도 죽는다. 사람이 공포에 내몰려 미친다면 거리가 미쳤다고 해도 이상할 게 없다.

사유리 집 현관에는 상중을 알리는 팻말이 붙어 있었다. 문등이 켜져 있는 것으로 보아 집에 있을 것이다. 오래 있지는 않는다. 잠깐 얼굴만 본다. 그렇게 마음먹고 초인종을 눌렀다. 몇 초 기다리고 응답이 없으면 그대로 돌아갈 참이었다. 그런데 얼마 안 돼 문이 열렸다.

"누구……."

사유리의 얼굴을 보고 가슴이 먹먹해졌다.

장례식에서 봤을 때보다 뺨이 더 야위고 눈에서 빛이 사라져 있다. 얼굴이 완전히 초췌해져 생기라곤 전혀 느낄 수 없다.

"아아, 고테가와 씨. 수고가 많네."

사유리는 문에 기대어 억양 없는 인사를 건넨다. 뭔가가 받쳐 주지 않으면 그대로 무너져 내릴 듯하다.

"사유리 씨! 식사는 제대로……."

"미안해요, 얼굴이 이래서……. 아무것도 넘어가질 않네."

다가가서 보자 피부도 윤기를 잃어 거칠어져 있다. 이런 상태를 보고 화장이 들떴다고 할 것이다. 정신적 피로는 젊음도 빼앗는지 단숨에 열 살은 더 들어 보인다.

"들어와요."

사유리가 문을 더 열었다.

"모두들 신경 써서 혼자 있게 해 줬는데 혼자 있으면 더 우울해지네. 고테가와 씨가 와 줘서 다행이야."

문이 열리자 자연히 몸이 안으로 들어갔다.

집 안에 물론 불이 켜져 있었지만 마루 밑에서 슬며시 올라오는 냉기 같은 음침함을 씻어 낼 정도는 아니다. 주인을 잃은 텔레비전 게임, 개진 채 놓여 있는 아동복, 앉을 사람이 없는 식탁 의자, 액자 속의 마사토 얼굴……. 고테가와는 어딘가에 구멍이 뚫린 듯한 상실감을 견딜 수 없어 그 물건들에서 시선을 돌린다. 그래도 그날 자신을 보며 수줍게 웃던 미소와 힘없는 목소리가 자꾸만 되살아난다. 기억된 목소리, 얼굴, 유품. 죽은 자를 떠올리게 하는 물건은 때로 살아 있는 자를 좀먹는 독이 된다.

거실을 둘러봤다. 구석에 마사토의 사진과 과일이 올려진 제단 같은 것이 있지만 유골이나 위패는 보이지 않는다. 사유리가 눈치 챘는지 말을 꺼낸다.

"우리는 무교라서 불단도 없고 신단도 없어. 납골도 장례식 때 끝냈고. 장례식은 참 대단해. 눈앞에서 여러 일들이 순식간에 정리되잖아."

고테가와는 말없이 고개를 끄덕인다. 부모가 자식의 상주가 될 경우 장의사가 일부러 장례를 급하게 진행해 상주가 슬퍼할 틈을 주지 않게끔 배려한다고 한다.

"여긴 안 되겠어. 마사토 냄새가 나."

사유리가 한숨을 섞어 말한다.

"집에 그 애 냄새가 배었어. 이제 와 아무리 소취제를 뿌려도 없어지지 않겠지."

그러고는 홀연히 일어난다.

"자리 옮기자."

몸을 끌듯이 가는 곳은 짐작이 됐다. 뒤따라가자 아니나 다를까 사유리는 레슨실 문을 열었다. 다른 때는 기대감에 부풀어 들어가는 방이 오늘은 공허한 인상만 줄 뿐이다. 밀폐된 넓은 공간에 놓인 물건이라곤 피아노뿐이다. 과연 여기에는 마사토의 냄새가 거의 나지 않는다.

사유리가 무너지듯 의자에 앉는다. 한동안은 건반을 멍하니 바라볼 뿐 두 팔도 축 늘어뜨리고 있다. 고테가와는 그저 지켜보는 수밖에 없다.

두 사람 사이에 애달픈 침묵이 흐른다. 천장 매입등과 스포트라이트의 열은 여기까지 닿지 않는다. 따뜻해야 할 백열등도 황량할 뿐이다.

"엄마 실격이야……."

가까스로 사유리가 입을 열었다.

"하나밖에 없는 아들이 죽었는데 할 수 있는 게 없어. 범인도 못 찾고 경찰에 협력하지도 못해. 게다가 그 애가 좋아할 만한 일도 생각이 안 나. 온종일 우는 것밖에 없어. 내 무력함에 정말 어이가 없다니까. 피아노 선생님이니 보호 관찰관이니 하는 직함을 등에 업고 편안히 있던 나 자신이 역겨워. 그거 알아? 지난 나흘 동안 내가 한 거라곤 상복 입고 멍하니 앉아 있는 것뿐이었어. 장례식 준비하고 관공서에 사망 신고하고 매장 절차까지 모두 주변 사람들이 해 줬어. 정말 아무것도…… 아무것도 해 준 게 없어."

"모두 마찬가지죠. 고인의 원한을 풀고 범인을 찾아서 체포하는 건 저희 일입니다. 유족분들이 수사에 협력할 수 있는 건 한계가 있어요. ……그런데 마사토 아버지는 오셨습니까?"

"애 아빠? 아아, 왔어. 신문이나 텔레비전에서 봤나. 그런 인간도 아빠이긴 한가 봐. 장례식장 뒤편으로 와서 나한테 이것저것 말을 걸던데……. 이상해. 무슨 이야기를 했는지 전혀 기억이 안 나. 그러다 정신을 차리니까 없었어. 그쪽에는 새로운 가족이 있으니까 어차피 오래 있지는 못했겠지만. 그때 둘이서 손이라도 맞잡고 조금이라도 관계를 회복했다면 마사토가 기뻐했을지도 모르는데. 그런데 그것도 못 했어."

사유리가 다시 조용히 고개를 떨어뜨린다. 그 모습을 보고 있자니 고테가와는 견딜 수 없는 마음이 든다. 손이 닿는 곳에 있는데 먼 존재처럼 느껴진다. 친어머니에게 하듯 위로해 주고 싶은데 그 마음을 충분히 표현할 말이 생각나지 않는다.

그래도 말해야 한다.

"사유리 씨, 그렇지 않아요."

마음이 전해질까?

"사유리 씨가 아무것도 할 수 없다뇨. 저희가 할 수 있는 건 범인을 잡는 건데 결국 그게 다예요. 하지만 어머니는, 사유리 씨는 저희는 못 하는 걸 할 수 있지 않습니까?"

사유리가 천천히 건반을 바라본다. 죽은 사람을 애도하는 것. 죽은 사람의 넋을 위로하는 것. 하늘은 음악으로 애도하는 재능을 사유리에게 내려 줬다.

사유리가 깊은 한숨을 쉬더니 건반에 손을 올렸다.

"그 애, 쇼팽을 좋아했어."

그리고 손가락으로 엮어 낸 것은 고테가와의 귀에도 친숙한 곡이었다. 쇼팽 연습곡 3번 마장조 〈이별의 곡〉. 작곡자가 이보다 아름다운 선율은 쓴 적이 없다고 말한 곡으로 음악 교과서에도 실린 유명한 곡이다. 사유리 특유의 힘찬 터치는 억제하고 한 음 한 음이 방울이 돼 공중에 흩날린다. 작곡자 자신이 칭찬했듯 아름다운 선율이다. 조용히 미소 짓는 마사토가 좋아했다는 말에도 수긍이 간다. 하지만 고테가와는 그 곡명이 마사토의 운명을 예견한 듯해서 괴롭다.

사유리의 손가락이 화려하게 건반 위를 미끄러져서 반주부를 명확하게 하며 선율을 극명하게 그려 낸다. 부드럽고 망설이는 듯하면서도 두드러지는 주선율. 건반을 두드리는 힘을 억제하면서도 듣는 사람의 영혼을 붙잡고 놓지 않는다. 애절하고 온화한 멜로디에 마사토의 내성적인 미소와 겁먹은 듯한 얼굴이 번갈아 떠오른다. 덧없이 끊어질 듯하면서 희미한 음의 알갱이가 소년의 영혼을 위로하듯 이어진다.

갑자기 곡조가 크게 울렸다. 미칠 듯 어지러이 흐트러지는 선율, 서로 사랑하는 사람들이 헤어져야 하는 슬픔과 통곡이 사유리 본래의 힘찬 타건으로 일어나…….

그리고 갑작스레 소리가 멈췄다.

고테가와가 꿈에서 깬 듯이 눈을 뜨자 사유리가 건반 위에 엎드려 있었다.

"사유리 씨……."

"고테가와 씨, 제발. 범인 꼭 잡아 줘."

사유리가 엎드린 채 말했다.

"처음 알았어. 소중한 사람을 잃는다는 게 이런 건줄. 정말…… 가슴 한가운데가 뻥 뚫린 것 같아. 아무리 피아노를 쳐도 구멍에서 음이 계속 빠져나가서 마음에 남질 않아. 그래서 마사토 잃은 걸

운명의 장난이라며 받아들일 수가 없어. 하지만 마사토의 죽음이 내 손이 닿는 누군가의 짓이고 이해할 수 있는 뭔가에 책임이 있다고 믿으면 이 구멍이 조금은 메워질 것 같아. 그러니까 제발, 꼭 범인 잡아 줘요."

사유리는 말을 마친 뒤에도 고개를 들지 않는다.

그 가녀린 어깨를 어루만져 위로하고 싶었지만 겁 많은 손은 답답할 정도로 움직이지 않는다.

마침내 그 어깨가 떨기 시작하자 고테가와는 마음을 정하고 사유리를 감싸 안았다.

하지만 사유리의 떨리는 어깨는 한동안 멈출 줄 몰랐다.

*

그의 흥분은 아직 식을 줄 모른다. 아무런 전조도 없이 보물이 손에 들어왔기 때문이다. 아직 고무 냄새를 내뿜는 새 신발. 최근 들어 그 남자가 주변에서 어슬렁거리는데 아무래도 선생님과 아는 사이 같다. 처음에는 몹시 마음에 안 드는 남자라고 생각했지만 이런 선물을 주는 걸 보면 같은 편인지도 모른다. 그는 신발을 가지런히 현관에 놓은 뒤 다른 보물이 있는 곳으로 향했다. 그곳에는 그가 애정해 마지않는 수많은 보물들이 놓여 있다.

여자 옷, 안쪽에 피가 들러붙은 쓰레기봉투 그리고 애용하는 무기. 세 가지 모두 자신이 개구리 남자라는 걸 나타내는 증거다. 그걸 바라보기만 해도 들뜬다.

오늘도 직장에서는 개구리 남자 이야기가 이어졌다. 남자도 여자도, 아이도 노인도, 아무도 그를 무시하지 못한다. 다음 차례는

'에'다. 대체 어디 사는 누가 선택될까?

불안에 떠는 사람들을 생각할 때마다 어두운 기쁨을 느낀다. 아무도 알 수 없는 희생자를 이미 안다는 우월감에 가슴이 벅차다. 선택하는 권리는 왕이라는 증거다. 뭔가를 처음에 아는 것도 왕이라는 증거다.

그는 궁전 광장에 모인 가련한 어중이떠중이들을 내려다보면서 왕의 이름으로 목소리 높여 칙령을 내린다. 다음 장난감은 너라고…… 그 정경을 상상만 해도 너무나 행복하다.

창문이 바람에 계속 덜커덩덜커덩 소리를 낸다. 그 소리가 그에게는 자신을 숭배하는 박수와 환호성으로 들린다. 어둡고 좁은 혼자만의 왕국에서 그는 언제까지나 환호성에 도취돼 있었다.

4
태우다

1. 12월 19일

에토 가즈요시는 그날도 기분이 좋지 않았다.

우선 그 젊은 간호사의 태도가 무례하기 짝이 없었다. 다 먹은 식판을 반납하는데 남긴 음식의 영양가가 어떻다느니 비용이 어떻다느니 설교를 늘어놨다. 간호사 주제에. 그래서 보란 듯 식판을 엎었다. 그 여자는 오만상을 찌푸리고 이쪽을 노려보더니 결국에는 또 실컷 잔소리를 늘어놨다. 정말이지, 어떻게 목소리가 그렇게 듣기 싫은 나이팅게일이 다 있을까.

맛없는 병원 음식에도 화가 난다. 이곳 시립 의료 센터는 야단스러운 이름에 걸맞게 뇌외과, 이비인후과, 위장과, 심장외과, 비뇨기과 등 거의 모든 의료 시설을 갖추고 있다. 없는 건 치과 정도지만 역시 반년에 한 번씩 외부에서 개업의를 불러 거의 강제로 검사하고 있다. 이상이 발견되면 센터 버스로 통원 치료도 가능하다. 덕분에 에토도 충치를 빨리 치료할 수 있었다. 끝없는 검사와 약에 파묻힌 하루하루이지만 시설에 불만은 없다. 다만 식사는 편의점 도시락만도 못하다. 주방에 소금이라는 게 없는지, 맑은장국은 거의 맹물에 가깝다. 생선구이는 날것에 가깝고 밥은 묵은 쌀과 보리가 6 대 4다. 미식가인 자신이 개 밥 같은 음식을 왜 강제로 먹어야 하는 걸까? 이 에토 가즈요시가 말이다.

그런데 무엇보다 참을 수 없는 것은 자신의 몸이다. 당뇨병, 그야말로 부아가 치미는 병명이다. 아직 40대 중반인데 왜 이런 늙은이 같은 병에 걸려 괴로워해야 하는 걸까?

그날의 일은 지금도 생생하다. 피고인의 책임 능력 유무에 대해 변론하던 중 갑자기 허리에 극심한 통증이 일더니 그대로 법정에서 쓰러졌다. 곧장 병원으로 실려 갔고 눈을 떴을 때는 침대 위였다. 의사는 지나친 편식과 음주가 원인이라고 했다. 설명을 들으니 과연 짚이는 바가 산처럼 있었다. 시력 저하나 잦은 어지럼증 등 일상생활 속에서 전조 증상이 있었음에도 무심코 병원을 멀리한 결과가 한꺼번에 돌아온 것이다. 하지만 에토는 건강을 챙기지 않고 포식하는 생활은 결코 자기 관리를 못해서가 아니라고 생각한다. 모두 일이 바쁜 데 원인이 있다.

에토는 사무실을 개업한 이후 내내 형사 사건을 주로 맡아 왔다. 각자 독립한 변호사라는 직업에도 계급 제도는 뚜렷하게 존재한다. 채무 정리 등 민사 사건을 많이 다뤄 수수료를 버는 데 애쓰는 변호사는 동료들 사이에서 경시 대상이 된다. 역시 세상의 이목을 끄는 형사 사건, 나라를 상대로 하는 배상 청구 사건으로 이름을 알리면 주목을 받고 제법 큰 의뢰도 많아진다. 그렇기 때문에 빌린 돈도 갚지 못하는 가난한 사람을 상대하고 있을 수만은 없다. 실제로 에토가 바빠지기 시작한 계기는 언론에서 크게 다룬 마쓰도 시의 소년 범죄 사건이었다. 대다수가 검찰 측에 유리한 판단을 내리는 가운데 에토는 결국 멋지게 무죄 판결을 받아 냈다. 에토는 신진기예의 인권 변호사로 일약 언론의 총아가 됐고 계획대로 변호 의뢰가 쇄도했다.

원래 요령이 좋고 승률 판단이 빠른 에토는 안건을 고르는 데도 빈틈이 없었다. 패소 가능성이 높은 사건은 전혀 상대하지 않았기 때문에 전적은 연승이었고, 그 결과 의뢰가 끊이지 않았다. 실적을 쌓는 한편 동료들 사이에서 평판도 올라가 마침내 변호사회에서 간사를 맡게 됐다. 교활한 베테랑 노인들이 북적거리는 곳에서 에토 같은 젊은이가 임명된 것은 이례 중의 이례였다. 다만 일반적인 변호사 활동과 변호사회의 운영을 양립하려면 잠을 줄이는 수밖에 없었다. 식사도 의뢰인이 주최하는 연회의 고단백질, 고칼로리 음식이 대부분이었다.

일은 순조로웠지만 건강은 악화되는 악순환이 이어져 오늘에 이르게 된 것이다. 정계 진출까지 고려했던 에토로서는 생각지도 못한 변수였다. 단순한 과로라면 몰라도 당뇨병은 아주 흉악한 상대로, 그동안 법정에서 싸워 온 검사나 판사와는 전혀 비할 데가 아니었다. 에토는 시력 저하, 동맥 경화에 이어 결국에는 걷는 데도 문제가 생겨 불쌍하게도 휠체어 없이는 전혀 이동하지 못하는 신세가 됐다. 에토는 실의에 빠졌다. 높이 올라간 사람일수록 추락할 때 받는 충격도 크다. 의뢰인이나 사무실 직원 들은 입 밖으로 내지 않았을 뿐 이미 에토가 은퇴한 거나 마찬가지라고 단정 짓고 있다.

하지만 변호사라는 장사는 자격을 박탈당하지 않고 죽지 않는 이상, 다른 누군가가 폐업시킬 수는 없다. 그래서 에토는 날이 갈

수록 앙상해지는 두 다리에 독설을 퍼부으면서도 언젠가 다시 법정에 서는 자신의 모습을 꿈꿨다. 시력뿐 아니라 기억력도 떨어지고, 하반신뿐 아니라 손의 감각도 둔해지기 시작한 현실은 지독히 외면하면서…….

6시에 저녁 식사를 마치자마자 에토는 허둥지둥 코트를 입고 병동을 나왔다. 도중에 간호사 몇 명을 만났지만 그들은 비난의 시선을 보낼 뿐 잡으려고 하지 않았다. 그중에는 "무섭지도 않나. 밤에는 그 녀석이 어슬렁거릴 텐데."라고 일부러 크게 말하는 사람도 있었지만 신경 쓰지 않았다.

바깥 공기는 역시 차가웠지만 살을 에는 정도는 아니다. 휠체어 생활이라고 해도 하반신 불수가 된 것도 아니고, 이만한 추위는 병원 난방으로 안개가 낀 뇌에 자극이 돼서 딱 좋다. 하루에 삼십 분은 바깥 공기를 접해야 울분이 덜 쌓인다. 그리고 소독약 냄새를 계속 맡고 있으면 이 병이 이대로 낫지 않을 것 같은 불안감에 휩싸인다. 그 불안감에 비하면 개구리 남자가 무슨 대수겠는가.

세상에서는 이름의 50음순으로 사람들이 참혹하게 살해되고 있다. 다음 희생자는 이름이 '에'로 시작하는 사람인 듯하다. 그렇기 때문에 간호사들이 그에게 위험하다고 말한다. 처음에 그 말을 꺼낸 간호사는 내내 진지한 표정이었지만 에토는 가볍게 무시했다. 다음에 누가 살해되든 결단코 자신은 아닐 것이기 때문이다. 다행인지 불행인지, 자신은 병원의 포로가 돼 집에도 사무실에도 가지 않는다. 병원 측도 입원 환자의 신원을 외부에 흘리지 않을 테니 가족과 사무실 직원, 그리고 병원 관계자 외에는 아무도 에토 가즈요시가 있는 곳을 모를 터다. 있는 곳도 불확실한 사람을 세상 어느 미치광이가 노릴 수 있단 말인가.

에토는 전동식 휠체어를 사용하기 때문에 조작하는 데 팔 힘이 필요 없다. 산책 코스는 병원에서 하천 부지로 이어지는 보도로, 자전거 전용 도로가 있어서 통행에 방해가 될 일이 전혀 없다. 그리고 최근에는 모습이 없는 살인마에 모두 겁을 먹어 저녁 이후에 나다니지 않기 때문에 자전거도 거의 없다.

하천 부지 제방까지 갔다가 병원으로 되돌아가는 것이 에토의 정해진 코스였다. 한동안 가다 보니 바람이 순풍으로 바뀌었다. 에토는 주머니에서 담배를 꺼내 불을 붙인다. 병실은 물론이거니와 병원 안은 어디나 금연이다. 병원장에게 혼자 산책하게 해 달라고 강력하게 요구한 이유 중 하나도 그 누구의 시선도 거리끼지 않고 담배를 즐기고 싶었기 때문이다. 처음 한 모금을 깊이 들이쉬는데 등 뒤에서 누가 다가오는 발소리가 느껴졌다.

탁탁.

탁탁.

웬일이야 하고 생각한 순간…….

갑자기 후두부에 강한 충격이 가해졌다.

목이 꺾일 정도의 타격.

눈이 튀어나올 것 같다. 뼈가 으스러지는 소리와 함께 숨이 멎고 입과 코에 녹 맛이 퍼진다.

견디지 못한 에토의 머리가 앞으로 꺾였다가 반동으로 되돌아간다. 곧이어 늘어진 목에 뭔가가 감긴다.

그리고 힘껏 조여진다.

어마어마한 힘. 그대로 목을 비틀어 딸 것 같은 힘. 순식간의 일에 통각은 느낄 새도 없이 숨이 막혀 왔다.

의식이 급속하게 멀어진다.

숨통을 더 조이려는지 끈을 한 번 더 감으려고 했다.

그때 입술 오른쪽 끝에 정체 모를 누군가의 손가락이 닿았다.

반사적으로 입을 열고 죽을힘을 다해 물었다.

조이는 힘이 순간 멈추지만 이내 다시 시작됐고, 깨물던 턱에서 공기가 빠지듯 힘이 빠진다.

몇 초 뒤 에토의 숨이 멎고 심장 박동도 사라졌다.

그런데 바닥에 떨어진 담뱃불에는 아직 불이 남아 있었다.

쇼다의 하천 부지에서 화재가 발생했다는 주민 신고를 받고 소방대원들이 현장에 가 보니 사람이 불기둥이 돼 타고 있었다. 서둘러 불을 껐지만 현경 수사원이 달려갔을 때에는 시신의 3분의 2 이상이 이미 숯덩이로 변해 있었다.

하천 부지에 등유 냄새와 함께 나일론과 고기가 탄 불쾌한 냄새가 감돌았다. 경찰차 조명이 어둠 속에서 피어오르는 매연을 비추고 있다. 바람이 불고 있지만 그 고약한 냄새를 지우기에는 역부족이었다. 고테가와는 코와 입을 손수건으로 막고 시신을 향해 다가갔다. 한 번이라도 숨을 제대로 쉬면 토해 버릴 것이 뻔했기 때문이다. 사실 불을 끈 직후에 신입 소방대원이 한바탕 성대하게 토한 모양이었다.

시신은 휠체어에 앉은 채 불에 탔다. 등유를 머리부터 뿌렸는지 머리 부분이 가장 숯덩이가 됐다. 그래서 전신에 비해 검게 탄 머리 골격이 어울리지 않을 정도로 작아 보인다. 의자 일부는 아직 빨갛게 연기를 내고 있고 거기서 자극적인 냄새가 올라오고 있다.

"차마 눈 뜨고 못 보겠어. 더 이상 남의 일이 아니야."

와타세도 손수건으로 입을 막으면서 말한다.

"내일 신문에서는 수사본부가 불덩이가 되겠어. 자, 받아."

그가 내민 지퍼 백에 낯익은 필적의 쪽지가 들어 있었다.

오늘 잡은 개구리는 거의 죽어 가고 있었다. 움직이지 않는 장난감은 재미없다. 그래서 태워 보았다. 불이 붙은 개구리가 타면서 날아오르고 뛰어올랐기 때문에 아주 즐거웠다. 개구리가 타는 냄새는 좋은 냄새였다.

"늦게 발견하는 바람에 이렇게까지 타 버렸어. 보다시피 하천 부지는 양쪽으로 제방이 막고 있어서 아래쪽 민가에서는 안 보여. 제보자는 맨션 5층에 사는 주민인데, 그 사람도 처음에는 강변에서 누가 쓰레기를 태운다고만 생각했나 봐."

고테가와는 그럴 만하다고 생각한다. 아무리 사각지대라고 해도 가정집들에서 별로 떨어지지 않은 곳에서 사람을 태운다는 건 상식적으로 생각할 수 없다. 하지만 범인은 그동안 그 상식에 반하는 일을 몇 번이나 계속해 왔다.

쪽지는 피해자의 지갑과 함께 근처에 놓여 있었다. 정성스럽게 돌로 눌러두기까지 했다.

지갑에 있던 면허증과 휠체어에 새겨진 병원 이름으로 금방 신원이 밝혀졌다. 시립 의료 센터에 연락하자 그쪽도 피해자의 행방을 찾고 있던 중이었기에 조회는 그 자리에서 끝났다. 다급하게 뛰어온 담당 의사는 타고 남은 부위의 특징을 보고 곧바로 피해자가 에토 가즈요시 본인이라는 사실을 증언했다.

"일반인에게는 어떻든지 간에 우리나 검찰에서는 평판이 나쁜 변호사였어. 인권파라는 타이틀을 달았지만 실제로는 공명심과 금

전욕의 화신 같은 인간이야. 작년 여름 무렵 갑자기 입원했다고 들었지만 설마 휠체어 신세를 졌을 줄이야."

"그런데 보통 이런 시기, 이런 시간에 이름이 '에'로 시작하는 사람이 혼자서 산책하려고 할까요? 그렇게 대담한 인물이었습니까?"

"자신이 있는 곳은 가족과 병원 관계자만 아니까 표적이 될 리가 없다고 큰소리쳤나 봐. 요즘 개인 정보 보호 법이 널리 알려져서 문의해도 물론 대답해 줄 리가 없고 본인이 희망하지 않는 한 병실에 이름도 표시하지 않으니까. 문제는 그거야. 그렇다면 개구리 남자는 어떻게 에토 변호사가 있는 곳을 알았을까? 가장 상식적인 해답은 뭘까?"

"……병원 관계자 아니면 변호사 사무실 중 누군가가 개구리 남자다."

"그래서 당장 관계자 명단을 작성하라고 했어. 완성되면 또 모두의 알리바이와 배후 관계를 조사해야 돼."

지긋지긋해하는 말투 속에서 조금이나마 희망적인 기운이 느껴지는 것은 용의자를 좁힐 수 있기 때문이다. 앞의 세 사건에 비하면 커다란 진전이다. 한편 고테가와는 그것이 작은 기대에 불과하다는 점도 어렴풋이 인식하고 있었다.

그 교활하고 조심성 많은 범인이 이렇게 허술하게 자신의 정보를 흘리는 짓을 할 것 같지 않았다. 사람이 사는 곳에서 살인을 저지르면서도 그 장소는 항상 생활 공간의 사각지대를 고르고 있다. 연이어 범행을 저지르면서 자신에게 직결되는 유류품은 아주 적다. 범인은 반드시 어디선가 실수한다. 진부한 말은 실제로 맞는 경우가 많지만 이번 사건만은 전혀 통용되지 않는 듯하다.

"반장님, 잠시만요."

검시관이 와타세를 불렀다.

"왜?"

"이리 좀 와 보세요. 이걸 보셨으면 해서요."

검시관이 불탄 시체의 바로 정면을 가리켰다. 머리 골격 전체가 검게 타고 눈도 불타 버렸지만 치아만은 아직 하얀 부분이 남아 있다. 검시관이 직업적인 냉정함을 유지한 채 양 볼을 잡더니 천천히 위아래로 벌렸다.

"보이십니까? 치아 위아래 틈에 고기 조각 같은 게 끼어 있습니다. 입속에 있어서 타지 않은 거죠."

손전등이 비추는 원 속을 들여다본다. 치아 뒤편으로 분명 먹다 남은 음식 찌꺼기 같은 잔류물이 있다. 크기는 병아리 눈물 정도 되려나.

"당장 병원 식단을 확인해 보십시오. 이만한 크기의 음식 찌꺼기를 이에 붙여 놓고 있을 사람은 없겠지만 만약을 위해서요."

"뭐 같은데?"

"무슨 고기 조각인 건 틀림없어 보입니다. 그리고 타 죽기 직전에 자기 피부나 고기를 씹고 있었다고 생각하기는 어렵고. 재수가 좋으면…… 범인 거죠. 피해자가 범인의 신체 일부를 물어뜯은 겁니다."

"신체 일부……."

"범인은 피해자의 등 뒤에서 앞쪽으로 끈을 조여 한 번 교차시킨 뒤 다시 한 번 교차시켜 조였습니다. 피해자 입술에 닿은 부분은 아마 손가락일 겁니다."

"반장님, 조금 전 수사본부가 불덩이가 될 거라고 하셨죠?"

"그래. 까놓고 말하면 그 전부터 공중에 매달리고 사방에서 압력을 받고 경비부가 붙잡혀 해체도 됐어. 별거 아니야. 결국 우리도 시체와 똑같은 꼴이 돼 가고 있는 거지. 두고 봐. 내일 조간신문마다 이렇게 시간과 인원을 들여서 네 번째 사건을 막지 못했냐면서 본부에 집중포화를 쏴 댈 테니. 이제 간부 한두 명 갈아 치운다고 끝날 문제가 아니야. 안채에 난 큰불이 몇 명에게나 옮겨붙을지. 하지만 정말 무서운 건 그런 게 아니야."

와타세가 목소리를 한층 낮춘다.

"사람들이 공황에 빠지고 경찰이 외압에 못 이겨 괜히 서둘러 해결하려고 하다 보면 결국 오인 체포와 원죄(冤罪) 문제가 생길 거야. 그건 별로 자랑할 수 없는 경찰의 지난 역사가 증명하고 있어. 하지만 그것만은 절대 해서는 안 되는 실수야. 원죄라는 건 진범을 들판에 풀어 준 채 무고한 사람의 인생을 매장시키고 경찰에 대한 신뢰를 실추시키는 삼중의 대죄야. 그런 대죄를 만들 정도면 사건이 미궁에 빠지는 게 나아. 무고한 사람에게 죄를 뒤집어씌우느니 살인자 한 명쯤 놓치는 게 더 낫다는 말이야."

고테가와는 흠칫 놀라 자신도 모르게 주변을 둘러봤다. 마지막 말은 적어도 수사를 지휘하는 사람이 입에 담을 소리가 아니다. 다행히 근처에는 아무도 없었다.

"너는 뭔가 안 느껴져?"

"뭐 말입니까?"

"뭐랄까, 마치 하늘 위에서 감시당하는 것처럼 으스스한 느낌?"

고테가와는 그 말에 동감했기 때문에 말없이 고개를 끄덕였다.

"이번 범인은 단지 이상한 게 아니라 교활하고 영리해. 짐작일 수 있지만 범죄 행위뿐 아니라 자꾸만 그 행위가 언론이나 세상에 미치는 영향까지 계산하는 것 같단 말이야. ……아니야. 왠지 우리가 녀석 생각대로 놀아나는 거 같아. 우리뿐 아니라 이 한노 시 사람들 모두 녀석한테 조종당하는 거 같은……."

와타세가 갑자기 고개를 저었다.

"아니야. 지금 한 말은 흘려 넘겨. 내 망상도 정도가 있지."

고테가와는 다시 한 번 말없이 고개를 끄덕였다. 하지만 망상이라는 의견에 동의한 긍정은 아니었다. 사실 고테가와도 와타세와 똑같이 느끼고 있었다.

2.

나쓰오가 열두 살이 된 그해 봄, 이웃에 여자아이가 이사 왔다. 스즈오키 미카라는 긴 머리 여자아이로 나쓰오보다 세 살 어렸다. 어쩌다 보니 등하교를 같이하게 됐고 이후 나쓰오를 완전히 따르게 됐다.

미카는 아버지가 전근이 잦아서 전학에 익숙했다. 집은 단독 주택 전세. 아버지의 수입이 그저 그렇다는 것은 미카가 입고 다니는 옷으로 대충 짐작이 갔다. 미카는 얼굴, 코, 입이 모두 조그맣고 동글동글한 눈만 큼지막했다. 옷도 귀여운 것만 입어서 나쓰오 눈에는 마치 인형처럼 보였다. 손을 잡으면 너무 부드러워서 놀라곤 했다. 포동포동한 감촉만 있을 뿐 뼈가 전혀 느껴지지 않는다. 울툭불툭한 자신의 손가락과 전혀 달랐다. 코를 가까이 대면 희미한 비누 냄새와 우유 냄새 같은 좋은 향기가 났다. 머리에서는 항상 샴푸 냄새를 풍겼다.

미카는 "논이나 산이 보이는 곳에 처음 살아 봐." 하고 말했다. 철들 무렵부터 도내에 사는 일이 많았던 모양이다.

"그리고 심술궂은 남자애들이 많아."라고도 했다. 그 때문인지 나쓰오를 많이 의지하는 듯했다.

"나, 나만 믿어. 지켜, 줄 테니까."

나쓰오는 말했다. 그런데 나쓰오 속에 둥지를 튼 다른 생물은 또 다른 생각을 하고 있었다.

이 귀여운 여자애는 숨이 끊길 때 어떤 얼굴을 할까…….

이 생각은 미카의 부드러운 손을 잡고 머리카락 냄새를 맡을 때마다 커져만 갔다. 하지만 미카는 절대 개나 고양이가 아니라 자신과 똑같은 사람이라는 윤리관으로 가까스로 그 어두운 욕구를 억눌렀다.

그러나 그것도 오래가지 않았다. 어느 날 밤, 평소처럼 나쓰오를 등 뒤에서 범하던 다쓰야가 이런 이야기를 꺼냈다.

"너, 항상, 같이, 다니는, 미카라는, 애 있지?"

"네, 있어요…….".

"꼭, 인형처럼, 생겼던데."

나쓰오도 같은 생각이었지만 긍정하고 싶은 생각은 없었기에 아무 대꾸도 하지 않았다. 다쓰야가 말을 이었다.

"그런 애가, 내 딸이었으면, 좋았을 텐데. 분명, 너보다, 몇 배는, 좋았을 거야."

이 한마디에 나쓰오의 자제심이 무너졌다. 학대당하고 능욕당하는 것과는 별개로 아빠의 욕구를 충족시키고 있다는 최소한의 자존심마저 부정당했기 때문이다.

이렇게 아프고 힘든 꼴을 당하는데…….

그런데도 이 남자는 자기보다 아직 말도 한 번 안 해 본 미카가 좋다고 말한다.

"아아, 그 애는, 손에 착 감길, 정도로, 피부가, 매끄럽겠지. 속도, 너보다, 훨씬, 훨씬, 부드러울 거야."

다쓰야는 그렇게 말하면서 일을 마쳤다.

자제심이 끊어지자 미카가 같은 사람이라는 윤리관도 동시에 날아갔다. 남은 건 자신에 대한 아빠의 흥미를 빼앗아 간 자에 대한 증오와 그 인형 같은 몸을 장난감처럼 가지고 놀고 싶다는 순연한 욕망뿐이었다.

나쓰오 안의 괴물이 슬그머니 고개를 쳐들었다.

다음 날 아침부터 미카를 보는 나쓰오의 눈빛이 바뀌었다. 귀여운 여동생을 보는 눈이 아니다. 육식 동물이 사냥감을 품평하는 눈이다. 미카가 개나 고양이가 아니라는 사실은 윤리관이 아니라 생물적인 차이로 인식했다. 그래서 예전처럼 미간의 조금 위가 급소라는 생각은 버렸다. 얼굴 정면에서 흉기가 날아오면 아무리 아이라도 분명 반사적으로 피하려고 할 것이다.

그렇다면 뒤는 어떨까? 앞서 걸어가는 미카의 뒤통수를 때려서 기절시킨다. 드라마에서도 몇 번 본 적이 있기 때문에 괜찮을 듯했다. 일단 기절하면 그야말로 인형이나 마찬가지다. 하지만 문제도 있다. 미카가 항상 자신과 등하교를 같이한다는 사실은 모두가 알고 있다. 만약 미카가 도중에 사라지면 틀림없이 자신이 의심받는다. 뭔가 좋은 방법이 없을까…….

뜻밖에 그 기회는 빨리 찾아왔다.

여름 방학이 되자 역시 미카와 같이 있는 일이 줄어들었다. 나쓰오로서는 접촉은 하면서도 남들 눈에 띄어서는 안 되는 괴로운 날들이 이어졌다.

그러던 중 세차게 소나기가 쏟아지는 날이었다.

집 근처에서 개나 고양이의 모습은 부쩍 줄었다. 그 정도로 많은 수를 도살했으니 들개조차 경계해서 나쓰오의 생활 공간을 피하는 듯했다. 그래도 나쓰오는 나그네가 사막에서 물을 구하듯 사냥감을 찾아다녔다.

하늘이 갑자기 흐려지더니 온통 시커메지기까지 오 분도 채 걸리지 않았다. 아직 4시도 안 된 시각이었지만 주변은 한밤중이라고 착각할 정도로 어둡다.

한 방울 그리고 또 한 방울.

천천히 내리기 시작한 커다란 빗방울은 순식간에 장대비가 되더니 이내 은색 커튼이 됐다. 주변은 빗줄기가 표면을 때리는 소리만 들릴 뿐이다. 땅 위의 열기와 먼지도 모두 거칠게 씻어 내는 호우는 잡초가 무성한 공터 냄새조차 쓸어서 흘려보낸다.

우산이 없던 나쓰오는 어쩔 수 없이 공터 구석 폐가로 도망쳤다. 전에는 민가였지만 살던 사람이 이사 간 뒤로는 농기구 창고가 돼 있었다. 물론 전기가 끊겼기 때문에 안에 들어가도 어둡기는 마찬가지였다.

머리부터 물방울을 뚝뚝 떨어뜨리고 있는데 뒤에서 누가 말을 걸었다.

"나쓰오?"

뒤돌아보자 미카가 서 있었다. 나쓰오처럼 흠뻑 젖은 채였다.

"심부름 가는데 갑자기 비가 와서……."

말이 채 끝나기도 전에 우르릉 쾅쾅 천둥소리가 울려 퍼지더니 이어서 하늘이 번쩍였다.

미카가 "엄마!" 하고 짧은 비명을 지르며 매달린다. 흠뻑 젖은 피부는 완전히 열을 잃어서 시체처럼 차가웠다. 하지만 나쓰오의 피부와 맞닿은 부분은 아직 다 타지 않은 장작불처럼 서서히 온기가 되살아난다.

"아아, 따뜻해."

미카가 천진난만하게 말하더니 두 손으로 나쓰오의 허리를 감싼다. 나쓰오는 허둥지둥 그 손을 감싸 잡는다. 그 손이 닿은 약간 아래쪽 뒷주머니에 망치가 들어 있었기 때문이다. 개나 고양이를 도살하기 위해서 준비해 온 도구가 이처럼 예기치 않은 형태로 도움이 될 줄이야.

폐가에는 자신과 미카 둘뿐이다. 공터에는 사람 그림자도 없고 이 빗속에서는 당분간 아무도 오지 않을 것이다. 주머니에는 손에 익은 도구가 있다. 이런 일을 두고 천재일우라고 한다. 나쓰오는 운명에 감사했다.

다시 천둥소리와 함께 번개가 한낮의 어둠을 찢는다. 소리와 빛이 동시라는 것은 천둥의 본체가 바로 위에 다가왔다는 증거다.

"미카를 지켜 준다고 했지?"

미카가 더 세게 매달린다. 그 정수리 부분이 나쓰오 코끝에 닿는다. 머리가 젖어 다른 때보다 옅어진 샴푸 냄새가 땀 냄새와 같이 콧속으로 들어온다. 한 가지 진실을 되새기게 한다.

미카는 인형이 아니다. 피가 흐르는 인간이다. 아직은…….

그러니 빨리 생명을 빼앗아야 한다. 심장 박동을 멈추게 하고 피부를 맞대고 아무리 문질러도 체온이 돌아오지 않게 해야 한다.

완벽한 인형으로 만들기 위해서.

요란한 빗소리가 에워싸고 있는데도 미카의 심장 소리가 들린다. 미카도 내 심장 박동 소리를 듣고 있을까? 미카가 상상도 못할 이유로 두근거리는 이 소리가.

"미카야, 눈 감고 뒤돌아 봐."

"응, 왜?"

"미카한테 줄 게 있어."

"우아, 뭘까?"

미카가 팔을 풀더니 빙글 뒤돌았다.

나쓰오는 극도로 긴장하면서도 더할 나위 없이 냉정했다. 재빨리 망치를 꺼내 높이 쳐들고 정확히 한 곳을 향해 내리쳤다.

마치 밥공기를 천에 싸서 깨는 것처럼 살짝 둔탁한 소리였다. 망치 끝은 두개골에 파묻혀 있다. 미카의 몸은 찍소리도 없이 바닥에 주저앉듯 무너져 내렸다.

망치를 빼는데 동시에 주위가 다시 빛났다. 꿀렁하는 소리와 함께 터져 나온 핏덩어리가 섬광에 드러난다. 오줌을 쌌는지 바닥에서 냄새가 올라와 코를 찌르지만 나쓰오는 환멸 따위는 느끼지 않는다. 이미 개나 고양이에게서 경험했고 이 냄새야말로 생물이 장난감으로 바뀐 증거이기 때문이었다.

만약을 대비해 주머니에서 비닐 끈을 꺼내 목에 이중으로 감은 뒤 힘껏 조인다. 실제 효과가 어떻든지 간에 거의 의식화된 행위였고, 조이면 조일수록 소변도 계속 나오기 때문에 인형의 내부를 청소하는 작업도 겸하고 있었다.

더는 입고 있을 필요가 없는 인형 옷을 아무렇게나 벗긴다. 그 안에서 드러난 건 하얗고 매끄러운 알몸이다. 이 아름다운 인형을 어떻게 가지고 놀까? 나쓰오는 사랑스러운 듯 피부에 뺨을 가져다 댄다. 아직 체온은 남아 있지만 이미 생명의 불길은 꺼졌고, 유리

구슬처럼 맑디맑은 안구도 빛을 잃고 있었다. 나쓰오의 가슴은 기대와 호기심으로 터질 것만 같았다.

문득 깨달았다. 전혀 예기치 못한 전개였기 때문에 가지고 있는 도구라곤 망치뿐이었다. 하지만 주변을 둘러보고 안심한다. 자기 도구는 없지만 폐가 구석에 농기구가 늘어서 있지 않은가. 나쓰오는 생각에 잠긴 듯 농기구 앞에 서 있다가 이윽고 괭이를 하나 집어 들었다. 날의 폭은 미카 목보다 약간 크고 끝은 묵직하니 무게감이 있다. 커터나 나이프보다 훨씬 마음에 들었다.

어슴푸레한 가운데 번개가 번뜩이고 시체가 눈부시게 떠오른다.

작업 전에 나쓰오도 옷을 벗는다. 피가 튀어 옷이 더러워지지 않게 하기 위해서였다. 사람을 절단하는 것은 처음이었지만 개나 고양이보다 출혈이 많으리란 것은 쉽게 짐작할 수 있다.

머리 양옆에 두 발이 오게 선다. 괭이를 목덜미에 대자 그 무게만으로 날 끝이 살 속으로 파고든다. 괭이는 처음 사용해 보지만 요령은 알고 있다. 그동안 사용했던 도구의 응용이다. 겁내지 말 것, 그리고 똑바로 내려칠 것.

괭이를 등까지 높이 쳐든다. 여기까지 탄력이 붙으면 필요 이상으로 힘을 주지 않아도 괭이의 무게로 목적은 이룰 수 있을 터다.

숨을 멈추고 죽도처럼 내려친다.

정확히 명중했다.

살이 찢기고 뼈가 부서지는 감촉이 전해진다. 한 박자 늦게 무릎 아래까지 핏방울이 튄다. 예상은 하고 있었지만 나쓰오는 그 어마어마한 출혈에 놀랐다. 한 번 내려친 걸로는 완전히 잘리지 않았다. 날 끝은 목의 3분의 2까지 자르다가 멈췄지만 그 날을 따라 피가 계속 뿜어져 나온다. 괴어 있던 피가 순식간에 퍼진다. 허리를 굽혀 잠시 분출되는 모양을 관찰하자 이내 간헐천처럼 됐다. 머리는 목과 붙어 있는 부분이 거의 없어 대롱대롱 흔들리고 있다.

이번에는 한쪽 발로 머리를 고정시킨다. 이목구비가 단정한 얼굴을 밟아 누른 순간 짜릿한 쾌감이 등줄기에 퍼졌다.

그대로 다시 한 번 괭이를 내려치려고 했을 때였다.

"그만!"

입구에서 성난 목소리가 날아왔다. 돌아보는 것과 동시에 괭이를 빼앗겼다.

눈앞에 비옷을 입은 경찰관이 서 있었다. 경찰관은 마치 괴물을 보는 듯한 눈으로 나쓰오의 전신을 바라보다가 바닥에 구르는 물건의 정체를 깨닫고 기겁했다.

그 뒤의 일은 잘 기억나지 않는다.

억지로 옷이 입혀지고, 폐가에 미처 다 들어오지 못할 정도로 경찰들이 몰려들었다. 경찰들은 아무도 입을 열지 않고 말없이 미카의 시체를 내려다보기만 했다.

밧줄로 허리를 옭아맸지만 수갑을 채우지는 않았다. 경찰차를 타고 가 책상만 놓인 쓸쓸한 방에서 이것저것 질문을 받았지만 뭘 어떻게 대답했는지는 기억나지 않는다. 다쓰야에게 능욕당할 때 느끼는 또 다른 자신이 넋 나간 자신을 관찰하고 있는 기분이 내내 이어졌다.

사형당하는 걸까 하고 막연히 생각했지만 쉽게 그렇게 되지는 않았다. 사형은커녕 나쓰오를 대하는 경찰들은 남녀 할 것 없이 친절하고 아주 조심스러웠다.

이상하게 다쓰야가 면회를 온 기억은 없다. 단지 잊은 건지도 모르지만 나쓰오에게는 잘된 일이었다. 만나면 그 인간은 반드시 나쓰오에게 욕설을 퍼부으며 멸시할 것이 뻔했기 때문이다. 체포돼서 가장 좋았던 점은 다쓰야의 얼굴을 마주하지 않아도 된다는 것이었다.

텔레비전에서 본 재판도 열리지 않았다. 단지 어른 세 명이 앉아 있는 곳으로 가 무슨 선고 비슷한 것을 들었을 뿐이었다. 가운데 앉은 엄한 얼굴의 남자가 방에서 나가기 직전에 위엄 있는 말투로 뭐라고 했지만 그 말도 전혀 기억나지 않는다.

그리고 교도소에 들어가는 일도 없었다. 나쓰오가 수용된 곳은 의료 소년원이라는 시설로, 내부 분위기와 직원 모두 병원을 떠올리게 했다. 새로 칠했는지 깨끗한 벽이 돋보이는 세 평짜리 방도 주어졌다. 나쓰오의 집에 비하면 마치 호텔 방처럼 보였다. 아빠로부터 격리된 곳, 간소하지만 제대로 된 세 끼 식사, 그리고 이 독방. 사람을 한 명 죽였는데 생활 수준이 엄청나게 좋아진 것이 정말로 이상했다.

입소해서 한동안은 온갖 테스트와 진찰이 이어졌다. 심리 테스트, 뇌파 테스트, MRI. 그리고 얼마 안 돼 나쓰오는 한 의사의 문진을 받았다.

오마에자키라는 의사였다.

"사가시마 나쓰오지?"

"의사 선생님…… 수술해요?"

"수술? 아니, 안 하는데. 나는 외과의가 아니라서 말이지. 그런데 왜 그러니?"

"그야 미카를 죽였으니까…… 뇌를 바꿔 넣을 거잖아요."

"하하하. '뇌를 바꿔 넣는다.'라. 기발한 생각이구나. 이래서 네 또래 아이들과 이야기하는 건 재미있어. 아니, 걱정하지 말려무나.

네 성격과 인격을 바꿀 생각은 없어. 다시 한 번 처음부터, 아기 때부터 다시 시작하는 거야."

"아기……."

"그래. 네가 이렇게 자란 건 지난 생활 환경 탓이야. 그러니 전혀 다른 환경에서 아기로 돌아가 다시 시작하는 거지. 여기에는 네 엄마나 아빠가 안 계시지만 여기서 일하는 사람들이 모두 네 가족이 되는 거야. 너만 좋다면 물론 나도 그중 한 명이 될 거고."

"죽을 때까지 여기서 살아요?"

"아니. 네가 생명의 소중함을 배우고 누군가를 위해 눈물을 흘리고 누군가를 진심으로 사랑할 수 있는 사람이 되면 바깥세상으로 나갈 수 있단다."

"……안 돼요."

"뭐가?"

"내가 미카를 죽인 걸 모두들 알잖아요. 밖에 나가면 사람들이 괴롭힐 거예요."

"아아, 그것도 걱정할 거 없단다."

오마에자키가 자상하게 미소 지었다.

"이름을 바꾸는 거야."

"네?"

"가정 법원이라는 곳이 있는데, 신청 이유가 타당하다고 판단되면 개명할 수 있단다. 실제로 여기서 나갈 때 이름을 바꾸는 사람이 많아. 그리고 이전과는 다르게 예전의 자신을 아는 사람이 없는 곳에서 생활하게 되지. 나쁜 게 아니야. 새로운 사람이 돼 새 출발을 하는데 새로운 이름이 어울리는 경우도 있으니까."

새로운 사람, 새로운 이름.

나쓰오는 그 이야기가 이루 말할 수 없이 매력적으로 들렸다.

3. 12월 20일

이날 수사본부에서는 8시 30분부터 수사 회의가 열렸다.

수사 회의는 한노 경찰서 4층 회의실에서 한다. 고테가와는 초조하게 경찰서로 향한다. 초조감의 원인은 조간신문 1면에 있었다. 네 번째 살인, 더구나 이번에는 사는 곳을 숨기고 있던 사람인 데다 불태워지기까지 했다. 다시 말해 범인은 주민 등록 주소지뿐 아니라 은닉돼야 할 개인 정보까지 죄다 알고 있다는 의미다. 대체 범인은 어떤 네트워크를 통해 한노 시에 망을 치고 있는 걸까?

그런 신문의 의문은 고스란히 한노 시민들에게 불안감을 안겼다. 이미 우리는 어둠의 네트워크에 붙잡힌 포로다. 이렇게 되면 이제 우리가 숨을 곳은 없다. 시외로 탈출하든 어느 시설로 도망치든 개구리 남자는 어떤 수단을 동원해서라도 반드시 행방을 찾아낼 것이다. 역 매점에서 경찰서로 가는 길, 신문을 열심히 보는 사람들은 모두 그런 불안감을 드러내고 있었다. 그 불안감은 조만간 틀림없이 이 수사본부로 향할 것이다.

오늘도 하늘이 무겁고 어둡다. 게다가 회의실 조명은 낡은 형광등이고 줄지어 앉은 수사원들 얼굴색도 나란히 어둡다. 이런 걸 두고 음침하다고 하는 것이다.

정면 단상에는 현경 본부의 구리수 수사 1과장과 와타세, 한노 경찰서장과 형사과장이 자리하기로 돼 있었다. 그런데 구리수 과장이 아직 도착하지 않았다. 현경 본부 팀 열 명과 한노 경찰서 팀 스물한 명은 멍하니 앉아 마냥 기다렸다.

회의라고 해도 수사 방향에 큰 전환이 있는 것도 아니고 오히려 시체 한 구가 늘어나서 더 혼란스러울 것은 불 보듯 뻔하다. 발표 내용도 고작해야 네 번째 피해자의 프로필과 해부 소견, 별 수확 없는 탐문 수사 결과가 전부다. 고작 그걸 가지고 뭐 하러 이렇게까지 거드름 피우면서 기다리게 하는 걸까?

예정된 시간이 십오 분쯤 지나자 여기저기서 웅성거리는 소리가 들리기 시작했다. 다른 간부들도 미간에 주름을 잡으면서 구리수의 지각을 비난하기 시작했다.

그때 단상 위의 전화기가 울렸다. 서장이 수화기를 들고 보고를 듣는다.

순간 얼굴색이 바뀐다.

"어떻게 그럴 수가……."

목소리를 낮춘다고 낮췄지만 그 목소리는 오히려 실내를 쥐 죽은 것처럼 고요하게 만들었다. 의아한 듯 한쪽 눈썹을 치켜세운 와타세가 얼굴을 들이대자 서장이 그에게 소곤거린다.

이번에는 와타세가 얼굴빛을 바꿀 차례였다. 그는 아무 말 없이 자리를 박차고 일어나 창가로 가더니 눈이 휘둥그레진다.

고테가와를 비롯한 몇 명이 이변을 알아채고 창가로 달려간다.

창밖에는 이상한 광경이 펼쳐져 있었다.

청사 밖에 사람들이 구름처럼 몰려와 있었다. 열 겹 스무 겹 정도가 아니다. 정문에서 현관까지 꽉 차 있을 뿐 아니라 담장 너머로도 줄지어 있다. 그 사람들 모두가 부지 안으로 줄줄이 들어온다. 기자들이 아니다. 카메라나 마이크를 든 사람들은 보이지 않고 대신 손에 든 것은 각재나 공구 등 훨씬 위험한 물건이다.

"과장이 탄 차가 저 군중에 막혀서 경찰서 100미터 앞에서 꼼짝 못 하고 있대."

3층 높이에서는 개개인의 표정도 똑똑히 보인다. 웃는 얼굴은 하나도 없다. 아무 말도 없는 자, 뭐라고 외치는 자, 욕설을 퍼붓는 자, 분노를 드러내는 자. 다만 한결같이 막다른 곳에 몰린 사람같이 울기 직전이다. 한눈에도 정서 불안으로 보이는 군중으로 가득 차 부지는 이미 발 디딜 틈이 없다. 불온한 공기가 수런거리며 피부로 전해진다.

비슷한 장면을 뉴스에서 본 적이 있다. 아마 화재로 집과 먹을 것을 잃은 피난민이 부족한 구호품을 기다리고 또 기다리는 장면, 혹은 정부의 횡포에 화나 경찰 부대에 달려드는 데모 부대의 장면이었던가.

고테가와의 본능이 경보를 울린다. 그때 와타세가 창문에서 떨어져 서장에게 다가갔다.

"서장님, 경찰서를 봉쇄해 주십시오."

"무, 무슨 소린가?"

"저 사람들은 아마 우범자 명단을 요구하러 왔을 겁니다. 이름이 '오'나 그다음으로 시작하는 사람들일 거고요. 다음 희생자는 자기가 되지 않을까 하는 공포와 의심암귀로 갈수록 불안감이 커져서 냉정을 잃던 차에 이번 사건이 발생했습니다. 이쪽에서 어떻게 대응하느냐에 따라 폭동이 될 수도 있습니다. 정면 현관은 물론 다른 출입구도 봉쇄해야 합니다. 저 많은 사람들이 들어오면 위험합니다. 무슨 일을 어떻게 당할지 모릅니다."

"한노 시민들이 폭동을 일으켜서 경찰서를 습격한다고? 와타세, 무슨 잠꼬대 같은 소린가?"

"분명 이 나라에서는 좀처럼 일어나지 않는 일이죠. 하지만 서장님 잊으셨습니까? 오사카 니시나리 구에서 파출소가 불탄 사건요."

서장 얼굴에 순식간에 긴장감이 감돈다.

"그때도 설마 파출소가 표적이 되리라고는 아무도 예상 못 했습니다. 그런데 궁지에 몰린 사람들이 폭동을 일으키는 건 한순간입니다."

"괜한 걱정이야. 아니 망상이라고 해 두지. 만약 폭동이 일어난다고 해도 여긴 경찰서야. 폭동을 진압하기 위한 정예가 여기에 얼마나 많은데."

"경찰서 경비과와 현경 기동대 대부분이 의원님들 경호로 이곳에 없습니다."

서장님은 앗 하고 입을 벌렸다.

"폭동을 진압하는 프로들은 부재중입니다. 저희에게 남은 무기라곤 경찰봉과 권총뿐이고요. 그것도 얼마 없을뿐더러 사람들이 너무 많아서 도저히 상대할 수가 없습니다. 무엇보다 시민들에게 어떻게 권총을 겨눕니까? 혹 실수로라도 누가 발포하는 날에는 불난 집에 기름을 붓는 격이 되겠죠. 부상자는 말할 것도 없이 사망자까지 나올 수도 있습니다. 설사 양쪽 모두 부상자가 없더라도 우범자 명단이 외부로 유출되면 명단에 올라간 사람 중에 분명 위해를 당하는 사람이 나옵니다. 그럼 어떻게 될까요? 지옥의 불가마가 열려서 책임자라는 사람들은 모조리 집어삼킬 겁니다."

서장 얼굴이 번민으로 일그러진다. 와타세가 제시한 최악의 상황을 상상해 보고 공포로 몸을 떠는 한편 경찰서 폐쇄에 따른 비난의 크기를 저울질하고 있는 것이다. 하지만 위기관리는 관리직의 필수 능력이다. 그 점에서 과연 서장의 판단은 빨랐다.

"괜한 부상자가 발생하지 않게 하는 게 최우선이야. 그렇게 하게."

"건물 출입구는 전부 얼마나 있습니까?"

"건물이 오래돼서 다행이네. 정문 현관과 뒷문 그리고 지하 주차장, 세 곳뿐이야."

"전화 빌리겠습니다."

와타세가 서장 눈앞에서 수화기를 집어 든다.

"4층 본부인데…… 뭐? 시끄러워서 안 들려! 다시 말해 봐! 막을 수 없다고? 알았어. 지원 보낼 테니 그때까지 버텨. 그리고 당장 뒷문과 주차장 입구 셔터 내려. 서둘러. 2층과 3층에 전해! 데이터 빼앗기지 않게 컴퓨터는 모두 꺼. 엘리베이터는 정지시키고 비상계단도 방화문을 닫아서 못 들어오게 막아."

전화를 끊은 와타세가 그 자리에서 마른침을 삼키고 있던 일동을 엄히 둘러본다. 그 모습은 틀림없는 지휘관의 풍모였다.

"1층 안내대로 사람들이 몰려들고 있다. 경찰 다섯 명이 대응하고 있지만 역부족이다. 젊은 사람부터 일곱 명, 빨리 내려가서 돕고 경비과에서 방패를 빌려 폭동에 대비하도록 한다. 절대 올라오게 해서는 안 된다. 나머지는 여기서 대기. 자, 출발!"

수사원 일곱 명이 튕기듯 회의실에서 뛰쳐나갔다. 고테가와도 그중 한 명이다.

와타세의 지시는 명쾌했다. 한노 경찰서의 각 층은 거의 정방형인데 그 중심을 엘리베이터와 비상계단이 관통하고 있다. 그리고 사무실이 그 주변을 감싸듯 배치돼 있다. 따라서 중심의 출입구를 봉쇄하면 북측 계단만 남게 돼 수비하기 수월해진다. 아무튼 계단 위층, 특히 이번 사건의 정보가 집중된 본부가 침입당하는 건 무슨 일이 있어도 막아야 한다.

피부와 본능이 위기를 감지하는 한편 사고는 아직 사태를 파악하지 못하고 있었다. 시민들이 경찰서를 습격한다는 말도 안 되는 재난이 정말 일어날 수 있을까? 서장이 흘린 한마디는 경찰관 모두의 공통된 의문이기도 했다. 수사권을 갖고 필요에 따라 어디든 들어갈 수 있으며 수상한 사람을 구속하고 나아가 발포도 허가된다. 이른바 절대 권력을 가진 조직의 중심에 서민들이 반기를 들다니, 도저히 현실 세계의 일 같지 않았다. 분명 그런 사례는 과거에도 있었다. 하지만 그건 바다 건너, 그것도 범죄 도시라고 불리는 지역에서 일어난 사건이다. 규율을 잘 지키는 국민성을 자랑하며 화재에도 약탈 사건이 발생하지 않는다는 이 나라 일본에서 그런 폭동이 일어날 리 없다……

여기까지 생각하다가 고테가와는 소름이 끼쳤다. 첫 번째 사건 때부터 한노 시 사람들은 평온한 일상과 냉정한 판단을 조금씩 빼앗겨 왔다. 예기치 못한 재해가 아니라 발밑에서부터 스멀스멀 올라오는 듯한 공포로 인해서다. 범인의 표적과 기호(嗜好)가 밝혀지고, 어느 틈엔가 범인이 쳐 놓은 거미줄에서 옴짝달싹할 수 없는 상태에 빠져 있다. 그런 상황에서 규율이고 뭐고 다 무슨 소용인가. 쥐도 오랜 시간 노리개가 되고 죽음의 공포에 떨다 보면 광란해 고양이를 물게 된다. 사람도 마찬가지다. 생존 본능과 그 기회가 있는 한 사람도 역시 저항한다.

날듯이 계단을 내려가는데 3층을 지나면서부터 벌써 살기 어린 대화가 들렸다.

"책임자 나오라고 해."

"사이코 명단 내놔."

"여러분, 진정하세요! 진정 좀 하세요."

"진정하면 뭘 어쩔 건데? 이쪽은 생사가 달려 있다고. 어떻게 진정하냔 말이야."

"우리가 니들 대신에 그 녀석들을 감시해 준다니까."

"그런 건 경찰이……."

"닥쳐, 이 자식아. 너희가 아무짝에도 쓸모없으니까 우리가 대신하겠다는 거 아냐. 너네한테 맡겼다간 영원히 결말이 안 나. 벌써네 명이나 죽었잖아."

"범인을 잡아도 어차피 정상이 아니라면서 무죄가 될 게 뻔하잖아. 범인도 못 잡고 잡아도 유죄로 증명하지도 못하면서 너희가 무슨 자격으로 우리를 막는 거야?"

정상인과 정상인이 아닌 사람의 결정적인 차이는 눈이다. 말이나 행동이 정상이라도 이상해진 사람은 초점이 흐릿하다. 정면을보는 것 같으면서 다른 곳을 보고 있다. 자신이 보고 싶은 것만 보려고 한다. 그리고 지금 군중이 그런 눈을 하고 있었다.

평범한 군중이 아니다. 발광한 집단이다.

일단 판단을 내리자 몸이 곧바로 반응했다. 다른 수사원들도 같은 느낌을 받은 모양이었다. 군중을 제지하는 경찰들 뒤에서 인간바리케이드를 만든다. 하지만 평소 훈련을 받으며 범죄자를 상대한다고는 해도 1층을 지키는 경찰관은 대략 열 명 정도다. 그에 반해 군중은 셀 수 없이 많다. 그 압도적인 차이는 어쩔 도리가 없다.

방패를 짊어진 수사원들이 지원하러 뛰어왔다. 폴리카보네이트방패는 이전의 두랄루민 방패보다 방탄성이 뛰어날 뿐 아니라 무게도 가볍고 투명한 점이 커다란 이점이다. 접근전에서 상대가 보이지 않는 것만큼 불리한 것은 없다.

그때 최전선에서 목소리가 들렸다.

"4층이다. 4층 수사본부로 올라가라!"

자신도 모르게 소리가 난 방향을 봤다. 그걸 어떻게 알았을까? 내부에서 정보가 샌 걸까? 아니면 또 인터넷에 올라온 정보일까? 여하튼 이것으로 군중의 목적지가 명확해졌다.

"비켜!"

"비켜, 이 자식아."

성난 목소리가 더욱 격해지고 맨손으로 방패를 되미는 사람이 나왔다. 경찰 측은 방패 한 장을 두 사람이 붙잡고 맞선다. 그러자 여러 명이서 되밀어붙인다. 2층에서 계속 지원이 내려오지만 현관에서 밀려드는 사람들이 수적으로 우세해 바리케이드가 슬슬 뒤로 밀려난다.

이미 1층 로비는 사람들로 꽉 차서 발 디딜 틈도 없다. 그 무리는 계단 쪽으로 착착 다가오고 있다.

픽.

픽.

귀에 거슬리는 소리가 뒤섞이기 시작했다. 몇 명이 각재나 쇠파이프를 휘두르며 방패를 때리기 시작한 것이다. 그 행위가 상해죄에 해당한다는 생각이 없는 걸까? 아니면 다 알면서 하는 만행일까? 그걸로 방패가 깨지지는 않지만 충격은 고스란히 전달된다. 방패를 든 수사원들의 얼굴이 고통으로 일그러진다. 그러자 군중심리인지 남자들이 저마다 손에 무기를 꺼내 들고 선두를 따라 하기 시작했다. 쇠 파이프에 망치, 스패너, 쇠지레 같은 공구 종류나 금속 야구 방망이, 골프채로 내려치는 사람도 있었다. 충분히 살상 능력을 가진 물건이다. 그런 물건을 휘두르면서 덤벼드는 집단은 이제 일반 시민의 범위에서 벗어난 폭도에 지나지 않는다.

한편 경찰은 오직 방위에만 무력을 쓸 수 있다. 맞서 싸우는 순간 폭도들은 선량한 시민으로 돌아가고 경찰은 횡포를 부리는 국가 권력으로 지탄받는다. 그 점을 잘 알기 때문에 경찰관들은 그저 묵묵히 공격을 견딜 뿐이다.

저항하지 않는다는 사실을 알자 폭도들의 공격은 더욱더 격렬해졌다. 방패를 때리는 소리는 소나기가 되고 방패는 조금씩 기울어진다. 방패를 든 사람은 무릎을 굽혀 손보다 머리로 받치고 있다. 경찰 부대가 열세인 것은 명백하다. 공격을 견디는 중에도 적의 수는 점점 늘어난다.

바리케이드를 구축한 최전선을 두 번째 열이, 그리고 두 번째 열을 세 번째 열이 받치고 있는데, 그 이음새가 점점 약해진다. 그 모습은 강대한 압력을 견디지 못해 무너지는 블록 담과 비슷해서 한번 뚫린 부분은 두 번 다시 수복하지 못한 채 계속 붕괴된다.

이윽고 수사원들 중 한 명이 무릎을 꿇었다.

둑에 뚫린 구멍 하나에 폭도들이 어지러이 몰려든다.

숨 쉴 틈도 주지 않고 수사원의 머리로 골프채를 내려친다.

하지만 수사원에게 닿지는 않았다.

옆에 있던 경찰관이 순간적으로 경찰봉을 빼서 골프채를 든 짧은 머리 남자의 오른쪽 어깨에 일격을 가했기 때문이다. 요즘은 지침이 변경됐지만 이전에는 권총보다 경찰봉을 우선하도록 의무화돼 있었다. 따라서 훈련된 경찰관일수록 무슨 일이 있으면 자연히 경찰봉으로 손이 가게 돼 있었다.

그것이 화가 됐다.

돌연 정적이 흘렀다.

골프채가 소리를 내며 바닥을 구른다. 짧은 머리 남자는 탈구됐는지 오른쪽 어깨를 부자연스럽게 내려뜨린 채 무너져 내렸다.

적과 아군이 뒤섞인 난투 중에도 그 장면은 마치 스포트라이트를 받은 듯 기묘하게 떠올라 뭇사람들의 시선을 모았다.

그것이 신호탄이었다.

"쳤어!"

"때렸다!"

"경찰이 때렸다!"

순간의 정적 뒤에는 거센 파도 같은 보복이 기다리고 있었다.

더 이상 망설일 것이 없었다. 군중 속에 약하게나마 남아 있던 이성도 완전히 날아가고 이제는 공격 본능만 남겨졌다.

"해치워라."

"죽여 버려라."

바리케이드를 뚫고 나가려는 것이 아니다. 폭도들은 명백하게 살상의 의지를 가지고 쏟아져 들어왔다. 방패를 향하던 공격이 경찰관 개개인을 조준하기 시작했다.

성난 소리가 폭풍처럼 오가고 타격이 폭우처럼 쏟아진다. 귀가 먹먹해질 정도의 소리가 귀를 덮는다.

고테가와는 세 번째 열을 지키고 있었지만, 그 거리에서도 폭도들의 광란이 피부에 직접 와닿았다. 일대일로 대치할 때는 느끼는 일이 없는 강렬한 살의. 피부가 타 문드러질 듯한 번뜩이는 시선. 영리하거나 냉정하지 않고 단지 이성을 잃어 억제할 수 없는 야성적인 의지가 이쪽으로 와서 꽂힌다.

그에 반해 이쪽은 어떤가. 공격에 대한 방어, 야성에 대한 이성, 어떤 일이 있어도 시민들을 다치게 해서는 안 된다는 규제로 자승자박이 된 몸. 마치 상처 입은 짐승에게 맨주먹으로 맞서는 것과 같다.

정말 죽을지도 모른다. 고테가와는 처음으로 죽음의 위험을 실감했다. 자신도 모르게 구석을 보자 안내대에 앉아 있던 여경 두 명이 서로 부둥켜안은 채 등을 내놓고 있다. 하지만 자신마저 똑같이 등을 돌릴 수는 없다.

마침내 폭도들의 공세에 경찰관들이 쓰러지기 시작했다. 힘이 다해 방패에 깔린 자, 머리와 어깨로 피가 번지며 쓰러지는 자. 하지만 폭도들은 그들을 짓밟으며 앞으로 나아간다. 가까이에 있던 경찰관이 허둥지둥 방패를 바꿔 들려고 하지만 여러 사람들의 발이 그 손을 차 낸다. 경찰관은 손가락뼈가 부러졌는지 고통으로 얼굴이 일그러져 웅크린다.

쓰러진 경찰관을 내버려 두면 무사하지 못하리란 것을 알지만 지금의 고테가와와 다른 경찰들은 도와줄 수 있는 형편이 아니다. 고작해야 그들의 뚫린 구멍을 뒷줄의 경찰들로 메우는 정도였다.

전선은 단번에 후퇴하기 시작했다.

위에서 내려치던 방망이와 각재가 옆에서 날아온다.

방어만 허용되는 경찰 부대의 바로 위를 젊은 남자가 사람들 위로 기어올라 와 달려든다. 앞과 위의 압력에 바리케이드가 허망하게 무너진다.

"봐주지 마라."

"부셔 버려."

"4층이다."

그래도 버티려는 고테가와의 머리 위에서 갑자기 그것이 떨어졌다.

뒤로 꺾이는 머리.

관자놀이에 가해진 무겁고 둔한 충격.

순간 정신이 아득해진다.

머리를 한 번 흔들고 반사적으로 손을 대자 미끄덩했다.

돌을 던진 것이다.

뒤쪽 군중들이 돌멩이를 잇따라 집어던진다. 맞은 것은 고테가 와만이 아니었다. 수사원 여러 명이 얼굴을 누르면서 눈을 번뜩이 고 있었다.

던지는 무기도 있군.

마음이 약해져 뒤쪽을 돌아본다. 지원군이 계단 중간까지 내려 와 있었다.

"후퇴하라!" 지원군 중 한 명이 소리쳤다.

"계단에서 막는다!"

순간 혼란스러웠지만 간신히 이유를 알았다. 중력을 생각하면 공격과 방어 모두 위쪽이 더 유리하다. 살펴보니 계단에서는 지원 군이 스크럼을 짜며 준비하고 있다.

후퇴 지시가 없더라도 폭도들의 압력으로 전선은 계단 근처까 지 물러나 있었다. 뒷줄의 고테가와와 다른 수사원들이 인파에 밀 려 계단을 뒷걸음으로 올라간다. 기다리던 경찰 지원군들이 뒤에 서 받쳐 준다.

"괜찮습니까! 이마에서 피가⋯⋯."

소리가 난 방향을 보자 한 경찰관이 놀란 얼굴로 이쪽을 보고 있었다. 생각보다 피가 많이 흐르는 모양이다. 늠름한 척 엄지손가 락을 치켜들지만 약간 허세라는 느낌은 지워지지 않는다.

어느새 계단 앞이 최전선이 돼 있었다. 고테가와는 두 번째 열이 다. 공방이 시작된 뒤 대체 시간이 얼마나 흐른 걸까? 삼 분? 아니면 삼십 분? 이제 시간 감각도 없어졌다. 그래도 폭도들의 습격은 전혀 그칠 기미가 없다. 끊임없이 현관으로 들어오는 새 병력으로 잠시도 쉴 틈이 없다. 그에 반해 지원하는 경찰 부대는 한 사람 또 한 사람 이가 빠지듯 탈락해 간다.

언뜻 뇌리에 공포가 스친다. 이대로 전투를 반복해도 아군은 줄어들기만 하고, 더구나 퇴로는 막혀 전선은 조금씩 계단 위로 올라간다. 이쪽은 지원군도 없는 소모전이다. 한 방에 기사회생할 방법이 없는 한 머지않아 부상당한 경찰관들이 켜켜이 쌓일 테고, 4층 수사본부가 점거되는 것은 시간문제였다.

옆의 수사원을 돌아본다.

"권총 말고 다른 무기는?"

"시, 시민한테는 무기를."

"살상 능력은 필요 없어! 경비과에 테러 대책용 최루 가스 탄이나 섬광탄 같은 게 있을 거 아냐!"

"이런 접근전에서 쓰면 우리까지 당한다고. 무모한 소리 마!"

그 말도 일리가 있었다. 테러 대책이든 폭도 진압이든 기본 상정은 시가지 작전이다. 경비과는 물론 상층부의 아무도 경찰서가 습격받으리라고는 생각도 하지 않았을 것이다.

다른 방법은 없을까? 이리저리 생각한 그때 갑자기 눈앞의 경찰관이 방패와 짧은 비명을 남기며 계단 밑으로 미끄러졌다. 계단 밑에서 발목을 잡고 끌어내린 것이다. 떨어지면서 안 좋은 소리가 들렸다. 계단 콘크리트 모서리에 어딘가를 부딪힌 것이다. 분명 크게 다쳤으리라. 설령 경상이라도 폭도 무리에 잡혀 뭇매질당하는 건 불 보듯 뻔하다. 어느 쪽이든 간에 무사하지는 못한다.

고테가와는 조금 전 생각을 철회했다. 적의 위에 있으면 유리하다는 것은 어리석은 생각이었다. 위쪽이라도 발 디딜 데가 불안정하면 오히려 불리하다. 돌아보지 않고 계단을 뒷걸음으로 올라가는 것은 생각보다 훨씬 불안하다.

남겨진 방패가 고테가와에게 넘어왔다. 최전선에 선 순간, 폭도들의 엄니가 덤벼든다. 방패를 든 손에 직접 충격이 전해진다. 옆에서 보는 것과는 차원이 다르다. 공포, 분노, 증오 그리고 광기. 여러 가지 격정이 실체화된 힘은 난폭하고 가차 없다. 한 계단, 그리고 한 계단, 고테가와를 비롯한 경찰들은 계단 위로 후퇴하지 않을 수 없었다.

방패 너머로 남자들이 거리를 좁혀 오는 모습이 보인다. 크게 벌린 입, 입속으로 보이는 혀, 그리고 고테가와에게 초점을 맞추면서도 실제로는 다른 뭔가를 보는 눈…….

조금 전 사이코들이라고 했지?

그건 당신들이야.

고테가와는 끓어오르는 머리와는 반대로 냉정한 시선을 남자들에게 보낸다.

하지만 뜨거운 감정 한편에서 차가운 사고가 또 다른 의문을 품는다.

그러면 너 자신은 어떤가 하고.

자기 자신이 소중해서 위험 분자의 정보를 손에 넣으려는 인간과, 죄를 범했지만 선악을 판단할 능력이 없다는 이유로 아무 벌도 받지 않은 자를 지키려는 자신.

어쩌면 제정신이 아닌 것은 이쪽인지도 모른다. 자신의 내면이 아니라 제도에 의해 자신도 의식하지 못한 사이 이성을 잃고 있는 지도…….

지금 자신이 지키려는 게 목숨을 걸 만한 가치가 있는 걸까? 우범자의 개인 정보를 이처럼 많은 경찰관들을 희생하면서까지 사수할 의미가 있을까?

생각이 복잡해져 한순간 방심했다.

방패 안으로 감추고 있던 왼발 끝을 무심코 노출했을 때 쇠 파이프가 그 위를 내려쳤다.

무지근한 격통.

뼈가 부러졌나.

통증이 가시지 않는다. 가시기는커녕 집요한 불씨처럼 발끝에서부터 위로 전해진다.

그 순간 갑자기 분노가 끓어오르며 공포를 밀어냈다. 과거 불량소년 사냥꾼이라는 또 다른 이름을 가졌을 때 체감한 적이 있다. 자기 몸에서 흐른 피를 본 순간 상대에 대한 두려움이 사라지고 밑바닥에서부터 동물 같은 에너지가 방출된다. 나중에 아드레날린이 분비된 것 아닐까 하고 추측했다. 그 미쳐 버릴 것 같으면서도 그리운 감각이 되살아났다.

고테가와는 크게 포효한 뒤 윗몸을 숙여 체중과 허리의 탄력을 이용해 방패를 세게 밀쳐 냈다. 방패에 달라붙어 있다시피 했던 남자가 비명을 지르며 계단에서 떨어진다.

설마 경찰 측에서 반격하리라고는 생각지 못한 것이다. 놀람은 더 큰 분노를 불렀고, 폭도들의 공세는 한층 과격해졌다. 방패를 단단히 붙잡고 있다가 조금이라도 틈이 생기면 발목을 잡고 끌어내린다. 수중에 들어온 사냥감은 불속으로 끌려들어 가는 여름벌레다. 순식간에 최전선을 지키는 경찰관이 자취를 감춘다.

차라리 저들처럼 완전히 이성을 잃으면 편할 텐데. 그런 생각을 하지만 경찰관이라는 직업의식은 여간해선 없어질 것 같지 않았다. 시민들의 생명과 재산을 지킨다는 사명감이 이 자리에서는 치명상이 됐다. 사명감이 충실한 사람 순서로 계단 아래로 추락한다. 이보다 더 얄궂을 수는 없다. 쏟을 데 없는 분노를 힘으로 바꿔 방패를 붙잡고 버텼다.

층계참을 지나서 한동안 걷다가 물러난 발이 헛발질했다. 계단이 끝난 것이다. 중심을 잃은 몸이 방패째 뒤로 넘어간다.

허리를 세게 부딪힌 격통으로 눈을 크게 뜬 순간, 바로 앞에서 금속 방망이가 날아왔다.

반사적으로 방패를 들었지만 몇 초 늦었다. 왼뺨에 뜨거운 일격이 작렬했다.

순간 눈앞이 새하얘진다. 천지가 휘청거린다.

"고테가와 씨!"

바닥에 쓰러지기 직전 누군가가 받쳐 줬다. 관할 서에서 알게 된 수사원이었다.

시야가 천천히 되살아나지만 망막에는 별이 반짝인다. 입안에 녹 맛이 퍼진다.

수사원이 방패를 빼앗아 들더니 한 손으로 고테가와를 뒤로 밀어낸다.

"뭐 하는……."

"물러나 있어. 당신 피투성이야. 더 이상 본부 사람들 도움을 받으면 관할 서 명예에 금이 가."

이럴 때도 관할 서 다툼이냐. 몽롱해지는 머리로 투덜거리면서도 전위를 맡기라는 의미라는 건 이해됐다. 얼굴을 만져 보자 과연 미끈미끈하다. 피투성이라는 말은 맞는 듯하다. 다시 말해 최전선에 서기에 부적합하다는 판단이 내려진 것이다.

얻어맞아 잘 들리지 않는 왼쪽 귀로 사람들 소리가 파도처럼 밀려온다. 폭도들 소리가 아니다. 2층에 있던 경찰들이 지원군으로 가세한 것이다.

조금은 쉴 수 있으려나……. 하지만 전선 이탈이 아니라 어디까지나 후위로 물러날 뿐이다. 고테가와는 3층으로 올라가려는 순간 경첩이 빠진 듯 자세가 흐트러졌다.

이 정도로 허약한 몸일 줄은 몰랐다. 한심해하는 마음을 찡그린 얼굴로 얼버무리면서 두 손을 짚고 가까스로 몸을 일으킨다. 걸으면서 두 가지를 느꼈다. 하나, 왼쪽 다리가 마음대로 안 움직인다는 사실. 둘, 그럼에도 앞으로 걸을 수 있다는 것에 대한 고마움.

한 발을 끌면서 3층 층계참에 도착했을 때 폭도들 무리가 2층으로 몰려들었다. 경찰들은 그대로 계단 어귀에서 버티며 방패 벽을 만든다. 폭도들도 똑같이 계단으로 좁혀 오는 한편 나중에 온 사람들은 2층으로 흩어졌다.

2층에는 교통과와 생활 안전과 사무실이 있다. 열린 경찰을 표방하는 경찰서에서는 벽이나 파티션으로 구분하지 않기 때문에 외부 침입자를 막을 방법이 전혀 없다. 폭도들은 손쉽게 사무실로 난입한다.

"명단 어딨어?"

"빨리 내놔."

"뒤져 봐."

카운터 앞에서 수사원들이 일렬로 스크럼을 짜서 길을 막는다. 방패도 없는 그들은 글자 그대로 몸으로 사무실을 지켜야 한다. 그 사실을 아는지 가로막아 선 수사원들 모두 얼굴이 터질 듯이 경직돼 있다.

"여기에는 그런 명단 없습니다!"

"당장 돌아가세요!"

"더 이상의 행패는……."

제지하는 목소리는 도중에 끊겼다. 사냥감에 덤비는 육식 동물처럼 폭도들의 물결이 스크럼을 침범해 간다.

공방이라고 하기에는 너무나 일방적인 전투였다. 아무 무기도 없는 수사원들 몇 명과 광기에 사로잡힌 무장 집단. 전투 양상은 계단에서보다 더 심각하게 흘러갔다. 맞는 자, 걷어차이는 자, 이리저리 떠밀리는 자. 카운터 앞의 스크럼은 순식간에 무너졌다. 남자들 무리 속에서 고함과 비명이 흘러나온다. 그 무리를 발판으로 삼아 새 병력이 연달아 카운터를 뛰어넘는다.

지키는 자는 비명을 지르고 공격하는 자는 기성을 올린다. 컴퓨터는 와타세의 지시로 이미 어딘가에 숨겼는지 책상에는 한 대도 없다. 하지만 책상 위에 선 남자들은 전혀 개의치 않고 닥치는 대로 책상 위의 비품을 걷어찬다. 필기구와 사무용품이 소리를 내며 공중에 흩어진다. 젊은 남자가 방망이를 치켜든다. 경쾌하게 부서지는 소리가 들리고 동시에 전화기가 사방으로 날아간다. 카운터에서 내려온 남자들은 손에 든 무기로 창문을 깨기 시작했다. 2층에는 물건 깨지는 소리와 고함 소리로 넘쳐 나 그야말로 아비규환이었다. 폭도들의 목적은 이제 명단이 아니라 파괴에 있었다. 어떤 구실을 만들어 대의명분을 부르짖더라도 광기의 끝은 결국 파멸에 지나지 않는다.

수사원 한 명을 계속 때리는 자.

텔레비전을 부수는 자.

캐비닛을 넘어뜨리는 자.

의자를 던지는 자.

형광등을 깨뜨리는 자.

사방으로 튀는 유리 파편에 베였는지 폭도들 중에도 피를 흘리는 사람이 보였다. 그러자 그 피에 눈이 뒤집힌 사람이 반미치광이가 돼 흉기를 휘두른다. 그 원리는 조금 전 고테가와와 마찬가지다. 물건은 더 부서지고 유리 파편은 튀어서 더 많은 피를 부른다. 파괴 행동의 악순환이 끊이지 않는다.

이윽고 빨간 머리 남자가 2층 구석에 모여 웅크리고 있던 여경 세 명에게로 시선을 돌렸다. 파괴 충동은 그 대상을 가리지 않는다. 아니, 대상이 여자라면 잔혹함을 더욱 즐길 수 있었다. 빨간 머리 남자의 생각을 알아챈 수사원이 "안 돼."라고 절규하면서 결국 주먹을 휘둘렀다. 혼신의 일격이 명치에 가해진 빨간 머리 남자는 신음 소리를 내고 기절한다. 하지만 그게 끝이 아니었다. 숨 쉴 틈도 없이 곧바로 다른 남자가 수사원의 양팔을 붙잡고 다른 남자가 주먹을 날린다. 옴짝달싹도 못 하는 수사원은 샌드백처럼 계속 얻어맞는다.

고테가와는 그 광경을 멀리 떨어진 계단에서 바라볼 뿐이었다. 도우러 가고 싶지만 몸이 말을 듣지 않는다. 무엇보다 사람들 물결 때문에 도저히 거기까지 갈 수 없다. 공포는 정신과 육체를 극도로 피폐하게 만든다. 그리고 피폐함은 휴식과도 비슷한 안녕을 가져온다. 지금 고테가와가 딱 그런 상태였다.

용기 있는 수사원이 나가떨어지자 남자들은 다시 여경들에게 촉수를 뻗기 시작했다. 그 눈에는 흉악함 이외에도 분명한 호색의

빛이 섞여 있다. 아마도 남자들을 움직이는 것은 하반신에 있는 뇌일 것이다.

그중 펀치 파마를 한 남자가 두 팔을 벌려 가장 아담한 여경에게 달려들었다.

도망쳐 하고 소리치려는 순간, 여경이 뜻밖의 행동을 보였다. 두 팔을 벌려 무방비 상태가 된 남자의 얼굴에 주먹을 정통으로 날린 것이다. 목표물을 명중한 데다가 달려들던 힘이 카운터펀치 역할을 해 남자는 기묘한 모양으로 콧대가 휜 채 바닥에 쓰러졌다. 고테가와도 놀랐지만 여경은 더 놀랐는지 눈과 입을 벌리고 자신의 주먹을 쳐다보고 있다. 주먹이 바들바들 가늘게 떨리고 있었다.

제법인데, 관할 서 여경도.

쾌재를 부르려던 고테가와는 여경 뒤에 우두커니 선 존재를 보고 다시 한 번 놀랐다.

한 소녀가 꼼짝 않고 서 있었다.

얼굴 생김새와 체격으로 볼 때 분명 10대 전반이다. 새파랗게 질려서 움츠려든 소녀를 다른 여경들이 감싸듯 보호해 주고 있다. 그곳이 생활 안전과 사무실이라는 점을 생각하면 소녀는 아무래도 보호가 필요해 그 자리에 있게 된 것이리라.

보호받는 듯 보였던 여경도 실은 소녀를 보호하고 있었던 것이다.

정신이 번쩍 드는 듯했다.

자신의 공포에 이성을 잃는 자, 그리고 제도로 인해 이성을 잃는 자. 어느 쪽이 진짜 광인인가. 양쪽 모두 제정신이 아닌 걸까. 그런 건 문제가 아니다. 하지만 분명히 이곳에는 파괴 목적의 폭도와 그렇지 않은 사람을 나누는 것이 존재한다. 바로 자기 이외의 누군가를 보호한다는 점이다. 보호할 대상에게 어떤 가치가 있는지는 중요하지 않다. 보호한다는 행위 자체에 의미가 있다. 잘난 척 정의를 내세우려는 의도는 없다. 단지 자신 이외에 보호하는 사람이 있다면 그건 결코 의미 없는 싸움이 아니다. 그리고 지켜 내기 위해서라면 어떤 위협이나 불행, 폭력에도 맞설 수 있다. 그게 설령 자기 혼자라도.

좋은 걸 봤다. 세 여경에게 고맙다는 인사를 해야 할 것 같다.

보호해야 하는 자, 그 생각을 했을 때 우도 사유리와 도마 가쓰오의 얼굴이 떠올랐다. 우범자 명단에는 가쓰오의 이름도 올라 있다. 그게 외부로 새어 나가면 가쓰오와 사유리가 위험에 처할 가능성이 있다. 그렇다면 자신에게는 명단이 유출되지 않게 저지할 이유가 있다.

꺼져 가던 투쟁심에 다시 불이 붙는다. 때마침 눈앞에서 다시 전선이 거리를 좁혀 오고 수상한 광기가 바람을 타고 날아온다. 고테가와는 뺨을 문질러 봤다. 미끈거리던 피가 진득해져 출혈이 멈췄다고 알려 준다.

눈앞의 경찰이 방패로 버텨 내지 못하고 뒤쪽으로 기울어졌다. 고테가와는 멀쩡한 오른 다리로 계단 모서리를 차서 방패 위를 날았다.

곧게 뻗은 다리가 폭도의 이마에 명중했고, 폭도는 뒤로 날아가서 그대로 벽에 부딪혔다.

그 광경을 본 경찰 측이 얼어붙었다.

시민들에게는 손을 대지 않는다는 암묵적인 양해를 깬 자신에게 비난의 시선이 쏟아진다.

하지만 더는 가만있을 수 없다.

"안쪽을 봐. 정신 똑바로 안 차리면 모두 죽어!"

고테가와의 말에 경찰들이 사무실로 시선을 돌렸다. 동료들은 뭇매질당하고 있고 조금 전 여경들은 소녀를 지키기 위해 뺨이 멍들고 있었다.

경찰들의 눈빛이 싹 바뀌었다. 동료들의 참상은 동지 의식이 강한 그들에게 힘을 불어넣었다.

"우오오오!"

경찰 중 한 명이 우렁차게 외치면서 방패를 쳐들고 폭도들에게 덤벼들었다. 방패는 이제 방어 도구가 아니라 무기가 됐다. 폴리카보네이트의 강도는 저항하는 사람의 전의를 상실시키기에 충분한 파괴력을 가졌다. 방패로 얻어맞은 남자는 그대로 바닥에 쓰러졌다.

다른 폭도들 눈이 뒤집어졌다.

이번에는 폭도들이 우렁찬 소리를 내지르며 물밀듯 밀려들었다.

처음부터 수적 열세였는데, 경찰들은 계속 줄어들고 반대로 폭도들은 계속 늘어난다. 간신히 3층에서 형사과와 경비과 사람들이 가세하러 내려왔다. 하지만 그중 형사과 몇 명은 4층에 남고 경비과는 처음부터 결원 상태이기 때문에 별 증원도 되지 않는다. 반격의 신호탄은 터졌지만 전세를 뒤집을 가능성이 없는 것은 매한가지였다.

2층에서는 돌을 던지지는 않았지만 무기가 없는 사람들도 습격에 가세했다. 목덜미를 잡고 주먹을 날리며 머리카락을 잡아당기는 것은 시작에 불과했다. 고테가와의 머리는 이미 까치집이 됐고, 재킷도 옆구리 이음매가 거의 다 터져 실로 간신히 붙어 있는 상황이었다.

어느 틈엔가 고테가와는 다시 최전선에 서 있었다. 주먹이 코끝을 스친다. 손톱이 뺨에 파고든다. 얼굴이 따끔거리고 타는 듯 뜨거운 것을 보니 분명히 상처가 심하리라.

경찰관들이 규율에서 해방되기는 했지만 압도적인 병력 차이를 메우지는 못한다. 전시 상황은 1층과 큰 차이가 없어졌다. 여기서 위협사격이라도 한 방 날리면 어떤 변화는 있겠지만 자신들에게 유리한 전개가 되리라는 보장은 없다. 머리 한구석에서는 이 정도로 전력에 차이가 나면 전세가 어떻게 흐르든 어차피 소모전에 지나지 않는다는 사실이 새삼 떠오른다.

방패 너머로 흉기와 주먹이 쉴 새 없이 날아든다. 방패를 든 손은 마비돼 감각이 없다. 키 큰 남자가 방망이를 치켜들어 반사적으로 방패를 들어 올렸다.

다음 순간 방망이가 방패 표면을 미끄러져 그대로 다친 왼발을 직격했다.

분명히 살이 터지고 뼈가 부러지는 소리가 들렸다. 이윽고 격통이 뇌를 관통했다. 고테가와의 의식은 순간 튕겨 나가고 온몸이 막대기처럼 경직됐다. 엄청난 충격에 비명조차 나오지 않는다. 오감은 마비되고 통증을 견디는 시간은 영원처럼 느껴졌다. 차라리 이대로 실신해 버린다면 얼마나 행복할까. 하지만 최전선에 선 긴장감과 도마 가쓰오를 지켜야 한다는 사명감이 그렇게 되도록 허락하지 않는다.

고테가와는 왼 다리를 뻣뻣하게 굳힌 채 그 자리에서 기절할 것만 같다. 목이 막혀 제대로 숨을 쉴 수조차 없다. 눈물로 시야가 흐려진다.

"당신은 물러나 있어."

머리 위에서 긴장된 목소리가 들렸다. 저쪽에 있던 경비과 남자가 달려온 것이다.

씩씩하게 맞선 것도 잠시 잠깐, 벌써 짐짝 취급을 받고 말았다. 고테가와는 계단을 기다시피 올라가지만 두 팔과 한 다리만으로는 몸이 너무 무거웠다. 이럴 줄 알았으면 평소에 더 단련해 뒀어야 했다며 후회했지만 지금 상황에서는 푸념일 뿐이다. 고테가와는 힘이 없는 팔과 자신의 체중을 저주했다.

시끄러운 전란을 뒤로하고 가까스로 층계참에 도착하자 고테가와는 벽에 기대 다리를 뻗었다. 한숨이라도 내쉬려고 했지만 여전히 깊은 숨을 쉴 수 없다. 왼쪽 신발에서 거무스름한 피가 뚝뚝 떨어진다. 신발 속은 보고 싶지도 않다. 심장 박동에 맞춰 왼 다리 전체가 욱신거리고 두통이 동조한다. 아드레날린의 마법이 풀리고 있었다.

목부터 아래가 남의 몸처럼 말을 듣지 않는다. 무리한 포복 전진을 한 덕에 두 팔도 돌덩이 같다.

한심하네……

입술을 깨물지만 힘이 들어가지 않는다. 자연히 뺨이 풀어져 웃는 듯한 얼굴이 된다. 아니 실제로 고테가와는 비웃고 있었다. 비웃을 수밖에 없지 않은가. 잘난 척 큰소리치며 폭주한 것까지는 좋았다. 하지만 조금 전의 맹세도 어디론가 사라지고 선배들에게 유일하게 자랑할 수 있는 체력도 떨어져 요 모양 요 꼴이다. 이래서는 웃음거리가 될 뿐이다.

계단을 내려다보자 방위선이 바로 밑으로 다가와 있다. 거리로는 3미터가 조금 넘고 시간으로는 십 분도 채 안 돼 이 층계참에 도달할 것이다. 후방병 입장에서는 그때까지 일어나 방위 태세를 갖춰야 하지만 과연 다리가 제 기능을 할 수 있을까.

막판에는 육탄전밖에 없다. 인간 폭탄처럼 여기서 저 인파를 향해 뛰어내려 줄 테다. 대여섯 명은 안 되지만 두세 명이라면 호되게 대갚음해 줄 수 있을 듯싶다.

자포자기로 그런 생각을 한 순간 윗옷 가슴 주머니에서 덜덜 진동이 울렸다.

휴대 전화?

순간 고테가와는 크게 웃을 뻔했다.

전쟁 중 휴대 전화.

비일상 속 일상.

지금 이렇게 사람과 사람이 피를 흘리며 싸우는데 다른 곳에서는 부지런히 일상생활을 이어 가는 사람이 있다. 아주 당연한 일이지만 이성을 잃을 정도로 부조리한 일이기도 했다.

이런 상황에 대체 누구야.

고테가와는 발신자도 확인하지 않고 휴대 전화를 받았다. 곧바로 우도 사유리의 목소리가 들렸다.

"도와줘! 고테가와 씨!"

사유리와 어울리지 않는 다급한 목소리.

"사유리 씨, 무슨 일인지 모르겠지만 지금 여긴."

"도와줘! 가쓰오가 큰일이야. 방금 사와이 씨한테 연락이 왔는데 사람들이 병원으로 몰려와서 가쓰오를 내놓으라고……."

아차!

고테가와는 휴대 전화를 떨어뜨릴 뻔했다.

녀석들 직접 본인한테 몰려갔구나.

하지만 어떻게 가쓰오가 있는 곳을 알았을까? 명단을 어떻게 입수했지?

오래 생각할 필요도 없었다. 명단 같은 것은 필요 없다. 도마 가쓰오는 평소에도 사람들 앞에 모습을 드러내고 있었다. 사와이 치과 안에서 당당히. 지난번과 같이 사람들의 시선을 끄는 실수도 번번이 저질렀을 것이다. 환자 중에 가쓰오의 이력을 아는 사람이 있었을 수 있다. 또 전에는 몰랐더라도 이번에 인터넷에 범람하는 정보로 알게 됐을 가능성도 높다. 여하튼 가쓰오에게 관심을 갖게 될 수밖에 없는 상황이었다.

그때 고테가와는 또 다른 위험을 깨달았다.

"사유리 씨! 설마 사유리 씨 집에 이상한 사람들이 오진 않았죠?"

"와 있어!"

"사유리 씨!"

"그런데 두세 명 정도. 현관에서 소리만 칠 뿐이라 잡상인하고 다를 바 없고 걱정할 정도는 아니야. 그러니까 가쓰오를 먼저 도와줘! 그쪽은 사람들도 많고 무기도 가진 거 같으니까."

"알겠습니다. 바로 가죠. 그러니까 사유리 씨, 사유리 씨도 절대 그 사람들을 현관으로 들이지 마세요. 집에서도 꼭 호신용 무기가 될 만한 물건을 휴대하고. 가쓰오 안전을 확보하고 바로 그쪽으로 갈 테니까."

"부탁해요……."

마지막 목소리는 당장이라도 꺼져 들어갈 듯했다. 걱정하지 말라고 했지만 여자의 몸으로 광기에 사로잡힌 남자들에게 둘러싸여 있다. 무섭지 않을 수가 없다.

고테가와는 휴대 전화를 집어넣으며 스스로를 탓했다. 일상은 무슨 개뿔. 그쪽에도 비일상이 흉악한 엄니를 드러내고 두 사람을 덮치고 있다.

가야 한다. 지금 당장 가쓰오에게 가야 한다. 고테가와는 혼신의 힘을 쥐어짜 느슨해진 정신과 육체를 채찍질하면서 간신히 자리에서 일어났다.

그리고 엄청난 사실을 깨닫고 할 말을 잃었다.

출구가 없다.

폭도들의 침입을 최소한으로 막기 위해 엘리베이터와 비상계단을 봉쇄했기 때문에 사용할 수 없다. 설령 3층에서 출입구 하나를 개방해 내려간다고 해도 1층에는 아직 폭도들이 넘쳐 난다. 유일하게 내려갈 수 있는 계단은 한창 공방전이 펼쳐지고 있어서 1층까지 사람들이 몰려 있다. 그 인파를 불편한 한쪽 다리로 역행하는 것은 불가능하다. 게다가 각 층 창문은 모두 붙박이라서 그쪽으로 탈출하지도 못한다.

진퇴양난이었다. 고테가와는 혼자 층계참에 우두커니 서서 바로 밑의 소란스러운 상황을 바라본다.

탈출구가 없을까……

좋은 방법이 없을까…….

모르겠다. 초조감에 애만 탈 뿐 아무 생각도 떠오르지 않는다. 정신과 육체가 지쳐서 사고에 뿌옇게 안개가 끼어 있다. 그렇다고 언제까지나 여기서 오도 가도 못하고 있을 수는 없다. 한시라도 빨리 가쓰오를 구출해야 한다. 그리고 사유리도 마찬가지다.

굶주림과도 비슷한 궁지에 몰리자 이윽고 한 남자가 머릿속에 떠올랐다.

언제든 머리가 잘 돌아가는 남자.

잔소리가 심하지만 상대의 말을 끝까지 들어 주는 남자.

기댈 데라곤 이제 그 사람밖에 없다.

자신도 모르게 손가락이 휴대 전화를 걸고 있었다. 상대는 바로 전화를 받았다.

"반장님!"

"그래. 무슨 일이야, 긴급 사태인가?"

고테가와는 평소처럼 언짢아하는 듯한 와타세의 목소리를 듣고 왠지 안도했다.

"부탁입니다. 저를 당장 여기서 나가게 해 주십시오."

"뭐?"

"우도 사유리 씨한테 전화가 왔습니다. 시민들이 도마 가쓰오를 붙잡으러 사와이 치과로 몰려간 모양입니다."

"……그렇겠지."

"'그렇겠지.'라뇨. 무슨 뜻입니까?"

"도마 가쓰오만이 아니야. 벌써 전과가 있는 사람과 보호자 집에 멍청한 인간들이 몇 명인가 모여들었어. 아니, 집만이 아니라 시청 호적계나 현경 본부에도 데이터를 내놓으라고 한꺼번에 몰려들고 있어. 동시다발이야. 현경 쪽은 기동대가 그럭저럭 대처하고 있지만 요인 경호 때문에 대원들이 나뉘어 있어서 본부를 방위하기에도 바빠. 도저히 다른 부서에 파견할 여유가 없다나 봐. 그래서 지금 한노 시는 무정부 상태나 마찬가지라는 거지."

무정부 상태.

그 속에 사유리와 가쓰오가 내버려져 있다는 걸까?

"저를 가게 해 주십시오. 그 두 사람은 자신을 지키지 못합니다."

"여길 내버려 두고 간다고? 안 돼. 멋대로 행동하는 건 용납 못 해. 너, 뭣 때문에 그 두 사람 일에 상관하려는 거야? 내가 사적인 감정은 안 된다고 말했을 텐데."

"저도 안다고요! 제가 지금 얼마나 말도 안 되는 소리를 하는지도 알고 얼마나 철없는 소리를 하는지도 압니다. 하지만 반장님, 경찰은 시민의 생명과 재산을 지켜야 하는 거 아닙니까? 여자 한명, 미성년 한 명도 지키지 못하면서 무슨 시민의 생명과 재산입니까?"

"얼씨구, 배속된 지 얼마 되지도 않은 신입이 잘난 척은."

"사람 생명을 지키는 데 신입, 고참이 따로 있습니까?"

소리친 뒤 아차 싶었지만 말은 계속 쏟아져 나왔다.

"사람을 지키라고 나라에서 수갑과 권총을 줬습니다. 아닙니까? 그런데 그 힘을 행사하지 않다뇨. 지금도 위험에 노출된 사람을 지키지 못하고 뒷짐 지고 쳐다만 보고 있어야 하다니 그런 말도 안 되는 이야기가 어디 있습니까? 그야 경찰 일이라는 게 뽐낼 만한 건 아니죠. 상대하는 인간들은 다 변변찮고 이번처럼 높으신 양반들이나 지키고 있고요. 집안 수치를 숨기려고 얼굴에 철판 깔 때도 있습니다. 그래도 이 일을 계속하는 건 딱 하나! 자긍심, 긍지가 있어서 아닙니까!"

나 자신이 아니라 다른 누군가가 하고 싶은 말을 털어놨다. 그렇게밖에 생각할 수 없었다. 이제 와 겨드랑에서 식은땀이 폭포처럼 쏟아졌다.

대체 어떻게 된 걸까?

내가 언제부터 이런 상황에서 이런 소리를 했다고.

정신을 차리고 귀를 기울이지만 와타세는 여전히 침묵하고 있었다. 먹구름 같은 불안감이 급속하게 피어오른다. 방금 한 말은 벌점을 받고 끝날 문제가 아니다.

"저기…… 반장님?"

"할 말 다했나?"

평소보다 한층 낮은 목소리가 돌아온다. 머릿속에서 경보음이 계속 울리지만 고테가와는 생각을 고쳐먹는다. 이왕 시작한 거 끝장을 보자.

"좋은 방법 없을까요? 엘리베이터와 비상구가 폐쇄됐고 계단에서부터 1층과 현관은 적으로 가득 차 있습니다. 어떻게 하면 이 건물에서 탈출할 수 있는지 가르쳐 주십시오."

"……지금 누구한테 뭘 부탁하는지 알고 있나?"

"네……. 하지만 저는 가야 합니다. 그 두 사람을 구할 사람은 저밖에 없으니까요. 저는 그 사람의 아들, 마사토를 구하지 못했습니다. 그래서 남겨진 두 사람은 반드시 제가 구해야 합니다. 제발 부탁드립니다, 반장님. 그 두 사람한테 갈 수 있게 해 주십시오."

잠시 침묵이 흐른 뒤 전화가 뚝 끊겼다.

이러는 게 당연하지 하고 이상하게도 납득이 된다. 완전 최악의 상황이다. 이 소동이 수습된 뒤 뭐가 기다리고 있을까? 무시? 잔소리? 정직? 그건 그렇다 쳐도 후회와 함께 느껴지는 이 상쾌한 해방감은 대체 뭘까?

그러나 이것으로 마지막 기대의 끈도 끊어졌다. 결국 사방이 꽉 막힌 것이다. 잠시 생각한 끝에 인파를 가르며 정면 돌파를 강행한다는 아이디어도 뭣도 아닌 방법을 떠올렸지만 다른 수가 없다면 하는 수 없다.

고테가와는 다시 계단 밑을 내려다본다. 몸싸움을 벌이는 폭도들과 경찰 부대 무리가 이미 눈앞까지 왔다. 한쪽 다리가 불편한 상태로 얼마나 내려갈 수 있을지 짐작도 안 가지만 아무튼 자동차를 운전할 체력은 아껴 둬야 한다.

가자…….

두려움을 억누르고 한 걸음 앞으로 내디뎠을 때였다.

갑자기 경찰서에 비상벨이 요란하게 울려 퍼졌다. 귀청을 찢는 소리에 싸우던 사람들도 동작을 멈춘다.

삐 하고 짧은 전자음이 들린 다음 순간, 군중 머리 위에서 엄청난 물이 일제히 쏟아져 내렸다. 천장의 스프링클러가 작동한 것이다. 구석구석까지 뿌려져 그 물을 피한 사람은 아무도 없었다. 허를 찌른 물 폭탄에 여기저기 놀란 비명 소리가 터져 나온다.

"한노 경찰서입니다. 방금 화재경보기가 작동했습니다."

비상벨에 이어 합성된 여자 음성이 흘러나왔다. 듣고 있는 사람들은 한결같이 어리둥절해하고 있다. 그리고 그 합성 음성에 이어 귀에 익은 목소리가 들렸다.

"현재 청사에 있는 모든 사람들에게 알립니다. 4층에서 화재가 발생했습니다."

틀림없었다. 와타세의 탁한 목소리였다.

"이곳에 몰려온 시민 중 한 사람이 서류고에 불을 질렀습니다. 소화에 힘쓰고 있지만 불이 번지는 속도가 너무 빨라서 감당이 안 됩니다. 모두 지금 당장 대피하십시오. 들고 있는 무기는 통행에 방해가 되므로 당장 버리기 바랍니다. 1층과 2층 직원들은 시민들의 피난을 유도하고, 나머지는 부상자를 병원으로 이송하기 바랍니다. 또 경찰에게 폭행을 휘두른 사람 및 청사 내 기물을 파손한 사람은 수일 내로 반드시 출두하길 바랍니다. 임의 출두한 분에게는 그만한 편의를 봐주겠습니다. 이상입니다. 타 죽고 싶지 않으면 서두르십시오."

방송이 끝나고도 천장에서는 여전히 물이 쏟아지고 있다. 어느 틈엔가 모두 조용해지고, 물이 바닥을 두드리는 소리만 주변을 지배하고 있다.

고테가와는 알아챘다. 방금 전까지 거칠게 불어 대던 광기의 회오리바람이 멎었다. 광기 어린 눈을 번득였던 군중도 마귀가 떨어져 나간 듯 멍하니 있다. 한겨울에 냉수를 머리에서부터 뒤집어써서 열기가 완전히 식고, 다가오는 불길에 마음을 빼앗겼다. 지금은 포악한 육식 동물은커녕 어디로 도망가야 할지 몰라 당황한 물에 젖은 생쥐가 돼 서로의 얼굴을 쳐다볼 뿐이다.

명령을 들은 직원들은 빠르게 움직였다. 군중을 정렬시켜 조용히 밖으로 내보내고 물웅덩이에 쓰러져 있는 양측 부상자들을 줄줄이 이송했다. 사람들 열기로 숨까지 막혔던 청사가 어수선한 가운데 점차 한산해진다.

긴급한 사태에 갈팡질팡하는데 다시 윗옷 가슴 주머니에서 휴대 전화가 울렸다. 와타세였다.

"반장님, 괜찮으십니까?"

"뭐가?"

"그야 그 층에서 화재가 발생……."

"너는 어떻게 된 게 의심도 할 줄 모르고 생각도 못 하냐? 유일한 통로였던 계단에서 너희가 버티고 있는데 어떻게 4층까지 와서 불을 질러?"

"아아."

"센서에 라이터 불을 가져다 댔을 뿐이야. 덕분에 전 층이 물에 잠기고 서류들도 모조리 못쓰게 됐지만 부상자나 기물이 더 파손되는 것보다는 낫잖아. 서장님도 허락해 주셨고."

"용케 그런 생각을 하셨네요."

"발정 난 개도 물 뿌리면 얌전해지잖아. 그리고 어디든 간에 불이 났다고 하면 누구나 먼저 도망가려고 하니까."

고테가와는 얼굴이 안 보이는 상대에게 자신도 모르게 머리를 숙이고 있었다.

이 남자가 상사라서 다행이다.

"자, 어디든 얼른 다녀와. 대신 돌아오면 4층 걸레질은 각오하고."

"반장님……."

"뭐?"

"감사합니다! 이 은혜는 반드시 언젠가 꼭……."

"열심히 일해서 갚아."

전화는 또 일방적으로 끊겼다.

고테가와는 속으로 감사의 말을 되풀이하며 지하 주차장으로 걸음을 서두른다. 한쪽 다리를 끌면서 가기 때문에 도망치는 토끼처럼은 아니지만, 대피하는 사람들 눈이 휘둥그레질 정도로는 빨랐다. 발목부터 아래쪽 감각이 마비돼 신발 속에서 출혈이 멎었는지 어떤지 분명하지 않지만 마음 쓸 여유가 없었다.

위장 경찰차에 올라탄다. 오토매틱 차라서 다행이었다. 수동 차로는 클러치도 마음대로 밟지 못할 것이다.

출발하는 순간, 타이어가 커다란 비명 소리를 낸다. 멀리서 경찰서를 바라보던 사람들이 무슨 일인가 싶어서 돌아보지만 역시 신경 쓸 틈이 없었다.

회전 경광등을 꺼내고 사이렌을 울린다. 차선도 제한 속도도 알바 아니다. 앞에서 달리던 차들이 놀라서 길을 양보한다.

얼쩡대지 마.

길을 비켜.

고테가와가 탄 차가 큰길을 질주했다. 핸들을 꺾을 때마다 타이어가 비명을 질렀다. 지나친 폭주에 길 가던 사람도, 맞은편에서 오던 차도 겁을 먹고 몸을 움츠린다. 하지만 다른 차와 접촉하든, 약간의 물적 손해를 입든 이제 교통 법규는 안중에도 없었다.

사와이 치과 앞에는 남자 십수 명이 무리를 이루고 있었다. 인원이 적어서인지 한노 경찰서에 몰려온 군중보다는 훨씬 예의 바르게 보인다. 하지만 경찰에 대한 불신감은 마찬가지인지 회전 경광등이 달린 차가 주차장으로 들어서자 흉악한 시선을 보낸다.

"뭐 하러 온 거냐?"

"우리를 쫓아내려는 거냐? 혼자서?"

"우릴 물로 보지 마라."

물로 보는 게 누군데.

남자들이 차에서 내린 고테가와에게 모여든다. 하지만 고테가와의 얼굴을 보자마자 흠칫하고 멈춰 섰다. 자신의 얼굴 상태가 어떤지 모르겠지만 험상궂은 남자들이 놀랄 정도로 오싹한 모양이다. 아무리 그래도 고테가와가 무시하고 현관으로 향하자 남자들이 덤벼들려고 했다.

"이봐, 말 좀 해 봐."

"그 도마인가 하는 녀석 경호냐!"

"경찰은 공무원이잖아. 우리 시민들의 안전을 보호해야지!"

고테가와는 고개를 홱 돌려 남자들을 노려본다. 이 얼굴로 위협할 수 있다면 잘된 일이다. 효과는 곧바로 나타났다. 얼굴을 쓱 들이대자 정면에 선 젊은 남자가 짧은 비명을 지르며 뒷걸음쳤다.

"시민들의 안전? 네, 지켜 드리죠. 제가 여기 온 건 도마 뭐시긴가 하는 놈의 신병을 확보하기 위해서입니다. 그러면 여러분도 두 다리 쭉 뻗고 잘 수 있겠죠? 자, 알았으면 협조해 주시죠."

신병 확보라는 말이 나온 순간 남자들의 표정이 누그러졌다. 신병 확보라고 한 건 스스로도 참 잘했다는 생각이 들었다. 보호든 체포든 신병 확보임에 틀림없다.

"협력이라면 대체 뭘 해야?"

"거슬리니까 썩 꺼져."

순간 남자들은 욱한 듯했지만 결국 거스르지는 않았다.

진료 시간이었지만 병원 유리문은 안쪽에서 잠겨 있었다. 당연한 조치다. 인터폰으로 자신의 이름과 찾아온 이유를 말하자 직원이 안도한 얼굴로 나왔다. 하지만 고테가와의 얼굴을 보자마자 손으로 입을 막으며 비명을 지르려고 한다.

사람을 구하러 왔는데 안으로 들어가자 반대로 응급 환자 취급이었다.

"저기 가쓰오는?"

"가쓰오는 사무실에 숨어 있으니까 안심하세요. 그보다 고테가와 씨, 본인 걱정을 하세요. 대체 어느 폭력단과 한바탕하고 온 거예요! 정말 못 말려! 간단한 처치는 가능하지만 저희는 치과라서 어디까지나 응급밖에 못 하니까요. 나중에 꼭 외과에 가서 상처를 꿰매든 깁스를 하든 해요."

"네. 그런데 그 전에 확인만이라도 좀 했으면 하는데."

"그런 다리로 계속 걸으려고요?"

소리치며 말리는 직원을 뿌리치고 사무실로 가자 분명 가쓰오가 구석에서 몸을 움츠리고 있어서 고테가와는 일단 안도했다.

"9시 정도 됐나? 먼저 전화로 가쓰오가 출근했는지 확인하는 전화가 왔어요. 뭔가 이상하다고 생각하는데 길 건너에서 수상한 사람들이 잔뜩 몰려오길래 바로 문을 걸어 잠갔어요. 그러니까 가쓰오를 내놔라 어째라 문밖에서 합창하는 거예요. 경찰에 전화했지만 연결이 잘 안 되고, 다 같이 안쪽으로 피신했어요."

"감사합니다."

오늘은 남에게 감사할 일이 많은 날이구나. 그런 생각을 하면서 고테가와는 병원 직원에게도 머리를 숙였다.

응급 처치를 기다리면서 진찰대에 누웠다. 기분이 이상했지만 얼굴 상처를 치료하려면 반듯하게 누워야 한다. 이미 쓸모없어진 재킷은 가엾게도 쓰레기통으로 직행했다.

천장을 보고 누워 있는데 이제 와 몸 여기저기가 통증을 호소하기 시작했다. 얼굴, 팔, 옆구리, 허리 그리고 왼 다리. 얻어맞은 부분의 무지근한 통증과 찢어진 상처의 날카로운 통증이 최악의 하모니를 연주하며 뇌를 뚫고 지나간다. 상처는 뜨겁고 타박상은 차갑다. 이런 몸으로 용케 경찰서에서 여기까지 왔구나 하고 스스로 감탄한다. 직원 말대로 응급 처치만으로는 도저히 빠른 회복을 기대할 수 없을 듯하다.

소란을 피울 기운도 없고 조용히 신음하고 있는데 잇몸과 입술 사이로 이물감이 느껴졌다. 입 안쪽 위아래가 모두 찢어졌지만 감각이 마비될 정도의 통증은 아니었다. 고개를 들어 손바닥에 뱉어 본다.

어금니였다.

혀끝으로 더듬어 보니 구멍이 뻥 뚫린 자리가 있다. 역시 그의 이다.

짚이는 데가 있었다. 청사 2층 공방전에서 금속 야구 방망이로

빰을 세게 얻어맞았다. 분명 그때 빠졌을 것이다. 그동안 다른 부위의 통증이 심해서 치통을 못 느낀 것이다.

그렇다면 치과에 오길 잘했구나. 고테가와는 피범벅이 된 이를 가만히 바라보면서 입가를 일그러뜨린다.

그때 흐리멍덩한 사고에 뭔가가 걸렸다.

잠깐. 이라고?

그러고 보니 첫 사건에서 누가 이 이야기를 한 것 같은데…….

그리고 다음 사건에서도…….

그리고 또 다음 사건에서도…….

어수선한 기억의 조각들이 맹렬한 기세로 이어진다. 안개가 자욱한 가운데 형체가 생겨나고 순식간에 세부가 또렷해진다.

아라오 레이코는 아주 최근에 의치 치료를 받았다.

이부스키 센키치의 지갑에는 치과 진료 카드가 들어 있었다.

웃는 우도 마사토의 입속에서는 은니가 반짝였다.

그렇다면 에토 가즈요시는? 그렇다. 의료 센터에서 반년에 한 번꼴로 외부 개업의를 불러 강제로 검사받게 하고 있다. 필시 에토도 예외가 아니었을 것이다.

고테가와는 자신도 모르게 진찰대에서 벌떡 일어나 앉았다.

드디어 찾았다. 공통점이 안 보이던 남녀노소 네 명의 연결 고리는 바로 이였다. 네 명 모두 지난 몇 년 동안 이를 치료하거나 검사를 받았다. 장례식에 갔을 때 가쓰라기와 고즈에, 사유리에게 희생자들이 병원에 자주 다녔는지 물었다. 그때 단골 의사가 있는지도 물었다. 하지만 의치나 은으로 씌우는 치료는 단기간에 끝나기 때문에 단골이라는 인식이 없다. 유족이 치과 의사의 이름을 깜빡한 것도 당연했다. 질문이 잘못됐던 것이다.

잠깐…….

한 가지 결론에 이르자 다음 의문이 떠올랐다.

네 사람의 진료 기록이 이름, 주소와 같이 정리된 서류는 진료 기록부밖에 없다. 그리고 개구리 남자는 분명히 그 진료 기록부를 보고 희생자를 골랐다. 다시 말해 네 사람의 공통점이 한 가지 더 있다. 당연히 그 진료 기록부는 한자리에 정리돼 있어야 한다. 따라서 네 사람은 같은 치과 의사에게 치료를 받았을 것이다.

그렇다면 그 치과 의사는 누구일까?

깊이 생각할 필요는 없었다.

의사가 환자를 모으는 데는 입소문이 중요하다. 이부스키 센키치와 우도 마사토의 생활권에 있는 곳이자 평판이 좋은 치과는 한 곳뿐이다.

여기 사와이 치과.

고테가와는 목청껏 직원을 불렀다.

직원은 금방 달려왔다.

"무슨 일이세요! 갑자기 큰 소리를 내고."

"지금부터 제가 하는 질문에 잘 생각하고 대답해 주세요. 이 병원에서 환자들 진료 기록부를 보관하고 있습니까?"

"갑자기 무슨 말씀을 하시나 했더니……. 당연하죠. 의사 법으로 진료 기록 작성과 보관이 의무화돼 있는데."

"보관은 몇 년이나 하죠?"

"진료 기록부의 법정 보관 연한은 진료가 완결된 뒤 오 년이고, 저희는 개업한 이래 진료 기록부를 폐기한 적이 없으니까 사실상 영구 보관이죠."

"보관 장소는요?"

"약국에 병설된 진료 기록부실요."

"그 진료 기록부실에 들어갈 수 있는 사람은요?"

"약국에 병설돼 있다고 설명했잖아요. 병원 관계자라면 아무나 들어가요. 엄중한 관리가 필요한 의약품은 따로 금고에 보관하고요."

병원 관계자라면 아무나.

목에서 꿀꺽 소리가 났다.

"부탁인데 당장 그 진료 기록부실로 안내해 주세요."

"네? 하지만 아직 상처 응급 처치가……."

"그런 건 나중에 하고요."

온몸의 통증을 잊고 진찰대에서 일어났다. 무시무시한 가능성과 해서는 안 될 상상이 머릿속을 어지러이 돌아다닌다. 그것이 진상이라면 오늘 하루 내가 한 일은 대체 뭘까? 마음이 진실을 피하려고 한다. 처음 겪는 일이었다.

제발 착각이기를.

확인, 아무튼 확인이 우선이다. 이대로는 어떤 짐작이든 억측에 불과하다.

어이없어하면서 항의해 대는 직원을 몰듯이 해서 진료 기록부실에 도착한다. 안내를 기다리기 답답해서 캐비닛에 달라붙어 떨리는 손으로 서랍을 열었다.

"잠, 잠깐만요! 아무리 경찰이라도 원장 선생님 허락 없이 개인 정보를 보여 드릴 수는……."

"책임은 나중에 얼마든지 질게요. 제 상사가."

진료 기록부는 환자 한 명당 파일 한 권으로 정리돼 있다. 색인이 50음순으로 돼 있다.

아라오 레이코의 진료 기록부는 맨 앞에 있었다.

아라오 레이코. 1981년 1월 7일생. 한노 시 오가타 초 4-3. 세인트 빌라 오가타. 초진 2007년 8월 22일.

이부스키 센키치의 진료 기록부는 '이' 단의 처음에 있었다.

이부스키 센키치. 1937년 5월 18일생. 한노 시 가마야 초 7-9. 초진 2006년 3월 10일.

다음 파일도 손쉽게 발견했다.

우도 마사토. 2000년 4월 4일생. 한노 시 사고 초 1-2. 초진 2004년 7월 8일.

에토 가즈요시. 1963년 3월 15일생. 한노 시 시립 의료 센터. 초진 2007년 4월 21일.(단체 검진.)

맞았다.

다시 한 번 네 사람의 진료 기록부를 확인한다. 주소는 모두 현재 주소로 변경 사항은 없다. 이름과 주소 다음 칸에 어떻게 읽는지 표기가 돼 있어 어려운 한자라도 누구나 읽을 수 있다.

예를 들면 도마 가쓰오도 얼마든지.

어떻게 이런 일이…….

고테가와는 맥 빠진 듯 자리에 앉는다. 천천히 승리감이 가슴에 퍼져 간다. 하지만 회한과 절망으로 채색된 승리감이다. 이처럼 쓰라린 승리감이라면 안도감을 동반한 패배감이 훨씬 낫다.

아니, 아직 결론을 내기는 이르다.

여기 네 사람의 존재와 주소를 알려 주는 명단이 있든 병원 관계자들 중 알리바이가 불명확한 사람이 가쓰오 혼자든 모두 상황 증거에 불과하다.

물적 증거.

있다면 거기밖에 없다.

"저기, 부탁이 하나 더 있는데요. 가쓰오를 다른 곳으로 옮기겠습니다. 일상용품들은 제가 가지고 갈 테니까 그동안 그 애를 사무실 밖으로는 한 발자국도 나가지 않게 해 주세요. 밖에는 아직 위험한 인간들이 숨어 있을지도 모르니까."

"그러면 돼요? 그거야 간단하죠. 대신 약속이에요. 돌아오면 반드시 응급 처치를 받아야 해요."

"네, 감사합니다."

고테가와는 그 말을 남기고 진료 기록부실을 뛰쳐나갔다.

병원 옆의 아담한 아파트 2층 왼쪽 끝, 도마 가쓰오가 사는 곳이다. 단골 가게도 없고, 오랜 시간 신세 지게 해 줄 친구도 없다. 사유리의 음악 치료를 받기 위해 일주일에 몇 번 외출하는 일 말고는 거의 집에 있는 가쓰오가 유일하게 안정을 취할 수 있는 장소.

와타세가 갑작스럽게 했던 이야기가 되살아난다. 자신의 집을 거점으로 삼아 사냥을 나가고, 사냥감의 소재는 이미 알기 때문에 외출했을 때 미행해 덮친다. 이번 범행 방법은 모두 그 유형이다. 그렇다면 거점이 되는 집에는 범행 흔적을 드러내는 물건이 남아 있을 가능성이 높다.

발소리를 죽이고 2층으로 올라간다. 손에는 병원에서 빌린 집

열쇠가 있다. 왼쪽 끝 집까지 가 보니 문에는 문패고 뭐고 아무것도 없다.

열쇠로 문을 따고 조용히 연다. 원룸 구조인지 현관에서 짧은 복도를 지나니 바로 방이 나왔다. 정오가 다 됐는데도 실내가 어두컴컴해서 가구 윤곽조차 희미하다. 창문을 확인하자 두꺼운 커튼이 쳐져 있다. 어두웠지만 굳이 커튼을 열지 않고 전등을 켠다. 최대한 흔적을 남기고 싶지 않았다.

수명이 얼마 안 남아 깜빡거리는 형광등 아래로 방의 세세한 부분이 드러난다.

그걸 보고 깜짝 놀랐다.

앉은뱅이책상과 석유스토브. 세 평짜리 방에 가구라 할 만한 물건은 달랑 그 두 가지뿐이었다. 텔레비전, 컴퓨터, 심지어 책장도 보이지 않아 세 평이 유난히 넓게 느껴진다. 방구석에 변기를 놓고 조금 더 크기를 줄이면 구치소와 다름없다. 벽에는 달력과 시계가 하나씩 걸려 있을 뿐 포스터도 없다. 초라한 정도가 아니다. 마치 이사 뒤 빈방 같은 이상할 정도의 공허함이 느껴졌다.

방의 풍경은 거주자의 심상을 투영한다고 주장하는 심리학자도 있다. 그렇다면 그 심리학자에게 이 방을 한번 보여 주고 싶다. 그 학자 선생은 이 방에서 도마 가쓰오의 어떤 심상 풍경을 끌어낼까?

벽장을 열어 본다. 이불과 옷이 있을 뿐 특별히 수상한 물건은 보이지 않는다. 혹시나 싶어 옷과 이불 사이를 더듬어 봤지만 결과는 똑같았다. 다시 방을 둘러보지만 벽장 말고는 수납공간이 전혀 없다. 이 정도로 물건이 없다는 건 수납공간도 필요 없다는 의미다.

이리저리 둘러보다가 책상에 시선이 멈췄다. 위에 동그란 갓 스탠드가 하나 놓여 있을 뿐 수수하다. 그 책상에 서랍이 달려 있다. 크기는 작지만 틀림없는 수납공간이다.

서랍을 여는데 나무와 나무가 쓸리는 소리가 생각보다 크게 울려서 도중에 멈췄다.

조용했다.

정오가 좀 지난 무렵으로 길을 오가는 사람과 자동차도 별로 없고 창문으로 소음이 조금 들어올 뿐 실내에는 작동하는 가전제품도 없다. 들리는 건 자신의 숨소리와 심장 소리뿐이다.

하지만 그 정적은 평안을 가져오지 않는다. 황량한 세 평짜리 방에 흐르는 고요함은 오히려 불안감을 불러일으킨다.

서랍에는 공책과 필기도구가 들어 있었다. 공책 사이로 초등학교 6학년 교과서 두 권, 수학 문제집 세 권이 보인다. 공책에는 계산 문제를 푼 흔적이 가득하다. 서투른 숫자를 보고 있자니 안타까운 마음이 들었다. 사회 복귀를 위해 묵묵히 수학 문제를 푸는 모습은 희생자 등 뒤로 살며시 다가가는 살인자의 모습과 도저히 겹치지 않는다.

문득 표지가 많이 바랜 공책이 보였다. 여기저기 접힌 자국이 있고 종이도 누렇다. 분명 십 년 넘은 물건이다.

페이지를 넘기자 일기가 나왔다. 도마 가쓰오의 소년 시절 일기. 어린아이 글씨처럼 한 글자 한 글자 크기도 다르고 줄도 삐뚤빼뚤하다. 그 내용은 하루하루 생활 속에서 발견한 새롭고 놀라운 일들로 가득했다. 읽고 있자니 햇볕 냄새마저 감도는 듯했다.

그러나 어느 글에 시선이 고정됐다.

5월 7일

오늘 개구리를 잡았다. 상자에 넣어 이리저리 가지고 놀았지만 점점 싫증이 났다. 좋은 생각이 났다. 도롱이 벌레 모양으로 만들어 보자. 입에 바늘을 꿰어 아주아주 높은 곳에 매달아 보자.

분명했다.

아라오 레이코의 살인 현장에 남아 있던 범행 성명문과 똑같았다. 즉 이것이 원본이다. 일기의 이 부분을 그대로 복사하면 범행 성명문이 된다.

흥분에 떨며 페이지를 넘긴다.

5월 8일

오늘도 개구리를 잡았다. 개구리를 잘 잡게 됐다. 오늘은 널빤지 사이에 끼워서 납작하게 짜부라뜨려 보자. 개구리는 전부 내 장난감이다.

그리고 나서 한동안 개구리 이야기가 보이지 않는다. 다시 나타난 건 5월 중반을 넘어서였다.

5월 17일

오늘 학교에서 도감을 보았다. 개구리 해부가 실려 있었다. 개구리 배 속에는 빨갛고 하얗고 검은 내장이 많이 들어 있어서 아주 예쁘다. 나도 해부해 보자.

5월 22일

오늘 잡은 개구리는 거의 죽어 가고 있었다. 움직이지 않는 장난감은 재미없다. 그래서 태워 보았다. 불이 붙은 개구리가 타면서 날아오르고 뛰어올랐기 때문에 아주 즐거웠다. 개구리가 타는 냄새는 좋은 냄새였다.

안도와 절망의 한숨이 흘러나왔다. 완벽한 물적 증거였다. 이것이 있으면 지문이고 DNA 감정이고 필요 없다.

하지만 그 여자에게 이 사실을 어떻게 알려야 할까…….

그런 생각을 했을 때였다.

뒤에서 인기척이 느껴졌다.

돌아보자 도마 가쓰오가 서 있었다.

가쓰오는 놀라지도 않고 겁내지도 않았다. 그 얼굴에 감정은 보이지 않는다.

고테가와는 곧바로 일어서려고 했지만 왼 다리가 말을 듣지 않았다. 균형을 잃고 두 손으로 바닥을 짚으며 넘어졌다.

"내 거예요."

가쓰오가 나직이 말했다.

"아아, 그래. 나는 아니기를 바랐는데."

고테가와는 책상을 짚고 겨우 일어섰다.

"네가 개구리 남자였을 줄이야!"

그 얼굴을 손가락으로 가리키며 거칠게 말한다. 가쓰오는 표정 없이 살짝 고개를 끄덕일 뿐이다.

"아니라고는 안 하네. 빌어먹을! 대체 왜 이런 짓을 저지른 거야? 주변 사람들이 얼마나 너를 응원하고 격려했는데. 너를 변화시키려고, 네 인생을 바꿔 주려고 했는데. 그런데, 그런데 왜 다시 처음으로 돌아간 거야!"

부질없다는 것은 알았지만 가만있을 수 없었다. 하지만 가쓰오의 표정은 여전히 변화가 없다. 마치 마네킹을 상대로 혼자 연극하는 것 같다.

이제 마음을 나눌 수도 없는 걸까? 건반을 두드릴 때, 새 스니커즈를 받았을 때 반짝이던 얼굴을 볼 수 없는 걸까?

고테가와는 편치 않은 마음으로 허리춤에서 수갑을 꺼냈다.

"도마 가쓰오, 너를 한노 시 연쇄 살인 사건 용의자로 체포한다."

수갑을 본 순간 가쓰오에게 변화가 일었다.

두 눈이 짐승처럼 번뜩였다.

대응이 한발 늦었다.

재빨리 뻗은 팔이 수갑 든 손을 바깥으로 비틀어 올린다. 작은 몸집에 어울리지 않는 예상치 못한 완력. 고테가와는 견디지 못하고 수갑을 떨어뜨린다.

몸이 비틀려 다시 균형을 잃는다. 한 다리로는 불안정한 자세를 유지하지 못하고 몸이 무너진다.

그런데 바닥에 쓰러지지 않았다.

믿기지 않게도 60킬로그램이 넘는 고테가와의 몸이 가쓰오의 한 팔에 매달려 있었다.

어떻게 이런 힘이.

놀란 것도 한순간이었다. 가쓰오가 고테가와를 가볍게 내던졌다. 바닥에 내동댕이쳐진 순간, 횡격막에 격통이 일었다. 엉뚱하게도 싸구려 바닥은 딱딱하구나 라는 감상이 뇌리에 떠오른다.

정신을 차리자 바로 앞에 수갑이 뒹굴고 있다. 필사적으로 팔을 뻗는데 바로 위에서 짓밟혔다. 손끝이 죽을 때처럼 가늘게 떨린다.

비명 소리는 가슴이 눌리자 신음 소리로 바뀐다.

고개를 천장 쪽으로 돌리니 가쓰오가 자신을 내려다보고 있었다.

소름이 끼쳤다.

사람을 보는 눈이 아니었다.

흥미를 잃은 눈……, 아이가 망가진 장난감을 보는 눈 같았다.

이대로 있다간 죽는다.

정신없이 가쓰오의 발목을 붙들고 잡아당겼다. 가쓰오도 자세가 흐트러져 바닥에 엉덩방아를 찧었다. 맞붙으면 자신이 이길 승산은 없다. 하지만 누운 상태에서 겨룬다면 상대를 저지할 수 있다. 유단자는 아니지만 격투기 초급은 교관에게 철저하게 배웠다. 한쪽 다리를 쓰지 못하는 고테가와에게 지금 가장 유리한 전법은 조르기나 관절기다. 가쓰오의 전의를 상실시켜야 한다.

하지만 오산이 있었다.

상대 옷깃을 잡으려 팔을 뻗자 복부가 무방비 상태가 됐다. 그 자리에 가쓰오가 무릎 치기를 했다. 배에 구멍이 뚫리는 듯한 충격에 길게 뻗었던 팔이 움츠러든다. 위장 속 내용물이 튜브를 누른 듯 입으로 흘러나온다. 소화 중이던 밥과 노란 위액이 눈앞에 흩어진다.

반사적으로 복부를 감싸려는데 가쓰오가 예상 외로 민첩했다. 이번에는 갈비뼈 사이로 주먹이 날아왔다. 순간적으로 몸을 비튼 덕에 빗나갔지만 주먹은 오른팔 윗부분을 직격했다. 고테가와는 그저 신음할 뿐이었다.

싸움은 고테가와도 남들 못지않았지만, 조금 전의 폭동에 지치고 쇠약해진 몸으로는 힘들었다. 게다가 가쓰오의 체력은 완전히 예상 밖이었다. 그야말로 고테가와는 장난감처럼 마음대로 조롱당하고 있었다.

아라오 레이코의 시체를 떠올린다. 차양에 매달린 시체를 내릴 때 남자 혼자 힘으로는 무리였다. 매다는 작업도 혼자는 무리일 것이다. 하지만 가쓰오의 체력이라면 가능할 듯싶다.

산책하던 이부스키 센키치를 덮친 뒤 그를 짊어지고 폐차장까지 옮기고, 잘라서 토막 낸 마사토의 시체를 공원으로 옮기는 일도 가쓰오라면 가능했을 터였다.

바닥에서 몸부림치는 사이에 가쓰오가 먼저 일어났다. 이 정도로 체력 차이가 나는데 상대가 먼저 일어난다면 형세 역전은 절망적이다. 적어도 자신과 같은 눈높이에서 싸워야 한다.

다시 한 번 그 다리에 태클을 시도한다. 하지만 같은 방법이 또 통할 정도로 상대는 만만하지 않았다. 가쓰오는 잡히기 전에 고테가와의 얼굴에 발길질했다.

발끝이 정확히 코끝을 명중했다.

정수리에서 번개가 번쩍하고 빠져나갔다.

코피가 공중에 흩어지는 것이 보였지만 순간이었고 금방 눈앞이 새하얘졌다. 아마 코가 틀어졌을 것이다. 방어 본능으로 얼굴과 목 그리고 복부를 지키기 위해 몸이 반사적으로 ㄱ 자로 꺾인다.

그래도 가쓰오의 공격은 멈출 줄 모른다. 등, 옆구리, 엉덩이로 후벼 파는 듯한 발길질이 들어온다. 차일 때마다 숨이 멎는다. 마치 샌드백이 된 기분이었다.

그때 문득 생각이 스쳤다.

휴대 전화.

통화는 못 해도 연결된 상태라면 상대가 이쪽 상황을 눈치챌 수 있다.

가슴 주머니에서 휴대 전화를 꺼낸다. 하지만 전화를 걸려고 한 순간 가쓰오의 손이 홱 쳐 냈다.

휴대 전화는 공중을 날아서 방구석에 처박혔다.

실의와 통증이 파장처럼 겹치는 가운데 사고가 점점 흐릿해진다. 오직 상대의 움직임을 저지하는 일만 생각한다. 그걸 못 하면 자신을 기다리는 것은 피와 오물로 더럽혀진 죽음뿐이다.

수갑은 여전히 같은 곳에 뒹굴고 있다. 이렇게 되면 손목에 걸지는 못해도 발목을 묶어 버리자. 한 팔을 힘껏 뻗는다.

닿지 않는다.

20센티미터 더.

마치 1미터 같다.

민달팽이보다 느리고 애벌레보다 더 몸을 비틀며 기어간다. 몸을 움직일 때마다 얻어맞은 상처가 의식을 갉아먹는다.

10센티미터 남았다.

이제 5센티미터.

마침내 손끝이 수갑에 닿았을 때…….

갑자기 왼 다리가 타는 듯했다.

동시에 우두둑하고 안 좋은 소리가 들렸다.

무시무시한 격통에 몸이 활 모양으로 구부러진다.

왼 다리에 직격탄을 맞았다. 아무래도 내리밟은 모양이다.

금속 야구 방망이로 맞아 뼈가 으스러졌는데 가벼운 지혈과 붕대 처치만 했을 뿐이다. 가장 약해진 부분이 직격탄을 맞았다. 금이 간 모형을 더 뭉갠 것과 같다. 필시 골격은 더 이상 원래 형태를 유지하고 있지 않다. 그 증거로 한쪽 복사뼈가 함몰되고 피부 여기 저기에서 깨진 뼈의 단면이 드러나 있다.

의식이 멀어지려고 하지만 다른 부위의 통증으로 실신하기도 쉽지가 않다. 눈물로 흐릿해진 시야에 안쪽으로 힘껏 비틀어진 발목이 보였다. 평범하지 않게 비틀어진 모습이 몹시 기이하게 보인다. 역시 자신은 망가진 장난감이다.

육체만 훼손된 것이 아니다. 고테가와는 돌연 죽음을 실감했다. 폭도들에게 습격당할 때보다 현실적으로 그리고 구체적으로.

나는 여기서 죽는다. 가쓰오의 장난감이 돼 실컷 농락당하다가 마지막에는 망가진 인형처럼…….

다섯 번째 개구리.

흐릿해지는 의식 속에서 깨달았다.

인간의 원초적인 감정은 희로애락이 아니다.

공포다.

공포야말로 모든 사고 회로와 본능을 지배하는 감정이다. 그것을 오늘 자신은 질리도록 목격했다. 그리고 그것이 지금 자신에게도 닥치고 있다.

도망쳐.

출구는 멀고 저항할 방법도 없다. 하지만 절망을 인식하기 전에 비참한 생존 본능이 육체를 움직인다. 가까스로 움직이는 두 팔만으로 몸을 질질 끌고 간다. 마디마디의 통증에 신경 쓰고 있을 여유가 없다.

하지만 적은 끝까지 냉혹했다.

기를 쓰고 삶에 집착하는 모습은 그것을 내려다보는 자의 기학욕구를 더욱더 부채질한다. 고테가와는 그 점을 깜박 잊고 있었다.

왼 다리가 다시 한 번 불타올랐다.

가쓰오가 공중으로 뛰어올랐다가 모든 체중을 싣고 고테가와 위로 떨어진 것이다.

고테가와는 절규했다. 왼 다리에 아직 감각이 남은 것이 원망스러웠다. 시선 끝에는 가쓰오의 다리가 있고 양말은 온통 피로 물들어 있다. 그 피가 전부 자신의 몸에서 나왔다고 생각하자 증오심이 끓어올랐다. 왼 다리는 더 비참한 상태겠지만 확인할 마음은 들지 않는다.

부풀어 오른 증오심에 다른 무기 생각이 났다.

시그 자우어 230, 32구경.

경찰서에서 폭도들에게 습격받았을 때도 절대 권총집에서 빼지 않은 살인 도구. 8연발이지만 탄창에는 항상 일곱 발이 장전돼 있다. 가쓰오에게 총구를 겨누기가 조금 주저됐지만 청사에서의 격투와 부상당한 왼 다리를 생각하면 죄의식도 사라졌다.

위협사격, 최악의 상황에서는 다리를 조준해 움직임을 저지하면 된다.

품에 손을 넣어 총목을 잡는다.

그때 머리 위로 그늘이 졌다.

올려다보자 가쓰오가 책상을 치켜들고 있었다.

반사적으로 피할 틈도 없었다.

수직 낙하하는 책상이 시야 전체를 가렸고 이마를 직격했다.

그리고 머릿속에서 산산조각이 나는 소리가 들리는 것과 동시에 고테가와의 의식은 나락으로 떨어졌다.

잠시 후 고테가와는 정신이 들었다.

시간이 얼마나 흐른 걸까? 아주 길었던 것도 같고 잠깐이었던 것도 같다. 차츰 윤곽이 뚜렷해지는 시야 속에서 천장이 위아래로 움직인다.

얼마쯤 지나 누운 채로 왼손을 붙잡혀 질질 끌려가고 있다는 사실을 알았다. 고개를 조금 더 들자 가쓰오의 다리가 보인다. 아무래도 어딘가로 옮기려는 모양이다.

어디로? 방의 구조로 볼 때 이쪽으로 가면 화장실과 욕실밖에 없다.

……욕실!

나를 거기서 해체하려는 걸까?

마사토처럼.

분노가 끓어올라 판단력이 되살아났다. 오른손을 권총집에 집어넣는다. 권총은 아직 들어 있다. 이로 슬라이드를 물고 잡아당긴다. 엄지손가락으로 안전장치를 푼다. 그런데 총목을 쥔 순간 깜짝 놀랐다.

권총을 쥔 오른 어깨가 올라가지 않는다. 아무리 명령을 내려도 절대 움직이려고 하지 않는다.

어느 틈엔가 탈구돼 있었다. 가쓰오의 주먹에 맞은 뒤에도 움직였는데……. 마지막에 책상이 오른 어깨로 떨어진 걸까? 아니면 기절해 있을 때 가쓰오가 이렇게 만든 걸까?

판단력이 회복되면서 이마도 다시 욱신거리기 시작했다. 송곳을 천천히 틀어넣는 듯한 통증이 출혈과 함께 덮친다. 고개를 숙이자 이마에서 떨어진 피가 오른눈으로 들어갔다. 주홍빛 커튼이 시야를 가린다.

왼팔은 가쓰오의 기계와 같은 팔에 잡혀 있다. 이제 믿을 데라곤 오른손뿐이지만 어깨부터 아래가 뜻대로 움직이지 않는다. 게다가 피에 가려 시야도 흐릿하다. 표적이 바로 코앞에 있지만 방아쇠를 당기지 못하면 의미가 없다.

한두 번 손가락을 구부려 본다. 손끝에는 명령이 닿는다. 방아쇠를 당기는 동작 자체는 지장이 없다. 팔이 올라가지 않기 때문에 총목을 쥔 채 가슴 위에서 미끄러뜨린다. 조금씩 조금씩 총구를 가쓰오의 다리에 맞춘다. 그런데 움직일 때마다 통증이 전류처럼 타고 어깨로 전해진다.

가슴에서 목덜미, 그리고 왼 어깨로…….

오른팔은 거기까지만 뻗을 수 있었다. 딱 활을 당기는 모양새다.

가쓰오의 허벅지를 조준한다. 진동으로 총구가 흔들리지만 이 정도 거리라면 문제없다.

그때 갑자기 떠올랐다. 상대가 누구든 간에 살아 있는 인간에게 권총을 겨누는 건 처음이었다.

손끝에 힘을 줘서 방아쇠를 당긴 그때였다.

거실과 복도의 높이가 달라 어깨가 툭 떨어졌고 조준이 어긋났다.

메마른 총성이 방을 메아리친다. 발사한 반동으로 권총이 튕기고 오른손이 튀어 오른다.

총알은 왼쪽으로 빗나가 벽을 뚫었다.

가쓰오가 뒤돌면서 쥐고 있던 고테가와의 왼손을 꺾는다. 팔이 무리하게 돌아가자 몸이 뒤집힌다. 총을 쥔 손은 가슴 밑에 깔려 가쓰오의 시야에서 사라진다.

가쓰오는 방금 일어난 상황이 이해가 안 되는지 고테가와의 손을 놓고 빠르게 주변을 둘러본다.

절호의 기회.

고테가와는 자유로워진 왼손으로 오른손을 붙잡아 다시 한 번 머리 위의 적을 겨냥했다.

가쓰오는 그 동작을 정면에서 보고 있었다.

방아쇠를 당기는 것과 거의 동시에 가쓰오의 다리가 날아왔다. 총을 쥔 두 손이 걷어차이고 두 번째 총알이 가쓰오의 어깨 위로 빠져나갔다.

가쓰오의 눈이 어둡게 불타고 있었다. 반격한 상대에게 기학 욕구를 더 자극받은 눈이었다.

순간 비웃듯 입술 끝을 올리더니 탈구된 부분에 발꿈치를 쑤셔 넣는다. 고테가와는 상처를 무딘 칼로 후비는 듯한 통증에 부끄러움도 체면도 잊고 비명을 지른다. 오른손은 힘을 잃고 총목을 놓친다.

왼손이 남았다. 하지만 손목을 잡힌 채 온몸이 끌려갔었기 때문에 쥐는 힘은 남아 있지 않다. 고작 420그램짜리 권총이 아령처럼 무겁다. 권총집에 있을 때는 믿음직스럽기까지 했던 중량이 지금은 부담스럽기만 하다.

순간 권총을 바꿔 들지만 익숙하지 않은 왼손은 마치 다른 사람 손 같다.

자세를 취하기 전에 다시 코를 걷어차였다.

코뼈 부러지는 소리가 분명하게 들렸다. 그 소리를 듣고 코뼈가 얼마나 물렁한지 깨닫는다. 피가 공중에 꽃처럼 피어났다. 그 크기가 출혈 수준을 가늠케 한다.

고테가와의 몸이 뒤쪽으로 날아갔다.

코에서 뿜어져 나오는 피가 멈추지 않는다. 숨을 들이마실 수 없을 정도로 그칠 줄 모르고 흘러나온다. 하얬던 셔츠도 절반 이상주홍빛으로 물들었다. 바닥에 피 웅덩이까지 생긴다. 한편 이마에서 흐르던 피는 굳기 시작하고 오른눈에 들어간 피는 진득거려 시야를 더 가린다.

그래도 방아쇠를 쥐어짠다. 이제 저항할 방법은 이것뿐이다. 그런데 힘 빠진 손바닥과 손끝이 권총을 지탱하지 못한다. 방아쇠를 당기려고 하면 자꾸만 총구가 아래를 향한다. 생각할 틈도 없다. 고테가와는 권총을 바닥에 내려놓고 아래턱으로 위에서 고정했다.

방아쇠를 당긴다.

총성이 귀청을 찢었다.

후퇴하는 슬라이드와 발사의 반동으로 목이 젖혀진다.

하지만 세 번째 총알도 가쓰오의 몸을 비껴갔다.

다음 순간 가쓰오가 바로 위로 뛰어올랐다.

픽.

폐 속의 공기가 억지로 밀려 나온다. 갈비뼈도 어떻게 된 듯하다. 비명을 지르고 싶었지만 이번에는 깔아뭉개져 목소리조차 나오지 않았다.

적은 서 있으면 불리하다고 생각했는지 고테가와의 몸을 직접 내리눌렀다.

뒤로 젖혀진 목에 두툼한 팔이 들어왔다.

위에 올라탄 채 세게 쥔다. 몸이 크게 젖혀져 새우처럼 휘었다.

코피가 역류해 입속도 막혔다. 숨을 쉴 수 없다. 그러나 질식하기 전에 목뼈나 등뼈가 부러질 듯했다.

통증과 고통이 서서히 누그러지면서 의식이 확실히 멀어진다. 이번에야말로 죽음에 다가가고 있는 것이다.

하지만 꺼져 가는 의식 속에서 누군가가 자신을 질타했다.

마사토였을까, 와타세였을까, 아니면 자기 자신이었을까?

주변 소리는 차단되고 자신의 심장 소리만 들린다.

아직 싸울 수 있다. 이 소리가 이어지는 한.

왼손은 아직 권총을 쥐고 있다. 이제 조준하고 말고도 없다. 고테가와는 거의 무의식중에 방아쇠를 당겼다.

네 번째 총성.

그리고 가쓰오의 비명.

머리를 붙들고 있던 팔이 느슨해지고 올라타 있던 몸이 옆으로 넘어진다. 포박에서 풀려난 고테가와는 가까스로 가쓰오로부터 멀어졌다.

가쓰오는 왼쪽 정강이를 끌어안고 뒹굴고 있었다. 다리를 누르고 있는 손가락 사이에서 피가 흐른다. 조준한 세 발은 모조리 빗나가고 무작정 방아쇠를 당긴 한 발이 명중했기 때문에 얄궂다고밖에 할 수 없다.

상대도, 이쪽도 왼 다리를 다쳤다. 이제야 겨우 형세가 비슷해졌다. 아니, 권총을 가진 이쪽이 더 유리한가.

고테가와는 주위를 둘러보다 격투 중에 잃어버린 수갑을 방구석에서 발견했다. 적은 정강이를 맞아서 전의를 상실해 있다. 신병을 구속하려면 지금밖에 기회가 없다. 권총을 쥔 채 기어가서 수갑을 향해 왼팔을 뻗는다.

옆에서 뭔가가 나타나 그 팔을 꽉 움켜쥐었다.

순간 머리 한구석에서 희미하게 위화감이 스쳤지만 음미할 사이도 없이 사라졌다.

가쓰오가 증오감에 불타는 눈으로 이쪽을 노려보고 있었다.

손목이 비틀린다. 다쳤어도 기계 같은 힘은 변함이 없다. 억지로 펴진 손에서 권총이 떨어진다.

다시 형세가 뒤집혔다. 적이 쓸 수 있는 팔은 둘, 이쪽은 하나뿐이다. 더구나 온몸에 타박상을 입고 있어서 만족스럽게 움직일 수 없다. 적에게는 역시 인형과 별다를 것이 없다.

뺨에 오른 주먹이 날아온다.

턱이 깨졌나 싶었다. 반쯤 벌어진 입에서 엄청난 침과 피가 뚝뚝 떨어진다. 방어하고 싶어도 왼손이 붙잡혀 있어서 꿈쩍도 할 수 없다.

그리고 다시 한 방.

또 한 방.

가쓰오의 공격은 변화무쌍하다고 하기 어렵다. 아무튼 집요하게 같은 곳을 공격한다. 심심하다면 심심하지만 타격을 주는 데 이보다 효과적인 방법도 없다. 턱에서 감각이 사라진다. 침보다 피가 더 많이 흐른다. 코처럼 얼굴 형태도 바뀌었을 수 있다.

아니, 얼굴 형태야 이제 아무래도 상관없다.

얻어맞을 때마다 반격하려는 마음이 사라져 간다.

대체 몇 대나 맞은 걸까?

세는 것도 잊었을 무렵 갑자기 날아오던 주먹이 멈췄다.

꽉 쥐고 있던 주먹을 펴더니 엄지손가락을 울대뼈에 올려놓는다.

퍼뜩 알아챘을 때에는 가쓰오의 손이 목을 조르고 있었다. 기도가 막히는 정도가 아니다. 마치 목을 비틀어 끊을 것 같은 힘이다.

무의식적으로 눈꺼풀이 내려간다. 어슴푸레 잠들 무렵과 같은 부유감이 의식을 뒤덮는다.

이대로 가만히 있으면 잠들듯 죽을 수 있다. 고통스러워할 일도 없고 피를 흘릴 일도 없다.

마음속에서 달콤한 속삭임이 들린다.

하지만 잠들어 있던 불량소년 사냥꾼의 목소리가 그 속삭임을 저지한다.

눈을 떠.

사람은 이기기 직전 빈틈을 보인다.

가늘게 눈을 뜨자 희열로 반짝이는 가쓰오의 눈이 보였다.

왼손에 얼마 안 남은 의식을 집중한다.

손가락은 아직 움직인다.

집게손가락으로 가쓰오의 오른눈을 찔렀다.

"으아아아." 가쓰오가 소리 지르며 순간적으로 두 팔을 놨다.

고테가와의 윗몸이 기댈 곳을 잃은 인형처럼 바닥으로 툭 떨어진다. 갑자기 공기가 기도로 들어온다. 콜록거리며 밭은 숨을 토하자 그제야 고통이 되살아났다.

머리 위에서는 가쓰오가 여전히 비명을 지르고 있다. 그러나 눈을 누르고 있는 손가락 사이에서 피가 흘러나오는 것 같지는 않다. 찔렀다고 해도 눈알을 관통할 정도의 힘은 없었을 것이다. 감촉도 삶은 달걀을 손가락으로 누른 정도였다.

하지만 누구든 급소를 공격당하면 그 분노는 특히 거셀 수밖에 없다.

가쓰오는 이미 인간이기를 포기하고 있었다. 짐승처럼 부르짖고 눈을 번뜩이며 착란을 일으키고 있다. 그 짐승의 손이 다시 책상을 들어 올렸다.

고테가와는 가늘게 뜬 눈으로 그 모습을 멍하니 바라봤다. 왠지 가쓰오의 동작이 아주 느릿느릿하게 보여 현실감이 부족하다.

책상으로 한 번 더 머리를 내려칠 속셈이다. 그것이 치명상이 되리란 것은 알았지만 더는 도망칠 체력도, 기력도 남아 있지 않았다.

가쓰오가 책상을 높이 들고 이쪽으로 다가왔다.

결국 쓸데없는 저항이었다.

끝났다.

눈을 감고 그렇게 체념했을 때…….

"확보했다!"

누군가의 목소리가 들렸다.

이번에는 내면의 소리도, 환청도 아니었다. 문으로 여러 명이 쏟아져 들어와 두 사람 사이로 끼어들었다.

가쓰오가 양옆으로 붙잡혔다. 움직임이 막혀 책상을 놓친다.

"체포한다!"

"얌전하게 있어."

남자 둘이 한 팔씩 붙잡았지만 가쓰오는 몸을 비틀어서 푼다. 그 반동으로 오른쪽에 있던 남자가 날아갔다.

"이 자식이!"

남자 두 명이 포박에 가세했다. 가쓰오는 그 두 사람에게도 발길질했지만 차츰 포박하는 손이 늘어나자 저항을 누그러뜨렸다.

마침내 수갑을 채우는 소리가 났다.

그 수를 세어 보자 놀랍게도 다섯 명이 가쓰오를 붙들고 있었다.

"살아 있냐?"

반가운 탁한 목소리가 가쓰오를 등 뒤에서 안았다. 대답하려고 했지만 말이 나오지 않아 엄지손가락을 세워 신호를 보냈다.

"사와이 치과에서 도마 가쓰오가 사라졌다는 연락을 받고 곧바로 왔어. 나중에 직원한테 고맙다고 인사해라. 오랫동안 알고 지낸 동료의 안부보다 네 부상을 더 걱정했으니까."

고테가와는 속으로 고개를 저었다. 오늘은 아직도 감사가 부족한 모양이다.

그건 그렇고 격투 중에 느낀 위화감, 그건 대체 뭐였을까?

5

고
하
다

1. 12월 24일

고테가와의 생각대로 가쓰오의 일기는 그가 개구리 남자라는 사실을 입증하는 중요한 증거였다. 그런데 더 결정적인 물증이 발견됐다. 집에서 아라오 레이코가 입고 있었던 것으로 추정되는 의류, 우도 마사토의 시신을 넣은 것으로 보이는 비닐봉지, 그리고 흉기가 발견된 것이다.

흉기는 주로 석재를 가공할 때 쓰는 1.3킬로그램짜리 망치, 소 잡는 칼, 날이 두꺼운 톱이었다. 감정 결과, 그 날에서 희생자 네 명의 DNA가 검출됐다. 또 목을 조르는 데 사용된 비닐 끈도 같이 발견됐다. 게다가 고테가와가 가지고 돌아간 가쓰오의 낡은 스니커즈 밑창 무늬가 모래밭에 남아 있던 발자국과 일치했다. 검찰이 기소하는 데 차고 넘치는 물증이었다.

체포된 가쓰오는 더 이상 날뛰지 않았지만 진술에 전혀 두서가 없어서 취조하던 수사원이 아주 난감해했다. 전력이 전력인 만큼 수사본부에서는 벌써부터 기소 전에 감정할 필요가 있다고 주장하는 사람도 있었다.

사토나카 현경 본부장은 용의자를 체포했다는 보고를 받자 즉시 기자 회견을 열었다. 지난 몇 주 간의 번민이 거짓말이었던 듯 표정이 환했다.

아니, 환한 것은 본부장만이 아니다. 회견장에 줄지어 앉은 보도진들도 모두 같은 얼굴이었다. 재앙을 비껴가 안도한 표정이었다.

그런데 회견은 기쁜 소식을 전하는 것에서 끝나지 않았다. 용의자 도마 가쓰오의 전력을 설명하자 보도진은 평소의 물고 늘어지는 성향을 되찾았다.

출소는 했지만 여자아이를 살해한 도마 가쓰오의 보호 관찰 체제에 부족한 점은 없었는가.

더 일찍 그의 행동을 파악했다면 체포도 빠르지 않았을까.

애당초 지난 사건에서 그를 불기소한 건 성급한 판단이 아니었나.

본부장은 인권 문제에 저촉되는 질의에 명확한 답변을 하지 않았다. 무슨 말을 해도 의료 형무소 출소자의 재범은 경찰뿐 아니라 입법, 사법, 행정 모두에게 골치 아픈 문제이며, 일개 현경 본부장이 사건을 집어넣는 것은 지뢰를 밟는 꼴이다. 또 보도진도 그걸 잘 아는지 깊이 개입하는 짓은 하지 않았다. 방지책 검토와 심신 상실자 등 의료 관찰법의 재검토도 필요하지만, 언론과 대중에게 지금 가장 필요한 것은 이야기였다. 희대의 정신 이상 범죄자 도마 가쓰오는 어떻게 개구리 남자가 됐을까. 지금 그들의 흥미는 그 하나에 옮겨 가 있었다.

실제로 본부장이 설명하는 도마 가쓰오의 인물상은 언론이 아주 만족할 내용이었다. 여자아이를 살해한 전력이 있으면서 범행 당시 열네 살이었다는 점과 캐너 증후군 진단 때문에 형을 면한 과거. 자신의 옛날 일기 내용을 토대로 살인하고, 살해 대상을 근무지의 진료 기록부에서 골랐다는 사실. 또 50음순으로 선택한 유아성. 모두 대중이 흥미로워할 요소였기 때문이다. 대중은 범인 체포에 크게 안도했지만, 이제는 더 큰 만족을 얻고 싶어 한다. 아마 이 순간부터 도마 가쓰오의 지난 십팔 년간 궤적, 가족, 친척, 지인, 친구 등 사적인 부분이 네 희생자를 낳은 비극을 면죄부로 삼아 만찬에 올려질 것이다.

하지만 한노 시민들에게는 그저 기쁜 소식일 뿐이었다. 시장은 노골적으로 수사진의 유능함을 절찬하고 안전 선언까지 했다. 몇 개씩 되던 자경단도 자연스럽게 사라지고 한노 경찰서 폭동에 참가했던 사람들 중 몇 명은 와타세의 권고대로 임의 출두했다. 여경에게 행패를 부린 남자는 그 자리에서 무릎까지 꿇었다. 시민들 얼굴에서 공포가 사라지고, 아이를 학교로 데려다 주는 보호자도 보이지 않았다. 여기저기에서 넘쳐 나던 기괴한 개구리 장식물도 자발적으로 깨끗하게 치워졌다. 사람들이 전처럼 밤거리를 오가고, 크리스마스라는 점도 작용해 상점가는 활기를 되찾았다. 말할 수 없는 공포와 커져 가는 불안감으로 괴로워했던 지난 시간을 되찾으려는 듯 모두 지갑과 휴대 전화를 손에 들고 거리로 몰려나왔다. 그리고 조증 상태처럼 고양돼 지나간 사건을 재미있고 우스꽝스럽게 이야기하기 시작했다. 공포의 왕이었던 개구리 남자는 광대로 격하하고, 자신들과 같은 위치였던 네 희생자는 단순히 불운한 사람들로 치부했다.

마치 거리 전체를 홀렸던 뭔가가 흔적도 없이 사라진 듯한 광경이었다.

고테가와는 그런 정황을 병원 침대 위에서 와타세에게 전해 들었다. 가쓰오가 체포된 뒤 곧바로 여기로 실려 왔던 것이다. 젊음은 참으로 대단해, 탈구된 오른팔은 그날 중에 맞추고 전신 스물일곱 곳에 달하는 타박상과 찢긴 상처 여덟 군데, 그리고 금이 간 갈비뼈 두 대도 닷새 만에 호전되고 있었다. 단 코와 왼 다리만은 워낙 심하게 다쳐서 아직도 붕대를 감고 있다. 특히 왼 다리는 원형이 남지 않았을 정도의 복잡골절로 의사는 전치 1개월이라고 진단했다.

"건강 하나는 알아줘야 한다니까. MRI 검사에서도 별 이상 없었다며? 방에 들어갔을 때는 거의 반쯤 죽어 있었는데."

"반쯤이 아니라 죽기 직전이었습니다. 이렇게 살아 있는 게 신기할 정도로요."

"나는 그 가까운 거리에서 세 발이나 빗나간 네 실력이 더 신기하단 말이야. 복귀하면 훈련 단단히 각오해라."

"가쓰오한테…… 범인한테 명중한 총알은요?"

"깔끔하게 정강이를 관통해서 바닥에 박혀 있었어. 관통했으니까 그쪽 총상이 네 뼈보다 더 빨리 나을 것 같대."

"좀 어떻습니까?"

"체포 직후와 별로 달라지지 않았어. 자신이 개구리 남자라는 것도 인정하고 살인 네 건에 대해서도 장황하게 자랑을 늘어놓고 있는데, 자세한 부분은 진술을 안 해. 마치 유치원생하고 이야기하는 것 같아. 열여덟 살이나 돼서 상태가 저래서야. 정신 감정 의사는 정신 장애 가능성도 시사하고 있어. 하지만 검찰 일부에서는 두 번이나 불기소를 할 수는 없다고 으르대는 인사들도 있어서 정신 지체라는 이유로 기소를 면할 수는 없을 거야. 사회에 미친 영향이 어느 정도라야 말이지."

"그럼 녀석 변호는…… 국선입니까?"

"아니. 인권 옹호 위원회 소속으로 가장 먼저 손을 든 변호사가 있어. 어쨌든 인권파의 젊은 희망이라고 선전하는 친구야."

"네 번째 희생자가 같은 인권파 변호사였는데도요?"

"중심인물이었던 에토가 타 죽었으니 그 뒤를 이으려는 속셈이지. 검찰이 그러는데 에토는 그나마 노회한 데가 있었지만 이 친구는 얄팍한 공명심밖에 없다나 봐. 도마 가쓰오 입장에서는 안 좋은 이야기겠지."

얄팍한 공명심이라는 말에 얼굴이 화끈 달아올랐다. 바로 얼마 전까지 자신을 움직이게 한 행동 원리다. 옆에서 보면 그게 얼마나 보잘것없이 비칠까?

"현재 법체계에서 실형을 선고받을 확률은 반반. 여하튼 도마 가쓰오는 이번에야말로 다시는 세상에 나오지 못할 거야. 평생 교도소에서 살게 되겠지. 하지만 녀석한테는 그쪽이 행복할 수도 있어. 도저히 사회와 타협하지 못하는 인간이 있잖아. 그 사람들한테는 그 사람들이 있을 곳이 필요해."

정말 그럴까. 고테가와는 자신에게 묻는다. 방에서 대치한 가쓰오는 분명히 인간의 탈을 쓴 짐승이었다. 그 가쓰오와는 절대 의사소통이 불가능하다. 한편 고테가와는 여든여덟 개 건반으로 사유리와 교감하는 가쓰오도 봤다. 그것은 언어와 스킨십을 초월한 영혼과 영혼의 대화였다. 그게 가능한데 왜 그는 자신과 같은 장소에서 살 수 없는 걸까?

"사유리 씨는 어떻게 하고 있습니까?"

"어떻게 하고 있냐고 물어도…… 자기가 보호하던 사람이 범인이었으니까. 비난이 심해. 그 사람 아들도 희생사 중 한 명인데 그건 알 바 아닌 거지. 사람들이 매일같이 사유리 씨 집에 욕설을 퍼붓는 전화를 걸거나 벽보를 붙여 놓고 있나 봐."

가슴이 미어지는 느낌이었다. 하나뿐인 아들을 잃은 것도 모자라 자신이 가르치던 아이가 그 범인이라면……. 지금 가장 동정받아야 할 사유리가 괴롭힘당하고 있다.

그저 넓기만 한 연습실 한가운데 건반 위에 엎드린 사유리의 모습이 떠올랐다. 홀로 남겨진, 자신이 지켜야 할 여자가 부당한 비방 중상에 시달리고 있다.

고테가와는 침대에서 벌떡 일어났다. 몸 마디마디가 아직 욱신거리지만 걷는 데 문제가 될 정도는 아니다. 왼 다리는 무릎까지 깁스하고 있지만 목발을 짚으면 어떻게든 된다. 아니, 될 것이다.

"갑자기 왜 그래?"

"저, 사유리 씨한테 다녀오겠습니다."

그 말에 와타세는 어이없는 듯 한숨을 쉬었다.

"네가 간다고 뭘 할 수 있는데?"

"그 사람한테 아직 사건 설명 안 하셨죠?"

"그래. 아무도 안 하려고 해. 아라오 레이코, 이부스키 센키치, 에토 가즈요시 유족들한테는 범인을 체포했다고 보고했지만."

"마침 잘됐네요. 제가 가서 보고하고 오겠습니다. 제가 간다고 무슨 도움이 되지는 않겠지만 적어도 그 사람 이야기 상대는 돼줄 수 있겠죠."

"그 몸으로? 말해 두는데 나는 본부에 가야 돼. 일이 있어."

"혼자 갈 수 있습니다."

고테가와는 아직 서툰 손놀림으로 옷을 갈아입는다. 와타세는 그 모습을 보고 다시 한숨을 내쉬었다. 이번에는 단념한 듯.

담당 의사는 굳게 입을 다문 채 고테가와의 외출을 허락하지 않았다. 지금 무리하게 움직이면 나으려던 것도 낫지 않는다고 했다. 맞는 말이었다. 하지만 고테가와에게 그런 말은 들리지 않았다. 십 분 넘게 승강이한 끝에 와타세가 저녁 무렵까지는 반드시 돌아오게 하겠다고 보증을 서서 고테가와는 간신히 병원 밖으로 나올 수 있었다.

길거리는 야마시타 다쓰로(일본의 싱어송라이터./옮긴이)와 머라이어 캐리의 귀에 익은 곡이 흐르는 가운데 선물을 안은 커플과 가족으로 넘쳐 났다. 그들의 대화에 귀를 기울여 보니 모두들 얼마 전까지만 해도 외출이나 쇼핑을 삼갔던 것을 알 수 있었다. 하늘에는 여전히 짙은 구름이 깔려 있었지만 오가는 사람들의 얼굴은 모두 화사했다.

빨강과 초록 그리고 샴페인골드 색으로 꾸며진 크리스마스이브의 흥청거림도 평소와 다를 게 없다. 하지만 이 거리가 불과 열흘 전만 해도 죽은 듯 조용했던 걸 아는 고테가와는 이 흥청거림도 정상이 아닌 것처럼 보일 뿐이다.

입시를 마친 수험생들이 확 풀어져 버리는 것과 같은 걸까 하고 고테가와는 생각한다. 분명 정체 모를 괴물에게 위협받았던 시간을 위로하듯 자기 자신에게 보상해 주고 있는 것이다. 공포감이 컸던 만큼 해방감도 클 것이다.

고테가와는 아무리 생각해도 이해가 안 되는 일이 있었다. 도마 가쓰오가 왜 개구리 남자가 됐을까 하는 의문이었다. 고테가와는 그 방에서 짐승이 된 가쓰오를 목격했다. 그런데도 피아노 앞에서 뺨을 붉게 물들이고 또 새 신발에 환하게 웃던 가쓰오와 그 방에서 본 가쓰오가 동일 인물이라는 생각이 들지 않았다. 결국 사람의 속마음은 이해할 수 없는 걸까?

세상에는 허위와 욕망, 광기와 증오가 소용돌이치는 한편 진실과 헌신, 이성과 애정이 존재한다. 탁하고 더러운 것, 맑고 깨끗한 것은 언제나 한 장소에 놓여 있다. 그리고 그 맑고 깨끗한 것 중 하나가 음악이다. 그렇다면 가령 음악으로 탁하고 더러워진 정신을 깨끗하게 할 수는 없을까?

도마 가쓰오의 경우는 그러지 못했다. 오마에자키도 사유리도 결국 실패한 것이다. 음악의 힘으로 그의 내면에 있는 짐승을 깨끗이 지우지 못했다. 하지만 고테가와는 음악의 힘을 부정하고 싶지 않았다. 자꾸만 삐딱하게 보려는 시기심과 비정해지고 거칠어지는 염세관을 진정시킨 것은 음악이었다. 이번 사건으로 사유리의 피아노를 만나지 않았다면 자신은 이처럼 견뎌 내지 못했을 것이다.

아아, 그렇구나. 고테가와는 갑자기 납득이 됐다. 자신은 사유리에게 사건 해결을 보고하러 가는 것이 아니다. 사유리를 위로하고 싶다는 것도 핑계일 뿐이다. 사실은 다시 한 번 어머니의 품과도 같은 그 피아노 선율에 몸을 맡기고 어리광을 부리고 싶은 것이다. 믿고 있던 사람에게 배신당해 상처받은 나약한 영혼을 어루만지고 달래 주기를 바라는 사람은 그 자신이다.

정말 못 말리는 인간이네. 고테가와는 자기 자신에게 독설을 내뱉었지만 사유리의 집으로 향하는 발걸음을 돌리지는 않았다.

현관에는 아직 상중이라는 팻말이 붙어 있었지만, 고테가와의 표정이 어두워진 것은 다른 이유 때문이었다. 현관문에 컬러 스프레이로 온갖 욕설이 크게 써져 있다.

'살인마의 보호자.'

'피아노와 사람 죽이는 법 가르칩니다.'

'여기서 나가라.'

벨을 누르려다가 잠시 주저했다.

누를까 말까.

조금 망설이다가 한 번만 눌러 보기로 했다. 그리고 응답이 없으면 발길을 돌려 병원으로 돌아갈 것이다.

역시 못 말리는 인간이야. 고테가와는 다시 한 번 자신을 비웃었다. 마치 첫사랑 집을 찾아온 중학생이 아닌가.

딱 한 번의 초인종. 그런데 바로 대답이 돌아왔다.

"누구세요?"

"……고테가와입니다."

현관에 불이 들어오고 문을 연 사유리는 고테가와를 보자마자 깜짝 놀랐다.

"고테가와 씨……, 입원 중 아니었나?"

"그게……."

"'그게.'가 아니라, 이 추운 날씨에 이게 무슨 꼴이야. 어서 들어와요."

안으로 들어가자 다른 때처럼 허브 향이 코를 간질였다. 여전히 향은 태우고 있지 않았지만 집에는 죽음의 냄새가 남아 있다.

"사건이 해결됐다는 보고를 하러 왔습니다."

"치료 경과보고가 아니고? 코뿐 아니라 얼굴 형태가 완전히 바뀌었어. 게다가 목발까지 짚고."

"반창고 대신에 깁스를 해 줘서요. 형사들 사이에서는 과잉 진료로 유명한 의사거든요. 지난번에는 가시 빼는데 마취까지 하더라고요."

"경부님께 들었어. 가쓰오한테 엄청 당했다고……. 미안해요."

"사유리 씨가 사과할 일은……."

거실로 가서 탁자에 놓인 접시를 보고 조금 안심했다. 식사 준비를 하고 있던 모양이다. 아마 식욕은 돌아온 듯하다.

"마사토를 죽인 범인을 체포했습니다. 한노 시 연쇄 살인 사건도 이제 해결됐고요. 다만…… 사유리 씨한테는 괴로운 형태지만."

"범인을 잡고 봤더니 내 자식이었던 거네."

사유리가 쓸쓸하게 미소 지었다.

"보호 관찰관으로도 피아노 교사로도 자격 미달이야. 가쓰오의 일상을 다 안다고 생각했는데 이 사건과 연관이 있다는 걸 전혀 몰랐어. 가쓰오의 음악을 듣고 있었는데 그 어둠을 감지하지 못했어. 눈도 보이지 않았고, 귀도 들리지 않았어. 입만 살아서 말만 번드르르하게 했던 거지."

"사유리 씨만이 아닙니다. 사와이 치과의 동료들도 아무도 눈치채지 못했습니다. 어쩌면 가쓰오 자신도 알아채지 못했을지도 모르죠."

"정신 분열이라는 소리야?"

"네, 지금은 다르게 부르는 거 같지만."

"유감스럽지만 그건 아니야. 이래 봬도 공부 좀 해서 아는데 가쓰오는 캐너 증후군이었어. 캐너 증후군 환자가 조현병이 될 확률은 아주 낮아. 그러니까 다른 인격은 아니야. 그 애는 건반을 두드리는 손으로 우리 애의 목을 졸랐어. 음악을 듣는 귀로 그 애의 비명 소리를 들었고. 위로하지 않아도 돼. 현실이니까. 아무리 가혹해도 현실을 그대로 받아들이는 게 지독한 현실을 이겨 내는 유일한 방법이야."

"강한…… 분이군요."

"내가? 농담도 참. 그냥 센 척하는 거지. 사실은 기죽어 있어. 집안일, 육아 모두 평균 이하인 내가 유일하게 자랑할 수 있는 게 피아노였는데. 내 손가락은 네일 케어도, 반지도 안 어울릴 만큼 뼈마디가 울퉁불퉁 굵어. 하지만 건반을 두드릴 때만은 그 누구의 연설보다도 더 거침없이 당당하게 말하지. 그 누구의 붓보다도 자유분방하게 그림을 그려. 그래서 칭찬도 좀 들었어. 여기저기 콩쿠르에서 상도 받았고. 하지만 가쓰오를 바꾸지는 못했어. 결국 음악으로 마음의 병을 치료한다는 건 무모한 시도였어. 내 착각이었고 피아노 좀 친다는 여자의 오만한 생각에 불과했어."

"그렇지 않습니다."

자신도 모르게 말끝이 세졌다.

"물론 가쓰오를 바꾸지는 못했는지 모르죠. 하지만 사유리 씨의 피아노는 분명 사람을 바꿀 수 있는 힘이 있어요. 그건 제가 보장하죠."

"왜 고테가와 씨가 보장해? 당신은 정신이 멀쩡한 사람이잖아."

"이 세상에는 완전히 멀쩡한 사람도 없고 완전히 이상한 사람도 없습니다. 저는 바로 얼마 전에야 그걸 알았어요. 누구나 마음속에 광기를 가지고 있습니다. 길 가는 사람들, 사무실에서 일하는 사람들, 운동장에서 땀 흘리는 사람들 모두 마찬가지예요. 예외는 없어요. 그런데 마음속 깊이 숨은 광기가 어떤 계기로 슬쩍 밖으로 나올 때가 있죠. 그리고 그걸 본 주변 사람들이 이 사람은 정신이 이상한 사람이라고 딱지를 붙여서 자신들로부터 한시바삐 떨어뜨리려고 해요. 왜 그렇게 소란을 떨까? 대답은 간단해요. 자신도 그럴 가능성이 있다는 걸 알기 때문에. 그래서 사람들은 그 광기를 길들이려고 노력해요. 선한 사람으로 남게 하려고 싸웁니다. 사유리 씨, 당신의 피아노는 분명 그런 사람을 구원하는 음악이에요. 물론…… 저도 포함해서요."

"그건 과대평가야."

"하지만 테크닉만으로 사람을 감동시키지는 못합니다. 아무리 정교하게 만든 미술품도 사람의 정신이 깃들어 있지 않으면 한낱 기계로 만든 공작품과 마찬가지예요."

"언제부터 미술 평론가가 된 거지?"

"감동하는 데 평론가든 아마추어든 무슨 상관입니까? 솔직히 말하면 사유리 씨, 오늘 저는 사유리 씨 연주가 듣고 싶어서 여기 왔습니다. 아직 상중인 사람에게 비상식적이라는 생각도 들고, 믿는 사람에게 배신당해 마음이 만신창이가 된 사람에게 이기적인 부탁이라는 것도 알지만 그래도 듣고 싶습니다. 사유리 씨만큼은 아니지만 저도 지난 며칠 동안 인간의 싫은 부분만 봤거든요. 가쓰오의 방에서 그 일기를 발견했을 때는 완전 똥 밟은 기분이었어요. 사건은 끝났는데 가슴속은 추워 어쩔 줄 모르겠어요. 마치 온몸의 피가 얼어 버린 것 같아요. 하지만 사유리 씨 피아노를 들으면 다시 온기를 찾을 것 같습니다. 그래서 부탁입니다. 사유리 씨, 한 번만 더 들려주시면 안 될까요? 제발."

고테가와는 깊숙이 머리를 숙였다.

침묵이 이어진 뒤 조심스레 고개를 들자 사유리가 마지못해 고개를 끄덕였다.

의외로 레슨실은 별로 춥지 않았다. 물어보니 오전에 켰던 난방이 아직 식지 않은 모양이다. 온풍기 바람은 물론 벽에서 비추는 불빛도 열이 상당할 것이다. 완전 방음이 되는 방은 동시에 완전 단열이 되는 방이기도 하다. 이곳만은 외부로부터 완전히 차단된 다른 세계다. 넓디넓은 공간임에도 피아노 이외의 물건이라곤 서쪽에 놓인 의자 열 개와 북쪽 벽 아래의 베이스 캐리어뿐으로 다른 쓸데없는 물건은 전혀 없다.

"난방 켤까?"

사유리가 물었지만 거절했다. 여기 온풍기는 넓은 공간용이라서 약하게 틀어도 충분하다. 하지만 아주 작은 기계음도 피아노 소리에 집중하는 데 방해가 될 것 같았다.

사유리가 피아노 앞에 앉는다. 고테가와는 이젠 지정석이 된 바로 뒤의 의자에 앉아서 재킷과 목발을 내려놨다. 사유리의 피아노를 들을 때는 최대한 알몸에 가까운 상태로 있고 싶었다. 그러면 소리가 직접 몸속으로 침투하는 기분이 들기 때문이다. 병원에서 나올 때 와타세가 돌려준 권총이 셔츠 위로 드러나 있지만 어차피 사유리 자리에서는 보이지 않는다.

"신청곡은?"

"아는 게 하나밖에 없어서요, 〈비창〉요."

주저하는 듯한 정적 뒤 그 쐐기 같은 소리가 날아와 꽂혔다.

이거다. 이 소리다. 바라고 원하던 것을 얻은 기쁨에 몸이 움찔한다. 이어지는 단조의 너울거리는 선율과 명확한 음 하나하나가 얼어붙은 마음을 녹이기 시작한다.

사유리를 만나고부터 라이브로 몇 번, 시디나 아이팟으로는 셀 수 없이 들었기 때문에 모든 악절과 강약이 귀와 뇌에 기록돼 있다. 즐겨 듣는 블라디미르 아시케나지의 피아노는 건반을 두드리는 세기와 연주 속도가 사유리와 아주 흡사하기 때문에 지금은 이

두 사람 이외의 피아노 연주를 들으면 같은 〈비창〉이라도 다른 곡이라는 생각이 들 정도다.

다양한 감정을 지체 없이 토로하는 1악장. 언제나처럼 고테가와는 세차게 흐르는 선율에 온몸을 맡긴다. 잠깐 사이 영혼은 육체에서 빠져나가 밀려오는 선율에 동화된다. 고통과 괴로움도 잊고 오로지 소리의 바다에 흔들린다.

그런데 후반부에 들어갔을 때 의식이 갑자기 기쁨에서 떨어져나왔고, 뇌에 기록된 재생음과 현실의 소리가 조금씩 어긋나기 시작했다. 컨디션이 좋지 않아서일까? 긴장을 풀려고 애써 보지만 두 개의 음은 갈수록 벌어질 뿐 전혀 일치하지 않는다.

한동안 듣다가 마침내 이유를 알았다.

연주가 빨라진 것이다. 달리는 것이 아니라 허둥거리듯이.

그뿐만이 아니다. 전부는 아니지만 선율 일부에 희미한 위화감이 느껴진다. 나머지는 모두 같은 선을 그리고 있는데 어떤 한 음만 뒤틀린 감촉.

왜일까? 고테가와는 온 신경을 집중해 원인을 찾는다. 그리고 집중된 귀와 본래의 곡을 새겨 뒀던 뇌가 그 답을 찾아냈다.

모든 소절에서 가장 높은 음이 약했다. 특정 음에 이상이 있지는 않다. 각 소절의 가장 높은 음, 가장 오른쪽 건반을 치는 힘이 다른 때보다 약하다. 다시 말해 피아노 본체에 이상이 있는 것이 아니라 사유리의 연주에 이변이 생겼다. 물론 아주 미세한 차이로 처음 듣는 사람은 전혀 모를 것이다. 본래의 연주를 피부 깊숙이 새긴 고테가와이기에 감지한 아주 미묘한 차이였다.

2장이 되자 연주 속도는 더 빨라졌고 가장 높은 음을 치는 힘은 더 약해졌다.

고테가와는 더 이상 집중하지 않았다. 천천히 자리에서 일어나 사유리의 어깨 너머로 가장 높은 음을 치는 오른손을 훔쳐봤다.

원인은 거기에 있었다.

오른손 새끼손가락에 상처가 있었다. 오래된 것은 아니다. 살이 찢긴 부분이 아직 검붉고, 조금 전까지 반창고를 붙였던 자국이 새빨갛게 남아 있다. 연주에 방해돼 반창고를 떼어 냈지만 통증을 견디지 못해 그 손가락만 건반을 치는 힘이 약해진 것이다.

형태로 볼 때 베인 상처도 아니고 내출혈도 아니다.

마치 개에게 물린 듯한 자국이다.

하천 부지에서 검시관이 한 말이 되살아난다.

피해자 입술에 닿은 부분은 아마 손가락일 겁니다.

심장이 쿵쾅거렸다.

"사유리 씨, 당신."

사유리가 홱 돌아봤다.

고테가와는 숨을 삼켰다.

그야말로 야차의 얼굴이었다.

자신도 모르게 뒷걸음치는데 사유리의 손이 피아노 위에 있던 메트로놈을 집어 들더니 고테가와 얼굴을 향해 내던졌다. 붙기 시작한 코뼈가 메트로놈에 맞아 다시 부러졌다. 젓가락을 나누는 듯한 소리는 메트로놈이 깨진 소리일까, 아니면 코뼈가 부러진 소리일까? 코와 맞붙어 있는 귀는 그 순간 청력을 잃는다.

고테가와는 격통과 충격으로 옆으로 쓰러졌다. 의자에서 일어난 사유리가 시야 가장자리에 들어왔지만 한 다리로는 금방 몸의 자세를 바로잡을 수 없다.

사유리가 메트로놈을 두 손으로 머리 높이 치켜들었다. 바로 아래에서 올려다본 사유리는 완전히 다른 사람이다. 치켜세운 눈썹에 절반쯤 벌린 입에서는 새빨간 혀가 언뜻언뜻 내다보인다.

도깨비다.

반사적으로 권총집으로 손이 가고 이가 슬라이드를 문다.

사유리가 눈을 매섭게 부릅뜬다.

안전장치를 풀면서 동시에 방아쇠를 당긴다. 표적은 메트로놈이지만 스포트라이트 때문에 한순간 눈이 안 보이게 된 사이에 흉기가 위에서 덮쳤다.

총구가 위로 빗나가고 발사된 총알이 문 위쪽 배전반을 뚫었다.

배전반 덮개가 불꽃과 함께 날아가면서 어둠이 내려앉았다.

코뼈가 부러져 기도가 막힌 건지 피가 고인 건지 아무튼 코로 숨을 쉴 수 없다. 하는 수 없이 쌕쌕하고 입으로 헐떡거린다.

얼굴 안쪽이 마비되는 듯한 격통. 생존 본능은 그 자리에서 물러나라고 명령한다. 고테가와는 얼굴을 누르고 한쪽 다리를 비틀며 피아노에서 멀어지려고 한다.

전원이 끊기자 방은 완전한 어둠에 휩싸였다. 자연광은커녕 인공적인 빛이나 기계의 램프 하나 없는 진정한 어둠이다. 본래 채광창도 없고 유일한 가전제품인 온풍기도 전원이 꺼져 있다. 빛을 내는 요소가 어디에도 없었다. 잠시 한곳을 응시하며 어둠에 익숙해지려 해도 아무것도 보이지 않는다. 팔을 뻗어 보지만 손끝은 바닥 위로 공허하게 미끄러질 뿐 벽에 닿지 않는다. 대체 자신은 방 어디에 있고 어디로 향하고 있는지 전혀 짐작도 가지 않는다. 뭔가

빛이 있다면 그것을 기준으로 자신의 위치 정도는 파악할 수 있을 텐데, 불빛 하나 없어서는 그러지도 못한다.

혼탁한 머리에 경악과 의문, 공포가 교차한다.

이윽고 가쓰오와 격투했을 때 스친 위화감의 정체를 깨달았다. 자신의 팔을 잡은 손, 책상을 치켜든 손, 몇 번이나 본 그 손가락에는 상처 하나 없었다. 에토 가즈요시를 죽인 범인이라면 당연히 입었을 상처가 없었다.

새삼 생각해 보니 이해가 안 되는 점이 한 가지 더 있다. 마사토가 살해된 밤의 시간 경과다. 마사토가 사라진 시각이 밤 9시. 사망 추정 시각이 9시에서 10시 사이. 11시부터 새벽 3시까지는 신고를 받은 구라이시 순사가 부근을 돌며 수색했기 때문에 그 시간대 이후는 행동할 수 없다. 그런데 11시경 가쓰오는 사유리가 운전하는 미니밴에 타고 있었다. 아이 몸이라고는 해도 한 시간 만에 사람을 해체하고 공원으로 옮겨 늘어놓은 뒤 사유리와 함께 수색에 가담한다…….

도저히 불가능하다. 시간적으로 무리다. 방에서 발견된 도구는 톱과 소 잡는 칼이었다. 단지 그 두 가지만으로 한 사람을 해체하기에 한 시간은 턱없이 부족하다. 인체의 지방분이나 체액에는 상상 이상으로 점착력이 있기 때문에 칼날에 묻은 지방을 계속 닦아 내야 한다. 그리고 이동 수단이라곤 두 다리밖에 없는 가쓰오가 자신의 욕실에서 토막 낸 시체를 봉지에 담아 멀리 떨어진 공원까지 짊어지고 간다고 생각하면 더욱더 불가능하다. 정리하면 간단히 알 수 있는 이야기지만 본인이 개구리 남자라고 인정한 시점에서 세부적인 검증이 소홀해졌다.

그렇다면 그 방에서 대치했을 때 가쓰오는 왜 공격해 왔을까?

그 행동 자체가 자신의 범행임을 인정하는 것인데.

잠깐, 그 상황을 다시 떠올려 보자.

가쓰오에게 일기를 들이댔을 때도, 개구리 남자라고 지적했을 때도, 그는 별다른 반응이 없었다. 반응한 것은 수갑을 본 순간이었다.

붙잡힐 수도 있다는 인식 때문이었다. 사 년 전, 범행 현장에 들이닥친 경찰관에게 현행범으로 체포됐을 때처럼. 그로부터 삼 년 동안 자신에게서 자유를 빼앗은 첫 징계가 역시 수갑이었던 것처럼. 저항할 화술도 없고 사고 회로도 없는 가쓰오에게 그 습격은 본능적인 행동이었다.

도마 가쓰오는 적어도 마사토와 에토를 죽이지 않았다. 아니, 다른 두 사건도 현장으로 선택된 건 주택지 한가운데 혹은 그 부근이면서 사람의 발길이 뜸한 곳이었다. 병원과 기숙사만 오가던 가쓰오가 그런 장소를 잘 알았을 가능성도 적다. 그런데 현장에는 가쓰오의 쪽지가 남겨졌고 방에도 증거가 흘러넘칠 정도로 많았다. 본인도 범행을 부정하지 않는다.

왜냐하면 그는 꼭두각시에 불과하기 때문이다. 그의 지적 장애를 이용해 개구리 남자의 오명을 뒤집어씌운 인간이 따로 있다.

그럴 수 있는 사람은 사유리밖에 없다.

사유리라면 마사토를 죽이고 11시까지 시체를 공원에 가져다 놓을 수 있다. 경찰 사정 청취에서 마사토가 9시에 집에서 나갔다고 증언했지만 이것은 어디까지나 사유리의 주장이다. 실제로는 그 시각에 이미 집에서 죽어 있었던 게 아닐까? 그리고 두 시간 동안 해체를 마치고 파출소에 신고한 뒤에 시체를 미니밴 짐칸에 숨겨 놓고 가쓰오와 같이 찾으러 다니는 척하다가 공원에 버린다. 그

때 사유리는 가쓰오의 스니커즈를 빌려 신었다. 모래밭에 가쓰오의 발자국을 남기기 위해서. 사유리와 가쓰오는 둘 다 몸집이 작고 보폭도 비슷하다. 해체한 시체의 일부를 들면 몸무게도 엇비슷해진다.

같은 시각에 구라이시 순사가 근처를 순찰하고 있었는데, 이 얼마나 대담한 범행인가. 그 시간대에는 구라이시 순사도 관할 서에 지원을 요청하지 못한 상태였다. 큰길에서부터 혼자 수색을 시작한 그와 공원에서 마주칠 가능성은 낮았다. 신고를 받은 측도 마찬가지로 수색하는 엄마의 자동차에 마사토의 시체가 숨겨져 있다고는 꿈에도 생각하지 못한다. 대담하게도 이는 전부 계산된 행동이었다.

생각해 보면 마사토의 사건은 어떻든 간에 첫 번째 살인부터 네 번째 살인까지 단 한 번도 사유리의 알리바이를 조사한 적이 없다. 그 점에서는 가쓰라기나 고즈에도 마찬가지다. 정신 이상자의 연쇄 살인 사건이라는 말에 속아서 이해관계가 발생하지 않는 인물들은 혐의 대상에서 제외했기 때문이다.

그러면 다른 사건에서는 어땠을까?

에토 가즈요시는 전동식 휠체어에 앉은 채 불타 죽었다. 휠체어째로 하천 부지까지 옮기기는 쉽지 않지만 전동식이라면 스위치만 누르면 된다. 하반신이 자유롭지 않은 병자이고 후두부를 가격한 뒤라면 교살도 수월했을 터다.

이부스키 센키치와 아라오 레이코의 경우도 마찬가지다. 상대는 노인과 여성이다. 혼절만 시키면 나머지는 어떻게든 된다. 문제는 살해 현장에서 어떻게 운반하느냐다. 살해 현장에서 자동차에 싣고 운반한다. 여기까지는 문제없다. 그런데 폐차장이나 고층 맨션

앞에서 시체를 내려놓은 뒤 발견 현장까지 어떻게 옮겼을까? 아무리 그래도 등에 업고 옮기지는 않았을 것이다. 여자 힘으로 시체를 짊어지고 걷기에는 무리가 있다.

도구. 시체를 수월하게 운반할 수 있는 도구가 없었을까? 사유리 가까이에 있는 물건으로 뭔가……

퍼뜩 생각이 미쳤다.

가까이에 있는 운반 기구.

왜 그동안 생각하지 못했을까? 그 물건은 이 방에서 내내 자리를 차지하고 있었다. 무엇보다 고테가와 자신이 매번 봤던 물건이 아닌가.

이 방 구석에 놓인 베이스 캐리어. 원래 콘트라베이스 같은 중량급 악기를 운반하는 물건이다. 짧은 거리라면 한 사람분 시체는 손쉽게 옮길 수 있다. 접이식이라서 미니밴 짐칸에도 실을 수 있다.

살인뿐 아니라 시체 운반도 사유리 혼자서 가능하다.

어지러운 자문자답이 이어지자 구역질이 올라온다. 떨어져 있던 조각들이 제자리를 찾아 네 장의 추악한 퍼즐을 완성시킨다. 그때마다 현기증이 일어난다. 그 그림 한가운데 서 있는 사람은 항상 사유리다. 단지 피아노 교사 사유리도 엄마 사유리도 아니다. 그곳에는 추한 형상으로 비웃고 있는 살인광 사유리가 있다.

아니, 딱 하나 그림에 맞지 않는 조각이 남아 있다.

아라오 레이코의 시체를 어떻게 차양 쇠갈고리에 매달았을까? 그 시체를 내리는 데 남자 세 명의 힘이 필요했다. 지상 13층 높이에다가 난간을 밟고 올라가야 팔이 닿는다. 그런 불안정한 곳에서 그처럼 무거운 것을 어떻게 들어 올렸을까? 그때만은 가쓰오의 도움을 받은 걸까?

아니, 그렇지 않다. 둘이서 행동하면 사람들 눈에 띄기 쉽고 판단력이 부족하다고 해도 공범자가 있으면 범행이 드러날 위험이 크다. 살해 장소와 시간을 면밀하게 선택해 온 범인이 그런 위험을 감수할 리가 없다.

애당초 아라오 레이코의 시체를 다루려면 아주 힘센 남자여야 한다는 점에서 다들 범인은 남자라고 단정했다. 목을 조르는 힘도 마찬가지다. 신문이 개구리 남자라고 알게 모르게 성별을 단정한 이유도 여기에 있다. 생각해 보면 그게 최초의 속임수가 아니었을까?

그렇다. 사법 해부 때 미쓰자키 교수가 이런 이야기를 했다.

위팔과 복부에 묶인 흔적이 있는데 이건 시트 위에서 묶였는지 뚜렷하지 않아. 시체를 옮길 때 생긴 자국일 거야.

시체를 옮길 때라고? 베이스 캐리어에 시체를 얹기만 하는데 그처럼 단단히 고정할 필요가 있었을까? 아니다. 시체를 묶은 이유는 더 있다. 그렇다면 어떤 이유로?

다양한 가능성이 떠올랐다가 사라지고 또 떠올랐다가 사라진다. 뇌세포가 이보다 활발하게 움직인 적은 없다. 그러나 얄궂게도 궁지에 몰린 상황에다가 제대로 걷지도 못하는 상황이다. 몸이 움직일 때는 머리가 돌아가지 않고 머리가 돌아갈 때는 몸이 움직이지 않는다. 정말 머리와 몸의 균형이 나쁘구나 하고 자조한다.

그리고…… 마지막 퍼즐 조각이 이제야 제 자리를 찾았다.

"알았어."

자연히 말이 나왔다.

"전부 당신 짓이야."

그 말은 방의 특성상 길게 여운을 남기며 어둠 속으로 녹아든다.

대답은 없다. 하지만 사유리는 분명히 방 안에 있다. 숨을 죽이고 고테가와의 목소리에 귀를 기울이고 있을 터다. 이쪽이 권총을 가지고 있다는 사실은 조금 전의 총격으로 사유리도 알고 있다. 문을 열면 복도 불빛으로 자신의 위치를 알리게 된다. 섣불리 움직여 소리를 내도 마찬가지다. 그래서 어둠 속에 숨어서 기척을 지우려고 한다.

하지만 알고 있다. 한 줄기 빛도 없고 쥐 죽은 듯 정적이 흐르는 어둠 속이라도 손이 닿을 듯한 곳에서 불길한 악이 엄니를 드러내고 기다리고 있다는 걸.

"당신이 네 사람을 죽이고 그 시체들을 자동차와 베이스 캐리어로 발견 장소까지 옮긴 거야. 모두 당신의 단독 범행이었어."

역시 대답은 없다.

"처음 아라오 레이코의 사건에서 우리 눈이 흐려졌어. 그 시체를 발 디딜 데가 불안정한 상황에서 차양까지 들어 올리는 건 여자한테 절대 무리라고 생각했기 때문이야. 그래서 처음부터 누구나 범인은 남자라고 생각했어. 그런데 정말 시체를 그 높이까지 들어 올려서 쇠갈고리에 건 걸까? 아니, 다른 방법이 있어. 너무 단순해서 웃음이 나오는 방법이. 매달아 올린 게 아니야, 매달아 내린 거지."

말을 끊고 반응을 확인한다. 그런데 여전히 숨소리조차 들리지 않는다.

"작업은 13층이 아니라 그 위 14층에서 이루어졌어. 단순 작업이지. 당신은 우선 엘리베이터로 14층까지 올라가. 그리고 시트에 싼 시체를 밧줄로 묶은 뒤 한 곳을 고정시키고 난간에서 매달아 내렸어. 그다음 13층으로 내려가서 위에서 늘어진 시체를 차양 쇠갈고리에 걸어. 나머지는 밧줄을 풀고 회수하면 끝. 시체의 위팔과 복부에 묶인 자국이 남은 건 매달아 내렸을 때의 무게 때문이야. 그러면 여자 혼자 힘으로도 가능해. 그동안은 13층에 입주자가 없으니 거기에서 매달았다고 생각했지만, 실제로는 똑같이 입주자가 없는 14층이 중심 무대였어. 그다음 날 아침에 시체가 발견돼도 상관없었지만 우연히 13층에도 사람이 없어 발견이 늦어졌을 뿐인 거지. 최초의 살인에 비하면 나머지 세 건은 훨씬 편했어. 1.3킬로그램 망치를 휘두르고 목을 조르는 일도 당신이라면 별 어려운 일이 아니었어."

"그래?"

처음으로 사유리가 목소리를 냈다. 고테가와는 자신도 모르게 몸이 경직된다.

"피해자 중에는 성인 남자도 있었어. 여자 손으로 목을 졸라 줄일 수 있었을까?"

그 목소리에 고테가와는 당황했다. 사방에 조음 패널을 둘러놔 사유리의 목소리가 어둠 속에서 울리고 있다. 너무 많이 울려 목소리가 어디서 나는지 알 수 없다. 방구석에서 들리는 것 같은 기분도 든다. 하지만 바로 옆에서 들리는 것도 같다. 이래서는 목소리로 상대 위치를 알아낼 수 없다.

"모든 피해자가 뒤통수를 얻어맞은 뒤 끈으로 목이 졸렸어. 거의 저항할 수 없었고, 사실 해부 소견에도 저항한 흔적은 보이지 않았어. 그리고 당신 손가락은 특별해. 10대 때부터 건반을 두드려 온 피아니스트의 손이니까. 사유리 씨, 나도 좀 알아봤거든. 수사가 아니라 흥미로. 피아노에는 쇼팽의 왈츠처럼 유려한 곡도 있지만 베토벤 소나타처럼 강렬한 곡도 있어. 즉 건반을 세게 쳐야 하는 곡. 연습곡부터 시작해도 반드시 건반을 세게 칠 때가 있어. 하루에 몇 시간씩 그렇게 치다 보면 자연히 손가락 힘이 강해질 수밖에. 그래서 콩쿠르에 나가는 피아니스트는 예외 없이 손가락 힘이 강해. 블라디미르 아시케나지처럼 연주하는 당신이라면 더욱더……."

계속 말을 이으려던 때였다.

오른 다리를 뭔가가 덮었다.

순간 위험을 감지했지만 누워 있어서 기민하게 움직일 수 없다.

복사뼈 바로 아래를 끝이 뾰족한 뭔가로 찔렸다. 절대 끝이 예리하지는 않다. 약간 뭉툭하고 두께가 있는 물건. 찢는다기보다는 구멍을 파듯 난폭하게 피부를 헤집는다.

고테가와는 목청이 찢어질 듯 절규했다.

반사적으로 일으킨 상반신이 다리를 덮은 물체를 냅다 밀쳤다. 그 물체는 퍽 하는 소리와 함께 고테가와에게서 떨어졌다.

도망쳐.

대뇌가 아니라 본능에서 보내는 명령이다. 몸을 뒤집어 죽을힘을 다해 기어간다. 여전히 지금 어디에 있는지, 어디로 가는지 모르는 채 단지 그 자리에서 도망칠 생각밖에 없다. 역시나 칼끝이 바닥을 찍는 소리가 세 번 들렸다. 다친 발목이 불처럼 뜨겁다. 엄청난 피를 흘리고 있다는 것을 어둠 속에서도 알 수 있다. 하지만 큰소리를 내면 위치가 드러난다. 고테가와는 셔츠 소매를 이가 부러질 정도로 깨물면서 흘러나오려는 비명을 죽을힘을 다해 참았다.

도망치면서 자신이 얼마나 어리석었는지 깨닫는다. 조음 패널을 설치해 울림이 크고 어디서 소리가 나는지 명확하지 않은 어두운 미궁. 그러나 이곳에서 하루의 대부분을 보내는 사람에게는 넓이와 음향 특성도 익숙한 자신의 영역이다. 그런데 잘난 듯 이야기를 늘어놨으니 당연히 상대는 소리 나는 곳을 쉽게 알아챘으리라.

그런데 어디에 그런 무기가 감춰져 있었을까? 이 방에 날붙이 종류는 보이지 않았는데. 순간 떠오른 것은 메트로놈의 바늘 정도지만 그렇게 무른 것으로 살이 찢길 리가 없다.

"칼이 어디에 있었는지 궁금할 거야."

귀를 의심했다.

틀림없이 사유리 목소리다.

그런데 굵고 야비했다.

"바깥에 이상한 인간들이 얼쩡거리기 시작하면서부터 주머니에 과도를 넣고 다니게 됐어. 집 안에서도 호신용 무기를 휴대하라고 누가 충고해 줘서."

그리고 쿡쿡하고 웃었다. 잇새로 흘러나오는 듯 거칠한 소리였다.

온몸에 소름이 돋았다.

언젠가 예상한 대로다. 이 인간은…… 사람의 탈을 쓴 괴물이다.

"나한테는 권총이 있어."

나름 경고한 셈이었지만 돌아온 건 비웃음이었다.

"가쓰오가 체포됐을 때 다른 형사한테 들었어. 네 발을 쐈는데 세 발이 빗나갔다고. 명중한 한 발도 우연히 맞은 거라던데. 항상 일곱 발 장전해 둔다며? 그럼 아까 한 발 쐈고 남은 건 두 발. 이 어둠 속에서 그 실력으로 쏠 수 있으면 쏴 보시지."

빌어먹을. 고테가와는 입술을 깨문다. 사유리의 말대로 이런 상황에서 권총을 사용해도 위협사격밖에 되지 않고, 괜히 이쪽 위치만 노출된다. 권총 말고는 수갑밖에 없다. 지금 상황에서 무기보다 중요한 손전등과 휴대 전화는 벗어 놓은 재킷 주머니에 들어 있다.

꺼내려면 피아노 뒤쪽으로 돌아가야 하는데 앞이 보이지 않는 지금은 어려운 이야기다. 가쓰오와 격투했을 때의 재현 아니, 그보다 훨씬 불리한 조건이었다.

허둥지둥 바닥을 기어 팔을 뻗어 더듬거린다. 행여 손끝에 닿는 것이 있는지 찾는다. 완전히 바퀴벌레다. 대낮에는 분명 쓸데없는 행동으로 보일 것이다. 그러던 중 손끝이 수직으로 선 평면을 찾아냈다.

벽이다. 방의 넓이와 조금 전 자신의 이동 거리를 생각하면 남쪽이나 동쪽 벽이다. 고테가와는 서둘러 벽 쪽으로 다가갔다. 방의 중심보다는 벽 쪽에 몸을 숨기는 편이 습격당할 확률이 적다.

아무튼 적의 위치를 알아내야 한다. 통증에 무너질 듯하면서도 필사적으로 생각한다. 그렇다면 적이 말하게 해야 한다. 낯선 어둠 속 미궁이라도 모든 신경을 귀에 집중하면 소리가 나는 곳을 파악할 수도 있다. 그리고 반드시 물어볼 것이 있다.

"하나만 물을게. 왜 이런 짓을 한 거지? 왜 넷이나 죽인 거야?"

"아직도 모르겠어? 네 사람 사이에는 아무 관계도 없어. 나는 마사토만 없어지면 되는데 마사토만 죽으면 당연히 나도 용의자가 돼. 하지만 아무 상관 없는 세 사람까지 죽으면 용의자에서 제외될 확률이 높지. 50음순으로 살인을 저지르는 건 마사토가 사와이 치과를 다녀서 생각해 낸 거야. 한노 시에서 무작위로, 50음순으로 죽어 간다……. 그 이상한 상황에 본래의 동기는 안 보이게 돼. 마침 가쓰오가 일하고 있어서 진료 기록부를 손에 넣는 건 별로 어려울 게 없었고. 말했지? 가쓰오는 기억력 하나는 정말 좋아. 한번 본 이름이나 주소는 한자만 아니면 기억할 수 있어. 나머지는 진료 기록부에서 쉽게 노릴 수 있는 사람을 고르면 됐고."

살인의 진짜 목적은 단 하나, 다른 살인은 눈속임일 뿐.

와타세가 옳았다.

그런데…….

"친아들이잖아. 그런데 왜?"

"그 애가 죽으면 돈이 들어와. 오래전에 친한 보험 설계사가 권해서 어린이 보험을 들었거든."

"어린이 보험? 하지만 그건 1500만 엔밖에 안 나오잖아."

"보험금만 이야기하면 그렇겠지. 하지만 지금은 범죄 피해 급부금 제도가 있어."

그런 거였구나. 고테가와는 이처럼 비현실적인 상황에서 너무나 현실적인 이야기가 나온 사실에 당황했다. 범죄 피해 급부금 제도는 일본에서 벌어진 범죄 행위로 사망이나 중상 또는 장애를 얻은 본인 및 유족에 대한 지원 제도다. 급부금에는 유족 급부금, 중상 급부금, 장애 급부금 세 종류가 있다. 이중 유족 급부금은 피해자의 1순위 유족에게 지급된다.

"하지만 유족 급부금도 많아야 3000만 엔일 텐데."

"그걸로 집 대출은 전부 갚고도 남아."

"집…… 대출? 설마 그런 걸로 친자식을 죽인다고?"

"벌써 거의 반년이나 체납해 은행에 압류되기 직전이었어. 그건 꼭 막아야 했어. 콩쿠르에서 상을 받았는데도 결국 콘서트 피아니스트가 되지 못했지. 이런 시골에서는 피아노를 배우는 애들 수도 뻔하고. 형편이 어려워 슈퍼마켓 계산대에서 일한 적도 있어. 건반에서 점점 멀어졌지. 그건 도저히 견딜 수 없어. 음악만이 삶의 양식인데! 이 방은 이제야 손에 넣은 나만의 성이야. 아무한테도 안 넘겨. 이 방을 지킬 수만 있다면 뭐든 해. 그깟 네 사람의 목숨이 무슨 대수라고."

사유리의 목소리가 더욱 커졌다. 그렇다고 위치를 알아낸 것은 아니다. 오히려 소리가 커질수록 벽에 울려서 어디에 있는지 알 수 없게 된다.

"이 방이 그렇게 중요한 거야? 하나밖에 없는 자식보다?"

"비교가 안 되지. 원래 귀엽다는 생각조차 없었어. 집 나간 남자와 똑 닮아서는 밑에서 원망스럽게 올려다보는 눈이 얼마나 밉살스러운지. 그래서 걸핏하면 배를 때리거나 발로 차 줬어. 아무튼 그 애는 끝까지 나를 따르지 않았어."

마사토 옆구리에 있던 멍은 반 친구들이 아니라 엄마의 짓이었구나.

그리고 기억을 더듬어 이해했다. 마사토가 살해되자 사유리는 반미치광이가 됐다. 소리를 지르고 얼굴이 하얗게 질리고, 눈이 텅비고, 뺨이 해쓱해져 피아노에 엎드려 있었다. 자식을 잃은 어머니의 모든 감정을 표출했지만 눈물은 한 방울도 보이지 않았다.

"참고로 더 말해 줄까? 조금 전 시체도 혼자 옮겼을 거라고 했지? 그건 틀렸어. 토막 낸 마사토의 시체를 공원에 늘어놓은 건 가쓰오야. 시체를 자동차에 싣고서 가쓰오를 데리고 공원에 가서 늘어놓으라고 시켰어. 어쩌면 마사토의 시체인 줄 몰랐을 수도 있어."

"왜 돕게 했는데?"

"그 애가 바랐으니까."

"거짓말!"

"정말이야. 나는 그 애의 보호 관찰관이 됐을 때 그 애의 물건들을 모두 확인했어. 그 안에 가쓰오가 어릴 때 쓴 일기가 있었지. 이번 일을 계획했을 때 그 일기를 이용해서 가쓰오를 범인으로 만들

어야겠다고 생각했어. 캐너 증후군으로 여자아이를 살해한 전력이
있고 아직도 선악을 판단하는 능력이 부족해. 가쓰오는 최고의 꼭
두각시였어. 의외였던 건 가쓰오 자신이 연쇄 살인의 주인공으로
추대되는 상황을 즐겼다는 거야. 그 여자 회사원을 죽인 다음 날부
터 네가 죽인 거다, 네가 옛날에 쓴 일기대로 엄청난 짓을 한 거라
고 계속 반복해서 각인시켰어. 그 애는 내가 유일한 자기편이라고
믿고 있어서 의식을 조작하는 건 간단했지. 그리고 모두 너를 무서
워하고 있다고 가르쳐 줬더니 기쁘게 웃잖아. 동료라고 해도 병원
에서는 방해물 취급이나 당하고, 주변에서 멸시한다는 건 피부로
느끼고 있었으니까. 그 애도 보복한 기분이었겠지. 한 번쯤 실제로
시체를 접한 기억이 있어야 본인의 의식 속에 분명하게 남을 테고,
나중에 조사받을 때 구체적인 진술이 하나도 없으면 신빙성이 없으
니까 돕게 했는데 마사토 시체를 만져 보고는 의기양양해하더라고.
더 잘된 일이었지. 개구리 남자 이름이 신문이나 텔레비전에 나올
때마다 그 애는 기뻐했어. 누군가를 죽이고 나서 칼이나 망치를 줬
을 때도 그게 자신이 사용한 물건이라고 믿어 의심치 않았고."

　완벽한 꼭두각시. 하지만 가쓰오를 비웃을 마음은 들지 않았다.
왜냐하면 자신을 포함한 수사본부 사람들도 가쓰오와 마찬가지로
조종당했기 때문이다. 명실상부 베테랑 수사원들이 이 여자가 꾸
민 책략에 손쉽게 걸려들었다.

　큭큭.

　또다시 그 거칠한 비웃음 소리가 들렸다.

　"그건 그렇고 참 곤란하네. 당신을 대체 어떻게 해야 하나."

　곤란한 말투가 아니다. 자신의 품으로 굴러들어 온 사냥감을 어
떻게 요리할까 즐거워하는 말투다.

"이름이 '오'로 시작하지 않으니까 일련의 사건들과 엮는 건 무리고, 무엇보다 범인인 가쓰오가 구속됐으니까. 걱정 마. 숨통을 끊어 놓고는 자동차나 전철에 치인 것처럼 꾸며 줄 테니. 밤중에 목발 짚고 혼자 돌아다니다 일어날 수 있는 일이니까. 기뻐해도 돼. 이 방에서 죽여 줄게. 그 애와 같은 곳에서 죽으면 만족스럽겠지."

"여기서…… 죽인 거냐?"

"잊었어? 여긴 외부와 격리된 세상이야. 안에서 코끼리가 울어도 밖에는 안 들려. 물론 비명이나 총성도 마찬가지고. 그러니까 실컷 소리쳐 봐. 목구멍이 찢겨서 삑삑 소리가 날 때까지."

이 방에서 마사토가 살해됐다. 쇼팽, 모차르트, 베토벤의 화려한 곡들이 가득 찬 이 방에서 친자식을 죽이다니. 이 벽이 마사토의 마지막 비명 소리를 듣고 있었다. 이 천장이 마사토가 숨이 끊기는 모습을 보고 있었다. 그리고 자신은 이곳에서 음악의 즐거움에 빠져 있었다. 아무것도 모른 채, 방 안에 가득한 사악한 기운은 눈곱만큼도 알아채지 못한 채.

자기혐오로 가슴이 미어졌다.

"자, 마지막 순간 정도는 고르게 해 줄게. 손쉽게 빨리 죽고 싶어? 아니면 민달팽이가 기어가듯 서서히 죽고 싶어?"

계속 목소리로 상대 위치를 알아내려 애썼지만 더는 가만히 참고 듣고 있을 수 없었다. 사유리의 말은 독소 덩어리였다. 들으면 들을수록 자신이 썩는 듯했다.

"대답이 없네."

그러고는 말이 끊기고 다시 정적이 흘렀다.

적의 숨결마저 끊겼다. 들리는 것은 자신의 심장 소리와 상처가 욱신거리는 소리뿐이었다.

숨 막힐 정도로 짙은 정적. 그 정적에 몸이 짓눌려 으깨지는 것 같다.

코와 오른 다리의 통증은 전혀 누그러지지 않는다. 귀에 모든 신경을 집중하려고 해도 통각이 방해한다.

고테가와는 완전한 어둠과 완전한 정적 속에 내동댕이쳐져 불현듯 깨닫는다. 빛이 없는 것만으로 이렇게까지 위축된다. 발가벗겨진 듯한 불안감. 칼끝이 목에 닿은 듯한 공포.

배가 찌르르 차가워진다.

벽에 몸을 바짝 붙이고 오로지 기척만 엿본다. 조금 전은 바닥을 기어 다니는 바퀴벌레였는데 지금은 벽을 타고 다니는 도마뱀붙이다.

어둠에 사는 건 마물. 정적에 숨은 건 악의. 지금 이 방에는 그 두 가지를 모두 갖춘 괴물이 있다. 온풍기의 온기와 스포트라이트의 열기도 끊겨 방의 온도는 분명히 내려갔을 텐데 이마와 겨드랑에서는 불쾌한 땀이 흥건하게 흐르고 있다.

등을 벽에 기댄 채 귀를 바닥에 붙인다. 전체가 마룻바닥이라서 저쪽에서 움직이면 조금은 발소리가 들릴 터다.

이윽고 소리가 들렸다.

탁.

그런데 발소리가 아니었다.

탁.

탁.

일정한 간격으로 뭔가를 찌르는 소리. 흉악할 뿐 아니라 인간미라곤 눈곱만치도 없는 소리. 그것도 바닥이 아니라 벽을 따라 전해진다.

탁.

탁.

탁.

소리가 점차 커진다.

끝이 뾰족한 물건으로 벽을 찍는 소리.

과도다.

칼로 벽을 찍으면서 조금씩 다가오고 있는 것이다.

움직여야 한다. 고테가와는 꼼짝도 않는 육체를 채찍질하면서 앞으로 나아가려고 한다. 모공이 활짝 벌어진 피부는 보이지 않는 적이 바로 가까이까지 다가왔다고 전한다.

그런데 간발의 차이였다.

차가운 칼끝이 오른 발목을 찔렀다. 조금 전과 똑같이 복사뼈 바로 밑을 깊숙이 찌른 뒤 휙 비틀었다. 살이 떨어져 나가고 돌아가는 칼끝이 뼈에 닿았다.

고테가와는 여자처럼 날카로운 비명을 질렀다. 창피함과 자존심은 다 팽개치고 폐가 텅 빌 때까지 소리를 지르면서 깁스로 고정된 왼 다리로 허공을 걷어찼다. 그 비명을 즐기듯 나이프를 더 비튼다. 온몸의 통각이 그 부분에 집중돼 감각이 과부하에 걸리고 머릿속은 새하얘진다. 만약 불빛이 있었다면 핀으로 고정돼 날개를 버둥거리는 나비로 보였을 것이다.

죽음의 공포가 한계에 달했을 때 사고가 깨어난다. 도망치지 않으면 다음은 틀림없이 허리 위쪽을 노릴 것이다. 고테가와는 스스로 오른 다리를 절단할 각오로 나이프가 찔린 발목을 붙잡고 끌어당겼다. 그 바람에 발바닥이 죄다 찢겨 나갔다. 그만큼 소리를 질렀는데도 아직도 비명이 터져 나오려고 했다.

순간 입으로만 숨 쉬는 것을 잊어 코에서 혈액과 체액이 역류한다. 그것이 목구멍에서 엉겨 곧바로 기도가 막혔다.

숨이 막혀 입으로 내뱉는다. 그러자 종이 한 장 차이로 뭔가가 코끝을 스쳤다. 위에서 내려친 칼. 적은 뱉는 소리도 놓치지 않았다. 고테가와는 몸을 옆으로 굴려 추격을 피한다. 예상대로 방금 있던 곳에서 바닥을 찌르는 소리가 들렸다.

발바닥은 아주 비참한 상태가 돼 있을 터였다. 밀단 신경이 집중된 부위가 송두리째 떨어져 나가 온몸이 학질에 걸린 듯 떨린다. 겨우 일부가 다쳤는데 한쪽 다리가 짓이겨진 듯한 통증이다. 하지만 지금의 고테가와는 소리를 지르기는커녕 그 어떤 소리도 내서는 안 된다. 그저 이를 악물고 두 손으로 몸을 끌어안으며 고통을 견딜 뿐이다. 차라리 정신을 잃으면 얼마나 편할까? 그런데 상처가 난 채로 열탕에 들어가 있는 듯한 격통에 몽롱하면서도 생존 본능은 휴식이나 포기를 허용하지 않았다.

이제 벽 쪽으로는 도망치지 못한다. 적은 이쪽의 생각을 꿰뚫고 있는 모양이다. 포식 동물이 사냥감의 습성을 다 알고 있듯이 사유리는 고테가와의 행동을 예상하고 있다.

그나마 넓이가 열다섯 평 정도나 돼서 다행이었다. 세 평 정도라면 도망칠 곳이 전혀 없지만 적어도 이 넓이라면 도망 다닐 수는 있다. 단지 그 점이 정말 다행인지는 결과에 달렸다. 이 술래잡기는 쫓는 자에게는 아주 즐거운 오락, 쫓기는 자에게는 더할 나위 없는 지옥이다.

사유리의 기척이 그쳤다. 이동한 걸까? 아니면 단지 숨을 죽이고 있는 걸까? 여하튼 움직이는 느낌은 없다. 고테가와는 헐떡이면서도 한숨을 토해 낸다. 이쪽에서 움직이는 것은 위험하다. 지금은 가만히 있어야 한다. 그리고 상대 동태를 엿보면서 탈출할 방법을 생각해야 한다.

세 번째 정적. 하지만 정적이 내려앉을 때마다 고테가와의 심장은 가슴에서 튀어나올 정도로 큰 소리를 낸다. 그 소리를 숨기기 위해 엎드려서 진정하려고 하지만 심장은 내 몸이 아닌 다른 생물처럼 몹시 빠르게 뛴다. 오른 다리의 통증도 전혀 가라앉을 기미가 없다.

진정해.

진정해…….

그렇게 속으로 외고 있었을 때였다.

공중을 가르는 소리가 들리는가 싶더니 강렬한 일격이 허리를 덮쳤다. 금속음이 난다. 고테가와는 허리뼈가 산산조각이 나는 듯한 충격에 몸이 활처럼 뒤집힌다.

그게 끝이 아니었다.

다시 공중을 가르는 소리. 두 번째는 명치를 직격했다. 억 하고 참았던 소리가 결국 흘러나온다.

세 번째는 옆구리.

도망치려 몸의 방향을 틀자 네 번째는 오른쪽 어깨뼈를 덮쳤다. 충격을 받을 때마다 피용 하고 튕기는 듯한 금속음이 난다.

짐작이 가는 물건이 있었다.

고테가와의 목발. 사유리는 목발로 내려치고 있다. 다친 사람이 쓰는 물건이라 가벼운 대신 아주 튼튼하다.

엄니다 하고 고테가와는 생각했다. 자신은 지금 철로 된 엄니로 온몸을 난타당하고 있다.

엄니는 곧이어 갈비뼈를 노렸다. 숨이 멎는다. 회복된 지 얼마 안 된 자리에 또다시 금이 간다. 그 충격으로 몸이 비틀리고 표적을 잃은 엄니가 바닥을 내리쳤다.

그대로 몸을 데구루루 굴려 자리를 피한다. 구를 때마다 맞은 자리가 비명을 지르지만 마음 쓸 여유가 없었다.

맞은 상처는 모두 뼈 깊이까지 달해 있다. 갈비뼈뿐 아니라 모든 뼈마다 금이 가서 골수에서부터 분해되는 듯한 착각에 빠진다. 이런 상태인데도 아직 실신하지 않은 자신이 너무나 원망스러웠다.

대체 무슨 일이 일어난 걸까? 이 어둠 속에서 사유리는 사냥감의 위치를 정확하게 파악하고 있다. 혼란스러운 가운데 필사적으로 머리를 굴린다. 그리고 이럭저럭 한 가지 가능성에 생각이 미쳤다. 거친 숨소리, 빠르게 뛰는 심장. 사유리의 예민한 귀가 이 소리를 잡아내고 있는 것이다.

도망 다닌다는 생각은 착각에 불과했다. 이 방이 서른 평이 된다고 해도 도망칠 곳은 없다.

온몸이 공포로 전율했다. 도망만 쳐서는 안 된다. 몸을 숨길 곳이 필요하다.

어두워지기 직전의 방을 기억에서 끄집어낸다. 어떤 물건들이 있었지? 피아노 두 대, 청중용 의자, 그리고…….

생각났다.

문의 반대 방향, 북쪽 벽에 그 베이스 캐리어가 있었다. 중량급 악기를 운반하는 손수레, 그리고 죽은 사람을 옮긴 도구. 그것이라면 한 사람 정도는 충분히 숨을 수 있다.

그동안 이리저리 많이 움직였지만 베이스 캐리어나 의자 같은 것에 닿은 기억이 없다. 다시 말해 지금 자신이 있는 곳은 아무것도 놓이지 않은 남쪽이나 동쪽이다.

고테가와는 한 손을 휘저으며 해서 베이스 캐리어를 찾기 시작했다.

서둘러야 한다.

마음은 초조하지만 이미 두 다리는 움직이지 않고 어깨도 왼쪽밖에 사용하지 못한다. 가쓰오에게 당한 상처와 타박상이 도진 데다 새로운 부상이 겹쳤다. 이 역시 사유리와 가쓰오의 공동 작업인 걸까? 몸에서 온전한 부분을 찾기가 더 어렵다. 왼손과 턱을 써서 앞으로 나아가려 하지만 1센티미터 움직일 때마다 온몸의 뼈가 바스러지는 듯하다. 살이 문드러질 것 같다.

30센티미터가 길다. 1미터가 한없이 멀기만 하다.

왜 이런 고행을 계속해야만 할까? 운 좋게 베이스 캐리어가 있는 데까지 가서 몸을 숨긴다 해도 형세를 역전시킬 방법은 없다. 직접 공격을 받지 않더라도 지금 자신의 상태로는 실혈사나 쇼크사를 기다리는 수밖에 없다. 사유리의 말대로 자신에게는 빠른 죽음이나 완만한 죽음이라는 선택지밖에 없는 것이다.

또다시 귓가에서 달콤한 유혹을 속삭이는 자가 있다.

어차피 고통을 맛본다면 짧은 편이 낫다.

지금 당장 사유리에게 자신이 어디 있는지 알리고 죽여 달라고 애원해라. 그게 수치스럽다면 빗나갈 리 없는 자신의 머리나 심장을 권총으로 쏴라. 그러면 이 지옥의 고통에서 해방될 수 있다. 그러니까…….

웃기지 마라!

또 다른 누군가가 반론했다.

일반인이라면 힘이 빠졌다고 더 이상 싸우지 않고 저항을 포기할 수도 있다. 그런데 자기 본위의 이유로 경찰이 된 네게는 허락

되지 않는다. 아무리 부상을 입고 아무리 피를 흘려도 준이치로가 용서해 주지 않는 한.

그러니까 싸워야 한다. 너무나 이기적인 이유로 살해당한 네 사람의 영혼을 위해서. 그리고 살인마의 누명을 쓴 채 하얀 감옥에 구금될 청년을 위해서.

알았어, 시끄러워.

진실을 알게 된 지금 사유리를 체포할 사람은 자신밖에 없다. 잠깐이라도 사유리에게 어머니에 대한 연모 같은 것을 품은 자신이기 때문에 그 손에 수갑을 채워야 한다. 그러지 않으면 자신을 기만한 사유리와도, 기만당한 자신과도 끝을 볼 수 없다.

끝까지 맞서 줄 테다.

소용없는 줄 알면서도 적을 피해 머리를 낮춰 기어간다. 심장 박동에 맞춰 느끼는 격통도 끊어질 듯한 의식을 이어 주기 때문에 도리어 고맙다.

각오한 손끝이 이윽고 고무 재질의 물체에 닿았다. 손가락으로 감촉을 확인한다.

딱딱한 둥근 고무. 틀림없이 바퀴다…….

바라면 이루어진다. 고테가와는 더듬더듬 베이스 캐리어와 벽 사이로 몸을 숨겼다.

사유리는 대상물이 손끝에 닿지 않아 당황하고 있을 것이다. 믿음직한 레이더에서 갑자기 목표물이 사라져 당황하는 잠수함을 떠올렸다.

한순간이지만 쉴 수 있었다.

이 틈에 생각해.

어떻게 하면 탈출할 수 있느냐가 아니야.

이렇게 하면 사유리를 체포할 수 있을지를.

난폭한 범인을 체포하기에는 확실히 체력과 기력 모두 부족하다. 익숙한 공간에 무기가 더 많다는 점에서도 상대가 더 유리하다. 하지만 이쪽에도 아직 총알이 두 발 남아 있다. 이 두 발을 어둠 속에서 유용하게 쓸 방법이 없을까? 기척을 죽이고 어둠 속에 숨은 적을 포박할 방법이 없을까?

생각해.

생각해, 생각해.

생각해, 생각해, 생각해…….

그때 피부가 이질적인 공기를 감지했다. 냉기를 압축한 듯 일그러진 덩어리, 살기다.

순간 머리를 움츠렸지만 몇 초 늦었다.

갑자기 왼쪽 귀가 파열됐다. 바로 위에서 내려친 목발이 명중한 것이다. 과일을 쪼갠 듯한 소리가 나고 곧바로 불기둥이 일어난 것 같은 열기와 함께 왼쪽 청각이 사라졌다. 통증은 뇌를 직격했고 순식간에 의식이 날아갔다.

두 번째 타격은 광대뼈에 떨어졌다. 삐꺽하는 소리를 오른쪽 귀만이 들었다. 어금니 한 개가 빠져 입속에서 굴렀다.

한 박자 있다가 목발을 높이 치켜든 것을 공기 흐름으로 알았다. 이번에야말로 숨통을 끊으려는 속셈이다.

이대로 끝날 수는 없어…….

어디에 그런 힘이 남았는지 왼손이 베이스 캐리어를 밀어냈다. 바퀴 달린 그것은 별 저항도 없이 힘을 주는 방향으로 미끄러져 뭔가와 충돌했다.

그리고 쿵 하고 부드러운 물체가 바닥에 쓰러졌다. 마구잡이로 사람을 죽이던 자가 베이스 캐리어에 걸려 넘어진 것이다. 곧바로 고테가와는 넘어진 사유리를 붙잡기 위해 왼손을 휘젓는다.

하지만 안쪽으로 구부린 손가락은 덧없이 허공을 헤맬 뿐 아무것도 잡지 못했다. 적은 또 소리와 기척을 죽이고 어둠에 잠겼다.

이제 고테가와는 청력에 의존하려 하지 않았다. 양쪽 다 들려도 불안한데 한쪽 귀만으로는 상대할 수 없다. 이제 아까처럼 공기의 움직임을 피부로 느끼는 수밖에 없다.

갑자기 전에 누가 한 이야기가 떠올랐다. 맹인은 건강한 사람보다 청력이 뛰어나다고 한다. 왜냐하면 인간의 오감은 각기 서로 보완하게 돼 있는데 어느 한 감각을 잃으면 다른 감각이 그 부족한 부분을 메우기 때문이다. 그 말대로라면 지금의 고테가와가 피부로 사물을 보고 피부로 소리를 들어도 이상할 것이 없다.

그건 그렇고 고테가와는 자신의 어리석음에 몹시 후회한다. 평소 놓여 있는 물건에 몸을 숨기면 소리 감지 레이더에서 벗어날 수 있다. 궁여지책이었지만, 당연히 방 주인이라면 가장 먼저 떠올릴 것이다. 그리고 이 방에는 오직 베이스 캐리어의 뒤밖에 없다.

아무튼 기척을 내서는 안 된다. 고테가와는 하수도에 몸을 숨긴 쥐를 떠올린다. 숨을 멈추고 최대한 몸을 움츠린다.

하지만 몸을 둥글게 웅크리자마자 몸이 으슬으슬 떨리며 한기가 느껴졌다.

몸의 표면이 아니라 중심에서 열이 빠져나간다. 통증은 가라앉기는커녕 반대로 범위를 넓히고 있었고, 감각은 마비되고 있었다. 몸의 표면은 타는 듯 뜨거운데 안쪽은 차갑다.

의식이 점차 흐릿해진다. 멀어지는 것이 아니다. 명백하게 소실되고 있다. 놀라서 몸을 일으키려고 하지만 1센티미터도 더 움직일 수 없었다. 몸의 어느 부분도 명령을 들으려고 하지 않는다. 격통을 계속 견디는 것으로 체력 대부분을 소모한 듯하다.

잠깐. 속으로 소리쳐도 꺼져 가는 생명의 불은 숨을 쉴 때마다 작아진다. 맥박이 약하고 확연히 느려진다.

지난 닷새간 두 번이나 죽을 고비를 만났지만 어떻게든 살아남았다. 하지만 아무래도 세 번째는 안 될 듯싶다.

죽음이 바로 옆에 와 있다는 것을 분명히 알았다.

이제 몸을 숨길 물건도 없고 도망 다닐 체력도 없다. 남은 거라곤 신호탄 역할밖에 할 수 없는 총알 두 발과…….

아니다.

흐릿해지는 의식이 살짝 깜박였다. 딱 한 가지 총알을 유용하게 쓸 방법이 있었다. 왜 처음부터 이 방법을 생각하지 못했을까? 그 이유야 뻔하다. 이런 될 대로 되라는 식의 방법은 정말 마지막이 돼야만 생각나는 법이다.

앞으로 일 분.

앞으로 일 분이면 되니까 시간을 다오.

혼신의 힘을 담아 왼팔만으로 상체를 일으킨다. 등이 벽에 닿았다. 그것만으로도 고마웠다. 고테가와는 그대로 벽에 몸을 맡겼다. 아무래도 이것이 마지막이기 때문에 행운의 여신이 가엾게 여긴 모양이다.

기침하려고 했더니 많은 피가 울컥 쏟아져 나왔다.

"사유리 씨, 내가 졌어."

간신히 목소리가 나왔다.

"당신 말이 맞았어. 한 대를 더 맞든 이대로 방치되든 결국 내가 이길 가능성은 없어. 곧 죽겠지. 하지만 마지막 발버둥은 치게 해

쥐. 아까 이 방이 당신의 성이라고 했지? 그런데 더 중요한 걸 잊고 있다는 생각은 안 드나?"

어디선가 앗 하고 숨을 죽이는 기척이 났다.

"이런 어둠에서도 중앙에 떡하니 자리 잡은 피아노만은 어디 있는지 짐작이 가. 어쨌든 그랜드 피아노가 두 대나 있으니까. 내 사격이 서툴더라도 아마 맞히겠지. 32구경 총알의 파괴력이 어떤지 알아? 가까운 거리에서 쏘면 목제 악기 같은 건 한 방으로도 보낼 수 있어."

"그만둬."

아주 오랜만에 듣는 듯한 사유리 목소리. 하지만 이제 듣기 거슬릴 뿐이었다.

벽을 등지고 있기 때문에 대략 어디가 중심인지 안다. 그 지점을 겨냥해서 조용히 방아쇠를 당겼다.

어둠 속에서 총부리가 불을 내뿜었다.

나무 부서지는 소리. 그리고 현들이 끊겨 날아가는 소리.

여운이 사라지기도 전이었다.

"으아아아악."

야비한 외침, 그것도 분노로 이성을 잃은 모질고 사나운 육식 동물의 소리.

다음 순간 배에 커다란 덩어리가 파고들었다.

명치 주변에 무지근한 통증과 차가운 이물감이 있었다. 과도로 찔린 것이다. 찔린 촉감으로 칼끝이 무디다는 것을 알 수 있다.

다 끝났다. 그러나 그것은 적도 마찬가지였다.

절대 도망치게 안 둔다.

고테가와는 칼을 쥔 손을 확인하고 수갑을 채웠다.

"잡았어……, 사유리 씨."

"앗."

사유리가 소리쳤을 때는 이미 다른 한쪽 고리가 고테가와의 오른 손목에 걸려 있었다. 의도를 알아챈 사유리는 일단 칼을 빼내고 속박을 풀려고 하지만 수갑은 고테가와의 오른팔을 매달아 올릴 뿐 절대 빠지지 않는다.

칼을 빼낸 곳에서는 피가 울컥 흘러나온다. 고테가와는 그 소리를 듣고 그제야 체념했다. 풍선에서 공기가 빠지듯 배에 뚫린 구멍에서 생명이 새어 나간다.

"당신을…… 여기까지 오게 하려면…… 이 방법밖에…… 없어서 말이지."

"놔, 놓으라고!"

그때 방구석에서 익숙한 전자음이 들렸다. 휴대 전화 벨 소리였다.

이 시간에 전화를 걸 사람은 한 명밖에 없다.

"본부에서…… 상사 전화야. 칠칠치 못해 보이지만 세심한 상사라서……. 저녁때까지 돌아간다고 약속했거든……. 이제 곧 경찰들과 같이…… 달려올 거야."

"여, 열쇠!"

"유감스럽지만 여기에 없어."

고테가와는 총부리로 사유리의 몸을 따라가다가 정강이 부분에 다다르자 마지막 한 발을 쐈다.

사유리는 다시 야수의 목소리로 절규했다. 가슴이 따끔했지만 더 이상 후회는 없었다.

"사유리 씨, 미안해. 이렇게라도 안 하면 당신이 얌전해질 거 같지 않아서……. 자, 수갑을 풀려면 내 손목을 자를 수밖에 없는

데…… 그런 무딘 칼로 가능할까? ……그리고 수갑을 벗겨도 총알이 관통한 다리로는 멀리 못 가……. 그러니까 둘이서 얌전히 경찰차가 도착하기를 기다리자고…….”

그 말을 마지막으로 고테가와의 의식도 어둠 속으로 사라졌다.

2. 12월 30일

“우도 사유리의 원래 이름은 사가시마 나쓰오라고 합니다. 후추 의료 소년원을 출소할 때 가정 법원에 개명 신청을 해서 가사부 심판관이 바로 허가해 줬습니다. 개명은 제가 제안한 거지만 그 애는 새 이름을 아주 마음에 들어 했죠.”

연구실로 들어오는 석양이 오마에자키의 얼굴을 붉게 물들이고 있었다.

“그렇습니다. 그리고 사가시마 나쓰오는 집 나간 어머니의 처녀적 성인 시마즈와 새로운 이름으로 시마즈 사유리가 됐고, 스물여섯이 돼서는 우도 신이치와 결혼해서 우도 사유리가 됐죠. 그렇게 해서 성명이 바뀐 그녀는 경찰청 데이터에서 누락된 겁니다. 물론 과거 호적을 신청하면 일단 그 과정을 더듬어 갈 수 있지만 아무도 그녀의 과거를 주시하지 않았습니다. 그런데 실은 우도 사유리의 입에서 후추 소년원에 수용돼 있었다고 들었을 때 알아챘어야 했습니다. 후추 시의 소년원은 정신 질환이 있는 아이를 대상으로 한 의료 소년원이니까요. 무엇보다 그녀가 보호 관찰관이라는 사실이 의심하지 않게 만든 이유 중 하나이지만.”

와타세의 말은 비아냥거림보다는 비난에 가깝다.

"그 말씀은 듣기 괴롭군요. 보호 관찰관 선고회에서 후보자를 전해 듣고 그 안에서 그녀 이름을 발견했을 때 사실 저도 망설였습니다. 그녀가 예전에 의료 형무소에 있었다는 사실을 알리면 당연히 선고회는 후보자에서 제외시켰겠죠. 그런데 저는 그녀의 치료가 성공적이라고 믿고 있었습니다. 또 여러 피아노 콩쿠르에서 입상하기도 하고, 당시에는 아직 드물었던 음악 치료 분야에서도 재능을 보이고 있었어요. 선고 위원이 눈여겨본 건 그 점이었기 때문에 이제 와서 과거에 얽매이는 건 무의미하다는 생각이 들었습니다."

"그렇군요. 그래서 교수님은 선고회에 그녀의 과거를 말하지 않았다. 아니, 오히려 강력히 추천까지 하셨고요."

"제 불찰이라고 하셔도 뭐라 할 말이 없습니다. 그녀의 정신 상태, 나아가 제 치료 기술을 과신해 생긴 교만이었던 거죠."

"우도 사유리, 아니 사가시마 나쓰오는 그 정도까지 회복됐던 거군요."

"그렇습니다. 그녀의 증세와 치료 과정은 그 뒤 정신 치료계에서 하나의 모델이 됐을 정도입니다. 그녀는 열 살 때부터 친아버지에게 성적 학대를 받았습니다. 본래 내성적인 성격으로 학교에서도 의논 상대가 없었고 집에서는 계속 아버지한테 종속돼 있었던 것으로 보입니다. 그리고 어느 때를 경계로 그녀는 작은 동물들을 죽이게 됐습니다. 처음에는 계속 학대받는 자신에 대한 보상 행위였을 겁니다. 그런데 그 행위가 점점 확대돼 인격의 해리가 발생했고 동일성도 잃게 된 거죠."

"다중 인격 장애…… 요즘 말로는 해리성 동일성 장애죠?"

"네. 아버지에게 지배당하는 나쓰오가 있는 한편 작은 동물을 마음 내키는 대로 살리거나 죽일 수 있는 지배자로서의 나쓰오가 존재했던 겁니다. 처음에는 주 인격의 방어 기제로 기능하던 교대 인격이었지만, 마침내 주종 관계가 역전돼 결국 나쓰오는 이웃에 사는 여자아이를 살해하게 됐습니다."

"뒤늦게 생각해 냈습니다. 당시 언론을 크게 떠들썩하게 만든 사건이었죠. 가해자 소녀가 성적 학대를 당한 게 일종의 면죄부처럼 작용하고, 그 뒤 더 엽기적인 살인 사건이 속출하면서 언제부턴가 사람들 관심에서 멀어졌지만."

그러자 오마에자키가 약간 자학적으로 웃으며 말했다.

"사람들 흥미가 적어진 건 잘된 일이었습니다. 저를 비롯해 스태프들이 자질구레한 일들에 쫓기지 않고 치료에 전념할 수 있었으니까요."

"어떤 치료를 하셨습니까?"

"과거 다중 인격 치료는 인격을 하나씩 없애는 인격 통합 과정이었습니다. 그런데…… 아니, 이야기가 길어져도 몸이 괜찮겠습니까, 저분은?"

오마에자키는 와타세 옆에서 꼼짝도 안 하는 고테가와를 쳐다봤다. 신경을 안 쓸래야 안 쓸 수가 없다. 처음 이 방에 왔을 때는 건방졌던 고테가와도 지금은 어쩔 수 없이 휠체어 신세를 지고 있었다. 두 다리는 깁스하고 오른손도 고정돼 있다. 얼굴 전체에는 반창고가 붙어 있어서 피부가 노출된 부분이 더 적다. 마치 미라 같지만 그래도 고테가와는 왼손을 흔들며 말했다.

"저는 신경 안 쓰셔도 됩니다."

"교수님, 죄송합니다. 이런 모습을 보여 드려서. 그런데 이 친구가 죽어도 따라오겠다고 우겨서요. 자, 계속 말씀하시죠."

"괜찮으시다면야……. 필요해서 생긴 인격을 억지로 지우는 건 오히려 증상을 악화시킨다는 비판도 있어서 지금은 각 인격의 정신을 안정시켜야 한다는 생각이 일반적이죠. 사가시마 나쓰오의 경우는 마침 그 전환기였습니다. 그래서 저나 우리 스태프들은 지금 있는 인격을 바꾸는 것이 아니라 그녀를 처음부터 새로 키워보자고 생각했습니다.

교정 과정에서 설정된 테마는 두 가지, 즉 생명 존중과 속죄 의식입니다. 열대어를 키워 생명에 애정을 품게 하는 교육, 사람들과의 교류를 통해 왜곡된 인지 능력과 편향된 가치관을 고쳐 일반 사회와 같은 감각을 갖게 하는 거죠. 다시 말해 정조(情操) 교육의 재개입니다. 스태프들은 그녀의 유사 가족이 돼 그 성장에 일희일우했습니다.

그런데 의외로 그녀의 정조를 높인 건 작은 동물이나 유사 가족과의 접촉이 아니라 음악과의 만남이었습니다. 역시 정조 교육의 일환으로 악기를 줬더니 그녀는 피아노에 큰 흥미를 보였습니다. 천부적인 재능이 있던 거겠죠. 그녀는 연습곡 단계를 마치더니 나날이 실력이 향상됐습니다. 동시에 음악에 담긴 희로애락, 열정, 상냥함 등의 감정을 내면에 받아들이게 됐습니다. 문제 될 게 없었습니다. 스태프 열 몇 명이 피아노 한 대를 이기지 못했어요. 음악을 부모로, 혹은 교사로, 친구로 삼아서 그녀는 눈부신 기세로 인간성을 회복한 겁니다.

일상적인 대화, 다양한 심리 테스트를 거쳐 그녀의 인지가 건강한 사람들과 같다는 것을 확인한 우리는 저명한 피아니스트에게 그녀의 연주를 들려줬습니다. 그 피아니스트는 한 곡을 듣자마자 바로 그녀를 음악 학교에 입학시키라고 했죠. 그리고 세월이 흘러

피아니스트 우도 사유리가 탄생한 겁니다."

"감동적인 성공 사례군요."

"비아냥거리시는 겁니까? 아니, 지금은 그렇게 말씀하셔도 할 수 없지만 당시 우리에게 그녀는 희망의 별이었습니다. 그녀의 성공 덕에 우리가 정신 치료에 얼마나 자신감을 가졌는지 다른 사람들은 상상할 수 없을 겁니다. 그렇기 때문에 이번 사건은 정말 유감입니다. 정말 가슴이 아픕니다. 부끄럽기가 이루 말할 수 없을 정도고요. 우도 사유리가 체포됐다는 말에 당시 스태프들 모두 실망했을 겁니다. 심오한 음악의 힘으로도 결국 그녀의 광기를 없앨 수 없었습니다. ……살인으로 쾌락을 느끼는 인격은 정신 깊숙한 곳에서 내내 숨죽이고 있었습니다. 그런데 저는 그걸 꿰뚫어 보지 못했습니다."

오마에자키가 머리를 깊이 떨어뜨렸다. 정신 의학계의 권위자가 완전히 패배한 순간이었다.

와타세가 그 모습을 평소의 반쯤 뜬 눈으로 바라본다.

"그녀는 이제 어떻게 됩니까?"

"아마 교수님이 예상하시는 대로 되겠죠. 도마 가쓰오는 정신 지체이지만 우도 사유리는 명백하게 인격 장애입니다. 변호 측은 틀림없이 39조를 꺼내 들 테고 결국 그녀는 의료 기관에 수용될 겁니다."

"가엾기도 하지. 이십오 년이 지나 다시 원래 있던 곳으로 보내지는군요."

"그런데 교수님, 저 같은 문외한에게는 한 가지 이해가 안 되는 게 있는데, 그 숨죽이고 있던 인격이 왜 갑자기 다시 나타난 걸까요? 우도 사유리가 아들을 학대하기 시작한 건 마침 남편이 집을 나가면서라고 생각하는데, 그 사실과 어떤 연관이 있을까요?"

"그게…… 그녀의 정신 감정 결과를 보지 않으면 확실한 건 말씀드릴 수 없습니다. 그리고 일단 저는 어떠한 의견도 말할 자격이 없습니다. 이야기할수록 부끄러워질 뿐이죠."

"그렇다면 아마추어의 공상 같은 추론을 들어 보시는 건 어떨까요? 환자의 망상을 듣는 건 익숙하실 테니까요."

"저한테 와타세 씨의 추론을 비평할 자격은 없다고 생각합니다만……."

"겸손하십니다. 저희 수사본부도 이번 사건으로 고생이 아주 많았습니다. 무엇보다 범인이 교활했으니까요. 마치 정신 이상자의 범행처럼 보이는 잔인한 살해 방법, 도마 가쓰오의 일기를 효과적으로 사용해 공포심을 부추기는 연출, 살인 대상을 50음순으로 정리된 진료 기록부에서 찾아낸 점. 특히 뛰어났던 게 개구리 남자라는 범인상을 창조한 거죠. 물론 그 이름은 언론이 붙였지만, 시체를 보여 주는 방법과 쪽지 내용으로 저희는 개구리 남자가 냉정하고 침착한 쾌락 살인범이라는 이미지를 떠올렸습니다. 그 이미지는 너무 특출해서 강박 관념에 사로잡힌 시민들이 패닉에 빠졌고요. 그리고 개구리 남자의 역할을 자폐증이 있는 도마 가쓰오에게 시킨 것도 절묘했습니다. 처음에 그가 범인이라고 했을 때 아무도 의심하는 사람이 없었으니까요. 정말 우도 사유리라는 범인은 사람들 심리를 아주 잘 아는 희대의 범죄자이고 계획도 완벽했습니다. 단 하나를 제외하고는."

"단 하나라. 그게 뭡니까?"

"우도 마사토의 시체를 처리하는 데 가쓰오를 끌어들인 겁니다. 그렇게 해서 현장에 가쓰오의 발자국을 남기고, 가쓰오 자신의 기억에 시체를 처리하는 상황을 집어넣는다는 목적은 충분히 이해되지만 동시에 사유리의 지시였다는 기억도 각인시킬 위험이 있습니다. 심리학 전문가도 아닌 그녀에게는 도박 같은 행동이죠. 그런 위험한 다리를 건널 정도면 차라리 현장에 아무런 실마리도 남기지 않는 쪽이 현명합니다. 왜냐하면 사와이 치과에 남아 있는 진료 기록부는 조만간 발견될 테고, 가쓰오의 방에 남겨진 일기와 흉기만으로 쉽게 그에게 누명을 씌울 수 있기 때문입니다. 그렇게 생각하면 가쓰오에게 시체 처리를 돕게 한 건 아주 쓸데없는 짓이었죠. 그녀는 가쓰오의 발자국을 남기려 했지만 실제로는 자신의 발자국을 남겼습니다. 불필요할 뿐 아니라 위험한 행동이었죠. 치밀한 전체적인 계획과 전혀 어울리지가 않습니다."

"하긴 그 점은 깊이 생각했다고 하긴 어렵습니다. 그런데 범죄자도 이따금 실수를 저지르지 않을까요? 안 그러면 경찰도 그들을 검거하지 못할 테죠."

"제 말은 실수의 종류가 이질적이라는 겁니다. 범죄자, 특히 지능범의 범죄는 전체적으로 일관성이 있습니다. 그게 설령 실수라고 해도 그럴듯한 실수가 보통이죠. 그런데 이건 도마 가쓰오를 범인으로 세우려는 것처럼 보이지만, 자신은 항상 그늘에 숨는다는 본래의 목적에서 벗어나 있습니다. 그동안 용의주도했던 걸 생각하면 수채화 위에 유화를 바른 듯한 위화감이 듭니다. 부자연스럽다고 해도 좋습니다. 마치 고의로 실수를 범한 것처럼. 마치 그녀의 범행이라는 서명을 일부러 남기려는 것처럼. 그러면 이런 의문이 생기지 않습니까? 과연 이번 계획은 그녀가 세운 걸까? 어쩌면 우도 사유리도 다른 누군가의 꼭두각시가 아니었을까?"

"대체 무슨 소리를……."

"바로 얼마 전까지만 해도 소실됐다고 생각한 다른 인격이 왜 갑자기 나타났을까? 어떤 계기가 있었다고 생각하는 게 타당하죠. 그렇다면 누가 그녀에게 그런 계기를 줬을까? 이번 사건은 삼중 구조인 겁니다. 자신이 개구리 남자라고 믿는 도마 가쓰오. 그 가쓰오를 조종해 범인으로 만든 우도 사유리. 그리고 우도 사유리 자신이 모든 계획을 세웠다고 스스로 믿게 만든 제삼의 인물. 그 인물이야말로 모든 계획을 세우고 우도 사유리와 도마 가쓰오를 인형처럼 조종해 이번 악몽을 연출했습니다. 불안감에 빠진 군중 심리를 교묘하게 다루고, 계획을 실행하기 위해 가여운 도마 가쓰오를 범인으로 만들고, 우도 사유리가 친아들을 살해하게 만드는 일도 주저하지 않았습니다. 잔인하고 냉철하며 주도면밀하고 교활한 각본가 겸 연출가. 그건 오마에자키 교수님, 당신이죠."

고테가와는 자신의 귀를 의심했다. 허둥지둥 오마에자키를 쳐다보지만 지명당한 노 교수는 놀라거나 화내지도 않고 차분하게 와타세를 똑바로 보고 있다.

"진심으로 하시는 말씀입니까?"

"제가 망상이라고 말씀드렸을 텐데요."

"역시 재미있는 분이군요. 이 늙은이가 그 범죄를 처음부터 끝까지 꾸몄다고요?"

"3000만 엔이라는 돈을 얻기 위해서 친아들을 죽인다. 그 동기를 은폐하기 위해 아무 관계가 없는 희생자를 늘려 무차별 연쇄 살인으로 보이게 한다. 더구나 그 범인으로 지적 장애가 있는 소년을 준비하고 그 애에게 범죄의 기억을 심는다. 그리고 그게 마치 자신의 생각인 양 믿게 한다. 그런 행동은 우도 사유리의 정신 치료에 관여한 당신만이 가능하죠. 그리고 관해 상태에 있던 그녀에 게서 다른 불길한 인격을 깨우는 일도요."

"당신은 인간 정신이라는 걸 아주 단순하게 보는군요. 사람의 마음은 컴퓨터 데이터처럼 간단하게 삭제하거나 이동시킬 수 있는 게 아닙니다."

그러자 와타세가 코트 속에서 작은 책자를 꺼내 들었다.

"그게 뭐죠?"

"「외상 재체험 테라피 비판」. 지금부터 이십 년도 전에 교수님이 쓴 논문입니다. 여기 자료실에 있던 걸 찾아보게 했습니다."

"아, 그러고 보니 그런 걸 썼었죠. 그때 생각이 나는군요. 저도 잊고 있었는데."

"외상 재체험 테라피라는 건 당시 미국 정신 의학 분야에서 제창된 치료법 중 하나입니다. 정신 장애자가 그 장애의 원흉이 된 사건을 최면 상태에서 재체험하고, 의사의 도움을 받아 극복함으로써 정신적 외상을 제거하는 방법이죠. 보고 사례를 보면 분명히 성공한 증례도 많은 것 같지만 새로운 시도에는 항상 비판이 따르기 마련입니다. 이 논문을 보니 교수님은 이 치료법에 상당히 회의적이었던 것 같더군요."

"그렇습니다. 환자를 완치시키려고 성급해지다 보니 신중함이 결여되는 경향이 있었으니까요. 요는 최면 테라피의 응용인데 이건 환자와 테라피스트 간 신뢰가 견고하지 않으면 성공할 수 없습니다."

"네. 그리고 재체험한 뒤 처리를 잘못하면 환자의 심적 외상이 더욱더 드러나게 돼 패닉 상태나 자살을 유발할 수 있다. 원인이 가벼우면 몰라도 상해나 학대 같은 심각한 것이면 다시 괴물을 깨울 가능성도 내포한다. 논문 요지는 그런 거죠. 환자와 테라피스트 간 견고한 신뢰 관계. 우도 사유리 입장에서는 자신에게 처음부터 정조 교육을 해 주고 음악을 부여해 준 교수님이야말로 절대적으로 신뢰할 수 있는 상대였습니다. 딸을 성욕의 배출구로 삼은 친부보다 훨씬 아버지 같은 존재였겠죠. 바꿔 말하면 교수님이야말로 그녀의 정신에 다시 외상을 줄 수 있었다. 그녀를 회복시킨 적이 있고, 그 정신 구조와 관해 상태에 이르게 된 과정도 잘 아는 교수님이야말로 잠들어 있던 광기를 끄집어낼 수 있었다."

"흠, 그녀가 저를 절대적으로 신뢰했다는 지적에는 동의합니다. 그런데 왜 제가 그런 짓을 합니까? 고작 주택 대출을 갚으려고 어머니가 친아들을 살해하는 걸 보고 즐거워했다는 겁니까? 개구리 남자라는 살인마가 제멋대로 날뛰는 것에 겁먹는 시민들의 반응을 보고 기뻐했다는 겁니까?"

"아니요, 교수님은 더 명백한 동기가 있었습니다. 주목적인 살인 동기를 숨기기 위한 연쇄 살인이라는 구도 자체는 옳았지만 그건 보험금을 목적으로 아들을 죽이는 것보다 명쾌하고 깊은 동기…… 복수죠."

"제가? 누구한테?"

"삼 년 전 마쓰도 시 모녀 살인 사건 때 교수님 따님과 손녀를 살해한 소년. 그리고 형법 39조를 내세워 그 소년을 무죄로 만든 변호사가 바로 네 번째 피해자 에토 가즈요시였습니다. 교수님은 처음부터 에토 가즈요시에게 복수하기 위해 이번 계획을 세웠습니다. 우도 사유리는 친아들 살해를 은폐하기 위해 50음순 살인을 스스로 생각해 냈다고 하지만 실은 에토 가즈요시를 살해하는 게 원래 목적이고 우도 마사토를 살해한 것 역시 눈속임에 불과했던 겁니다."

"그렇군요. 하긴 그때 변호인이 에토 머시기인가 하는 이름이었죠. 그런데 그것 때문에 제가 살인을 네 번이나 계획했다는 건 좀 억지 같습니다만."

"맞는 말씀입니다. 그런데 우연이 하나 겹쳤어요, 교수님. 교수님은 작년 말 한노 시 시민 회관에서 강연하신 적이 있지 않습니까? 기록을 보면 장애자 교육 심포지엄에 초청되셨던데."

"그래요, 그런 행사가 있었습니다."

"그런데 그 심포지엄이 열리기 조금 전에 교수님은 갑자기 치통을 호소하셨습니다. 그리고 한노 시에 사는 우도 사유리에게 실력이 좋다고 소문난 사와이 치과를 소개받으셨어요. 사와이 치과에는 과거 교수님의 환자였던 도마 가쓰오가 근무하고 있었으니까 약간의 인연도 있었죠. 그리고 교수님은 사와이 치과에서 에토 가즈요시를 목격한 겁니다."

와타세는 일단 말을 끊는다. 오마에자키는 아무 말이 없다.

"실은 도마 가쓰오가 체포된 날, 저는 진료 기록부에서 교수님 이름을 발견했습니다. 교수님이 마침 사와이 치과에 간 그날, 의료 센터에서 치아를 치료해야 하는 환자들이 왔는데 에토 가즈요시도 그중 한 사람이었습니다. 교수님 초진이 그날과 겹친 건 정말 우연이었습니다. 신기하게도 두 사람의 진료 시간은 모두 오후 1시. 이것 역시 진료 기록부에서 확인했습니다. 그런데 교수님에게는 필연이었던 것이 아닙니까? 사랑하는 딸과 손녀의 원수인 남자가 휠체어 신세를 한탄하고 있는 겁니다. 때마침 우도 사유리가 주택 대출이 연체됐다고 의논해 왔고요. 교수님은 이 우연을 다시없는 기회로 여겼습니다. 그리고 생각해 낸 겁니다. 우도 사유리를 주범으로 하고 도마 가쓰오를 꼭두각시로 한 50음순 연쇄 살인을요. 교수님은 도마 가쓰오의 치료 스태프이기도 했기 때문에 가쓰오의 일기도 봤습니다. 진료 기록부에서 희생자를 택하는 것도 의사이기에 가능한 발상이죠. 교수님은 계획을 모두 세운 뒤 그대로 우도 사유리의 의식에 집어넣었습니다. 물론 그녀의 발자국을 남기기 위해서 시체 처리 현장에 도마 가쓰오를 대동하는 일도 잊지 않았고요. 처음부터 끝까지 교수님 생각대로 흘러갔습니다. 저희가 우도 사유리가 관여된 걸 계속 알지 못한다면 도마 가쓰오가 모든 죄를 뒤집어쓰면 되는 거고요. 만약 가쓰오가 현장에 사유리가 있던 걸 생각해 내서 그녀에게까지 수사의 손길이 미친다고 해도 주역 자리가 바뀔 뿐 교수님이 수사망 밖에 있는 건 변함이 없습니다. 완벽합니다, 교수님. 교수님은 자신의 손을 전혀 더럽히지 않고 에토 가즈요시에게 복수했습니다. 도마 가쓰오와 우도 사유리, 그리고 저희도 아니, 한노 시민들조차 교수님의 꼭두각시에 지나지 않았습니다."

와타세는 말을 마치더니 오마에자키를 똑바로 바라봤다. 오마에자키는 눈도 깜짝하지 않았다.

"정말 대단한 망상이군요. 연륜이 있는 경찰관의 과대망상치곤 경청할 만하네요. 단지 아무리 전체가 논리적이고 세부적인 면이 분명해도 역시 망상은 망상에 지나지 않죠."

"왜죠?"

"형태를 이루는 증거가 존재하지 않기 때문이죠. 현실 인식과 망상의 차이점이 바로 그겁니다. 저와 일련의 사건과의 관계를 나타내는 건 치과에 남은 진료 기록부뿐인데 그걸로 저를 기소하지는 못합니다."

"맞는 말씀입니다. 그렇기 때문에 완벽하다고 말씀드렸습니다. 설령 우도 사유리에게 최면 요법을 사용해서 심층 심리에 있는 당신의 목소리를 끌어냈다고 해도 교수님에게는 살인 교사도 적용하지 못하죠."

"그래요. 무엇보다 상대는 책임 능력을 묻지 않는 심신 상실자니까요. 그 심리에 무엇이 남아 있든 법정에서 증거로 채택되지 않습니다. 또 그녀 자신도 형법 39조의 은혜를 받으면 실형을 받는 일은 없습니다. 이상하지 않습니까, 와타세 씨? 네 사람이나 되는 생명을 빼앗았는데 정범이 정신 장애자라는 이유만으로 아무도 죄를 묻지 않습니다. 아무도 벌을 받지 않아요. 이게 이 나라 법의 정신입니다."

"설마…… 설마 교수님의 복수 대상은 에토 변호사 개인이 아니라 39조였던 겁니까?"

오마에자키가 입술 끝을 일그러뜨리며 비웃었다. 온후한 노교수가 처음 보이는 얼굴이었다.

"와타세 씨, 형사님은 아주 두뇌가 명석하시군요. 더구나 보기에도 성실하고 정직한 성격 같기도 하고요. 저를 만나면서 몰래 녹음기를 숨기는 어리석은 행동도 하지 않을 겁니다. 음성 데이터에 얼마나 증거 능력이 있는지는 이미 알고 계시겠죠."

와타세가 재킷을 젖혀 아무것도 없다는 것을 보여 주자 오마에자키는 만족스럽게 고개를 끄덕였다.

"자, 그럼 지금까지 형사님의 무례하기 짝이 없는 망상을 들어 줬으니 이번에는 제 망상도 들어 줬으면 합니다. 직업상 다른 사람들의 망상만 들으니까요. 가끔은 허락해 주셨으면 합니다."

"마음대로 하시죠."

"조금 전에 삼 년 전 일이라고 했는데 사랑하는 사람을 빼앗긴 입장에서는 아직도 어제 일처럼 느껴집니다. 범인인 소년의 자기 중심적인 이유, 호기심을 그대로 드러낸 취재 경쟁. 분하고 원망스럽기도 했지만 그건 이제 됐습니다.

견딜 수 없었던 건 변호 측 주장과 그걸 옳다고 하는 여론입니다. 갑자기 생각난 듯 실시한 정신 감정, 더구나 감정을 담당한 사람은 변호사의 지인으로 아직 풋내기 의사였습니다. 그런데 여론은 대부분 그 의사가 어떤 사람인지 알려고도 하지 않고 심신 상실자라는 감정 결과만으로 그 소년을 용서하려고 했어요. 여론을 따라서 1심도, 그리고 고등 법원도. 검찰 측이 내린 '재감정 불필요'라는 판단도 잘못됐지만 그보다 소년의 교활한 연기와 거짓 감정, 그리고 비열한 법정 진술이 진실을 왜곡시켰습니다. 항소 기각 뒤 열린 기자 회견에서 그 변호사는 파렴치하게도 사회적 약자의 인권이 보복 감정을 극복했다고 떠들었습니다. 여론도, 법조계도 형사 책임을 추궁하기보다 소년의 건전한 육성이 중요하다고 말했습니다. 좋습니다. 사람을 죽인 사람도 관해 상태를 인정받으면 사회에 복귀한다. 그것도 좋습니다. 하지만 그건 사람을 잡아먹은 짐승을 다시 들판에 놔주는 일입니다. 들판에 놔주라고 외친 사람은 그 짐승과 나란히 살아가는 공포를 느낄 의무가 있어요."

"그래서 그 목적을 위해 심신 상실자를 이용했다는 겁니까?"

"그들이 어떤 죄를 범하든 아무도 벌할 수 없습니다. 살해된 네 사람의 유족들은 틀림없이 원통하겠죠. 이번만은 여론도 39조를 존속시킨 걸 후회할 겁니다. 그때 법정의 단상에서 재판장은 이렇게 이야기했습니다. 유족들 감정과 처벌하는 감정은 다르다고. 그걸 누가 모릅니까! 법정은 복수의 장이 아니라고? 그것도 누가 모릅니까! 그렇기 때문에 법정 밖을 복수의 장으로 택한 겁니다. 그러기 위해서 귀축이라도 되겠다고 저는 맹세했어요.

형사님 말씀대로 갑작스러운 치통으로 찾은 치과에서 에토의 모습을 봤을 때 저는 복수의 신이 절호의 기회를 줬다고 생각했습니다. 그리고 그 무렵 우도 사유리가 대출 문제와 정서 불안으로 힘들어한다는 걸 알고 있었기 때문에 당장 그걸 이용해야겠다고 생각했습니다. 나머지 자세한 건 형사님의 망상 그대로입니다. 우도 사유리 속에서 사가시마 나쓰오를 불러내는 건 생각보다 훨씬 간단했어요. 전에도 설명했듯이 회복됐다고 해도 그녀 속에 있는 쾌락 살인자의 인격이 사라진 건 아닙니다. 정신의 깊은 부분에 잠들어 있던 것뿐이니까요. 그녀가 몰래 친아들을 학대하고 있던 것도 알고 있었기 때문에 큰돈을 얻기 위해 아들을 죽이고 그 동기를 숨기기 위해 아무 관계가 없는 사람 세 명을 살해하게 만드는 일도 간단했습니다. 사가시마 나쓰오가 아버지에게 종속됐듯 재생된 그녀도 아버지인 제게 종속될 수밖에 없었습니다. 그리고 외상 재체험 테라피는 저도 처음이 아니었고, 그녀의 외상은 음악 같은 걸로 완전히 지울 수 있는 종류가 아니었어요. 마음이 잊어도 육체가 그 고통을 기억하고 있으면 더더욱 말이죠."

"외상 재체험이라면…… 설마……."

"그녀의 심적 외상은 친부에게서 계속해서 능욕당한 일입니다. 그래요, 이미 아셨을 겁니다. 저는 그녀의 집에 상담자로 방문했을 때 방음이 완벽한 그 방에서 그녀를 욕보였어요! 몇 번이나, 몇 번이나, 몇 시간에 걸쳐서! 아버지 같은 존재인 저한테 능욕당한 그녀는 망연자실했습니다. 그런 상태에서 살인 계획을 주입시키는 건 테이프에 자신의 목소리를 녹음하는 것처럼 아주 쉬운 작업이 있어요. 그녀를 욕보이면서 저는 귓가에서 속삭였습니다. 압도적인 폭력 앞에서는 음악 같은 건 아무 도움이 안 된다고, 이 세상은 이기주의와 간사한 꾀로만 살아남을 수 있다고. 삼 년에 걸쳐 키워낸 정서를 파괴하는 데 불과 몇 시간이면 충분했어요. 그리고 당신들도 내 기대대로 움직여 줬습니다. 심신 상실자의 범죄력 데이터를 보고 도마 가쓰오를 마크했고 에토가 살해된 뒤 체포해 줬습니다. 예상대로 시민들도 모습 없는 살인마에 당황하고 허둥거리며 경찰의 졸속 수사를 뒷받침해 줬습니다. 패닉이 심해져서 경찰서까지 습격할 거라고는 미처 예상하지 못했지만."

오마에자키가 옅게 웃으면서 천천히 일어난다.

"늙은이의 헛소리를 들어 줘서 감사합니다. 실은 누군가에게 이야기하고 싶어서 좀이 쑤셨거든요. 역시 혼잣말로 승리 선언을 해서는 재미가 없죠. 들어 주는 사람, 칭찬해 주는 사람이 없으면 승리했다는 실감이 나질 않아요."

"이 나쁜 새끼 같으니!"

고테가와는 소리를 지르며 휠체어에 의지한 몸을 오마에자키 쪽으로 움직이려고 했다.

그런데 와타세가 막았다.

"그만둬."

"그, 그래도 이대로는……."

"못 들었어? 나와 교수가 한 이야기는 양쪽 모두 망상이야. 아무 증거도 없는 헛소리야. 그리고 아무리 분해도 지금 네 상태로는 저 늙으신 몸에 멍 자국 하나 내지 못해. 오래 있어 봤자 기분만 나빠질 뿐이야. 가자."

"그게 좋을 것 같군요."

와타세는 승리에 도취된 오마에자키를 본체만체하고 휠체어를 밀며 문으로 향한다.

그리고 딱 한 번 돌아봤다.

"교수님, 에토 가즈요시는 죽었습니다. 그런데 가짜로 감정한 의사와 따님을 죽게 한 소년은 아직 살아 있죠. 교수님은 그 두 사람에게도 복수할 생각입니까? 마지막이니까 말해 두죠. 복수는 신이 하는 겁니다. 사람이 하는 게 아니에요."

오마에자키는 잠시 생각에 잠긴 뒤 흥 하고 코웃음을 쳤다.

대학 교정을 나와도 건물 그늘에 반쯤 숨은 석양은 핏빛을 하고 있었다.

고테가와는 부자유스러운 자신의 몸을 새삼 원망했다. 휠체어를 탄 몸으로는 오마에자키에게 다가가지도 못하고 목덜미를 움켜쥐지도 못한다. 눈앞에 악마가 있었는데……. 사람의 마음을 농락하면서 자신은 손가락 하나 까딱하지 않고 네 사람의 생명을 벌레처럼 죽인 장본인이 비웃고 있었는데도.

결국 자신은 아무것도 하지 못했다. 진범이 눈앞에 있었는데도.

"젠장…… 젠장…… 젠장……."

주머니에서 마사토가 직접 만들어 준 엉성한 바람개비를 꺼낸다. 그날 마사토가 건넸을 때부터 내내 가지고 있었다. 한시도 빼 놓은 적이 없었다.

그 바람개비가 바람에 날려 가볍게 돌기 시작했다.

붉은 석양이 눈에 스몄다. 갑자기 눈시울이 뜨거워지고 그걸 알아챘을 때는 이미 늦었다. 무릎 위로 물방울이 뚝뚝 떨어졌다. 어머니나 친구가 세상을 떴을 때도 흘리지 않았던 눈물이 한꺼번에

터져 나오듯 하염없이 넘쳐흐른다. 슬퍼하는지 분개하는지 자신도 모르겠다. 아는 건 눈물이 뜨겁다는 것과 이대로 사라지고 싶을 정도로 미안하다는 것뿐이었다. 자연히 목소리가 나왔다. 이제 남의 눈을 의식할 여유도 없었다. 고테가와는 세차게 솟구치는 뜨거운 눈물을 닦으려고도 하지 않고 큰 소리로 울부짖었다.

가여웠다. 노인의 복수심에 휘말려 어머니에게 살해된 마사토도 가엾고, 몸과 마음을 멋대로 농락당해 미운 자신과 재회하게 된 사유리도 가여웠다.

한바탕 울고 어느 정도 진정됐을 무렵, 어깨 위로 툭 하고 손이 놓였다.

"고테가와, 이런 말은 딱 한 번밖에 안 하니까 잘 들어."

천천히 정신을 차렸다. 이름을 불린 건 처음이었다.

"가슴이 아프겠지만 그 아픔을 소중히 여겨. 형사로 있는 동안은 절대 잊지 마라. 표창이나 자기만족이 아니라, 너는 울고 있는 그 사람을 위해 싸워. 수갑과 권총도 위에서 내려 준 게 아니야. 연약한 자, 소리 없는 자가 너한테 맡긴 거야. 그걸 잊지 않는 한, 너는 자신을 용서할 수 없는 실수를 저지르지 않을 거야. 설령 그래서 또 호된 배신이나 보복을 당했다고 해도 어리석을지는 몰라도 부끄러워할 일이 아니야."

이 남자가 이런 식으로도 말하는가.

와타세의 말이 가슴에 난 금을 메우듯 스며든다.

복수가 아니라 구제를 위해 싸운다.

그렇게 할 수 있게 됐을 때 손바닥에 남아 있는 흉터는 분명 지금까지와는 다른 의미를 가질 것이다.

그래도 뭔가가 개운하지 않았다.

"……복수가 아닙니다."

"뭐?"

"방금 반장님은 그렇게 말씀하셨지만 그 노인네가 한 일은 복수가 아닙니다. 아무리 딸의 원통함을 풀기 위해서라도 자신의 손을 더럽히지 않고 아무 상관 없는 사람들을 끌어들인 건 단순한 화풀이 아닌가요. 그 노인네는 거짓말하고 있습니다."

"맞는 말이야. 단지 거짓말이라는 건 남에게 하는 게 아니야. 대개 자신에게 하는 거지. 그렇게 거짓말은 자신의 목을 점점 조여가는 거야."

"반장님, 그 노인네가 정말로 그런 일을 계속할까요? 감정한 의사와 수감 중인 소년을 없앨 때까지……. 어떻게든 막을 방법은 없을까요? 그 노인네가 한 일을 우리는 알고 있어요. 앞으로 뭘 하려는지도 알아요. 그래도 그걸 막거나 벌할 수는 없는 걸까요?"

와타세는 입을 굳게 다문다. 알고 있다. 뭔가 방법이 있다면 이 남자는 입에 담기 전에 실행한다.

이윽고 눈앞에서 석양이 완전히 잠겼다. 다가오는 어둠 속에서 바람개비는 아직도 돌고 있다.

"마지막에 교수한테 한 말 말인데."

"네?"

"그건 성서의 한 구절이야. 하지만 불경에도 꽤 함축된 말이 있는데…… 결국 인과응보라는 거지."

*

눈앞의 남자는 쉴 틈 없이 계속 말하고 있었다.

"방금 설명했듯이 경찰이 너한테 한 일은 단순한 오인 체포도 아니고 위법 수사도 아니야. 중대한 인권 침해지. 너처럼 뭐랄까. 자기표현을 잘 못하는 걸 이용해서 하고 싶은 대로, 무고죄조차도 염두에 두지 않은 강제적인 수사 방법이야. 아무 무기도 없고 저항도 하지 않는 너한테 총까지 쐈어. 두고 봐라. 반드시 현경 본부의 사죄와 그에 상응하는 손해 배상금을……."

변호사라는 이 남자는 이쪽 반응도 확인하지 않고 말하고 있는 것을 보니 분명히 나한테 하고 있는 말이 아닐 것이다. 도마 가쓰오는 그렇게 판단했다.

"의사 말로는 다리 총상도 이 주면 붕대를 풀 수 있다던데. 신정 연휴는 아쉽게도 침대 위에서 지내게 되지만 퇴원 후에는 바로 예전 생활로 돌아갈 수 있어. 소송과 관련해서 너는 아무 걱정도 할 필요 없단다. 모두 나한테 맡기려무나."

예전 생활로 돌아갈 수 있다는 부분은 이해됐기 때문에 가쓰오는 휴 하고 가슴을 쓸어내렸다.

소송도 배상금도 아무래도 상관없었다. 가쓰오의 모든 관심은 예전 생활을 되찾을 수 있는가에 있었다.

예전 생활로 돌아가면 뭐부터 해야 할지 이미 정해 뒀다.

근처 철물점에서 그것과 똑같은 망치를 산다. 물론 비닐 끈도 잊어서는 안 된다. 무엇보다도 그 두 가지는 꼭 필요한 물건이었다.

왜냐하면 그것은 개구리 남자의 증거가 되는 물건이니까.

사유리 선생님은 조금 약은 것 같다. 내가 입원한 사이에 개구리 남자라는 칭호를 약삭빠르게 빼앗아 갔다. 하지만 가쓰오는 알고 있다. 사유리 선생님은 나를 대신해서 잡혀 줬다. 나한테 그다음 일을 맡긴 것이다.

나는 그 기대에 부응해야 한다. 예전 생활로 돌아가면 바로 다섯 번째 사냥감을 찾아야 한다.

그것이 어디 있는지는 이미 분명히 알고 있다. 다섯 번째는 사유리 선생님의 지시가 아니라 내가 스스로 골랐다. 마쓰도 시 시라카와 초 3-1-1. 한번 망막에 비친 진료 기록부의 정보는 기억에 새겨져 지워지지 않는다. 역 이름은 히라가나로 표시돼 있어 가쓰오도 읽을 수 있다. 전철을 갈아타면 가쓰오의 집에서도 갈 수 있을 것이다.

다섯 번째 사냥감의 이름도 물론 기억한다.

오마에자키 무네타카.

참고 문헌

『현대 살인론』 사쿠타 아키라, PHP연구소, 2005년
『정신 감정 사건사』 나카타니 요지, 주오코론신샤, 1997년
『범죄 심리학 입문』 후쿠시마 아키라, 주오코론신샤, 1982년
『우리는 왜 미치지 않고 있는가』 가스가 다케히코, 신초샤, 2002년
『소년 A 교정 2500일 전 기록』 구사나기 아쓰코, 분게이슌주, 2004년
『음악 요법을 생각하다』 와카오 유, 온가쿠노토모샤, 2006년
『메피스트의 감옥』 마이클 슬레이드, 분게이슌주, 2007년

연쇄 살인마 개구리 남자

초판 1쇄 발행 2017년 12월 18일
초판 12쇄 발행 2024년 9월 25일

지은이 나카야마 시치리
옮긴이 김윤수
펴낸이 신경렬

상무 강용구
기획편집부 이다희 신유미
마케팅 최성은
디자인 신나은
경영기획 김정숙 김윤하

펴낸곳 (주)더난콘텐츠그룹
출판등록 2011년 6월 2일 제2011-000158호
주소 04043 서울시 마포구 양화로12길 16, 7층(서교동, 더난빌딩)
전화 (02)325-2525 | **팩스** (02)325-9007
이메일 book@thenanbiz.com | **홈페이지** www.thenanbiz.com

ISBN 979-11-5879-076-9 03830